KALIE CASSIDY

DAS LIED DER TIEFE

KALIE CASSIDY

DAS LIED DER TIEFE

ROMAN

Aus dem Amerikanischen übersetzt von
Franziska Wegmann

HEYNE <

Die Originalausgabe ist unter dem Titel
IN THE VEINS OF THE DROWNING
bei Little, Brown and Company erschienen.

Penguin Random House Verlagsgruppe FSC® N001967

Deutsche Erstausgabe: 10/2025

Redaktion: Lisa Scheiber
Umschlaggestaltung: Das Illustrat GbR, München
Satz: satz-bau Leingärtner, Nabburg
Druck und Bindung: GGP Media GmbH, Pößneck
Printed in Germany
ISBN 978-3-453-27554-6

www.heyne.de

Für alle, die ein Zuhause suchen.
Möget ihr es finden, und möge es beständig und warm sein.

ANMERKUNG DER AUTORIN

Das Lied der Tiefe ist eine Geschichte über Zugehörigkeit, Liebe und Identität. Zwar werden diese Themen von einer unbeschwerteren Seite her beleuchtet, dennoch enthält der Roman auch dunklere Momente, wie zum Beispiel Missbrauch und Body Horror, die für manche Leser schwierig sein könnten. Eine vollständige Triggerwarnung findet ihr auf meiner Website: www.kaliecassidybooks.com.

Weit unten, im Wasser, wartet sie.
Ich wache auf, und sie verblasst.
Ich schlafe, und sie steigt empor.
Eine alte, vertraute Kraft, im verfallenden Körper gefangen,
summt durch ihre Adern.
Ihre gekrümmte Hand durchsucht die Wellen.
Ihre Faust liegt fest um meine Eingeweide.
Immer da ist sie im Wasser. Immer da in meinen Träumen.
Sie ist Verlangen, *und ich kenne sie gut.*

ERSTER TEIL

DER BERG

1

Die Luft war schwer geworden vom Duft des Meeres. Ich konnte ihn fast schmecken, wie er sich wie ein Tentakel durch den warmen Thronsaal schlängelte.

Er erfüllte mich mit überwältigender Angst.

Die Gäste strömten aus der Eingangshalle herein, ihr Gekicher und Geschnatter hallte vom Marmor wider, aber ich hielt mich an den äußeren Rändern, näher an den knochenweißen Wänden. Es war mir so gut gelungen, mich fernzuhalten. Mein Leben lang hatte ich die Verlockungen des Meeres ignoriert, nur damit es sich wie ein heimtückischer blinder Passagier auf der Seide und der feinen Wolle der weit gereisten Gäste an den Verteidigungsanlagen von Fort Linum vorbeischleichen konnte.

»Imogen?« Agatha kam an meine Seite und musterte mich aus scharfen, besorgten Augen. Sie sah noch genauso aus wie damals, als sie meine jugendliche Gouvernante gewesen war und ich ein sechsjähriges Mädchen. Unglaublich jugendlich, warme braune Haut, Locken wie glänzende schwarze Tinte. Die hohen Wangenknochen waren nicht einmal von zarten Linien eingerahmt, aber ich vermutete, dass man oft lächeln musste, um sie sich zu verdienen. »Was ist los? Du bist blass.«

»Das liegt am Kleid.« Ich legte eine Hand auf mein Brustbein, wo ein heftiges Flattern eingesetzt hatte. »Es ist verdammt eng. Kannst du die Schnürung lockern?«

Ihr Blick war frustriert. »Die Schnüre sind nicht lang genug.

Ich verstehe nicht, warum du dich darauf eingelassen hast, dieses schreckliche Ding zu tragen.« Sie rückte die Rüschen an meiner Schulter zurecht, schüttelte den Kopf und murmelte dann leise vor sich hin. »Warum du dich darauf eingelassen hast, einen Mann zu heiraten, dessen Beruf es ist, zu jagen und zu töten …«

»Agatha, bitte.« Ich richtete meine Aufmerksamkeit auf den Raum, die mit Essen beladenen Tische, die flackernden Kerzen, die mit Wein gefüllten Becher. »Nicht jetzt.«

»Wann dann? Die Hochzeit ist in zwei Tagen.«

»Das ist mir bewusst.« Als ich ihrem Blick begegnete, lag darin eine Verzweiflung, die mich innerlich zerriss. »Du weißt, dass ich keine Wahl hatte.«

Angespannt suchte sie den Thronsaal ab und beugte sich dann vor. »Wir könnten gehen«, flüsterte sie. »Wir hätten schon vor Jahren gehen sollen. Vielleicht gibt es einen Weg …«

Ich nahm sie bei der Hand und zog sie um den Haupttisch herum in eine schmale, schattige Nische. »Agatha, es reicht.« Ihre braunen Augen waren groß und forschend, facettenreich wie poliertes Holz. »Bitte. Bitte verurteile mich nicht dafür, dass ich versuche, das Beste aus dieser Situation zu machen. Ich habe mich hier gut und sicher eingerichtet, nicht wahr? Und das werde ich auch weiterhin tun. Ich muss.«

Sie sank enttäuscht in sich zusammen, aber ihre Stimme war schneidend. »Wenn diese Heirat und das Elend, das sie dir bringen wird, dir nicht zeigen, dass du nicht hierhergehörst … dann habe ich wenig Hoffnung, dass irgendetwas es tun wird.«

Ich wollte mein Kinn nach oben recken, um aufrecht zu wirken. Damit sie mich für so mutig und furchtlos hielt, wie sie selbst es war. Aber ich war nichts davon. »Das ist nicht fair.« Ich klang niedergeschlagen und schwach. »Wohin sollte ich denn gehen?«

Genervt warf sie die Hände in die Luft. »Tja, jetzt werden wir es wohl nie erfahren, oder?«

Ein mulmiges Gefühl machte sich in meinem Magen breit. Es war früh am Nachmittag. Die Verlobungsfeier würde noch eine Weile dauern. Ich suchte den Saal nach meinem Verlobten ab, aber er war nirgends zu sehen. Genauso wenig wie König Nemea. Langsam schoben sich immer mehr plaudernde Feiernde durch die hohen Türen des Thronsaals. Mit ihnen strömte immer mehr salzige Luft herein. Meine Atemzüge wurden schnell und flach. »Ich bin gleich wieder da.«

Agatha griff nach meiner Hand und hielt sie fest. »Es tut mir leid. Ich möchte nur, dass du …«

Ich schüttelte den Kopf. »Ich weiß. Mir geht's gut. Ich brauche nur etwas frische Luft.«

»Ich komme mit.«

Selbst im Halbdunkel konnte ich sehen, wie sich Agathas zierlicher Körper vor Wut anspannte, und das Loch in meiner Mitte wurde nur noch größer. Ich war auf so viele Arten machtlos, aber am meisten schmerzte es mich, dass das, was mir fehlte, Agatha so viel Schmerz bereitete.

»Nein.« Ich drückte ihre Hand. »Denk dir eine Ausrede aus, falls jemand merkt, dass ich weg bin. Es wird nicht lange dauern.«

Bevor sie weiter protestieren konnte, entwischte ich durch die hohen Eichentüren und verschwand im Gewimmel der Besucher. Ich konnte mich nicht erinnern, wann Fort Linum das letzte Mal so voll gewesen war, aber ich bahnte mir einen Weg in den Hof und den schmalen, gewundenen Pfad hinauf, der zu den Zinnen des Forts führte. Draußen war die Luft kühl und klar. Glücklicherweise frei von Meeressalz.

Das Flattern in meiner Brust hörte augenblicklich auf.

Mein zu weiter Rock schrammte an den Wänden entlang und verlor einige seiner Perlen, aber ich stapfte weiter. Mein Lieblingsplatz in ganz Fort Linum, der mit dem schönsten Blick auf das Meer, befand sich am Ende der Zinnen und war nur über eine steile Treppe zugänglich. Ich schnappte nach Luft, als ich den abgelegenen Ort erreichte.

Ich zupfte an meinem Mieder, blickte in die Ferne und verfolgte den schmalen grauen Rand des Nordstrandes. Auf der Karte sah die Insel Seraf aus wie ein gewaltiger Kiefer, der aus den Gewässern von Leucosia ragte. Sie bestand aus zerklüfteten Bergspitzen und verschlungenen Tälern, und auf ihrem höchsten Gipfel hatte König Nemea seine Festung errichtet. Er hatte sie mit Gewalt erbaut, in den Fels geschlagen und wie ein Stück eingebissenen Knorpel in die krummen Zähne der Insel gezwängt.

Ich versuchte, meine Ängste mit einem Ausatmen zu vertreiben, aber meine Augen brannten. Es war mir unerklärlich, wie mich Schrecken und Vorfreude auf meine Hochzeit gleichermaßen erfüllten. Ich fürchtete mich vor dem, was kommen mochte, und hoffte gleichzeitig auf das Beste. Mit der Handfläche schlug ich gegen die Wand. »Verdammte Scheißgötter.«

»Hat die Party also schon angefangen?«

Die tiefe, rauchige Stimme ließ mich zusammenzucken. Ich wirbelte zum anderen Ende des geschwungenen Ausgucks herum und sah eine nachdenkliche Gestalt, dunkel und groß, an die Festungsmauer gelehnt. Er trug ein weißes Hemd, das ordentlich in die Hose gesteckt war. Seine schwarzen Stiefel waren auf einen geradezu absurden Glanz poliert. Zweifellos war er einer der vielen Gäste, die sich jetzt in der Festung tummelten, begeistert von der seltenen Einladung zum Gaffen. Um zu sehen, was aus der Insel Seraf und ihrem hasserfüllten, zurückgezogen lebenden König in den letzten Jahrzehnten geworden war.

Ich richtete meinen Rock und sah ihn an. »Ein Gentleman hätte sich bei meiner Ankunft bemerkbar gemacht.«

Er nickte zustimmend. Mit zusammengezogenen Augenbrauen ließ er seinen Blick über die vielen roten Seidenrüschen an meinem Dekolleté schweifen, über die schweren Glasperlen in der Farbe von Blut – der Farbe des Königs –, die auf mein Mieder aufgenäht waren. Das Kleid war grell und altmodisch, und während er es musterte, verzog sich sein Mund zu einem spöttischen Halblächeln. »Unglaublicherweise habe ich Euch nicht gleich bemerkt.«

Meine Stimmung war angespannt, und ich wollte sehen, wie sich seine selbstgefälligen Lippen verzogen. Ich schnaubte. »Wie könnt Ihr es wagen, mich auszulachen, Sir?«

Seine Augen weiteten sich vor Empörung. »Das habe ich nicht …«

»Oh, bitte«, sagte ich. »Ich wollte allein sein, aber jeder Zentimeter dieses Ortes wimmelt von ungehobelten Menschen – diese Brüstung eingeschlossen.«

Sein Mund öffnete und schloss sich gleich wieder. Einen langen Moment starrte er mich nur verblüfft an. »Nun …« Er kam näher und verengte die Augen zu einem finsteren Blick. »Da wir beide gehofft hatten, allein zu sein, könnten wir vielleicht auch zusammen allein sein. Aber wie ich sehe, seid Ihr wohl nicht in der Stimmung zu teilen.«

Ich hielt seinem Blick stand. Er erinnerte mich an den Sommer. Seine Haut war goldbraun, seine Augen hatten die Farbe von dunklem Laub. Der Wind zerzauste sein tintenschwarzes Haar, sodass es ihm in die zerfurchte Stirn fiel. Er war majestätisch, hochgewachsen und aufrecht, gut gebaut und anmutig, aber es war die Art, wie er mich über seine leicht schiefe Nase hinweg ansah, die mir die Gewissheit gab, dass er von edler Geburt war. Ich sehnte mich danach, einfach Nein zu sagen, nur weil er es nicht gewohnt zu sein schien, ein Nein zu hören, aber etwas in mir unterdrückte diesen Impuls. »Wir können teilen«, sagte ich schließlich, »aber nur, wenn Ihr versprecht, nicht mehr über dieses alberne Kleid zu lachen.«

Ein Atemzug. Ein weiterer. Dann verwandelte sich sein finsterer Blick in ein breites Lächeln, das ein Grübchen in seiner linken Wange aufblitzen ließ. »Eine große Bitte.«

Mein Unterkiefer klappte in amüsierter Empörung herunter.

»Verzeihung.« Er hob ergeben die Hände, seine Miene wurde wieder ernst. »Ich bin einfach erleichtert, dass Ihr wisst, dass es … auffällt.«

»Natürlich.« Ich ließ meinen Rock abschätzig flattern. »Ich bin nicht zu übersehen.«

Mit einem weiteren Grübchenlächeln stützte er die Ellbogen auf die zinnenbewehrte Mauer und starrte in die Ferne.

Ein langes Schweigen folgte. »Und warum«, fragte ich schließlich, »sucht Ihr Zuflucht vor der Feier? Seltsam, so weit zu reisen, nur um sich zu verstecken.«

Er spannte seinen Kiefer an. »Dieses Fort … es ist kein angenehmer Ort.« Seine tiefe Stimme war düster geworden, unbehaglich. Er zwang sich zu einem dünnen Lächeln. »Und der Wein ist schrecklich. Und Ihr?«

Ich betrachtete die markanten Linien seines Profils. Er hatte etwas Einladendes an sich, etwas, das mich dazu brachte, ihm die Wahrheit sagen zu wollen. »Ich werde den Wein auf jeden Fall meiden«, sagte ich stattdessen. »Ihr müsst damit rechnen, mit Kopfschmerzen und einem brennenden Magen aufzuwachen, wenn Ihr zu viel trinkt.«

»Für kein Geld der Welt.«

Seite an Seite starrten wir über die Berggipfel und die alten, gewundenen Zypressen hinweg auf das glitzernde Band des Meeres.

»Was für eine Aussicht«, sagte er leise.

»Das stimmt.« Es war endlos und weit, und ich fühlte mich unermesslich klein. »Aber ich glaube nicht, dass Nemea die Festung deshalb so hoch oben gebaut hat.«

Bei der Erwähnung von König Nemea stieß er einen missmutigen Laut aus, der tief aus seiner Brust kam. Plötzlich mürrisch drehte er sich um und lehnte sich mit dem Rücken an die Brüstung.

»Ihr mögt ihn nicht, oder?«, fragte ich. Es gab nicht viele, die ihn mochten.

Sein Seitenblick war flüchtig. »Ich habe Gerüchte gehört, dass diese Festung so hoch gebaut wurde, damit er die Menschen aus den Fenstern werfen und sicher sein kann, dass sie sterben.«

Ich lachte düster und holte dann flach Luft. Nemea war in seiner Grausamkeit weit erfinderischer, als seine Opfer einfach aus den Fenstern zu werfen. »Das ist ein Gerücht. Und Ihr glaubt daran?«

Die Art, wie er seine Aufmerksamkeit auf mich richtete, ließ mich erstarren. Er musterte mich, als würde er jedes meiner Merkmale katalogisieren, als würde er etwas darin suchen. Schließlich sagte er mit einer Stimme, die durch seine Brust rollte wie die Stürme über das Tal: »Ich glaube, der einzige Grund, warum jemand so hoch oben wohnt, so weit weg vom Rest der Welt, ist, dass er entweder etwas zu fürchten oder etwas zu verbergen hat.«

Mir stockte der Atem. Ich blickte wieder aufs Meer, blinzelte gegen das Brennen in meinen Augen an und fühlte mich nackt. »Oh.«

»Habe ich Euch verärgert?«

»Ganz und gar nicht.« Ich raffte meinen Rock und ging in Richtung Treppe. »Entschuldigt mich.«

»Wartet.« Er kam einen Schritt näher, eine Hand erhoben. »Kann ich Euch behilflich sein?«

Die ernste Falte auf seiner Stirn machte mich wütend. »Sehe ich aus, als hätte ich es nötig?«

»Das tut Ihr tatsächlich«, sagte er gebieterisch. »Ihr habt Tränen in den Augen.«

Wieder betrachtete er mich mit diesem durchdringenden Blick, als wäre ich aus Wasser, durch das er direkt hindurchsehen könnte. Ich öffnete den Mund – um etwas zu sagen, von dem ich noch nicht wusste, was es war –, doch er ließ mich nicht zu Wort kommen.

»Der Eingang und die Flure sind voller Gäste, die auf Klatsch und Tratsch aus sind. Wie wir festgestellt haben, seid Ihr ziemlich …«, sein Blick wanderte an meinem Körper entlang, »auffällig in diesem Kleid. Es wäre klug, sich einen Moment Zeit zu nehmen, bevor Ihr hinuntergeht.«

Seine penible Vorsicht verblüffte mich, und etwas an ihm ließ mich nachgeben. Vielleicht lag es daran, dass ich keine Bosheit in ihm spürte, keinen Mangel an Geduld. Ich merkte seine Standhaftigkeit, seine geerdete, unerschütterliche Art, die mich bleiben ließ. Wir standen, die Blicke ineinander versunken, am oberen Ende der Treppe.

Ein Windstoß fegte über die Mauer zu uns hinauf. Er heulte um die Ecken des Forts und fuhr uns durch die Haare. Ich trat einen Schritt zurück. »Danke für das Gespräch«, sagte ich knapp. »Viel Spaß beim Bestaunen von Serafs Schrecken, Mylord.« Ich ging die Treppe hinunter. »Sie sind so endlos wie der billige Wein.«

Als ich in den Thronsaal zurückkehrte, war er zum Bersten voll. Erfüllt von pulsierender Musik, von Körpern und von dieser ungewohnten, salzigen Luft.

Agatha stellte sich neben mich und verschränkte ihren Arm mit meinem. Sie atmete schaudernd ein. »Ich denke, es ist besser, wenn du nicht atmen kannst.«

Ich brummte mürrisch. Das Gespräch auf der Brüstung ging mir durch den Kopf, und das seltsame Gefühl in meiner Brust war zurückgekehrt. »Ich brauche Wein.«

»Er ist schlimmer als sonst.« Sie nahm einen Schluck aus ihrem halb leeren Glas und verzog das Gesicht.

»Dann werde ich ihn schnell trinken.« Wir schlängelten uns um die Gruppen tuschelnder Gäste herum zum Getränketisch. Schnell leerte ich ein Glas und versuchte dann, Luft zu holen, was mir einen finsteren Blick einbrachte.

»Nemea hat das Kleid absichtlich so eng anfertigen lassen, weißt du.« Ihre Laune hatte sich kein bisschen gebessert.

Ich nahm einen weiteren Schluck. »Ja, ich weiß.« Ich hatte bereits geahnt, dass Nemea wollte, dass mein Kleid so schwer und drückend war wie eine Fessel. Teuer und grell, damit die Besucher sein Mündel sahen, genau hinschauten und ich meinen Schmerz verbergen musste. Er wollte, dass ich mich daran erinnerte, dass ich auch in der Ehe immer noch unter seiner Kontrolle stehen würde. »Ich hoffe, du findest jemanden zum Tanzen«, sagte ich mit sanfter Stimme und versuchte, das Thema zu wechseln. »Ich weiß, wie sehr du es liebst. Die Musik sollte nicht durch meine Situation ruiniert werden.«

»Es ist schwer, sie zu ignorieren«, sagte sie.

Ich beobachtete, wie sich die ersten Tanzenden drehten und wirbelten, und ließ die Schwingungen der Trommel und die Klänge der Laute dieses Gefühl in meiner Brust ersticken. »Und wie war das gestrige Abendessen mit deinem anbetungswürdigen Kommandanten?«, erkundigte sie sich, wobei die Frage vor Sarkasmus triefte. »War dein zukünftiger Ehemann so, wie wir es erwartet haben?«

Wir hatten erwartet, dass er langweilig und schroff sein würde, aber zu meiner Überraschung war er alles andere als das. Ich war verblüfft von seinem Witz. Er hatte Manieren gezeigt und ein nachdenkliches Gespräch geführt. Als er ging, hatte er mich sanft geküsst, seine Finger fest auf meinem Kiefer. »Es war schön. Er war nett.«

Der Blick, den sie mir zuwarf, fühlte sich an wie ein Schlag in die Kniekehle. »*Nett.*«

Meine Kehle war wie zugeschnürt. »Ich … ich meinte, dass er … ich meinte einfach, dass ich keine Angst vor ihm hatte.«

Eine Frau neben mir keuchte und deutete auf die hohen Eichentüren des Thronsaals. Sie war nicht die Erste, die das tat. Viele junge Damen waren ohnmächtig geworden beim Anblick des Sirenenflügels, der sich hoch über ihnen von der hellen Wand abhob, und hatten sich an ihre Freundinnen oder Begleiter gelehnt. Die großen Federn waren weit gespannt, Schrauben durchbohrten den Knochen und hielten ihn an der Holztafel fest. Das schwache goldene Kerzenlicht brachte die Farbenpracht des schwarzen Gefieders nicht zur Geltung – die schillernden blauen und grünen Streifen an der Basis, das Violett am Ende der Schwungfedern –, aber ich konnte es aus dem Gedächtnis malen. Mein Blick fiel auf die Inschrift im Marmor darunter.

DAS UNGEHEUER WIRD IMMER GETÖTET.

Dieses Motto war die schwarze Wurzel der Grausamkeit von König Nemea und der Grund, warum ihn alle anderen Herrscher des Archipels verabscheuten. Es war der Grund, warum all diese Menschen tagelang über tückische Meere gesegelt waren, um eine arme, fast unfruchtbare Felseninsel zu besuchen. Jahrzehntelang hatte König Nemea jegliches Wohlwollen, das ihm einst entgegengebracht worden war, durch die abscheuliche Praxis der Jagd auf göttliche Sirenen zunichtegemacht.

Ich führte uns weg von der Gruppe junger Frauen, deren Blicke mich gefunden hatten und mich herablassend musterten. Nemea hatte gut daran getan, ein Spektakel aus mir zu machen. Wir setzten uns in die Nähe des Podiums, neben dem König Nemea mit der Königin der Vereinigten Königreiche Della und

Gos sprach. Er war groß und hatte eine breite Brust. Das wilde, von grauen Strähnen durchzogene schwarze Haar kontrastierte mit seiner hellen Haut. Sein schmales, sonst mürrisches Gesicht sah seltsam aus, wenn ein Lächeln darauf lag. Er machte eine stolze Geste und klopfte sich auf die Brust, und der tiefrote Mantel, den er trug und dessen Vorderseite mit rubinroten Knöpfen verziert war, wirkte zu fein für seine groben Züge.

»Er strahlt förmlich«, sagte Agatha und funkelte ihn hasserfüllt an.

»Ich verstehe nicht, wie du ihn mit so offener Abneigung ansehen kannst.« Ich zog wieder an meinem Mieder und stöhnte leise vor Unbehagen. »Hast du keine Angst, dass er es bemerkt?«

»Es ist mir unmöglich, ihn anders anzusehen. Mein Gesicht lässt es nicht zu.« Sie versuchte ein schiefes Lächeln, das nicht dazu beitrug, dass sie weniger düster aussah. »Bin gleich zurück«, sagte sie. »Ich hole noch etwas von Nemeas schrecklichem Wein.«

Ich klammerte mich an den Rand des Podiums, das vom flackernden Licht eines halben Dutzends Kandelaber erhellt wurde. Die farbenfrohen Gäste sahen so sorglos aus, die Wangen gerötet vom Trinken, Tanzen und Lachen. Keiner von ihnen schien zu bemerken, dass die ranghöchsten Soldaten des Königs in ihren nachtschwarzen Rüstungen wie der Tod selbst durch ihre Mitte schlichen. Ich musterte jeden einzelnen von ihnen und fragte mich, wo ihr Kommandant, mein Verlobter, sein mochte. Im Kerzenlicht schien der große Edelstein in dem Ring, den er mir geschenkt hatte, die Flamme in seinen Facetten einzufangen.

Der Spinellstein erinnerte an das tiefe Grau des Meeres bei Sturm. Auf dem leucosianischen Archipel gab es keine Spinelle. Sie wurden nur auf dem nördlichen Kontinent Obelia abgebaut, und kein Kapitän irgendeines Königreichs konnte sich einen solchen Stein leisten. Ich vermutete, dass Nemea ihn ihm geschenkt hatte.

Mit meinem Daumen drehte ich den Ring. Es war eine seltene und teure Fessel. Und ich saß fest, ja, aber was noch wichtiger war: Ich war in Sicherheit. Auf dem Berg von König Nemea verirrte sich mein Geist nicht oft in die finsteren Ecken, in die mich Gedanken an zerfetztes Fleisch, dunkles Wasser und Ströme von Blut nach Kräften lockten. Hier konnte ich ein trübes, friedliches Leben führen. Ich würde alles tun, damit das so blieb.

König Nemea betrat das Podium. Der Tisch darauf war mit den üblichen Geschenken aus allen umliegenden Königreichen beladen. Der rote Seidenschal, der darüber drapiert lag, war mit sich windenden schwarzen Aalen bestickt. Ein Geschenk von Della und Gos, vermutete ich, da sie berühmt waren für ihre Seidenraupen. Blutrote Blumen saßen in üppigen Arrangements, wahrscheinlich ein Geschenk von Varya. Nemea hielt einen neuen silbernen Kelch in der Hand, der mit Rubinen besetzt war. »Steh nicht im Dunkeln rum, Imogen«, sagte er, ohne mich anzusehen. »Komm hier hoch.«

Vorsichtig auf meinen Rock achtend, erklomm ich die Treppe und trat an seine Seite. Er griff nach meinen Händen und hob meine Arme. Mit teilnahmslosen grauen Augen nahm er die Feinheiten meines Kleides in sich auf. Die Nadeln in meinem Haar, die schweren Rubine, die am weichen Fleisch meiner Ohren zogen. »Das Kleid sieht aus, als würde es perfekt passen«, sagte er in abfälligem Ton.

»Das tut es, Eure Majestät.« Ich lächelte schwach.

In einer wenig eleganten Bewegung zupfte er an einer dunklen Locke, die auf meiner Schulter lag. »Was ist das?«

»Eine Locke, Eure Majestät?«

»Du solltest doch alles hochstecken lassen.« Sein ohnehin kühler Blick wurde eisig. »Wie ich es befohlen habe.«

Er hatte mir keine solche Anweisung gegeben. Ich machte einen tiefen Knicks. »Natürlich. Ich kann gehen und …«

Er schüttelte sich kurz. Die Geste wirkte eindrucksvoll vernichtend und abweisend zugleich. »Es wird genügen.« Er blickte über den glitzernden Thronsaal, der mit Gästen gefüllt war. »Das ist schon etwas, nicht wahr?«

»Ja.«

»Und du ...« Als ich seine Finger an meiner Wange spürte, erstarrte ich. Er hatte mich noch nie geschlagen, aber ich hatte gesehen, wie sich seine Hand verkrampfte, als würde er sich danach sehnen. Ich wusste, wie diese sanfte Stimme dröhnen konnte, wie leicht er mich für eine Woche einsperren lassen konnte. »Bist du glücklich?«

Bei dieser seltsamen Frage hielt ich inne. »Das bin ich. Wie könnte ich es nicht sein?«

»Ganz genau. Das Kleid, das Festmahl – das ist alles mehr, als du verdienst.«

»Ja, Eure Majestät.«

Sein Blick blieb an jemandem auf der anderen Seite des Raumes hängen, und es war, als hätte ihn ein Blitz getroffen. Er packte mich am Handgelenk und zog mich vom Podium. »Ich kann mir vorstellen, dass du oft an die Pflichten eines Königs denkst, oder?«

»Nicht oft, Eure Majestät.« Meine Füße konnten kaum schnell genug laufen, um mit ihm Schritt zu halten, als er uns durch die Menge führte. »Aber ich habe daran gedacht.«

»Und was denkst du?« Die Musik wurde lauter. Anschwellende Streicher und eine Trommel wie ein Herzschlag erfüllten meine Ohren. Die Körper drängten sich in die Mitte des Raumes, wo der nächste Tanz beginnen sollte. »Von der *Pflicht*. Glaubst du, man erfüllt sie, indem man Teile von sich selbst opfert oder indem man wächst, sich sammelt, damit man gerüstet ist, das Nötige zu tun, wenn es an der Zeit ist?«

»Eure Majestät, ich weiß nicht, was Ihr meint. Vielleicht beides?«

Plötzlich blieben wir vor einer Mauer aus goldgepanzerten Soldaten stehen. Sechs an der Zahl. Alle breit und unbewegt, mit blühenden Ranken, die in ihre Brustpanzer und Beinschienen eingraviert waren. »Theodor Ariti«, bellte Nemea.

»Hallo, Nemea«, ertönte eine verärgerte Stimme hinter den Soldaten. Ich erkannte sie, rauchig und tief. Die Wachen wichen auseinander, und da stand der Mann vom Aussichtspunkt. Er war jetzt noch auffälliger, gekleidet in einen wunderschönen tiefgrünen Mantel und mit einem perfekten finsteren Blick. In seinem dunklen, welligen Haar saß eine goldene Krone aus geflochtenem Lorbeer. Dieser finstere Blick glitt zu mir herüber, und seine Augen weiteten sich.

Schnell wandte ich mich ab, spürte, wie mir die Hitze in die Wangen stieg, und sank in einen tiefen Knicks vor dem König von Varya.

2

Meine Beine zitterten, als ich mich aufrichtete.

Ich wusste, dass König Theodor siebenundzwanzig Jahre alt war, ein Jahr älter als ich, und seit er vor sieben Jahren den Thron bestiegen hatte, hatte Nemea nicht aufgehört, sich wie besessen zu beschweren. Der »Jungenkönig«, wie er ihn noch immer nannte, war zu hochmütig, zu gut, zu beliebt, zu ehrenhaft, um ein Herrscher zu sein, den Nemea jemals respektieren könnte.

»Ich habe die Braut mitgebracht, damit du sie kennenlernst.« Nemeas Stimme klang scharf und kalt. »Das ist Lady Imogen Nel, mein Mündel. Sie und ich haben gerade über die königliche Pflicht gesprochen. Sie würde gerne deine Gedanken zu diesem Thema hören, während du mit ihr eine Runde auf der Tanzfläche drehst.«

König Theodors finsterer Blick blieb einen Herzschlag lang auf mir haften, bevor er sich wieder Nemea zuwandte. »Also gut, Nemea. Sie möchte unbedingt über die königliche Pflicht sprechen? Wenn der Tanz lang genug ist, können wir darüber sinnieren, wie sehr es dir an Pflichtbewusstsein mangelt.«

Ich staunte über seine Furchtlosigkeit. Er kümmerte sich nicht um Nemeas Empfindlichkeit, wie der Hof es tat – wie *ich* es tat. Noch bevor Nemea etwas erwidern konnte, streckte König Theodor seine Hand aus, und ich legte beschämt die meine hinein. Seine Schwielen kratzten, aber seine Berührung war warm und sanft. Meine Gedanken überschlugen sich, als ich mich an unser Gespräch auf dem Aussichtspunkt erinnerte. Ich war emotional gewesen. Ich war abfällig und unhöflich gewesen. Als König Theodor mich wegführte, bohrte sich Nemeas bedeutungsvoller Blick wie eine Klinge in mich, und ich wusste genau, was ich zu tun hatte. Verzaubern. Beschwichtigen.

»Ich bitte um Verzeihung, Eure Majestät«, sagte ich leise. »Ich wusste nicht, wer Ihr seid. Ich wäre nie so vertraut gewesen …«

»Wo ist Ihr Verlobter, Lady Imogen?«, fragte er, meine Entschuldigung völlig ignorierend.

»Ich …« Ich schluckte und versuchte, meine Stimme zu finden. »Ich bin mir nicht sicher. Vielleicht versteckt sich der Kommandant mit kalten Füßen und bereitet sich darauf vor, Seine Majestät zu bitten, unsere Verlobung zu lösen.«

»Dann ist der Kommandant nicht nur ein Mörder, sondern auch ein Idiot?«

Seine Worte trafen mich, und ich wusste nicht, ob ich mich geschmeichelt oder beschämt fühlen sollte. Schweigend und angespannt suchten wir uns einen Platz auf der Tanzfläche. Ich spürte seinen Blick schwer auf mir, aber ich hielt meine Augen auf die Wand über ihm gerichtet, auf den körperlosen Sirenenflügel, der daran hing.

Eine beschwingte, fröhliche Melodie erfüllte die Luft. Der Gedanke, mit ihm einen endlosen Reel zu tanzen, zwang mir ein gekünsteltes Lächeln ins Gesicht. Ich sprach über die Musik hinweg und bemühte mich erneut, überschwänglich zu klingen. »Ich fühle mich durch Eure Anwesenheit geehrt, Eure Majestät. Ich weiß, dass Ihr einen weiten Weg zurückgelegt habt.« Er legte eine Hand auf meine Taille, und die schnellen Schritte begannen.

»Ich konnte mir doch nicht die Gelegenheit entgehen lassen, Serafs Schrecken zu bestaunen, oder?«, sagte er und beobachtete mich genau. Ich biss mir auf die Zunge. »Ich kenne Eure Zofe Agatha.« Er nickte ihr am anderen Ende des Raumes zu, wo sie mit einem Kelch in der Faust stand und finster auf das Menschenmeer starrte. »Ich war überrascht, sie ausgerechnet hier zu sehen.«

Seine Verachtung für *hier* wurde in der schroffen Art, wie das Wort über seine Lippen kam, deutlich. »Ich wusste nicht, dass Ihr Euch kennt.« Es war schwer vorstellbar, dass Agatha ein Leben gehabt hatte, bevor sie in meines getreten war. »Und woher kennt Ihr sie?«

»Sie war eine Zeit lang meine Gouvernante.«

»Sie war auch meine.« Sie musste in Varya gewesen sein, unmittelbar, bevor sie nach Seraf gekommen war. »Und hat sie Euch ausgeschimpft, wenn Ihr mit Eurer Schreibfeder unter die Linie kamt, so wie sie es bei mir getan hat?«

»Nein«, antwortete er mit vollkommener Strenge. »Ich bin nie unter die Linie gekommen.«

»Oh.« Ich vermisste die Freundlichkeit, die Wärme, die ich zuvor in ihm gesehen hatte. »Ich verstehe.«

Die Tanzschritte waren schnell und wirbelnd. Ich glitt unter König Theodors Arm, hüpfte und drehte mich und konnte kaum atmen, weil sich mein Kleid wie eine Faust um meine Rippen schloss. Ich trat vor ihn zurück und legte meine Hand in seine, aber seine Finger schlossen sich nicht um meine Handfläche, um sie zu halten. Er hielt uns mitten im Schritt an.

»Gibt es ein Problem, Eure Majestät?«, fragte ich und zuckte zusammen, als ich den Stich in meiner Seite spürte.

»Ja.« Er sah so ernst aus und starrte mich aus zusammengekniffenen Augen an. »Ihr könnt nicht atmen.«

»Bitte tanzt weiter.« Ich sah mich um, meine Brust hob und senkte sich voller Angst, eine Szene zu machen und Nemeas Temperament zu reizen. »Mir geht es bestens.«

»Ihr hechelt wie ein Hund.« Ich konnte nicht erkennen, ob der Mann verärgert oder besorgt war.

»Bitte«, flehte ich, »ich möchte die Tänzer nicht stören. Es geht mir gut. Danke.«

Er starrte mich einen Herzschlag lang an, sein Blick verengte sich, dann setzte er unsere Schritte fort, aber mit halber Geschwindigkeit. Er führte uns zwischen den anderen Paaren hindurch und hielt uns im Takt der Musik und nicht im Takt des Raumes. Wir waren so nah beieinander, wie es mein Rock zuließ.

»Was macht Ihr da?«, flüsterte ich.

»Ich lasse Euch zu Atem kommen.«

»Ich sagte schon, es geht mir gut.« Panik schwang in meinen Worten mit. Aus den Augenwinkeln beobachtete uns Nemea, seine Wangen färbten sich wutrot.

»Nemea hat Euch gezwungen, dieses lächerliche Kleid zu tragen?« Seine Stimme war tief und sanft und jagte eine kribbelnde Welle über meine Haut.

Ich blickte auf mein Mieder hinunter. »Es war ein Geschenk«, sagte ich knapp. »Er wollte, dass der heutige Abend perfekt wird, und hat es extra für diesen Anlass anfertigen lassen.«

»Bemerkenswert.«

»Was?«

»Nemea ist sogar grausam mit seinen Geschenken.«

Die Musik begann zu dröhnen, ein Takt nach dem anderen. Das Gelächter der Tanzenden hallte in meinen Ohren, und König Theodor hielt ärgerlicherweise unser langsames Tempo und führte mich mit Leichtigkeit durch die wirbelnden Tänzer um uns herum. Ich setzte eine ruhige, zufriedene Miene auf und fixierte einen Punkt auf seiner Schulter.

Er wich ein wenig zurück und neigte den Kopf. »Ihr kommt mir bekannt vor.« In seinen Worten lag eine Frage.

»Wirklich? Vielleicht hat unser Gespräch Euch verwirrt.«

Er schüttelte den Kopf. »Nein. Es ist etwas anderes.« Er starrte mich weiter an, so wie er es auf der Brüstung getan hatte, akribisch und abschätzend.

»Ich versichere Euch, dass Ihr mich heute zum ersten Mal seht. Ich bin hier geboren. Ich habe Seraf nie verlassen. Als ich Waise wurde, nahm mich König Nemea wohlwollend als sein Mündel auf.«

Er lachte bitter auf. »Und warum sollte er das tun?«

Ich presste die Lippen aufeinander, nicht bereit, die wahre Antwort zu geben: dass meine Familie wohlhabend gewesen und es mein Erbe war, das König Nemeas Reich über Wasser hielt. »Das müsst Ihr ihn selbst fragen.«

»Ich möchte lieber nicht mit diesem Mann sprechen, also werde ich raten.« Ich hatte wieder zu Atem gefunden, aber König Theodor ließ uns unerträglich langsam über die Tanzfläche kriechen. »Ihr seid ein Minzblatt in seinem fauligen Mund. Ihr seid der Balsam, der die Peitsche seiner Grausamkeit besänftigt. Warum sonst würde er Euch in das halbe Kristall des Archipels kleiden, wenn nicht, um den Anschein zu erwecken, dass sowohl seine Schatulle als auch sein Herz bodenlos sind? In seinen Augen kann er nicht verachtenswert sein, wenn er sich um jemanden kümmert, der so schön und charmant ist wie Ihr.«

Ich konnte mein Zusammenzucken nicht verbergen. Er hatte mir kein Kompliment gemacht; vielmehr waren seine Worte von Abscheu erfüllt. Ich brachte trotz des flauen Gefühls in meinem Magen ein breites, süßliches Lächeln zustande. »Und Ihr, Eure Majestät, seid eindeutig zu klug, um auf seinen ausgeklügelten Plan hereinzufallen.« Kühn begegnete ich seinem Blick. »Ihr scheint alles andere als entzückt zu sein.«

Als sich unsere Blicke trafen, hielt er inne und starrte mich erstaunt an. Sein Kiefer lockerte sich. Er ließ meine Hand los, gab meine Taille frei. »Ich kenne Euch wirklich.«

»Was?« Ich sah mich kurz im Raum um. »Bitte, Ihr macht eine Szene.«

Er schüttelte den Kopf, eine kleine Bewegung, aber seine scharfen Augen studierten weiter die Linien meines Gesichts: die Wölbung meiner Stirn, den Schwung meiner Nase und darunter den Bogen meiner Lippen und die scharfe Senke meines Kinns.

»Was tut Ihr da?« Ich hob die Arme und wartete darauf, dass er meine Hand wieder ergriff. König Nemea hatte sich an den Rand der Tanzfläche gestellt, den Kopf misstrauisch in den Nacken gelegt. »Bitte, Eure Majestät, Ihr zieht die Aufmerksamkeit auf Euch.«

König Theodor trat einen Schritt von mir weg. Eine junge Frau wirbelte in seinen Rücken, aber nicht einmal das störte seinen starren Blick. Schließlich schritt er auf seine Wachen zu und ließ mich mitten auf der Tanzfläche stehen, während die Musik zu Ende ging.

Finger gruben sich in meinen Arm und rissen mich zur Seite. »Was hast du zu ihm gesagt?«, blaffte König Nemea schroff in mein Ohr.

»Nichts, Eure Majestät.« Mein Herz schlug mir bis zum Hals. »Er sagte, er kenne mich. Ich habe keine Ahnung, was er damit meinte.«

»Komm.« Nemea nahm meine Hand und zog mich zum Podest. Sein Griff war zu fest, sein Körper steif, seine langen Schritte schleppend. Er betrat das Podium, und ich schaffte es kaum, ihm auf die Erhöhung zu folgen. Meine Hand wurde in seinem Griff zerquetscht, als er mit der anderen seinen rubinbesetzten Kelch nahm und trank. »Was hat er noch gesagt?«

»Er hat mir ein Kompliment für mein Kleid gemacht.« Ich

rang mir einen warmen Blick ab und legte so viel Dankbarkeit wie möglich in meine Stimme, aber ich wagte nicht, meine Hand aus seiner zu lösen. »Er hat das Fest gelobt. Und ich habe zugestimmt. Ich kann Euch nicht genug danken, Eure Majestät, dass Ihr dem Kommandanten und mir eine solche Feier bereitet habt.«

Sein Griff um meine Hand wurde fester. Der Ring, den mir Kommandant Ianto gegeben hatte, grub sich in mein Fleisch. »Du hast doch nicht wirklich geglaubt, dass all das für dich ist, oder?«

Ich schüttelte den Kopf und versuchte, den Schmerz aus meinem Gesicht zu verbannen. »Nein, natürlich nicht, Eure Majestät. Ich wollte nur meine Dankbarkeit zum Ausdruck bringen. Wie Ihr schon sagtet: Ich habe weit mehr bekommen, als ich verdiene.«

Er grunzte, und meine Fingerknöchel knackten unter der Kraft seines Griffs. Aber seine Stimme – seine Stimme war sanft wie der Hauch einer Feder. »Du solltest ihn entwaffnen, Imogen. Ihn besänftigen. Das Letzte, was ich brauche, ist ein Krieg mit diesem arroganten Trottel.«

Feuchte, klebrige Wärme füllte den engen Raum zwischen meinen Fingern. »Ihr tut mir weh«, flüsterte ich schließlich.

Doch Nemea beachtete mich nicht. Seine Aufmerksamkeit galt nun Kommandant Evander Ianto, der vor dem Podium stand und furchterregend und hoffnungslos verwirrt aussah. Seinen schwarzen Helm hielt er in die Hüfte gestemmt. Das sandfarbene Haar war vom Wind zerzaust, und über seine gebräunte Haut rannen Schweißperlen.

»Da bist du ja«, fauchte Nemea. Endlich ließ er mich los, und ich ballte die Finger zur Faust, um die Wunde zu verbergen, die er mir zugefügt hatte.

»Verzeiht mir, Eure Majestät.« Evander verbeugte sich. Die

Anstrengung hatte seine Wangen gerötet. An seinen Stiefeln klebten Klumpen von nassem Sand. »Ich wurde in Port Helris aufgehalten. Die Schiffe kamen immer wieder, und meine Männer brauchten Hilfe.«

Nemea nickte ihm zu. Sein Kommandant war ein guter Soldat. »Nimm sie.« Mit einer kurzen Handbewegung entließ er mich.

Mein Knicks war tief und ehrfürchtig. Während ich mich verbeugte, unterdrückte ich den Schmerz in meinem Gesicht, bevor ich an den Rand des Podiums trat, wo Evander stand. Anstatt mir herunterzuhelfen, neigte er den Kopf zurück und betrachtete mich. Er sah mich nicht an, wie Nemea es tat, um zu beurteilen, ob ich gut genug war. Er sah mich auch nicht auf diese beunruhigende Weise an, wie es der König von Varya getan hatte – suchend, sezierend, mit finsterem Blick. Nein, er sah mich mit einer feierlichen, überraschenden Bewunderung an.

Ich sonnte mich darin. Starrte zurück. Ich hatte den Kommandanten immer gut aussehend gefunden, mit seinen bernsteinfarbenen Augen und den Falten, die sie wie Sonnenstrahlen umgaben. Ich mochte die hellen Sommersprossen auf seinem Nasenrücken, den gefälligen Schnitt seiner Gesichtszüge. Seine Mundwinkel hoben sich. »Du siehst … wunderschön aus.« Er ließ seinen Blick an meinem Körper hinuntergleiten und senkte seine Stimme zu einem Flüstern. »Und sehr unbehaglich in diesem Kleid.«

»Es tut mir leid, dich enttäuschen zu müssen, aber ich kann darin keinen Reel tanzen.«

Er lächelte. »Dann tanzen wir eben Walzer.« Er streckte eine Hand aus, um mir herunterzuhelfen, und als ich vor ihm stand, fast Brust an Brust, erstarrte ich. Der Geruch des Meeres haftete an ihm. Die salzige Gischt überzog seine Rüstung, seine Haut, und sie stieg mir direkt in die Nase. Eine berauschende

Hitze durchströmte meinen Körper wie eine Welle, die gierig ans Ufer schlägt.

»Ich trage nicht meine besten Kleider«, sagte er entschuldigend. »Soll ich mich umziehen?«

Mein Magen krampfte sich zusammen. »Nein.«

Er legte meine brennende Hand in seine Armbeuge, und dann begann er, mit mir am Rande des Raumes umherzuschlendern, während er mit einem Grinsen im Gesicht dem Treiben zusah. Ich kannte den Kommandanten seit Jahren, auch wenn wir nur selten miteinander gesprochen hatten. Erst vor vierzehn Tagen hatte ich von unserer Verlobung erfahren, aber in seiner Nähe entspannten sich meine verkrampften Muskeln. Der Knoten, den Agathas Missbilligung in meinem Bauch hinterlassen hatte, löste sich, flatterte.

»Soll ich raten, wie viel Pfund das Kleid wiegt?«, fragte er.

Ich schenkte ihm ein breites Lächeln.

Er blieb stehen und sagte: »Noch mal.«

»Noch mal was?«

»Lächle noch einmal so.«

Unsere Blicke trafen sich, und ich spürte einen Schmerz in mir. Ich fragte mich, wie sich seine Berührung wohl anfühlen würde. Ich fragte mich, ob seine Haut nach Salz schmeckte. »Du bist heute Abend unverbesserlich.«

Er warf mir einen unartigen Blick zu. »Jeden Abend.« Seine warmen Finger schlossen sich um meine, und ich zuckte zusammen. »Was ist los?«

»Nur ein Schnitt.«

Er nahm meine Hand, drehte sie hin und her und begutachtete die blutende Wunde an meinem Mittelfinger. Seine Stirn runzelte sich. »Wie ist das passiert?«

»Es ist nichts. Seine Majestät hat nicht bemerkt …« Evander kniete sich hin und schob seine Hände unter den Saum meines

Rocks, wo er an den Unterröcken herumfummelte. Ich blickte mich mit großen Augen im Raum um. »Bei den Göttern, steh auf.«

»Warte.« Er sah zu mir hoch, ein schiefes Lächeln auf den Lippen. Ein schneller Ruck, der Stoff riss. Er erhob sich, einen Streifen weißes Leinen zwischen den Fingern. »Gib mir deine Hand.« Vorsichtig wickelte er den Stoff um die Schnittwunde. »Kannst du ein Geheimnis bewahren?«, fragte er, und seine raue Stimme füllte nur den kleinen Raum zwischen uns.

Überrascht von seiner Frage sah ich auf und begegnete seinem verzweifelten Blick. Ich fühlte mich, als wäre ich aus Geheimnissen gemacht. »Ja, das kann ich.«

»Wenn er nicht mein König wäre …« Evander steckte das lose Ende des Leinens fest und hielt meine Hand in seiner. »Ich würde ihn durchbohren, weil er dir wehgetan hat.«

Der Klang des Verrats, der aus dem Mund des Kommandanten wie ein Liebesgeständnis klang, ließ mich verstummen. Er erregte mich. Er erschreckte mich. »Das ist sehr ritterlich von dir.«

Evander trat einen Schritt näher, und sein salziger Geruch hüllte mich ein. Er durchströmte mich und erfüllte meine Brust mit pochender Hitze. Der Blick, den er mir zuwarf, war erwartungsvoll, aufrichtig.

Einen Beschützer, und sei es nur im Geiste, hatte ich im Kommandanten nicht zu finden gehofft. Ich hatte mir nur einen Funken Freundlichkeit gewünscht; dass er so sehr mit seiner Arbeit beschäftigt sein würde, dass ich mein ruhiges Leben weiterführen könnte. Ich stellte mich auf die Zehenspitzen und drückte ihm einen schnellen Kuss auf die Wange. »Dein Geheimnis ist bei mir sicher.«

3

Mit jedem Becher wurde der bittere Wein von König Nemea süßer.

Evander drückte mir einen weiteren in die Hand. »Wie wäre es mit einem Tanz?« Er lächelte mich an. »Es ist Jahre her, dass ich es versucht habe, aber ich verspreche, ich werde dich nicht so blamieren, wie es der König von Varya getan hat.«

Ich fand König Theodor am anderen Ende des Raumes mit einem selbstgerechten Gesichtsausdruck. »Na gut«, sagte ich geistesabwesend zu Evander.

»Du klingst wirklich begeistert«, stichelte er.

»Schwöre einfach, dass du mich auffängst, wenn ich in Ohnmacht falle.«

Er kam näher, und das Salz an ihm jagte mir einen Schauer über den Rücken. »Ich schwöre es bei der geliebten Gottheit selbst.«

Wir drängten uns auf die überfüllte Tanzfläche, und als die Musik anschwoll, legte sich Evanders Hand alkoholschwer auf meine Hüfte. Er griff in die Falten meines Rocks, in das Fleisch darunter, dann zog er mich an sich. Er umgab mich, und die Wärme seines Körpers durchströmte meinen.

Es war eine eigene Art von Rausch. Berührt zu werden, seinen Puls unter meinen Fingern zu spüren, als ich sein Handgelenk für einen weiteren Tanz ergriff. Dann noch einen.

Mehr Wein. Mehr von diesem Meeresduft.

Es gab Frauen – ich hatte sie gesehen –, die von innen heraus leuchteten, und sobald sie Ehefrauen waren, wurde dieses Leuchten schwächer. Ich wusste nicht, ob es ihre Ehemänner waren, die ihre Flamme löschten. Ob die Frauen versuchten, sie mit ihren Seelen vor dem Erlöschen zu bewahren. Jedenfalls hatte ich mich darauf vorbereitet, mein eigenes Leuchten verglimmen zu sehen. Aber Evanders Berührung entzündete Funken in mir, und irgendwie brachte er das Licht in mir dazu, heller zu brennen, beständiger zu brennen.

Die Nacht, die Musik, die abbrennenden Kerzen – alles schien zu verschwimmen, als wir uns dem Morgen näherten. Mein Kopf brummte vom Alkohol. Die Tanzfläche war immer noch voller Körper, und die Musik dröhnte immer noch durch die Luft. Evander packte mich fester an den Rippen und zog mich näher zu sich heran. Er presste seinen Mund auf meinen, seine Oberlippe glitt zwischen meine, und der beißende Geschmack von Salz erfüllte meinen Mund. Ich schnappte nach Luft.

Es fühlte sich an, als würde Blut, heiß und pulsierend, meinen Rücken hinunterfließen, sich unten an meiner Wirbelsäule sammeln. Mein Körper spannte sich an. Er verlangsamte unseren Tanz. »Was ist los? Bist du müde?«

Ich konnte nur nicken.

Mit einem sanften Ruck führte er mich zu den großen Türen, und in meiner Benommenheit ließ ich ihn gewähren. Sein starker Arm schlang sich um mich, sein warmer Atem strich über meinen Hals. Ich schmiegte mich gedankenlos an ihn und legte den Kopf in den Nacken, als mein Blick an dem Flügel hängen blieb – an der Gravur darunter.

DAS UNGEHEUER WIRD IMMER GETÖTET.

Die Worte des Königs von Varya huschten durch meinen Kopf, wie ein Käfer in meinem Schädel.

Dann ist der Kommandant nicht nur ein Mörder, sondern auch ein Idiot?

»Alles in Ordnung, Liebes?« Evanders Stimme klang sanft an meinem Ohr.

»Ich fühle mich nicht gut.«

Sein Mund verzog sich. »Zu viel Wein. Du brauchst etwas Brot. Komm.«

Am Bankettisch drückte er mir ein Stück Brot in die eine Hand, ergriff meine andere und führte mich mit schnellen Schritten aus dem Thronsaal. Das Navigieren auf der dunklen Treppe erforderte mehr Konzentration, als ich erwartet hatte. Der Wein hatte in meinem Blut seine Wirkung entfaltet. Ich versuchte, mich auf Evanders starke Hände zu konzentrieren.

»Dieses Kleid …« Er schlug auf den weiten Rock und versuchte, mich aufrecht zu halten. »Bei den Göttern.«

»Ich tue, was Seine Majestät von mir verlangt.« Meine Worte waren undeutlich. »Ich trage das Kleid, das mir die Luft raubt. Ich heirate den Kommandanten …« Ich brach ab, als mir die Bedeutung meiner Worte bewusst wurde. Ich blickte auf und sah in Evanders stechende Augen. »Das ist es, was wir tun, nicht wahr? Gehorchen.«

Er schien mich für einen langen Moment zu bestaunen, bevor er sagte: »Das ist es.« Er klang gequält. »Jeden Tag.«

Evander zerrte mich den Rest der Treppe hinauf. Oben auf dem Absatz drückte er mich mit einem rauen Kuss gegen die Wand. Ich zuckte zusammen, als der kalte Stein meinen Hals berührte. Er sprach über meine Lippen. »Es fängt an, dich zu zermürben, nicht wahr? Immer zu tun, was einem gesagt wird. Kein Mitspracherecht zu haben.«

Das schockierte mich. Ich wollte *ja, ja, ja* sagen, aber ich war abgelenkt, weil ich mich so sehr nach einem vollen Atemzug sehnte. Ich war abgelenkt von dem Salz auf meiner Zunge und davon, wie verzweifelt ich mehr wollte. Er küsste mich wieder und drückte mich fester gegen die Steinmauer.

»Bald, wenn wir verheiratet sind«, sagte er zwischen zwei Küssen, »wirst du dich nicht mehr vor ihm verantworten müssen.« Er deutete auf die Eichentür hinter sich. »Das ist deine Kammer?«

Ich nickte, und er hob mich hoch, fummelte an meinen Röcken herum, damit ich meine Beine um ihn schlingen konnte, und dann waren wir drin. Da war das metallische Gleiten des Türriegels, das Knacken des gerade entzündeten Abendfeuers.

Die harten, tanzenden Schatten, die die Flammen in den Raum warfen, zogen sich über Evanders Gesicht, und in seinen Augen wuchs eine Wildheit. Ich war schon mit Männern zusammen gewesen: angenehm, schnell, leidenschaftlich. Das hier war anders. Nicht der Mann – Evanders Leidenschaft war wie die der anderen.

Ich war anders.

Ich wollte ihn mit einer seltsamen Verzweiflung. Als würde mein Körper verkümmern, wenn ich ihn nicht schmecken, nicht spüren könnte. Er küsste mich hart und besitzergreifend, aber es machte mir nichts aus. Ich fuhr mit meinem Mund die Linie seines stoppeligen Kiefers entlang, bis dorthin, wo sein Puls in kleinen, warmen Wellen schlug.

Salz von seinem Schweiß, Salz aus dem Meer. Ein Stöhnen erfüllte meine Kehle.

Zu langsam löste er die Schnürung meines Mieders und ließ es über meine Schultern gleiten. Als er endlich meine Korsage lockerte und ich die Luft einsog, wurde mir schwummrig. Ein unangenehmer Druck baute sich auf und brannte tief in meiner Brust und meiner Wirbelsäule bis hinunter in meine Arme. Ich presste eine Hand auf meinen schmerzenden Kopf.

»Komm her.« Evanders dunkle Stimme ließ mich zusammenzucken.

Durch meinen seltsamen Nebel hindurch holte ich noch einmal tief Luft und folgte ihm zum Bett. Das Licht des Feuers strich über seinen breiten, muskulösen Rücken, dann über die Linien seiner Brust, als er sich hinlegte. Mein Körper und mein Geist waren zu zwei getrennten Einheiten geworden. In meinem Brustkorb spürte ich ein Zupfen, als wäre eine Schnur, die an meinen Rippen verknotet war, gerissen. Ich versuchte, das Gefühl abzuschütteln, als ich mich auf Evander setzte. Langsam führte ich ihn in mich hinein, presste meine Brust an seine. Er hielt mich fest, bewegte sich mit mir.

Aber selbst als Evander mich umschloss und ausfüllte, wuchs dieses unheimliche Gefühl. Es war, als ob etwas in mir lauerte und zum Leben erwachte, zuckte, sich wand, Gestalt annahm. Ich schloss die Augen und versuchte, mich dagegen zu wehren. Ich musste mich zurückhalten, um nicht zu summen. Seine Finger gruben sich in meine Hüften, und ich drückte meine Augen noch fester zu. Das Grollen von Evanders Lust drang an meine Ohren, sein Mund bedeckte meinen, und alles, was ich schmeckte, alles, was ich wollte, war Salz.

In einem plötzlichen weißen Blitz brach ich zusammen.

Das war keine Ekstase. Es war ein taumelndes, lustloses Verlieren des Selbst. Das Feuer in meiner Brust griff auf meinen Rücken über. Die Haut an meinen Schulterblättern brannte und zog, bevor sie riss. Flügel streckten sich frei. Ein schmerzhaftes Stöhnen zerfetzte meine Kehle. Mehr Feuer lief meine Arme hinab, tropfte jeden Finger hinunter, bis meine Nägel zu Krallen mit dunklen Spitzen wurden.

Evander erstarrte unter mir. In Sekundenschnelle verwandelte sich sein Gesichtsausdruck von Schock in Abscheu. Seine hübschen Züge verzerrten sich, und die Hitze in seinen Augen kühlte sich ab.

Hass.

In meiner verwirrten Trunkenheit legte ich den Kopf schief. Ich konnte es nicht verstehen – warum er mich nicht mit Ehrfurcht betrachtete. Dann traf mich das Verstehen wie eine Peitsche.

Er stieß mich von sich. Warf mich zu Boden, wo mein Kopf gegen den Stein schlug. Ich hätte Angst haben, Schmerzen spüren müssen. Stattdessen stachelte sein plötzlicher Hass, sein Wille, mir wehzutun, das Ding an, das in mir lauerte. Ich konnte nicht genau sagen, wo es wohnte, aber ich konnte es tief in mir spüren, wie einen verletzten Knochen. Es knirschte und schwoll an und rief Bilder von krallenbewehrten Händen, zerfetztem Fleisch und strömendem Blut hervor.

Evander bewegte sich schnell, kam über mich und legte seine Hand um meinen Hals. Seine Haut war heiß auf meiner. Sein Gewicht drückte mich nach unten und zerquetschte den Ansatz meiner Flügel. Unser beider Puls schlug durch seinen Griff. Seiner schnell. Meiner gleichmäßig. Unverändert.

Mit einer einzigen, leichten Bewegung tat ich es ihm gleich. Meine langen Finger schlangen sich um seinen Hals. Die schwarzen Spitzen meiner Krallen bohrten sich in seine goldene Haut und brachten die rubinroten Perlen seines Blutes zum Vorschein. Er zischte durch die Zähne und zog seine Hand von meiner Kehle zurück.

Ich atmete den heißen Metallgeruch ein. »Du hast Angst.« Noch nie hatte ich mich so mächtig gefühlt – so ganz anders als sonst. Er schüttelte den Kopf, aber ich konnte das Weiß seiner Augen sehen. Ich versenkte meine Finger tiefer in ihm.

»Imogen, bitte.« Seine Worte waren nur Luft, aber sie trafen mich wie eine Faust. Meinen Namen zu hören, mich zu erinnern, wer ich war, ließ das dunkle Ding in mir zusammenschrumpfen.

Ich ließ ihn los. Meine Brust hob und senkte sich unter panischen Atemzügen.

Er lehnte sich auf seinen Fersen zurück und ließ seine runden Augen über mich wandern. Meinen nackten Körper, die schwarzen Flügel unter mir, die dunklen Krallen an meinen Fingerspitzen. »Verdammte Götter.«

Wie ein gescholtener Welpe rollte ich mich von ihm weg und kroch zum Kamin. Ich bedeckte meine Brüste vor Scham, während er seine Kleider zusammensuchte. Seine Bewegungen waren schnell und kontrolliert. Ich erstarrte, als mir bewusst wurde, warum sein Körper so muskulös war. Es waren Muskeln, die von der Jagd auf Sirenen stammten, von zappelnden, furchterregenden Körpern, die sich gegen ihre Hinrichtung wehrten. Evander blieb an der Tür stehen, Wut und Enttäuschung verzerrten sein Gesicht. Seine Lippen öffneten sich, als wollte er etwas sagen, aber er warf mir nur einen letzten vernichtenden Blick zu, bevor er ging.

Und damit erlosch das beständige, helle Licht, das in mir gebrannt hatte.

Wach saß ich da, den Blick auf die verriegelte Tür geheftet, einen juwelenbesetzten Dolch in der Faust.

Der Schein des Feuers ließ die Rubine funkeln und die kurze Klinge golden schimmern. Als die Sonne schließlich durch mein Fenster kroch, drehte ich den Dolch zwischen den Fingern und kam mir plötzlich dumm vor. König Nemea hatte ihn mir zu meinem siebzehnten Geburtstag geschenkt. Mit seinen üppigen Juwelen und der stumpfen Klinge war er eher dekorativ als tödlich – wie ich, dachte ich.

Trotzdem hatte es mir in dieser Nacht ein Gefühl der Sicherheit gegeben, mich daran festzuhalten.

Von dem Moment an, als Evander meine Tür zugeschlagen hatte, hatte ich geweint. Ich hatte zu den Großen Göttern und Göttinnen gebetet, als ob sie mich hören könnten, und sie gedankenlos um einen flüchtigen Frieden gebeten, der nie kam. Ich hatte darauf gewartet, dass Evanders Stiefel über die Treppe stampften, dass er meinen Riegel durchbrechen und mich zur Hinrichtung in den Hof schleifen würde. Es war Jahre her, dass eine Sirene öffentlich hingerichtet worden war – Nemeas Männer töteten sie zu schnell, es rentierte sich nicht, sie extra auf den Berg zu schleppen.

Aber ich war bereits hier.

Sie würden mich zum Spektakel machen: Dem Mündel des Königs würden die Flügel vom Rücken gerissen. Die Kehle tief durchgeschnitten, ein pulsierender roter Vorhang. Wenn sie fertig wären, würde mein Körper auf einem Pfahl ausgestellt werden, um tagelang zu verrotten. Vielleicht würden auch meine Flügel an seiner Wand hängen, diese Trophäe wäre ein perfektes Ensemble.

Ein kurzes Klopfen an der Tür. Ich umklammerte meinen Dolch fester. »Ja?«

»Mach auf, Im.« Das schwere Eichenholz dämpfte Agathas Stimme.

»*Scheiße.*« Für Agatha hätte ich genauso gut aus Glas sein können, sie konnte praktisch in mich hineinsehen. Sie würde sofort wissen, dass etwas Schreckliches passiert war, sobald sie mich sah. »Moment.«

Sie klopfte erneut ungeduldig.

»Ich komme ja schon.« Alles tat weh, als ich mich zur Tür bewegte. Die raue Haut auf meinem Rücken zog, als ich nach dem Riegel griff. Beim Anblick meiner ausgestreckten Hand hielt ich inne. Dunkelbraune Sicheln aus getrocknetem Blut saßen unter jedem Fingernagel.

Evanders Blut.

Bilder der letzten Nacht schossen mir durch den Kopf. Wie er sich angefühlt hatte, das Salz auf seinem Fleisch, die ungeheure

Kraft, die ich beim Anblick dieser rot schimmernden Tropfen gespürt hatte. Ich wusste nicht, was schlimmer war: dass ich ihn fast getötet oder dass ich ihn am Leben gelassen hatte.

Ich hatte immer gewusst, was ich war. Als ich aufwuchs, hatte es in meinem Kopf geflüstert und an meinem Körper gezerrt, hinabzusteigen und dem Meer zu begegnen. Ich hatte nie darauf gehört, aus Angst, es würde ein Ungeheuer aus mir machen. Denn die Legenden von Sirenen und Blut waren wahr. Wir wurden geschaffen, um uns danach zu sehnen. Um es – warm und rauschend unter der Haut eines Seemanns – zu uns zu rufen. Um sie ganz unter die Gischt zu ziehen.

Mit der Faust schob ich schließlich den Riegel beiseite und öffnete die Tür. Meine Stimme klang kratzig. »Morgen.«

Agatha eilte schnurstracks auf meine Garderobe zu, ohne mich eines Blickes zu würdigen. Ich schloss die Tür hinter ihr ab. »Das Ritual beginnt bald«, sagte sie. »Dann wollen wir dich mal anziehen.«

Ich war so von der Sorge um Evander eingenommen, dass ich das gotteslästerliche Ritual von König Nemea völlig vergessen hatte. Seit fast drei Jahrzehnten weigerte er sich, die Große Göttin Ligea, die Königin der Sirenen, anzubeten. Er behauptete, Sirenen seien bösartig und erbarmungslos wie das Meer, sie hätten Freude an der Zerstörung, und mit der Zeit hatte er aufgehört, die Großen Götter zu verehren. Stattdessen brachte er seiner Wassergottheit Eusia Blutopfer dar.

Ich war nicht einmal davon überzeugt, dass es Eusia wirklich gab, denn in den Geschichten, die ich gelesen hatte, kam ihr Name nicht vor. Aber Nemea war fromm und versammelte seinen Hofstaat zur Opfergabe, bevor er wichtige Entscheidungen traf, vor der Fischereisaison, vor Namenstagen. Und vor Hochzeiten, damit die Verlobten um ihren Segen bitten konnten. Von klein auf war ich gezwungen worden, mein Blut zu geben.

Nemea und seiner Gottheit eine Opfergabe zu verweigern, bedeutete den Tod.

»Der Schneider hat das Hochzeitskleid gebracht«, rief ich Agatha zu. »Nemea hat mich gebeten, es für das Ritual zu tragen.«

Ich schleppte mich langsam zum Waschbecken, um meine Fingerspitzen zu schrubben. Die steifen Borsten der Bürste stießen scharf gegen meine Nagelbetten, und ein Schauer lief mir über die schmerzende Wirbelsäule.

»Imogen, ich dachte, wir könnten uns unterhalten«, rief Agatha aus dem Ankleidezimmer. »Gestern Abend konnte ich mit König Theodor sprechen ...« Sie kam herein, die Stirn nachdenklich gerunzelt, ein sauberes Unterkleid und das Hochzeitskleid aus schwarzer Spitze sorgfältig über ihre Arme gelegt. Sie erstarrte, als sie mich endlich ansah. Ihre großen Augen funkelten vor Sorge. In ihnen lag der grimmige, schwesterliche Blick, mit dem sie sich immer wappnete, wenn ich verletzt war. »Sag mir, was passiert ist.«

Auf einmal war ich wieder ein Mädchen von dreizehn Jahren. Ich schlüpfte in ein Salzbad, das mir ein neues Dienstmädchen versehentlich eingelassen hatte. Ein scharfes, pulsierendes Gefühl hatte meine Brust erfüllt, mein Körper zu schmerzen begonnen. Agatha hatte mich sofort herausgezogen, als ich nach ihr gerufen hatte. Damals hatte sie denselben Blick gehabt wie jetzt. Sie hatte mich in ein Handtuch gewickelt und mir eilig die Salzlake von der Haut getrocknet.

»Ich bin wie du, Immy«, hatte sie geflüstert. »Eine Sirene fernab vom Meer. Salzwasser macht die Sehnsucht nur noch schlimmer. Halte dich davon fern.«

Agatha hatte mir Sicherheit gegeben. Mit ihr als meiner Vertrauten war ich nicht allein. So hatte ich das hässliche, sich erhebende Haupt, das mein wahres Ich war, unter die Oberfläche geschoben. Und vergangene Nacht, geblendet von meinem unerschrockenen Verlangen, hatte ich es wieder nach oben gezogen. Ich hatte es nach Luft schnappen lassen.

»Imogen?« Agathas Blick huschte über meinen zerzausten Körper. Meine dunklen Locken waren mit Haarnadeln festgeklemmt, mein Unterhemd war zerknittert und hing schief. Ein kleiner Blutfleck zierte meine Hüfte. »*Imogen.*«

Meine Kehle schnürte sich zu. Ich schlang ihr die Arme um den Hals und zerdrückte das Kleid, das sie zwischen uns hielt.

»O Götter«, keuchte Agatha. Sie erwiderte meine Umarmung und presste ihre Hände auf meinen Rücken – auf die offenen Wunden, die von meinen Flügeln stammten. Ich keuchte vor Schmerz. Als sie sich von mir löste, waren ihre Hände rot von frischem Blut. Plötzliches Verständnis weitete ihre dunklen Augen. »*Wie?*«, sprach sie hastig. »Wir müssen sofort gehen. Wir müssen den Berg runter …«

Ein leises Klopfen an meiner Tür. Mein Kopf schnellte in die Richtung des Geräusches, meine Nackenhaare stellten sich auf. »*Imogen!*« Evanders spöttische Stimme drang durch das Holz.

»Wer ist das?«, raunte Agatha.

Mit einer hektischen Geste forderte ich sie auf, sich einzuschließen.

»Mach auf, Imogen.« Ein lautes *Donnern.* »Oder ich mache sie selbst auf.«

»Agatha«, flüsterte ich, »geh in mein Ankleidezimmer. Schließ die Tür ab. Komm nicht raus, egal, was du hörst.«

Sie straffte trotzig den Rücken. »Was … auf gar keinen Fall!«

»*Pst.* Tu es. *Bitte.*« Ich hastete zu dem Stuhl, auf dem ich die Nacht verbracht hatte, und holte meinen weggeworfenen Dolch hervor. »*Jetzt,* Agatha. Ich könnte es mir nie verzeihen, wenn dir etwas zustößt. Geh. Komm nicht raus.«

Schließlich eilte sie zu meiner Garderobe.

Nachdem das Schloss eingerastet war, rannte ich zur Kammertür. Der Riegel kratzte. Die Scharniere ächzten, als ich sie öffnete.

Evander stand da, groß und imposant, in dem schwarzen Mantel und der schwarzen Hose, die er gestern Abend hätte tragen sollen. Seine Hand ruhte auf dem lederumwickelten Schwertgriff an seiner Hüfte. Leuchtende bernsteinfarbene Augen glitten an meinem Körper hinunter. Sie verzogen sich zu einem unerschrockenen Lächeln, als er meinen Dolch sah. »Du bist noch nicht bereit.«

Mit klopfendem Herzen trat ich einen Schritt zurück. »Was willst du?«

Evander schob sich ohne Antwort an mir vorbei und schnallte dabei seinen Schwertgürtel ab. Er legte ihn ehrfürchtig auf das Bett und ließ sich am Fußende nieder. Der Mann sah aus wie ein böses Omen, ganz in Schwarz gekleidet, das sich deutlich von den hellen Farbtönen und der grellen Morgensonne abhob, die die Kammer erfüllten.

»Mach die Tür zu, Imogen.«

Der leise, emotionslose Befehl ließ mir den Atem stocken. Ich warf die Tür zu, ohne den Blick von ihm zu nehmen.

»Schließ ab und komm her.«

»Ich habe dich gefragt, was du willst.«

»Ich werde dir nicht wehtun, Imogen. Schließ ab. Und komm her.« Er bückte sich, um das Kleid und das frische Hemd aufzuheben, die Agatha fallen gelassen hatte. »Lass mich dir helfen.«

Ich war eine Maus, und dies war das sanfte Spiel der Katze, bevor sie ihre Zähne einsetzte. »Ich kann mich selbst anziehen.«

Die Art, wie er mich ansah, war der vom Vorabend sehr ähnlich. Sein Blick war erhitzt, aber jetzt schwebte ein Schatten darin. Er hatte das Dunkle in mir gesehen, und das hatte ihn verändert. Uns verändert. »*Komm her.*«

Ich machte einen vorsichtigen Schritt nach vorne. Dann noch einen. Als ich nah genug war, beugte er sich vor und griff nach meiner Hand. Harte Finger kneteten meine Hüften, als er mich zwischen seine geöffneten Beine nahm. Ich verkrampfte mich, als sein Arm um mich glitt und mich fest und nah hielt. »Ich will dich immer noch.« Er sah mir in die Augen. »Ich gebe zu, ich bin … schockiert.« Er senkte seine Stimme zu einem Flüstern. »Aber … Nemea muss es nicht erfahren.«

Ich legte meine Hände auf seine breiten Schultern und versuchte, ihn wegzudrücken. »Das ist ein Trick.«

»Nein«, sagte er, während er mich unnachgiebig festhielt. »Kein Trick.«

Ich versuchte, mein Zusammenzucken zu verbergen, als er mir einen sanften Kuss auf die Mitte meiner Brust drückte. »Ich bin gekommen, um mich zu entschuldigen. Dafür, dass ich dir wehgetan habe.« Er zog sich zurück und strich über die wütend roten Einstichstellen, die ich an seinem Hals hinterlassen hatte.

»Ich verstehe das nicht.« Mein Blut schrie in meinen Ohren. »Du kannst mich unmöglich noch wollen.«

Er nickte mir ernst zu.

»Du tötest meinesgleichen. Du hast den *Befehl dazu.* Warum solltest du mich heiraten wollen, jetzt, wo du weißt, was ich bin?«

»Abgesehen von der Tatsache, dass ich dich mittlerweile … liebe …«

Ich wich zurück. *Liebe* war nichts, worauf ich je gehofft hatte. Es war nichts, was ich je gefühlt hatte. Ich hatte großartige Liebesgeschichten gelesen; ich hatte mit Dienstmädchen gesprochen, die mit rosigen Wangen und Sternen in den Augen von einem stillen Stallknecht oder einem schönen Soldaten schwärmten. Und immer schien mir die Liebe etwas Weiches und Beständiges zu sein. Sie schien verschwenderisch, manchmal töricht, sogar gefährlich, aber sie war nie von Angst durchdrungen, wie das, was ich jetzt empfand. So wie Evander es letzte Nacht empfunden hatte, als ich sein Blut hatte fließen lassen.

Er fuhr mir mit dem Daumen über die Unterlippe und lenkte meine Aufmerksamkeit wieder auf sich. »Du bist weit weg von deinesgleichen aufgewachsen«, sagte er. »Du bist nicht wie der Rest von ihnen. Du bist fügsam. Und das hat Vorteile für mich. Kennst du das Blutsband der Sirenen?«

Ich wusste genug. Eine Sirene war an das Meer und die Luft gebunden. Ihre Kraft und ihr Instinkt, jemanden zu ertränken, wurden durch ihre Nähe zum Meer noch verstärkt. Das Blutsband dämpfte diesen Instinkt. Es bewahrte die Person, an die die Sirene gebunden war, vor den Verlockungen anderer Sirenen. Das verbundene Paar war gezwungen, sich gegenseitig um jeden Preis zu schützen. Aber oben in den Bergen war ich einfach nur eine Frau. Meine Instinkte und meine Kraft waren so gut wie tot.

»Die Bindung ist schmerzhaft«, sagte ich. »Und es ist nicht nötig. Was letzte Nacht passiert ist, wird sich nicht wiederholen.« Ich würde mich vom Wein fernhalten. Er würde sich waschen, nachdem er auf dem Meer gewesen war.

Seine Hand hob sich zu meinem Kinn, seine Finger legten sich darum. Er sprach langsam und deutlich. »Ich will keine Frau, die mich töten kann.«

Mir wurde flau im Magen. »Das Blutsband ist verräterisch.«

»Ich sagte, Nemea braucht es nicht zu erfahren.« Er ließ mich los und schüttelte das Gewand aus. Er führte mich an den Hüften und drehte mich so, dass ich mit dem Rücken zu ihm stand. Er streifte mir das blutbefleckte Hemd von den Schultern und ließ es um meine Füße fallen. Die kalte Luft, die meinen nackten Körper berührte, ließ mich frösteln. Er legte seine Fingerspitzen neben die offenen Wunden an meinen Schulterblättern. »Wusstest du …« Seine Lippen streiften meine Schulter. »Dass das, wenn du unten am Wasser gelegen hättest, fast sofort verheilt wäre?« Seine Fingerknöchel berührten die Knochen meiner Wirbelsäule. »Ich könnte dich dorthin bringen, wenn wir durch das Blut verbunden wären.«

Mir schossen all die Dinge durch den Kopf, die Evander über meine Art wusste und die ich nicht wusste. Ich stellte mir seine Hände vor, die mit Sirenenblut bedeckt waren, sein blutbespritztes Gesicht. »König Nemea erlaubt mir nicht, die Festung zu verlassen.« Und ich war mir auch nicht sicher, ob ich es wollte.

Seine Lippen berührten mein Ohr. »Du würdest nicht mehr Nemea gehören, Imogen. Du würdest mir gehören.«

Ich bückte mich und zog mir das fleckige Hemd über die Schultern. Dann ging ich zum Sofa, wo mein Korsett am Abend zuvor gelandet war, und zwängte meine Arme durch die Träger. »Hilf mir.« Meine Stimme zitterte. »Nemea wird uns nie verzeihen, wenn wir zu spät zum Ritual kommen.«

Evander kam der Bitte nach und ging langsam auf mich zu. »Wer weiß es noch?«, fragte er, während er ungeschickt an meinen Bändern zog. Jeder Zug war eine Qual.

Ich zwang mich, nicht zur Tür meines Ankleidezimmers zu schauen. Eher würde ich mir einen Flügel abschneiden, als zu verraten, dass Agatha seit Jahren mit meinem Geheimnis lebte, das sicher hinter ihren Lippen verborgen war. »Niemand.«

»Gut.« Ein weiterer qualvoller Ruck, dann drückte das Mieder auf meine aufgerissene Haut. »So?«, fragte er und zog noch fester.

»Ja.« Ich schauderte vor Schmerz und schlüpfte in mein schwarzes Kleid. Evander schloss die glitzernden Knöpfe am Rücken. Vor dem Spiegel fuhr ich mir mit den Fingern durch die Knoten in meinem Haar und zwickte mir etwas Farbe in die fahlen Wangen. Meine goldbraunen Augen wirkten glasig und leer. »Es gibt ein Problem.«

Er schürzte die Lippen. »Das da wäre?« Besitzergreifend verdunkelte sich sein Blick, als er die Linien meines Körpers nachzeichnete.

»Das Blutsband kann nur vollzogen werden, wenn meine Flügel ausgebreitet sind. Vor letzter Nacht habe ich mich noch nie verwandelt.« Die vergangene Nacht war ein ungewohnter Strudel aus Wein, Salz und erhitzter Haut gewesen. »Ich weiß nicht, ob ich das noch einmal schaffen würde.«

Ich beobachtete ihn im Spiegel, wie er seinen Mantel zurechtrückte und mit eisiger Gleichgültigkeit sagte: »Wir werden das tun, was wir bei Hinrichtungen tun.«

Abrupt drehte ich mich um und sah ihn an. »Bei Hinrichtungen?«

»Ich werde Meerwasser heraufholen und es mit dem Siphon in deine Lungen pressen. So wirst du dich verwandeln.« Er stellte sich vor mich, so nah, dass ich den Kopf in den Nacken legen musste, um ihm in die Augen zu sehen. Er beugte sich nach unten und gab mir einen Kuss auf den Hals. Dann noch einen. Seine Lippen hätten genauso gut eine Klammer um meine Kehle sein können.

Die mir die Luft abschnürte.

Die mich zum Schweigen brachte.

4

Kein noch so dicker Samtbezug und kein noch so glänzendes Holz konnten darüber hinwegtäuschen, dass die Kultstätte von König Nemea unterirdisch in den Berg gehauen war. Der feuchte Geruch und die düsteren Ecken ließen sich nicht verbergen. Kerzen brannten in ihren eisernen Haltern und verbreiteten ein geheimnisvolles Licht.

Mein Arm war mit dem von Evander verschränkt, und wir verlangsamten unsere Schritte, als wir das Herz des riesigen, niedrigen Raumes erreichten. »Ich soll König Nemea aus seinem Quartier geleiten«, sagte er. »Verlasse diesen Raum nicht.«

Er ging, und meine verkrampften Schultern entspannten sich.

Wir waren früh eingetroffen, und einige Höflinge begrüßen einander, ihre Stimmen hallten von den Steinen wider, während sie sich gegenseitig mit Geschichten über das Festmahl der letzten Nacht amüsierten. Ihr dröhnendes Gelächter umschloss mich. Langsam schritt ich durch den Raum und fühlte mich wie in einem Käfig. In den hinteren Ecken verstaubten die Statuen der Großen Göttinnen und Götter, die einst im Hof gestanden hatten. Ihre Gesichter waren weggemeißelt worden, als ich noch ein Mädchen gewesen war, aber ich erkannte sie an den Gegenständen, die sie hielten.

Milton von Della hielt Seidenraupen in seiner brüchigen Handfläche, und unter seinem Arm klemmte ein Hase, der seine Macht über Tiere symbolisierte. Panos von Varya stand groß und stark da, eine blühende Ranke schlängelte sich sein Bein hinauf, über seine Schulter und um seine offene Marmorhand. Ich bemerkte die hohen, anmutigen Linien seines Körpers. Er erinnerte mich an seinen Enkel, König Theodor. Panos hatte die Macht des Lebens besessen – mit einem einzigen Gedanken konnte er sterbende Pflanzen zum Blühen bringen, zerrissenes Fleisch heilen. Diantan von Hera – die Große Göttin des Handwerks – hielt einen Hammer und einen Beitel in der Hand. Das Lot, das an ihrer anderen Hand hing, war schon vor langer Zeit abgebrochen und wahrscheinlich jetzt der Splitt, den ich unter meinen Schuhen spürte. Als produktive Baumeisterin konnte sie das, was sie vor ihrem geistigen Auge sah, in die Tat umsetzen. Jesop von Gos lag auf der Seite, sein bärtiges Haupt einen halben Meter vom Rest seines Körpers entfernt. Er besaß die Kraft des Gedächtnisses, die, in Verbindung mit seiner göttlichen, fast unsterblichen Lebensspanne, Leucosia die ersten Bücher über Geschichte, Genealogie und Folklore beschert hatte.

Und in der düstersten Ecke des Raumes stand die Große Göttin Ligea. Ich blickte zu ihr auf. Ihre zarten Marmorflügel lagen in Stücken um ihren Sockel. Ihr Kopf fehlte gänzlich, aber ihr Körper war stark, eingehüllt in ein Stück Stoff, das hinter ihr in einer Brise flatterte. Eine sich kräuselnde Welle küsste ihre nackten Füße. Die anderen Götter sagten, sie besäße die Macht des Todes – aber sie irrten sich.

Sie beherrschte den Wind und das Meer.

Mit einem melodischen Flüstern konnte sie einen Sturm zum Schweigen bringen oder ihn zum Leben erwecken. Sie nutzte ihre Macht, um Netze mit Fischen zu füllen und Schiffen in Schlachten beizustehen. Und wenn ihr Unrecht geschah, lockte sie den Schuldigen zu einem brutalen Ende durch Ertrinken.

Ich starrte und starrte auf das, was von ihr übrig geblieben war.

»Lady Imogen«, erklang eine leise Stimme in meiner Nähe.

Ich wirbelte herum. König Theodor stand vor mir, den Körper vor Wut angespannt, das Gesicht grimmig. Ich knickste. »Guten Morgen, Eure Majestät.«

»Was ist das für ein Ort?«, fragte er, wobei sein feuriger Blick von einem entweihten Gott zum nächsten sprang. Seine Augen blieben an dem Bildnis seines Vorfahren hängen. »Man hat mich angewiesen, hierherzukommen, aber mir wurde nicht gesagt, warum.«

Mir blieb der Mund offen stehen. Die Großen Götter – die Götter von Leucosia, entstanden aus dem Land und dem Wasser – verlangten keine Opfergaben. Sie wurden nicht im schauerlichen Bauch der Erde verehrt.

»Dies ist der Ritualraum von König Nemea, Eure Majestät.« Scham schwächte meine Stimme. »Hier opfert der Hofstaat sein Blut für seine Gottheit.«

Sein Blick schoss zu mir. »Tut *Ihr* das?« Der entsetzte Ausdruck von Abscheu in seinem Gesicht ließ mir den Atem stocken. »Ihr gebt Euer *Blut* für … für was? Für wen?«

Die Wassergöttin, der ich in wenigen Augenblicken mein Blut darbringen sollte, war weder eine Große Göttin noch eine ihrer Nachkommen. Wenn man König Nemea glauben durfte, war sie ohne jede Macht geboren worden. Genau wie er. Sie hatte sich ihre Macht durch verdrehte, verbotene Magie selbst geschaffen.

»Das tue ich, Eure Majestät.« Ich konnte ihm nicht in die Augen sehen. »Das Opfer ist für Eusia bestimmt. Eine Weigerung bedeutet den Tod.«

Der vernichtende Blick, den er mir zuwarf, war unmissverständlich – die Todesdrohung entlastete mich nicht.

Eine harte Hand traf meinen Rücken. »Alles in Ordnung, Liebling?«, fragte Evander und funkelte König Theodor an, der mit seinem eigenen vernichtenden Grinsen zurückstarrte.

Der Raum hatte sich weiter gefüllt. Nemea saß nun auf einem

hölzernen Thron auf der anderen Seite in demselben scharlachroten Mantel, den er während des Festmahls getragen hatte.

»Alles bestens«, sagte ich und folgte Evander, wohin er mich führte. In der Mitte des Raumes hatte man einen schwarzen Samtüberwurf auf den staubigen Boden gelegt. Zwei Schalen aus geschnitzten Knochen standen darauf. Daneben lagen einige kurze, gefährlich scharfe Obsidianklingen. Dazu ein kleiner Stapel weißer Bandagen. Das Ritual für die Verlobten.

Geistesabwesend fuhr ich mit dem Daumen über den Narbenhügel in meiner linken Handfläche. Ich hatte mir mit dieser Klinge schon so oft in die Hand geschnitten, dass ich nicht mehr mitzählen konnte.

»*Imogen.*« Evander stieß mich an. »Hast du mich gehört?«

Ich schüttelte den Kopf.

»Was wollte der Mistkerl?«

»Er wollte etwas über diesen Raum wissen – und über das Ritual.«

Evander stieß einen unwirschen Laut aus und richtete seinen Mantel. »Hast du dich entschieden, was du von Eusia verlangen willst?«

»Oh.« Evander hatte das Ritual noch nie durchgeführt, da es nur dem Hof von König Nemea vorgeschrieben war. Er wirkte beflissen, den Blick auf die Utensilien zu seinen Füßen gerichtet.

»Ich habe nichts von ihr zu verlangen«, sagte ich. »Ich spreche immer nur das rituelle Gebet.« Ein Gebet, bei dem sich mir der Magen umdrehte, denn Nemeas geliebter Wassergottheit wurde das Blut seines Hofes geopfert, damit sie ihm seinen größten Wunsch erfüllte: das Meer von den Sirenen zu befreien.

»Und was willst *du* von ihr verlangen?«, fragte ich düster und leise.

Evander antwortete, ohne zu zögern: »Macht.«

Macht.

Ich schüttelte verwirrt den Kopf. »Hast du nicht schon genug davon?«

»Du meinst meinen Titel und mein Schwert?« Er stieß einen freudlosen Seufzer aus, und sein Blick fiel auf König Nemea. »Ich lebe mein Leben im Dienste eines anderen.« Er schüttelte den Kopf, sah mir in die Augen. »Ich will etwas, das mir gehört. Etwas, das mir nicht genommen werden kann.«

Vielleicht waren Evander und ich gar nicht so verschieden. Nach der letzten Nacht, nachdem ich gespürt hatte, wie sich meine Adern mit solcher Kraft füllten, sehnte auch ich mich nach Macht. Ich sehnte mich nach der Freiheit, der Wahl und dem Schutz, den sie bieten konnte. Wenn ich in der Nähe des Wassers wäre, würde ich das Meer beherrschen und den Wind formen, genau wie es einst die Große Göttin Ligea getan hatte. Ich würde diejenigen, die mir wehtun wollen, in ein schwarzes, bodenloses Grab singen. Wenn ich am Meer wäre, hätte ich die Kontrolle über den Mann neben mir.

Nein, ich hätte die totale Kontrolle.

Stille senkte sich über den Raum, als König Nemea sich räusperte. »Wir wünschen uns Wohlwollen zwischen unseren Königreichen.« Mit rauer Stimme wandte er sich an die anderen Herrscherinnen und Herrscher – die Königin von Della und Gos, den König von Hera und auch an König Theodor. »Jahrelang hat die Insel Seraf um Akzeptanz und Respekt gekämpft. Wir haben das Recht, anzubeten, wen wir wollen. Und wir haben das Recht, um den Segen einer Gottheit zu bitten, die tatsächlich antwortet.«

Sein herausfordernder Tonfall erfüllte mich mit Unbehagen.

Nemea fuhr fort. »Heute werden die Verlobten Eusia um ihren Segen bitten. Möge sie ihnen geben, was sie erbitten. Kommandant Ianto, Lady Imogen. Kniet nieder.«

Die Höflinge hielten sich an die rauen Wände des Raumes gedrückt, ihre Gesichter waren von der Dunkelheit halb verborgen. Mein Atem ging flach, meine Hände waren feucht, als Evander und ich uns gegenüberstanden und vor unseren jeweiligen Schalen auf die Knie gingen. Evander stand mit dem Rücken zu König Nemea, sodass ich einen freien Blick auf ihn hatte, wie er auf dem Rand seines Thrones saß, mit einem wilden Funkeln in den Augen.

Aber es war König Theodor, der meinen Blick auf sich zog.

Er stand neben Nemea und kochte vor Wut. Tiefe Falten hatten sich zwischen seine Brauen gegraben, und er hatte seine Kiefer so fest zusammengepresst, dass sie fast zu brechen schienen. Selbst im spärlichen Kerzenlicht konnte ich das Grün seiner Augen sehen, wild und wütend auf mich gerichtet.

Der Mann strahlte Kraft aus. Sie strömte aus seiner Haut, wogte durch seine wohlgeformten Muskeln. Der Scham, die er mich hatte spüren lassen, folgte schnell ein Aufwallen von Zorn. Er hatte nie erfahren, wie es sich anfühlte, dem Willen eines anderen unterworfen zu sein. Nie hatte man von ihm verlangt, etwas von sich zu geben, was er nicht geben wollte. Ich begegnete seinem flammenden Blick, auf einmal wütend, dass er mir das Gefühl gab, mein Wunsch zu überleben sei unverzeihlich.

»Fangt an«, erklang Nemeas dunkle Stimme.

Evander hob seine Klinge, und ich beobachtete ihn wie erstarrt. Er zog sie schnell über seine Handfläche, schlitzte sie auf. Sein Blut floss wie dunkler Wein zwischen seinen Fingern und über die breite Innenfläche und tropfte in die Schale darunter. Er flüsterte sein Gebet, dann richtete sich sein Blick auf mich. Eine Locke seines sandfarbenen Haares fiel ihm über die zerfurchte Stirn.

»*Imogen*«, warnte er zwischen zusammengebissenen Zähnen.

Ich hatte nicht einmal Zeit, mein Messer zu heben. Er packte mein Handgelenk und zwang meine Handfläche mit einer schnellen Drehung nach oben. Die spitze schwarze Klinge bohrte sich tief in meine Haut, und mit einem Ruck riss meine Hand auf. Mein ganzer Körper zuckte unter dem stechenden Schmerz.

Aus den Augenwinkeln sah ich, wie König Theodor näher kam, aber ich blickte nicht auf. Ich konnte mich nur auf den stechenden Schmerz und die wachsende rote Lache in meiner Handfläche konzentrieren. Es sickerte zum Ärmelaufschlag und drang in die schwarze Spitze ein. Evander drehte meine Hand über der Schüssel. »Sprich das Gebet, Liebes.«

Ich versuchte, durch den bitteren Geschmack der Selbstverachtung, durch den feurigen Zorn, der mich erfüllte, hindurchzusprechen. Mein ganzes Leben lang hatte ich geglaubt, fügsam und gehorsam zu sein, würde mir eine Art Stärke und Sicherheit geben. Aber stattdessen hatte ich mich schwach gemacht. Ich hatte mich in etwas verwandelt, das jemand wie Evander leicht zwischen Finger und Daumen zerbrechen konnte. Meine Stimme zitterte, als die Worte endlich kamen. »Ich gebe dem Sand. Ich gebe dem Wasser.« Die letzten Worte kamen mir kaum über die Lippen, so wie bei jeder Opfergabe. »Hört mich an, beachtet mich. Reinigt das Meer.«

Als mein Blut aufhörte zu fließen, strich Evander mit dem Daumen über mein Handgelenk, ein sanftes Hin und Her, dann nahm er einen Verband vom Stapel und wickelte ihn um meine Handfläche. Wie leicht es ihm fiel, mich erst zu schneiden und dann zu verbinden. Seine barbarische Pflicht mit seiner Zärtlichkeit zu vermischen. Ich wandte meinen Blick von ihm ab, wie gezwungen, hin zu König Theodor.

Er war so nahe herangetreten, dass seine polierten Stiefel den schwarzen Samt berührten, auf dem wir knieten, und seine scharfen Augen waren auf mich gerichtet, auf mich allein. Zorn errötete seine Wangen, und als er sprach, wie ein tiefes

Donnergrollen, schien sich der Druck im Raum zu verändern. »Wie viel Blut hast du ihr abgenommen, Nemea?«

Keiner der Höfling atmete, während sie auf die Antwort von König Nemea warteten. Selbst Evander war wie erstarrt, seine Hand schwebte über dem Griff seines Schwertes.

»Ich habe meinem gesamten Hof Blut abgenommen und es Eusia über zwei Jahrzehnte lang geschenkt, Junge.« Ein Lächeln färbte seine Stimme.

König Theodor löste endlich unsere Blicke, um Nemea anzustarren. »Ich habe nach *ihr* gefragt.«

Warum?

Etwas Gefährliches schwebte zwischen den beiden Männern, etwas Unausgesprochenes, das ich nicht entschlüsseln konnte, aber ich spürte, dass ich – mein Blut – im verfaulenden Herzen dieser Sache saß.

Nemea lachte, der Klang rasselnd und düster. »Sieh nur, wie sich die Rädchen deines Verstandes zu drehen versuchen. Ich habe ihr Blut genommen, seit sie ein Kind war.« Nemea lehnte sich in seinem Sitz zurück. »Seit dem Tag, an dem sie mein wurde.«

Es blieb mir keine Zeit, Nemeas Worte zu deuten, bevor König Theodor sein langes Bein zurückschnellen ließ und es in die Opferschalen schwang, die zwischen Evander und mir standen. Sie drehten sich, wirbelten herum, und das Blut spritzte mir ins Gesicht und auf Theodors cremefarbenen Mantel. Ich wich zurück und wischte mir die klebrige, heiße Flüssigkeit von den Wangen und aus den Augen, als der Raum in Bewegung geriet. Die Schwerter der Wachen klirrten, als sie aus ihren Scheiden gezogen wurden. Frauen keuchten, Männer schrien. Ich versuchte, meine Beine aus dem Gewand zu befreien, versuchte aufzustehen, aber ich konnte meinen Blick nicht von der Furchtlosigkeit abwenden, die König Theodor inmitten all der Schwerter, Muskeln und Geräusche ausstrahlte.

Nemeas Wachen umringten ihn, und Evander stieß mich zurück, um mich aus der Mitte des Raumes zu drängen. Auch König Theodor war bald von seinen eigenen Leuten eingekreist, aber es kam zu keinem Aufeinandertreffen von Metall. Nemea brüllte über das Gewusel grunzender Männer hinweg. »Du kannst nicht rückgängig machen, was geschehen ist, du Narr. Aber ich hoffe, du stirbst bei dem Versuch.«

»Imogen, geh in deine Kammer«, rief Evander, der zwischen den beiden Königen stand. »*Sofort!*«

Die Höflinge schrien und umklammerten einander beim Anblick der beiden Herrscher, die aufeinander losgingen, und ich drängte mich zwischen ihnen hindurch und lief auf die steile, unebene Treppe zu. Die Steinmauer fühlte sich kalt an unter meiner bandagierten Hand, aber ich ließ mich von ihr leiten und zwang mich hinauf, aus dem Bauch des Berges in das gleißende Licht der Eingangshalle von Fort Linum. Die Eingangstüren standen weit offen, wie an den meisten Tagen. Auf den Weg zu meiner Kammer blieb ich stehen.

Der Himmel draußen war in Wolken gehüllt, die sich wie graue Wellen kräuselten. Die Berge unter mir lagen in einem bläulich-weißen Dunst. Wie groß, wie unendlich alles schien, und ich wollte nicht hinter einer Tür eingesperrt sein. Gefangen und gefügig. Ich wollte raus. Ein erbärmlicher Schauer der Erregung überlief mich, als ich Evanders Befehl missachtete und über die Schwelle des Forts trat.

Der Hof war ein großer, kahler Kreis, umgeben von hoch aufragenden weißen Säulen. In der Mitte lag ein länglicher Stein, der Schicht um Schicht mit altem Blut getränkt war. Ich ging daran vorbei, das schwarze Gewand hinter mir her schleifend, auf den Rand der Klippe zu. Jenseits der Gipfel, durch den Dunst, konnte ich gerade noch das wogende Meer erkennen. Ich holte tief Luft und stellte mir vor, es riechen zu können. Ich stellte mir vor, wieder von ihm erfüllt zu sein, so wie letzte Nacht. Ich war Furcht einflößend gewesen. Ich hatte Evander dazu gebracht, die Augen weit aufzureißen. Ich hatte ihn betteln lassen. Ihn bluten lassen.

»Imogen.«

Die Stimme von König Nemea war rau und kratzig, als er durch die Tore der Festung schritt. Hinter ihm bildeten seine Wachen einen unerbittlichen Wall aus Rüstungen und Klingen. In ihrer Mitte stand Evander. Den Frack hatte er während des Kampfes ausgezogen, und sein Hemd war zerknittert und am Hals offen. In der einen Hand hielt er seine Ritualschale, in der anderen sein Schwert. Die Enttäuschung in seinem Blick ließ mich erstarren.

Nemeas Wangen waren rot gesprenkelt und schweißnass. Seine farblosen Augen blickten in meine.

»Eure Majestät.« Ich machte einen steifen Knicks. »Ist alles in Ordnung?«

Sein Grunzen klang wie das Scharren von Steinen. »Dieser *verdammte* Königsjunge kann auf dem Meeresgrund verrotten.« Er hob eine Ritualschale in die Höhe, die noch immer mit dickem, nassem Blut überzogen war. Er packte meine Hand wie ein Aal, der nach Beute schnappt, und riss den Verband ab. »Er hält sich für einen gütigen König.« Er nahm seinen Daumen und grub ihn in das brennende Fleisch um meinen Schnitt. Seine Berührung war grob, schmerzhaft und ließ meine Wunde wieder bluten. »Aber es ist nicht die Güte, die einen Herrscher mächtig macht, nicht wahr, Imogen?« Seine Augen leuchteten vor Bosheit. Speichel sammelte sich auf seinen Lippen wie scharfe weiße Zähne, während er jedes Wort herauspresste. Ich schnappte nach Luft, als er drückte und presste und die Knochen in meiner Hand gegeneinander schob.

Mein Geist glitt vor Schmerz aus meinem Körper. Er schwebte

über mir. Hörte mein Wimmern, sah meine Tränen. »Hört auf. *Bitte.*«

Schließlich ließ er ab, hielt aber weiter meine Hand in seiner. »Es spielt keine Rolle, wie mächtig das Blut eines Herrschers ist. Es spielt keine Rolle, wie gut, gerecht oder fair ein Herrscher ist. Was zählt, ist, dass er das, was ihm gehört, mit allen Mitteln festhalten kann.« Er drehte meine Hand und küsste den Rücken. »Es ist leicht, *gut* zu sein, wenn man von den verdammten Göttern gesegnet ist. Wenn du klein bist, wenn du nichts bist – wie ich es einst war –, dann lernst du, dir deine eigene Macht zu nehmen. Und damit nimmst du dir, was dir verwehrt wurde.«

Er starrte mich einen langen Moment an, die Schale mit meinem Blut in der Hand, bevor er sich umdrehte und auf die Treppe zuging, die zur Bergstraße hinunterführte. Seine Wachen folgten ihm, und ich wusste genau, wohin er ging.

Zum Meer. Um mein Blut seiner Gottheit zu opfern. Um seine eigene Macht zu schaffen.

Evander wurde langsamer, bevor er hinabstieg. »Ich habe dir gesagt, du sollst in deine Kammer gehen.«

»Ich brauchte Luft …«

Seine Augen blitzten, als er sein Schwert in die Scheide steckte. »Das ist mir egal. Ich werde nicht riskieren, dass du verletzt wirst.«

Ich überging die Ironie, die in meiner schmerzenden, von ihm aufgeschlitzten Hand lag. »Es bestand keine Gefahr …«

Mit einem Atemzug stand er vor mir, seine Finger krallten sich in meinen Kiefer. »Das reicht.« Er drückte seine Lippen auf meine, aber es fühlte sich nicht wie ein Kuss an. Es war wie eine knallende Peitsche, die durch mein Fleisch fuhr. »Geh …«, ein weiterer Kuss, der sich wie eine Leine anfühlte, die sich fest um meine Kehle zog, »in deine Kammer.«

Er ging weg, als wüsste er, dass ich ihm gehorchen würde, und blickte nicht einmal zurück. Ein Blutsband zwischen uns würde seinen wahren Schutz erzwingen, aber sein Schutz bestand aus verschlossenen Türen, unterdrückten Bedürfnissen und dem Gehorsam meines Körpers und meines Geistes. Ein Band würde ihn stärken und mich zermürben – ich würde zur Quelle werden und er zum Fluss, den ich speiste, bis ich versiegte.

Ich musste weg. Ich musste von diesem Berg herunter, weg von dieser Insel, oder jeder lebenswichtige Teil von mir würde zugrunde gehen.

Drinnen waren die Höflinge in heller Aufregung. Ich blieb oben an der Eingangstreppe stehen, die verwundete Hand an die Brust gepresst, und beobachtete sie über das Geländer. Sie erhoben sich von der Treppe des Ritualraums und sammelten sich in der Mitte der Halle. Mit glasigen Augen und geröteten Wangen erzählten sie vom Kampf der Könige, als hätten sie sich gerade an einer fetten Mahlzeit satt gegessen. Es war leicht für sie, sich von diesen Männern unterhalten zu lassen – sie liefen nicht Gefahr, zwischen ihnen zerquetscht zu werden.

Das Blut auf meinen Wangen war getrocknet und fühlte sich fest an. Ich musste mich schnell waschen, meine Hand verbinden und dann Agatha finden. Ich würde ihr alles erzählen. Ihr gestehen, dass sie von Anfang an recht gehabt hatte mit meiner Verlobung. Sie anflehen, mir zu helfen, einen Ausweg zu finden.

Man hörte Keuchen und Gemurmel. Das Klirren von Männern in Rüstungen. Ich blickte noch einmal über die Brüstung. Der König von Varya war aus dem Ritualraum heraufgekommen. Er stand in der Tür zum Treppenhaus, meine Blutspritzer auf seinem blassen Mantel, und er sah so ernst aus wie eine Skulptur. Der ganze Saal war ehrfürchtig und schrecklich still.

Neid überkam mich.

Er konnte einen Raum zum Schweigen bringen, indem er ihn betrat, er konnte Ehrfurcht und Furcht hervorrufen, ohne einen

Laut von sich zu geben. Er beugte sich nicht der Barbarei von Nemea, wie ich es tat. Wie klar war es doch, dass er etwas anderes war, etwas Größeres als Nemea und Evander, die nach dem letzten Rest griffen und ihn zermalmten. Nein, die Größe des Königs von Varya sprudelte aus seinem Inneren hervor, gespeist aus einer Quelle, die ganz und gar ihm gehörte.

Die Klarheit traf mich wie ein Blitz. Sie richtete mein Rückgrat auf und hob mein Kinn.

Es war nicht Agatha, deren Hilfe ich brauchte, um aus Fort Linum herauszukommen.

Es war die des Königs von Varya.

5

Mit langsamen Schritten betrat König Theodor den Saal, und die Menge teilte sich wie Wasser um einen Stein, um ihn passieren zu lassen. Sein Gemach befand sich auf derselben Etage wie meines, und wie ich Nemea kannte, hatte er ihm die schlechteste Unterkunft gegeben, die die Festung zu bieten hatte. Eine kleine, zugige Kammer in der nordöstlichen Ecke, deren Außenmauern zerbröckelt und vom Wind zerfressen waren.

Flankiert von seinen Wachen stieg Theodor die Treppe hinauf. Jede seiner Bewegungen war von muskulöser Anmut, und als er sich dem Ende näherte, trafen sich unsere Blicke. Seine Augen weiteten sich, und ich konnte mir nur vorstellen, wie schockierend ich aussehen musste. Streng, in meinem schwarzen Brautkleid, das dunkle Haar vom Winde zerzaust, auf meinen Wangen verschmiertes Blut. Blut, dessen Sprenkel meine Brust wie grausige Sommersprossen überzogen. Er betrachtete mich immer noch mit Missbilligung, fast schon mit Abscheu, aber sein Blick glitt zu meiner verletzten Hand, die ich schützend an mich drückte, und seine vollen Lippen verzogen sich zu etwas, das wie Sorge aussah.

Er könnte helfen. Er könnte Ja sagen.

»Können wir reden?«, flüsterte ich, bevor er sich von mir entfernen und den Nordflügel hinuntergehen konnte.

Es schien eine Ewigkeit zu dauern, aber schließlich senkte

er widerwillig sein Kinn mit einem knappen Nicken und ging dann weiter in sein Zimmer. Mir entging nicht die Anspannung, die seinen Körper durchzog, die anhaltende Wut, die ihn wie Rauch umgab. Er war all das, was Nemea immer von ihm gesagt hatte – hochmütig und ehrenhaft und rechtschaffen empört –, aber ich wollte ihm diese Eigenschaften nicht nehmen, wie Nemea es getan hatte.

Ich wollte sie nutzen.

Die Menge im Eingangsbereich unter mir begann sich zu zerstreuen. Einige machten sich auf den Weg in den Innenhof, andere drängten sich in Richtung Thronsaal. Ich ging den Flur entlang, auf Beinen, die sich kraftlos anfühlten. Vier Wachen flankierten die hinterste Tür. Ihre goldenen Rüstungen schimmerten im Licht, das durch das schmale Fenster neben ihnen fiel. Als ich das Ende des Flurs erreichte, schwang eine der Wachen die Tür weit auf, um mich einzulassen.

»Danke.« Zaghaft trat ich ein.

Ein Feuer knisterte im Kamin. Die Scharniere ächzten, als die Tür hinter mir ins Schloss fiel. Die Kammer bestand nur aus einem Bett, einem Holzstuhl am Feuer und einem einzigen Fenster, aus dem König Theodor mit dem Rücken zu mir hinausschaute.

»An der Tür findet Ihr ein Tuch und Wasser«, sagte er mit einer tiefen, warmen Stimme, die aus seiner Brust zu kommen schien.

»Es geht mir gut, Eure Majestät, danke.«

»Wascht Euch rasch. Ich werde warten.«

Ich unterdrückte meinen Protest und wrang das Tuch aus. Als es sich von meinen Wangen löste, hinterließ es dicke, rosafarbene Schlieren. Etwas lag in dieser Geste, in der Aufforderung, das Blut abzuwischen, das er über mich vergossen hatte, dass ich mich fast so unbedeutend fühlte wie bei Nemea. Das Gefühl verhärtete meinen Kiefer.

Ich beendete die Reinigung und räusperte mich.

»Sprecht«, sagte er.

»Eure Majestät, danke, dass Ihr Euch die Zeit nehmt …«

»Nein.« Er verschränkte die Hände auf dem Rücken. »Sprecht darüber, warum Ihr hier seid.«

Ich schluckte den Kloß hinunter, der mir die Kehle zuschnürte. »Ich … ich bin gekommen, weil ich Euch um Hilfe bitten möchte.«

Er stieß einen langen Atemzug aus. »Agatha hat Euch geschickt, nicht wahr?«

»Wie bitte?« Ich schüttelte den Kopf. »Nein. Agatha hat keine Ahnung, dass ich hier bin. Warum sollte sie mich schicken?«

Endlich drehte er sich um. Das Licht des Feuers betonte seine kräftige Nase, die scharfe Linie seines Kiefers und die Wangenknochen, und ich konnte nicht anders, als ihn anzustarren. Er war fesselnd, noch mehr durch die Art und Weise, wie seine Wut weiter in der Luft um ihn herum flirrte. »Sie kam gestern Abend nach dem Fest zu mir. Ihr müsstet die Festung unbedingt verlassen, meinte sie, noch vor der Hochzeit.«

»Das wusste ich nicht«, sagte ich. »Hat sie gesagt … hat sie erklärt, warum?«

Das Königreich von Varya war ein friedliches Land. Die Sirenen lebten dort unter den angestammten Varyanern, und doch erfüllte mich der Gedanke, dass jemand mein Geheimnis kennen könnte, während ich auf serafischem Boden stand, mit tiefem Entsetzen.

»Das hat sie. Aber die Enthüllung, dass Ihr eine Sirene seid, war kein Schock. Ich habe Euch gesagt, dass ich Euch kenne.« Seine unbekümmerte Sicherheit nagte an mir. Ich wollte ihn unbedingt mehr fragen, ihn fragen, wie … aber sein Blick wurde schneidend. Ich hielt inne, während er die Form meiner Augen, meiner Nase, meines Mundes sezierte. Er verweilte dort einen

Atemzug lang. Dann noch einen. Und für einen Moment entschwand er an einen fernen Ort.

»Eure Majestät«, sagte ich leise und versuchte, ihn zurückzuholen. »Welche Antwort habt Ihr Agatha gegeben?«

Er blinzelte, dann räusperte er sich. »Trotz meiner vielen Bedenken bezüglich Eures derzeitigen Arrangements habe ich Nein gesagt.«

»Nein.« Eine Welle hässlicher Gefühle durchströmte mich. »Darf ich fragen, warum?«

»Zum einen sah es nicht so aus, als ob Ihr gehen wolltet.«

»Verzeiht, aber wie könnt Ihr Euch anmaßen zu wissen, was ich will?«

Eine tiefe Furche zog sich über seine Stirn. »Lady Imogen, ich habe Augen im Kopf. Und obwohl ich mir die Verbindung zwischen einer verborgenen Sirene und ihrem Jäger nicht erklären kann, konntet Ihr gestern Abend Eure Hände nicht von Eurem Verlobten lassen. Der Kommandant verbrachte den halben Abend mit seinen Lippen an Eurem Hals.«

Ich betete, dass es zu dunkel war, um die verlegene Röte sehen zu können, die meine Wangen erhitzte. »Der Kommandant hat mir auch den halben Morgen von seinen Plänen erzählt, ein Blutsband zwischen uns zu erzwingen.« Bei diesen Worten erstarrte er. »Ihr habt gesehen, wie leicht er mir im Ritualraum in die Hand geschnitten hat. Wie gedankenlos er mich verletzt hat.«

Zorn schien in ihm aufzusteigen. Die Hitze der Wut füllte seine Augen. »Agatha hat mir den Eindruck vermittelt, dass Eure wahre Identität hier unbekannt ist – und dass Ihr sehr darauf bedacht seid, dass dies auch so bleibt. Woher weiß der Kommandant, wer Ihr seid?«

Ich presste eine Hand auf meine Brust, wo mein Herz gegen meine Rippen schlug. »Er … wusste es bis gestern Abend nicht.«

»Vor oder nach dem Fest?«

»Danach.«

Seine Geduld war am Ende. »Sagt mir klar und deutlich, woher er es weiß.«

Ich zögerte, und er warf mir einen vernichtenden Blick zu. Ich war überrascht, wie sehr ich mir wünschte, er würde seine Meinung über mich ändern.

Er kam auf mich zu und stand so dicht vor mir, dass ich aufsehen musste, um seinem Blick zu begegnen. »Antwortet mir oder geht.«

»Ich habe mich verwandelt«, sagte ich plötzlich. »Vor seinen Augen.«

Verwirrung verengte seinen Blick. »Wie ist das möglich? Die Macht einer Sirene ist an das Meer gebunden. Ihr solltet Euch nicht so weit davon entfernt verwandeln können.«

»Ich …« Mein Blick fiel auf seine Brust. »Da war … Meersalz … auf seiner Haut.«

Er hielt inne. »Auf seiner Haut?«

»Ja. Und ich … nun ja … ich habe es geschmeckt.«

»Ihr habt es *geschmeckt* …« Er kniff sich in den Nasenrücken. »Besitzt Ihr weder Ehre *noch* Selbstbeherrschung? Ihr gebt Euer Blut freiwillig, und jetzt das …« Er entfernte sich von mir und murmelte in einem Anfall von Frömmigkeit vor sich hin. »Was für ein Feigling bleibt an diesem Ort und katzbuckelt vor Nemeas Launen? Ihr seid eine Närrin, einen Mann zu heiraten, dessen Aufgabe es ist, Euch zu töten.«

Wut erfüllte mich wie ein loderndes Feuer, und ich hörte Nemeas vernichtende Stimme in meinem Kopf. *Es ist leicht, gut zu sein, wenn man von den verdammten Göttern gesegnet ist.* »Wie könnt Ihr es wagen!« Ich ballte meine Hände zu Fäusten und hätte sie ihm am liebsten gegen seine Brust geschlagen. »Ich gehöre Nemea. Was hätte ich tun sollen? Hätte ich ihm sagen sollen, dass ich es vorziehe, nicht zu heiraten? Sagt mir, Majestät, wie

Ihr einen Untertan behandeln würdet, der Euch verleugnet.« Aber das tat er nicht. Er sah mich nur mit stummem Blick an, während ich fortfuhr: »Ich habe mich verbogen und gekrümmt, um hier zu überleben. Ihr werdet nie verstehen, wie das ist …«

»Ihr hättet schon vor langer Zeit versuchen sollen zu gehen.«

»Ja«, knurrte ich. »Das hätte ich. Aber ich versuche es *jetzt.*« Ich hielt seinem Blick stand. »Werdet Ihr mir helfen?«

Wir verharrten in angespanntem, schwerem Schweigen, unsere Atemzüge wurden schneller. Dann stieß er ein frustriertes Knurren aus. »Gebt mir Eure Hand.«

»Wie bitte?«

»Lasst mich den Schnitt schließen.«

Ich sah auf meine aufgerissene Handfläche hinunter. Ich war so wütend gewesen, dass ich es vergessen hatte, aber er hatte es nicht. Er hatte die Macht des Großen Gottes Panos über das Leben, die Macht zu wachsen und zu heilen. Langsam, die Augen auf seine gerichtet, streckte ich meine verletzte Hand aus. »Das ist nicht die Hilfe, um die ich bitte.«

»Ich weiß.« Seine Finger waren unvorstellbar warm für die Temperatur in der zugigen Kammer. Mit einer kräftigen, aber sanften Berührung untersuchte er den Schnitt. »Er ist tief.«

»Ja.«

»Hier ist zu viel Narbengewebe.« Die Wut in seiner Stimme war verschwunden, und alles, was blieb, war Anspannung. »Ich kann nicht verhindern, dass es noch eine Narbe gibt. Es tut mir leid.«

Noch nie hatte ich eine so aufrichtige Entschuldigung erhalten. Ich sprach leise und versuchte, meine Überraschung zu verbergen. »Ich bin nicht so dumm zu glauben, dass ich unversehrt bleibe, Eure Majestät. Was ist schon eine weitere Narbe unter vielen?«

Er warf mir einen kurzen, neugierigen Blick zu, bevor sich in seinen Händen eine Hitze aufbaute. Eine Hitze wie die Sonne, die aus seinem Inneren kam. Ich hielt den Atem an und beobachtete, wie sich das rote Fleisch um die Wunde herum zu beruhigen begann. »Es würde einen Krieg auslösen«, sagte er und konzentrierte sich auf meine Wunde. »Wenn Nemea erfährt, dass ich Euch zur Flucht verholfen habe.«

Langsam begann sich meine Haut zu schließen. Ich atmete flach, während ich zusah – ein Netz aus blasser, fleischiger Spitze, dessen Maschen immer enger wurden, je mehr Hitze in mich hineinströmte.

»Verzeiht mir«, sagte ich, meine Stimme atemlos von seiner Fürsorge, »aber Ihr schient nicht sonderlich darauf bedacht zu sein, den Frieden zwischen Euch beiden zu fördern. Jede Eurer Handlungen, jedes Eurer Worte war aufrührerisch. Warum seid Ihr überhaupt hergekommen?«

Sein Kiefer spannte sich an, und er überprüfte seine Arbeit. Die Wunde war zu einer dünnen weißen Naht über dem Hügel alter Narben in meiner Handfläche geworden. Seine warmen Hände verharrten auf meinen. »Wie Ihr vermutet habt, bin ich gekommen, um mir selbst ein Bild von diesem Ort zu machen. Um Serafs Schrecken zu sehen. Um zu sehen, wie grausam Nemea geworden ist.« Die Schwielen an seinen Fingern kratzten, als er mich schließlich langsam losließ. »Ich hasse diesen Mann abgrundtief.«

»Dann nehmt mich ihm weg.«

Sein Blick schoss zu mir.

Meine Worte sprudelten in einem einzigen verzweifelten Atemzug hervor. »Nichts würde ihn mehr verletzen, als das zu verlieren, was er als sein Eigentum betrachtet.«

»Das ist meine Angst.« Er schüttelte den Kopf und warf mir wieder diesen seltsamen, nachdenklichen Blick zu. »Ich habe ein Königreich zu schützen. Ein Krieg würde es in Gefahr bringen.«

»Ihr seid gekommen, um seine Grausamkeiten mit eigenen

Augen zu sehen und dann nichts dagegen zu unternehmen? Wenn es in Leucosia jemanden gibt, der die Macht hat, die schrecklichen Dinge, die hier geschehen, zu ändern, dann seid Ihr es.«

Theodor fuhr sich mit der Hand durch das dunkle Haar. Er schien mit sich zu ringen, schloss für einen langen Moment die Augen. Als er mich wieder ansah, war etwas in seinem Blick, das an Angst erinnerte. Mitleid überzog seine beunruhigend sanften Worte. »Er hat so gründlich daran gearbeitet, Euch kleinzuhalten.«

Das höhlte mich aus. Ich stand vor ihm und fühlte mich nackt, krank und beschämt und kämpfte darum, es zu verbergen.

Er ging zurück zum Fenster. »Ich werde Euch Hilfe schicken. Ich reise morgen ab – ich habe keine Lust, zur Hochzeit zu bleiben. Wenn ich wieder zu Hause bin, werde ich einen Plan ausarbeiten, um Euch von Seraf wegzubringen. Aber das wird Zeit brauchen. Es darf nicht so aussehen, als hätte ich etwas damit zu tun.«

»Die Zeit habe ich nicht.« Ich ballte meine verheilte Hand zur Faust, sodass die Fingernägel in meine Handfläche schnitten. »Die Hochzeit ist morgen Abend. Bis Ihr mir Hilfe schickt, wird Captain Ianto uns schon aneinander gebunden haben. Wie soll ich ihn dann verlassen?«

Er straffte seinen blutbefleckten Mantel, und es war, als hätte er eine Rüstung angelegt. Er sah mich über seine Nase hinweg an. »Es gibt Tränke, die solche Bande trennen.« Seine Züge glätteten sich zu königlicher Strenge. »Die angemessene Antwort auf meine Großzügigkeit ist: ›Danke, Eure Majestät.‹«

Ich taumelte zurück. »Wenn Ihr erwartet, dass ich Euch dafür danke, dass Ihr mich leiden lasst, dann seid Ihr nicht besser als König Nemea, *Eure Majestät.*« Sein Zusammenzucken erfüllte mich mit Genugtuung.

Damit riss ich die Tür auf und ließ sie gegen die Wand krachen. »Aus dem Weg!«, schrie ich einen der Wächter an, die mir den Weg versperrten. Panik stieg in meiner Kehle auf und schnürte mir die Luft ab. Agathas Kammer lag im unteren Stockwerk. Ich konnte mich zusammenreißen, bis ich sie erreichte, doch als ich den Gang von König Theodors Gemach hinunterging, schwankte ich.

Zwei von Nemeas Wachen in ihren bedrohlichen schwarzen Rüstungen standen vor meiner Zimmertür. Sie trugen Helme, die nur den unteren Teil ihrer Gesichter frei ließen. Der eine Wächter, dessen Kiefer mit roten Flecken und Pockennarben übersät war, stieß den anderen mit einem schlaksigen Ellenbogen an, als er mich sah. »Sie ist da.«

Der ältere Wächter verbeugte sich kurz vor mir. »In Eure Kammer, Mylady.«

»Ihr habt kein Recht, mir Befehle zu erteilen.« Ich sprach mit Autorität, auch wenn mir das Herz in die Hose rutschte. »Ich bin das Mündel des Königs.«

»Ihr seid jetzt die Frau des Kommandanten«, murmelte der pockennarbige junge Soldat. »Und er wird mir das Leben zur Hölle machen, falls Ihr nicht in diesem Raum seid, wenn er zurückkommt.«

»Ich werde keine Gefangene in meinem eigenen Haus sein.« Ich stapfte weiter, aber er streckte einen einzelnen drahtigen Arm aus und hob mich hoch. Ich schrie auf, als er mich zu meiner offenen Tür hievte. Ich schlug um mich und kratzte, bevor ich kurzerhand auf meinen Teppich geworfen und eingeschlossen wurde. »Dafür wird dich der König häuten.« Die Tür klapperte in ihrem Rahmen, als ich dagegen schlug.

»Vergebt mir, Mylady.« Der Wächter klang reuelos durch das schwere Eichenholz. »Befehl des Kommandanten.«

6

Den ganzen Nachmittag über standen Wachen vor meiner Tür. Niemand kam herein. Weder Agatha noch Evander.

Ich schrubbte mir das Gesicht mit eiskaltem Wasser, wusch mir die Haare und zog mir ein sauberes Hemd und einen Morgenmantel an. Die ganze Zeit überlegte ich, wie ich entkommen könnte. Vielleicht gab es Gänge, die ich bei meinen Streifzügen durch die Festung als neugieriges Mädchen nicht entdeckt hatte. Dunkle, gewundene Tunnel, die ich übersehen hatte und die mich zum Fuß des Berges führen konnten. Aber es überraschte mich nicht, keine Geheimtüren hinter den Wandteppichen in meiner Kammer, keine Geheimgänge voller Spinnweben hinter meinen aufgehängten Gewändern zu finden.

Als die Sonne unterging, lag ich ausgestreckt auf meiner Matratze und starrte an die Decke, während sich in meinem Magen ein schrecklicher Schlund auftat. Meine Hoffnung glitt langsam hinein und wurde verschluckt.

Plötzlich klopfte es dreimal schnell. Ich richtete mich kerzengerade auf. Der pockennarbige Soldat öffnete meine Tür, und Agatha trat ein. Ihr Haar war offen und wild, schwarze Locken umrahmten ihr blasses Gesicht. In der Hand hielt sie eine einzelne brennende Kerze. »Ich darf bleiben, bis sie heruntergebrannt ist.«

Bei ihrem Anblick schnürte sich mir die Kehle zu, also nickte ich bloß und klopfte auf die Matratze neben mir. Agathas Kleid war zerknittert, der Strickumhang eng um die schmalen Schultern geschlungen. Sie ging ohne ein Wort weiter, nahm ein Buch von meinem Tisch und legte es an das Fußende meines Bettes. Darauf stellte sie die Kerze, dann zog sie alle Bettvorhänge zu, schlüpfte dazwischen hindurch und setzte sich neben mich. Schweigend warteten wir, bis die Tür ins Schloss fiel.

»König Theodor ist gekommen, um mit mir sprechen«, flüsterte Agatha.

Wütende Tränen stiegen mir in die Augen. »Hat er dir gesagt, dass ich eine Närrin bin? Dass ich ein Feigling bin und dass das alles meine Schuld ist?«

»Pst.« Agatha kam näher und verschränkte ihre Finger mit meinen. »Nein. Er ist gekommen, um mir von eurem Gespräch zu erzählen. Und dass er an einem Plan arbeitet, um dich hier rauszuholen.«

Ich schüttelte den Kopf. »Er hat gesagt, er würde Zeit brauchen. Zeit, die ich nicht habe.«

»Er wird dich hier rausholen«, sagte Agatha voller Überzeugung. »Ich vertraue ihm.«

»Sag mir, warum.« Ich blickte von meinem Platz aus zu ihr hoch. Das Licht der Kerze flackerte in unserem kleinen Kokon. »Du hast ihn nur als Jungen gekannt. Er hat sich sicher verändert, seit du seine Gouvernante warst. Er ist jetzt ein schneidiger, arroganter König.« Agatha drückte meine Hand, und ich verstummte. Dann fragte ich leise: »Wie kam es, dass du ihn verlassen hast und hier gelandet bist?«

Agatha zögerte. »Als ich den König – damals noch Prinzen – kennenlernte, war er etwa sieben Jahre alt. Ich war gerade sechzehn und verliebte mich in einen jungen Soldaten der königlichen Garde.« Sie schluckte schwer. »Nach einiger Zeit beschlossen wir, einen Blutsbund zu schließen. Heimlich. Nur wir beide, eines Abends vor dem Feuer.« Wehmut erfüllte ihre Stimme, als sie daran zurückdachte, und ich fragte mich, ob sie die von Flammen erleuchtete Erinnerung in ihrem Kopf sah. »Aber als König Athan, Theodors Vater, davon erfuhr … nun, er befahl, unser Band zu trennen.«

Ich drehte mich zu ihr um, um sie besser sehen zu können. »Trennen? Aber ihr habt euch doch geliebt.«

»Wenn nur die Liebe ausreichen würde, um den Willen eines Königs zu brechen.« Sie stieß einen Seufzer aus. »Dann ging ich fort und kam nach Seraf. Als ich in See stach, hatte sich noch nicht herumgesprochen, dass Nemea die Jagd auf Sirenen begonnen hatte.«

»Verstehe.« Ich stützte den Kopf in die Hand. »Liebst du ihn noch? Deinen Soldaten.«

»Das ist fast zwanzig Jahre her, Imogen.«

»Tust du es?« Sie schüttelte den Kopf und sah mir nicht in die Augen, was mir ein Lächeln entlockte. »Nun, wenn mein zukünftiger Ehemann mich an ein Bett oder einen Mast gefesselt hat und ich keine Zofe mehr haben darf, hoffe ich, dass du diesen Ort verlässt und dich auf die Suche nach ihm machst.«

»*Imogen.*« Sie sah mich finster an. »Ich kenne Theodor. Er wird dir helfen.«

»War er als Kind auch schon herrisch, oder brauchte er Zeit, um in diese Eigenschaft hineinzuwachsen?«

Agatha schnaubte. »Er war ein lieber Junge.« Sie warf mir einen Seitenblick zu. »Aber ich erinnere mich, dass er ständig um Zuckerwürfel bettelte.«

Ich verzog das Gesicht. »Ekelhaft.«

»Imogen.« Agathas Stimme wurde leise und bedrückt. »Die Nachrichten, die ich aus Varya höre, sind voll von Geschichten darüber, was für ein großzügiger Herrscher er ist. Er ist durch und durch pflichtbewusst.«

Ich hob eine Augenbraue. Fort Linum lag ein Stück von Port Helris und der dazugehörigen Stadt Stowand entfernt. Alle

Informationen, die Agatha über Varya und seinen König erhielt, stammten von weit außerhalb der Festung. Korrespondenz aus dem Rest des Archipels kam nur sporadisch und unzuverlässig. »Wer hat dir das erzählt?«

Agathas kesse Nase kräuselte sich, und ihre Wangen färbten sich rot. »Warum fragst du?«

»Es ist bloß ein merkwürdiges, sehr spezifisches Detail, *durch und durch pflichtbewusst*«, sagte ich. »Woher weißt du das?«

Sie wischte die Frage mit einer Handbewegung beiseite. »Freunde schicken mir Briefe.«

»Über den König von Varya?« Die Röte auf ihren Wangen wurde dunkler. Ich setzte mich ganz auf. »Es ist dein Soldat, nicht wahr? Er schreibt dir immer noch?«

Agatha erschauderte. Sie nahm meine beiden Hände in ihre. »Er ist hier. Er ist jetzt Theodors Kommandant.«

»Er ist hier? Hast du ihn gesehen?«

Agatha nickte, auf ihrem Gesicht lag ein weicher, aber kämpferischer Ausdruck. »Ich habe ihn gefragt, ob er uns vielleicht auch helfen könnte, aber … nicht jetzt. Es ist zu gefährlich. Bitte, *bitte* vertraue darauf, dass König Theodor zu seiner Zeit tun wird, was er versprochen hat.«

»Bis dahin bin ich an Evander gebunden.« Meine Stimme zitterte. Die Hoffnung auf ein Entkommen glitt mir wie Wasser durch die Finger. »Es wird zu spät sein, um zu gehen. Was ist, wenn ich schon ein Kind von ihm erwarte, wenn er seinen ›Plan‹ in die Tat umsetzt? Was ist, wenn ich dann nur noch ein Leichnam bin?«

»Hör auf.« Agathas große Augen füllten sich mit Tränen. »Du bist für den toten Kommandanten völlig nutzlos. Und du wirst kein Kind von ihm bekommen, dafür werde ich sorgen. Ein paar Monate, Imogen. Ein paar Monate können wir doch gemeinsam durchstehen, oder?«

Ich schloss die Augen. »Du hältst mich für viel stärker, als ich bin.« Ich würde diese Last nur eine gewisse Zeit tragen können, bis ich endgültig darunter zusammenbrach.

Agatha schlang ihre Arme um mich und drückte uns zurück in die Kissen. Dann weinte ich. Als sie wieder das Wort ergriff, konnte ich nur noch schluchzend atmen.

»Eines Tages«, flüsterte sie, während ihre Finger durch mein feuchtes Haar fuhren, »wirst du ein erfülltes Leben haben. Ein Zuhause, wenn du eines willst. Und du wirst mehr sehen als diese Steine, die Berge und den Himmel. Und ich, ich werde bei dir sein, wenn du zum ersten Mal das Meer berührst. Du wirst Sand zwischen deinen Zehen spüren und Salzwasser auf deiner Zunge, und du wirst mehr Freude empfinden, als du dir vorstellen kannst. Das verspreche ich dir.«

So saßen wir da und sahen zu, wie das Licht der Kerze auf den Bettvorhängen flackerte, bis sie von selbst erlosch. Agatha küsste mich auf die Stirn, bevor sie ging. Die Dunkelheit war dick wie Pech, also schloss ich meine geschwollenen Augen und sank in die Matratze, wo ich zwischen Wachen und Schlafen schwebte – in einem Zwischenraum, in dem die Laken um mich herum zu Meerschaum wurden und die Tränen in meinem Mund zu Wellen.

Die Stunden vergingen langsam und zogen mich in die Stille der Nacht. Das Gemurmel und die schlurfenden Geräusche der Wachen in der Halle waren endlich verstummt. Ich fragte mich, ob sie gegangen oder vielleicht schon eingeschlafen waren. Leise zog ich den Bettvorhang zurück, schwang die Füße auf den Boden und schlich auf Zehenspitzen zur Tür, um zu lauschen.

Nur das Blut rauschte mir in den Ohren, aber ich blieb lange so stehen und horchte auf jedes Geräusch. Schließlich legte ich meine Hand auf den Türknauf.

Und erstarrte.

Auf der Treppe waren Stiefelabsätze zu hören. Schwere Schritte, weit unten, aber sie kamen immer näher. Dann waren es die Stiefel vieler Männer, die wie Soldaten im Gleichschritt die Stufen hinaufstiegen. Ich wich zurück und warf mich wieder auf das Bett, als meine Tür quietschend aufging.

»Liebling, wach auf.« Evander sprach leise. Er schob den Vorhang zurück und hielt eine Kerze über mich. »Komm mit mir.«

Sein graues Hemd war zerknittert und aufgeknöpft. Seine Wange war mit blonden Haarstoppeln bedeckt und seine Stirn schweißnass. Die Konturen seines Gesichts wirkten im Licht der Kerze seltsam und warfen Schatten auf die Rundungen seines Schädels unter der Haut. Ich öffnete den Mund, um zu fragen, was er tat, als er einen Finger an seine Lippen hielt und mich zum Schweigen brachte. Er nahm meine Hand und zog mich hoch.

»Zieh das aus«, flüsterte er, während er an den Bändern meines Morgenmantels zog.

»Nein.« Ich verschränkte die Arme fest vor der Brust. »Was willst du …« Licht spiegelte sich auf einem schlanken, gebogenen Rohr, das unter seinem Arm steckte. »Was ist das?«

Bevor er antwortete, stieg mir ein Hauch von salziger Luft in die Nase, und ich wusste genau, was er bei sich trug – den Siphon. Den, mit dem man die Sirene zwang, sich zu verwandeln, bevor man sie hinrichtete. Das Scharren und Stampfen der Schritte seiner Soldaten erfüllte die Halle. Wie Ameisen bei der Arbeit strömten sie in meine Kammer, jeder trug zwei Eimer mit Wasser.

Meerwasser.

Das Meer und ich, wir waren uns noch nie begegnet – nicht richtig –, aber ich wusste es einfach. Es war in meinem Blut und in meinen Knochen. Ich war aus ihm gemacht und würde zu ihm zurückkehren.

Evanders Männer marschierten in meine Garderobe. Das *Platsch, Platsch, Platsch* ihrer Eimer, die sie in meine Wanne entleerten, jagte mir ein Kribbeln über die Haut. Sie kamen immer wieder, mindestens ein Dutzend von ihnen, und ich sah fassungslos zu.

Evander stellte die Kerze ab, löste die Bänder um meine Taille und nahm mir den Morgenmantel von den Schultern, sodass ich nur noch mein dünnes Unterhemd trug. Er griff nach dem Siphon. Entschlossenheit lag auf seinem Gesicht – die Fäuste waren geballt, der Kiefer war angespannt. Er ging auf die Tür zu meiner Garderobe zu. »Komm.«

»Ich will nicht.«

Evander blieb auf halbem Weg stehen, sein Blick war drohend. Seine Männer bahnten sich gerade den Weg zurück in die Halle. »Ihr seid abgelöst«, sagte er leise zu ihnen. »Geht.« Sie gehorchten. Die Tür schloss sich lautlos, und Evander schob den Riegel vor.

Er verzog das Gesicht, während er mich betrachtete. »Sieh mich nicht so an.« Der Siphon fiel mit einem dumpfen Geräusch auf den Wollteppich. »*Wage es nicht,* mich anzusehen, als ob ich dich anwidern würde.«

Etwas in mir zerbrach, meine Wut löste sich von dem Ort, an dem ich sie zu verstecken versucht hatte. »*Ich* bin es, die dich anwidert. Ich sehe es an der Art, wie du mich anschaust, ich fühle es an der Art, wie du mich berührst.« Die salzige Luft strömte nun durch den Raum und waberte zwischen uns. Ich nahm einen tiefen, zitternden Zug, und etwas in meiner Brust vibrierte. Eine Saite wurde gezupft. »Du kannst mich unmöglich lieben. Du bist so bereit, mich zu verletzen …«

»Unser Band wird das in Ordnung bringen«, spie er aus.

»Das wird es nicht. Es wird dich nur dazu zwingen, mich zu beschützen.« Meine Worte waren knapp und schnell. »Es wird weder mich noch deine Abneigung ändern. Ich werde immer noch das sein, was ich bin, und du wirst nur Elend erfahren, weil du in deinem Herzen … In deinem Herzen willst du mich töten.«

Seine bernsteinfarbenen Augen wurden weit, die Brauen senkten sich. Angespannt und schweigend bückte er sich nach dem Siphon und kam mit schleichenden Schritten auf mich zu. Als sich unsere Brustkörbe berührten, hielt er inne. »Wenn ich deinen Tod gewollt hätte, meine Liebe, dann wärst du jetzt tot.« Ein unangenehmer Schauer lief mir über den Rücken, als er mit einer Hand in mein Haar griff und es mit der Faust umschloss. »Ich habe dich schon so lange geliebt. Wusstest du das? Lange bevor ich den König um deine Hand gebeten habe. Lange bevor ich dich berührt habe.« Er schüttelte den Kopf. »Du hast mir einen Schock versetzt, ja, aber auf ihre eigene seltsame Art hat Eusia mein Gebet erhört und mir dich geschenkt. Dein Blut in meinen Adern wird mich unantastbar machen. Keine Verlockung der Sirenen wird mehr eine Bedrohung sein. Meine Männer werden mich ansehen, als wäre ich ein Gott.« Er drückte seine Lippen an meine Schläfe, sprach gegen meine Haut. »Das könnte ich dir nie verübeln, Imogen.«

Das Aufbäumen meiner Eingeweide gab mir das Gefühl zu fallen. Tiefer und tiefer, und mein ganzes Wesen wusste, dass der Aufprall unmittelbar bevorstand. Ihn zu berühren, fühlte sich abscheulich an, aber ich schlang meine Arme um seinen Hals, in der Hoffnung, dass dies meinen Sturz aufhalten würde. »*Bitte.*« Mein Mund war an seinem Ohr. »Bitte nicht.«

Ein heißer Atemstoß gegen meine Wange war seine einzige Antwort. Es war keine Entschuldigung. Keine Reue, kein Bedauern. Es war ein Hauch von Enttäuschung, weil ich nicht sehen und verstehen konnte, was er konnte – dass dies das Beste für uns beide war. Er beugte sich vor, löste meinen Griff und umschloss mich mit einem Arm fest unterhalb meiner Hüfte. Ich war nicht zierlich wie Agatha. Ich war groß und hatte wohlgeformte Muskeln. Meine Taille lag zwischen vollen Rundungen, aber Evander konnte mich so leicht heben, wie man ein Kind heben kann. Er legte mich über seine Schulter und hielt mich fest, als er mich über die Schwelle meiner Garderobe trug.

»*Nein.*« Ich schlug meine Fäuste gegen seinen muskulösen Rücken. »Lass mich *runter.*«

Die Luft darin war dick und salzig. Ich sog sie ein, als Evander mich auf die Füße fallen ließ. Das Meerwasser in der Wanne neben mir schimmerte im schwachen Licht einer Öllampe, die einer der Soldaten zurückgelassen hatte. Wäre ich allein gewesen, wäre ich selbst hineingeklettert, begierig darauf, dass das Wasser mir das Gefühl gab, furchterregend zu sein und nicht zerbrechlich.

»Das habe ich verdient, Imogen.« Seine Finger bohrten sich in meine Arme, als er mich herumwirbelte. Er packte mein Unterhemd und riss den Rücken auf bis zur Taille, um Platz für meine Flügel zu schaffen. Panik vernebelte meinen Verstand. Sie ließ meine Glieder erstarren. Sein Körper war heiß an meinem Rücken, als er über meine nackte Schulter sprach. »Ich werde der Kommandant sein, den die Sirenen nicht ertränken konnten, und du wirst gut und sicher hier oben leben, wo deine Instinkte dich nicht verderben können.«

Es war der Instinkt, der mich in diesem Moment durchzuckte. Er ließ meinen Arm nach hinten schnellen, er krümmte meine Finger zu Klauen und ließ meinen Körper herumwirbeln. Meine Nägel kratzten in einem Bogen über seine Stirn und gruben sich dann in sein unteres Augenlid. Auf seinem sonnengebräunten Gesicht bildeten sich Runzeln zerfetzter Haut. Ein Blutstropfen glitt wie eine purpurne Träne aus seinen Wimpern.

Er knurrte durch zusammengebissene Zähne, doch er schlug

mich nicht. Stattdessen umklammerten seine massigen Arme meine und drückten sie an meine Seite. »Es wird bald vorbei sein.« Dann hoben meine Füße vom Boden ab. Er kippte mich nach hinten über den Rand der Holzwanne. Ich keuchte, als er mich ins Wasser fallen ließ. Nicht wegen der Kälte, auch nicht wegen des Aufpralls meiner Wirbelsäule auf dem Boden der Wanne – sondern weil ich Feuer fing.

Meine Panik löste sich auf. Es war, als würden eine Million winziger Zähne durch mich hindurch in meine Sehnen und Knochen schneiden. Bis in mein Mark.

Das Wasser dorthin bringen, wo es hingehörte.

Alles um mich herum verblasste, selbst als Evander das gebogene Rohr neben meinen Füßen in die Wanne stellte und seine Lippen um das freiliegende Ende legte. Er saugte, bis das Meer durch das Rohr zu fließen begann, dann spuckte er aus. Seine starken Finger krallten sich in meinen Nacken und zogen mich zum Ende des Siphons. Das Metall fühlte sich scharf an meinen Lippen an. Flüssigkeit lief über mein Kinn.

Seine Finger gruben sich in mein Gesicht. »Mach den Mund auf.«

Trotz allem wollte ich es schmecken. Von ihm überflutet werden. Ich löste meinen zusammengepressten Kiefer. Das Rohr stieß gegen meine unteren Zähne, das Geräusch hallte in meinem Schädel. Salzwasser strömte über meine Zunge, rann meine Kehle hinunter und füllte meine Lunge. Sie wurde schwer, mein Brustkorb weitete sich. Ich blinzelte nicht. Ich bewegte mich nicht. Ich starrte nur zu ihm auf.

Entsetzen verzerrte Evanders Gesicht. »Imogen?« Sein Blick huschte über mich hinweg und beobachtete, wie das Wasser, das nicht in mich hineinpasste, aus meinem Mund zurücklief und meine Brust hinuntertropfte.

Ertrinken sollte brennen, und ich wartete darauf, nur um mich daran zu erinnern, dass ich nicht ertrinken konnte. Alles, was ich fühlte, war dieses seltsame Zupfen zwischen meinen Rippen. Eine wütende Hitze, die in meinem Innersten zum Leben erwachte. Sie wuchs und wuchs und wuchs, bis das, was mich durchzog, nicht mehr nur wie eine Saite vibrierte, sondern wie eine Vene pulsierte. Wie eine Arterie, und es ergoss sich eine schlammige, ölige Kraft, schwarz und krank, direkt in meinen Bauch.

Es rollte wie Magma durch meinen Körper, und als die Hitze meinen Rücken traf, brachen meine Flügel durch die Haut und entfalteten sich. Meine Nägel wuchsen zu schwarz gespitzten Krallen.

Durch das Summen der strömenden Kraft drang eine Stimme, so leise, dass ich glaubte, sie mir eingebildet zu haben. Die Worte des Wassers waren schwach und fern, wie ein Windhauch, der um die Muschel meines Ohres wisperte und darum kämpfte, gehört zu werden.

Da bist du ja, mein Schatz. Ich habe so lange darauf gewartet.

Ich zuckte zusammen. Mein Blick schoss zu Evander. Er kniete neben der Wanne und sah mich mit Erleichterung in seinen tränenumrandeten Augen an. Er zog den Siphon zwischen meinen Lippen hervor und hielt in der anderen Hand den gebogenen Dolch, der an seiner Hüfte gehangen hatte. Er würde mich aufschlitzen, genau so tief wie beim letzten Mal, und mich an sich binden.

Nein, nein, nein.

Der Puls in meinem Bauch wurde weiß und heiß bei dem Gedanken daran. Dann wurde Evander mit einem Mal still, seine Augen waren halb geschlossen, und die Muskeln entspannten sich. Der Dolch, den er in der Hand hielt, entglitt ihm. Er prallte gegen den Rand der Wanne und fiel zu Boden. Ich würgte das Wasser aus der Tiefe meiner Brust hervor, und wie auf Kommando stand Evander auf, hob ein Bein und stieg in die Wanne.

Das Blut schrie in meinen Ohren, der dunkle Puls pochte in meinem Bauch. Meine Essenz glitt aus meinem Fleisch und meinen Knochen und sah zu, wie Evander ins Wasser sank. Er war zu groß für die schmale Wanne, aber es gelang ihm, seinen Körper über meinen zu schieben und seinen Arm um meinen geflügelten Rücken zu legen. Ehrfürchtig drückte er mir einen Kuss unter mein Auge.

In einer dunklen Ecke meines Geistes fand ich es seltsam, dass er mit mir hereinkam. Dass er seinen Dolch hatte fallen lassen. Sein ganzer Körper lag starr wie ein Leichnam über mir, aber seine Atemzüge kamen immer wieder. Sie flatterten über meinen Mund, wie warme Wellen, die hereinrollten und wieder hinausgesaugt wurden.

Der Wind und das Meer waren das Reich einer Sirene, und selbst sein Atem fühlte sich an wie mein eigener.

Also nahm ich ihn.

Durch den Spalt zwischen meinen Lippen saugte ich ihm die Luft aus, bis keine mehr in seiner Brust war. Sein Gesicht lief rot an, als er seinen Kopf knapp unter die Wasseroberfläche tauchte, um ihn auf meine Brüste zu legen. Der Wunsch, ihn zu ertränken, überkam mich. Ich wollte, dass seine Brust sich genauso füllte wie meine, und als ich es mir wünschte, sog er einen Atemzug ein, der vom Meer erstickt wurde. Seine Nase und sein Mund liefen voll. Ich kannte die Wege, die das Wasser nahm, spürte, wie es sich in ihm sammelte.

Sein schwerer Körper zuckte gegen meinen.

Als die Schläge seines Herzens langsamer wurden, verlangsamte sich auch der pulsierende Strom in mir. Er verebbte, endete. Ich fühlte mich satt, aber nicht gesättigt. Jetzt, da ich diese Kontrolle, diese *Macht* gekostet hatte, verstand ich, warum Evander so hungrig danach gewesen war. Meine Gedanken kehrten zu mir zurück, als er völlig durchnässt und erschlafft war.

In meiner Garderobe war es still, das Licht der Laterne war gleichmäßig. Ich stemmte mich gegen Evanders schwere Schulter. »Nein.« Panik durchzuckte mich. »Ihr Götter, nein!«

Für einen Moment wünschte ich mir, ertrinken zu können. Ich würde mich von seinem Gewicht erdrücken lassen, tief trinken, und bevor das Licht in meinen Augen schwarz wurde, würde ich all die Dinge sehen, nach denen ich mich immer gesehnt hatte, so als wären sie real.

Evanders Körper wurde schwerer, bog meine Rippen und riss mich aus meinem Tagtraum von einem idyllischen Tod.

Der Tod, der mich erwartete, würde so viel schlimmer sein.

7

Mit zusammengebissenen Zähnen stemmte ich mich gegen Evanders totes Gewicht. Mir gingen all die schrecklichen Dinge durch den Kopf, die König Nemeas Wachen mir zu Vergeltung antun würden. Ich hatte eine Bedrohung beseitigt und eine Unzahl neuer Gefahren heraufbeschworen. Die Stimme von König Theodor hallte in meinem Kopf wider.

Ihr seid eine Närrin, einen Mann zu heiraten, dessen Aufgabe es ist, Euch zu töten.

Das Wasser in der Wanne reichte Evander bis zu den offenen, blinden Augen. Geplatzte Adern durchzogen das Weiß wie Blutspuren im Schnee. Übelkeit überkam mich. Noch einmal stieß ich gegen seine Schulter, wand mich unter ihm und versuchte, mich herauszuzwängen. Die Anstrengung ließ mich nach Luft schnappen und fluchen, aber ich hörte nicht auf, bis ich meinen Körper über den Wannenrand und auf den weichen Teppich meines Ankleidezimmers geschoben hatte.

Das Meerwasser lief mir in dicken Rinnsalen den Körper hinunter. Mein zerrissenes Unterhemd klebte an mir wie eine bleiche zweite Haut, die nur darauf wartete, abgeworfen zu werden. Meine Haare hingen mir wie schwarze Seile über den Schultern. Ich starrte auf Evanders Körper, der verdreht und übergroß in der engen Wanne lag, und es war mir plötzlich egal, was der gute, edle und gerechte König von Varya von mir denken würde. Mein einziger Gedanke war, dass ich leben wollte, und nur er konnte dafür sorgen, dass das geschah. Er hatte mir seine Hilfe bereits verweigert, aber es gab noch einen anderen Weg.

Ich bewegte mich mit eigentümlicher Zielstrebigkeit. Das ungewohnte Gewicht meiner Flügel brachte mich aus dem Gleichgewicht, und ich ging schwankend auf die Tür meiner Kammer zu. Um diese Zeit hatten die meisten Fackeln in der Halle kein Öl mehr, aber all die Nächte, in denen ich als Mädchen durch die Festung geschlichen war, waren nicht umsonst gewesen. Ich wusste auswendig, wie viele Schritte es bis zum Ende des Flurs waren.

Evanders Männer hatten gehorcht und ihren Posten vor meiner Tür geräumt, aber vom nördlichen Ende des Korridors drang das leise Klappern von Rüstungen und das Gemurmel von König Theodors Wachen herüber. Er hatte sechs Männer mitgebracht. Wenn man bedachte, wie sehr er und König Nemea einander zu hassen schienen, konnte man davon ausgehen, dass mindestens die Hälfte von ihnen seine Tür bewachte, während er schlief.

Doch das hielt mich nicht davon ab, durch den Korridor auf sie zuzulaufen, wobei das Wasser nur so spritzte.

Ich hatte keine Ahnung, wie ich die schattenhafte, furchterregende Macht, die mich überkommen hatte, einsetzen sollte – es war sogar möglich, dass sie mich beherrschte. Ich konnte mich nicht erinnern, was ich getan hatte, außer Evander den Atem zu rauben, und ich schickte ein panisches Gebet empor, in der Hoffnung, dass meine Macht Theodors Männer ebenso gefügig machen würde.

Durch das Fenster sah ich den Mond aufgedunsen und hell am Himmel stehen. Sein Licht tropfte wie Quecksilber über die Fensterbank und erhellte die Wachen. Es waren drei. Derjenige, der mir am nächsten stand, grunzte und griff nach seinem Schwert, als ich mich näherte. Im nächsten Moment sackte sein Körper zusammen. Diesmal spürte ich es – eine leise, heiße

Verlockung, ein Köder, der mir wie eine Angelschnur aus der Kehle schoss. Der zweite Wachmann taumelte träumerisch auf die andere Seite des Saals zu, während der dritte die Tür öffnete und mich in König Theodors Gemach einließ.

Die Scharniere quietschten laut, als die Tür ins Schloss fiel. Der König wachte nicht auf. Sein Feuer war bis auf die Glut heruntergebrannt und warf tiefe Schatten und rostiges Licht auf das Bett, in dem er schlief.

Er sah so groß aus, wie er sich genüsslich auf der Matratze ausbreitete. Ein Arm war über seinem Kopf angewinkelt, der andere ruhte auf seiner Brust. Ein langes Bein lugte unter der Decke hervor und zeigte mir goldbraune Haut und dunkles Haar über einer perfekt geformten Wade, einem kräftigen Knie und einem muskulösen Oberschenkel. Er schien nichts als ein weißes Nachthemd zu tragen. Ich trat einen Schritt näher und nahm seinen flachen, gleichmäßigen Atem wahr. Ich studierte die Linie seines Kiefers, den Schwung seiner vollen Lippen.

Ich würde es schnell tun: seine Handfläche aufschneiden und sie an meine eigene aufgeschnittene Hand drücken. Es war so leicht, ein Blutsband zu schmieden – aber ich konnte mich nicht bewegen. Er sah im Schlaf so sanft aus, all die scharfen Kanten und harten Blicke, die ich von ihm gewohnt war, wurden durch seinen offenen Körper, seinen schmollenden Mund und seine zarten Atemzüge ersetzt.

Das war falsch. Es war verräterisch und grausam, so etwas auch nur in Erwägung zu ziehen, aber ich wappnete mich. Ich wollte nur leben. Bloß noch wenige Stunden lagen zwischen mir und der Entdeckung von Evanders Leiche. Zwischen mir und meinem sicheren, grausamen Tod. Das Wasser, das mein Haar und mein Hemd durchweicht hatte, würde schnell trocknen, und dann würden sich meine Flügel wieder unter meiner Haut zusammenrollen.

Jetzt. Ich musste es jetzt tun.

Mein Körper schmerzte vor Anspannung, aber ich zwang mich an die Seite des Bettes. Ich drückte mein Knie in die Matratze und zuckte zusammen, als sie unter meinem Gewicht knarzte. Tropfen fielen von meinen Haarspitzen auf das Bettzeug. Mit angehaltenem Atem schnitt ich mit einer Kralle eine flache Wunde in meine Handfläche und griff nach der Hand, die auf Theodors Brust ruhte, doch noch bevor ich sie berühren konnte, zuckte er zusammen. Er packte mein Handgelenk, sein Griff war so fest wie eine Fessel. Ein leises Knurren und er riss mich mit solcher Wucht nach vorne, dass ich über ihn fiel und mit meinem Bauch auf seinem landete. Kaltes Metall bohrte sich in meine Kehle. Mein Körper verdeckte das schwache Licht des Kamins, und ich konnte keine Einzelheiten seines Gesichts erkennen. Er drückte die Klinge tiefer in meine Haut.

»Ich bin es. Imogen«, keuchte ich, wobei sich meine Kehle gegen den Druck des Dolches bewegte. »Ich bin es. Bitte nicht.«

»Imogen?« Seine Stimme war schlaftrunken.

Er zog die Klinge zurück. »Was zum Teufel soll das?«

Wir bewegten uns beide unbeholfen in der Dunkelheit, verhedderten uns in den Laken und versuchten, etwas Abstand zwischen uns zu bringen. Er griff nach der Kerze und dem Anzünder auf dem Nachttisch, und der Raum füllte sich mit warmem Licht. Er warf mir einen schrecklichen Blick zu, die Augen weit aufgerissen.

Ich erstarrte.

Wie vorhin bei Evander lag ich beinahe splitternackt vor König Theodor. Er nahm meinen Anblick in sich auf. Die Form meiner Flügel, die eng an meinem Rücken anlagen, mein angsterfülltes Gesicht, und dann glitt sein Blick nach unten, um die Linien und Kurven meines Körpers unter dem nassen Hemd zu betrachten.

Ich wartete auf sein Entsetzen, darauf, dass er mich zu Boden warf und eine Hand um meine Kehle legte, aber er sah mich nur mit verwunderter Ehrfurcht an. Die Sekunden schienen sich zu dehnen, bis er schließlich die Augen zusammenkniff. Er griff nach einer Decke und hielt sie mir schweigend hin. Ich drückte sie an meine Brust.

Plötzlich durchfuhr ihn eine grimmige Erkenntnis. Er hielt seinen Dolch zwischen uns hoch. »Du bist mit Meerwasser bedeckt.«

Der Unterton in seiner tiefen Stimme war klar. Er war in Gefahr. Sirenen auf dem Meer waren gefährlich, sie ertränkten und weideten diejenigen aus, die ihnen schaden wollten. Ich schüttelte den Kopf. »Ich bin nicht hier, um Euch wehzutun.« Sein Misstrauen war spürbar, vernichtend. Langsam ergriff ich die Hand, in der er den Dolch hielt, und führte die Spitze an mein Brustbein. »Ihr habt mein Wort.«

Die Starre in seinen Schultern löste sich ein wenig, aber er behielt den Dolch dort, wo ich ihn hinbewegt hatte. Seine Stimme war dunkel wie die Nacht. »Sag mir, was passiert ist.«

Ich grub meine Krallen in die Decke. »Ich muss Fort Linum heute Nacht verlassen.« Meine Stimme zitterte. »Sofort.«

»Das ist keine Antwort.« Er schüttelte den Kopf, als befände er sich in einem seltsamen Traum und wünschte sich aufzuwachen. Er blickte zur Tür. »Wie bist du hier reingekommen?«

Ich blinzelte. »Ich weiß es nicht genau.« Es war keine Lüge. Die Macht, die von mir Besitz ergriffen hatte, beugte die Welt nach meinem Willen, aber ich hatte sie nicht darum gebeten. Ich hatte einen sicheren Zugang zu diesem Raum gebraucht; ich hatte aufpassen müssen, dass Evander mich nicht noch mehr verletzte. Und diese schreckliche Macht hatte dafür gesorgt. »Euer Wächter hat mir die Tür geöffnet.«

»Das bezweifle ich sehr.« Die Spitze der Klinge drückte gegen meine Brust, nicht fest, aber fest genug, um mich verstummen zu lassen. »Antworte mir.«

»Ich habe König Nemeas Kommandanten getötet.«

Sein Mund blieb offen stehen. »Du hast … deinen Verlobten getötet … und bist dann direkt zu *mir* gekommen?«

Ich sprach in überlauter Eile. »Er hat den Siphon genommen, wie sie es bei Hinrichtungen tun, und meine Brust mit Wasser gefüllt. Ich habe mich gewunden, und dann ist er einfach zu mir hineingeklettert, und ich habe ihn ertränkt …«

»Psst. Leise.« Seine freie Hand legte sich über meinen Mund. Er zog den Dolch von mir weg und stieß ihn neben sich in die Matratze. »Du musst still sein.«

Ich nickte, Tränen stiegen mir in die Augen.

Wie eine Naht, die zu fest durch den Stoff gezogen wurde, spannten sich seine Muskeln an, und sein Gesicht verzog sich. Langsam nahm er seine Hand von meinem Mund, bis sie auf meinem Kinn ruhte. »Was soll das heißen, er ist zu dir reingeklettert?«

»In die Wanne«, flüsterte ich und sah ihm in die Augen. »Er hat meine Wanne von seinen Männern mit Meerwasser füllen lassen, dann hat er mich hineingezwungen und …«

»Hast du gesungen?« Seine Hand löste sich von meinem Kinn. »Um ihn zu ertränken?«

»Gesungen?« Ich schüttelte den Kopf. »Nein. Er ist zu mir reingeklettert und hat sich auf mich gelegt, und dann habe ich … ich weiß nicht wie. Ich habe ihm die Luft zum Atmen genommen.«

Der Blick, den er mir zuwarf, jagte mir einen kalten Schauer über den Rücken. Es war ein Blick des Erstaunens, als könne er sich keine abscheulichere Tat vorstellen, und er brachte mich zum Taumeln, ließ die Wände um mich herum wanken, bis ich allein und hilflos meinem Tod entgegenstürzte.

»Du hast deinen Verlobten umgebracht«, flüsterte er ungehalten, »und dann kommst du kurz darauf hierher und bittest mich, mitten in der Nacht zu gehen und dich mitzunehmen?«

»Nein.« Ich sah ihm direkt in die Augen – ich hatte nichts mehr zu verlieren. »Ich bin gekommen, um mich an Euch zu binden.«

Die Luft um uns herum wurde dünner. Sein Tonfall war gefährlich ruhig. »Du hast den Verstand verloren.«

»Vielleicht.« Ich gab mir keine Mühe, die Verzweiflung in meiner Stimme zu verbergen. »Aber ich habe nichts mehr, womit ich mich wappnen könnte, außer Eurem Schutz. Und Ihr habt Euch geweigert, ihn mir zu geben.«

In seinen ungläubigen Augen spiegelte sich das Licht des Feuers. »Ich habe mich nicht geweigert. Ich sagte, ich brauche Zeit.«

»Man wird mich foltern.« Tränen erstickten meine Worte. »Man wird mich Evanders Männern ausliefern, damit sie mit mir machen können, was sie wollen, bevor sie mir die Kehle durchschneiden.«

Das Schweigen bohrte sich wie Nadeln in meine Haut. Es zog sich hin, bis er sich endlich herabließ zu sprechen. Ich hätte mir gehässige Worte gewünscht, einen vor Verachtung triefenden Fluch, irgendetwas anderes als die völlige Gefühllosigkeit, die er mir stattdessen entgegenbrachte. »Das passiert mit Mördern an einem Ort wie diesem.«

Meine Brust schmerzte unter der Last meiner Hoffnungslosigkeit, aber ich wollte nicht gehen, ohne wenigstens versucht zu haben, es ihm verständlich zu machen. »Er hat es verdient«, spuckte ich aus. »Wäre ich verheiratet und an ihn gebunden gewesen, dann wäre *ich* gestorben. Er hätte mir das Leben ausgesaugt, eine kleine Grausamkeit nach der anderen.«

Ich rutschte zur Bettkante. Ich ließ die Decke zurück und ging fröstelnd auf die Tür zu. Dahinter lauerte der Tod, und ich fragte mich, ob ich in meinem Zimmer auf ihn warten oder mich auf die Suche nach ihm machen sollte. Vielleicht wäre es besser, mit ausgebreiteten Flügeln zu den Wachen hinauszugehen und einen schnellen Tod durch einen Pfeil ins Herz zu erleiden.

»Halt.« Theodor stieß einen langen Atemzug aus und stand auf. Sein weißes Schlafhemd war schief und zerknittert und endete knapp über seinen Knien. Seine Augen hatten einen starren, steinernen Ausdruck, aber seine Stimme war so sanft, wie ich sie noch nie gehört hatte. »Geh weg von der Tür.« Sein Blick huschte schnell an meinem Körper hinunter, bevor er die Decke aufhob und sie mir zuwarf. »Behalte sie bei dir, verdammt noch mal.«

Als ich die Decke endlich fest um mich geschlungen hatte, kam er näher. Er stand dicht vor mir und hüllte mich in eine Welle der Wärme. »Was ist das?« Er streckte die Hand aus und strich mit einem Finger über eine wunde Stelle an meinem Kinn.

Ich zuckte vor Schmerz zusammen. »Vom Siphon meines geliebten Verlobten, nehme ich an.«

»Es blutet.« Er schüttelte bedauernd den Kopf. »Ich habe doch gesagt, wenn ich dir jetzt helfe, löst das einen Krieg aus.«

»Ja, ich weiß.« Heiße Tränen liefen mir über die Wangen. »Ich bin keine Närrin, im Gegensatz zu dem, was Ihr glaubt. Ich verstehe die Konsequenzen. Ich verstehe, warum Ihr mich in den Tod schickt …«

Er strich sich mit einer Hand über das Gesicht. »Halt den Mund, bitte.«

»Was?«

»Halt die Klappe.« Er nahm mein Gesicht so schnell in seine Hände, dass ich nach Luft schnappte. »Ich bringe das in Ordnung.« Er neigte meinen Kopf nach hinten, sodass mein blutiges Kinn nach vorne geschoben wurde, und mit einem wütenden Blick setzte er seine helle Kraft ein, um den Schnitt zu schließen.

Er war schnell fertig, seine Hitze war da und wieder weg, aber danach rührte sich lange keiner von uns.

Schließlich ließ er seine Hände von meinem Gesicht sinken. »Wolltest du uns wirklich aneinander binden?«, fragte er mit seltsam gleichmäßiger Stimme.

»Ja.« Mein Blick traf den seinen. »Ich habe es satt, kleingemacht zu werden.« Ich ging in Richtung Tür. »Aber Ihr hattet recht, ich bin zu feige, um mich selbst zu retten …«

»Tu es.«

»Ich bitte Euch …«

»Binde uns aneinander«, sagte er. »Ein Krieg mit Nemea ist unvermeidlich. Wir können nicht zulassen, dass er eine Gräueltat nach der anderen begeht. Es ist nicht ideal, ihn mit dem Tod seines Kommandanten und dem Raub seines Mündels zu beginnen, aber ich glaube … ich glaube, es ist besser als die Alternative.«

Ich stand mit offenem Mund da. »Die Alternative wäre mein Tod.«

»Ja. Also stimme ich unserer Bindung zu.«

»Aber warum?«

»Es gibt keinen göttlichen oder irdischen Weg, dass ich mich in die Nähe eines Schiffes mit dir begeben würde, es sei denn, ich wäre immun gegen deine Verlockungen.«

Ich spürte, wie mein Gesicht errötete. »Das klingt fair.«

»Es gibt drei Bedingungen.«

»Natürlich.« Ich holte zitternd Luft, während sich meine Vorsicht meldete. »Welche sind das?«

»Du wirst dich von Nemea lossagen und mir als deinem neuen König die Treue schwören. Wenn wir dann auf Varya ankommen, gehst du direkt zur Magischen Seherin und lässt dort in einem Ritual unser Blutsband trennen.«

Mir war bewusst, dass er mich darum hätte bitten können, meine eigene Hand abzutrennen und sie mit einem Lächeln an seinen Hund zu verfüttern, und ich hätte zugestimmt. »Das kann ich tun.« Ich wartete bange auf die letzte Bedingung. Theodor war ein gerissener König, dessen Blick und Verstand so scharf wie ein Rasiermesser waren. Er würde etwas von mir verlangen, etwas weitaus Größeres, als dass ich auf die Knie fiel und mich auf den Weg machte, um unser Band zu trennen. »Der dritte?«

Er begann in einer Truhe am Fußende des Bettes zu kramen. Eine dunkle Hose und ein weißes Hemd kamen zum Vorschein. Er beugte sich zur Feuerstelle und legte einige Holzscheite auf die schwelende Glut. »Wenn du von der Seherin zurückkehrst«, sagte er, »wirst du eine Aufgabe meiner Wahl erfüllen.«

Eine Alarmglocke schrillte in mir. *Eine Aufgabe seiner Wahl.* Mit wachsamem Blick beobachtete ich, wie er wieder in der Truhe herumwühlte. Er überprüfte Papiere und andere kleine Gegenstände, die zwischen die Kleider gestopft waren, und mir wurde klar, dass er darüber nachdachte, was er verbrennen sollte. Wir würden zu schnell aufbrechen, als dass er seine Sachen mitnehmen könnte. »Was ist die Aufgabe?«, fragte ich vorsichtig.

Er wich meinem Blick aus. »Ich weiß es noch nicht.« Er warf einen kleinen Stapel Papiere ins Feuer und begann, seine Hose anzuziehen. »Schnell, dein Haar wird trocken. Als Nächstes werden deine Flügel schrumpfen, dann haben wir unsere Chance vertan.« Er zog sein Nachthemd aus, und ich sah zur Tür. »Bist du mit meinen Bedingungen einverstanden?«

Nach allen Maßstäben der Fairness hätte ich das sein sollen. Ich hätte auf die Knie fallen und seine warmen Finger küssen sollen, weil er bereit war, sich aufzuschneiden und uns aneinander zu binden. Und wenn er mich gebeten hätte, mein Leben zu riskieren, meine Sicherheit und die Aussicht auf ein eigenes Heim, dann hätte ich *ja, gerne* gesagt. Der König schaute mich ungläubig an, als könne er mein Innehalten nicht verstehen, und ich dachte: *Er hat nie erfahren, was es heißt, nur zum Nutzen anderer zu existieren.*

Bei dem Gedanken, mich den unbestimmten Launen eines anderen Königs zu unterwerfen, Gehorsam schuldig zu sein, nicht ganz meine eigene Herrin zu sein, schnürte mir die Verzweiflung die Kehle zu.

»Ich bin bereit, mein Leben zu riskieren«, schäumte er, »das Wohlergehen meines Königreichs aufs Spiel zu setzen, damit du diesen Ort sicher verlassen kannst.«

Seine Worte fielen wie ein Funke auf totes Gras. Sie erhellten meinen Geist mit einer schrecklichen Erkenntnis. Kein guter, gerechter und fairer König – kein König, der *durch und durch pflichtbewusst* war – *würde* so etwas Törichtes tun. Ein König, der so tugendhaft und mächtig war wie Theodor, würde mich, das verwaiste Mündel eines bösartigen und niederen Königs, hier sterben lassen, weil seine Herrschaft es verlangte. Natürlich könnte er einen Anflug von Schuld verspüren, wenn er mich abwies, er könnte sogar so weich sein, den Verlust einer jungen Frau zu beklagen, die sich so sehr gewünscht hatte zu leben, aber *das* würde er nicht tun.

»Deine Entscheidung, Imogen?«

Im Schein des Feuers wirkte er so hart und imposant wie eine Statue. Schatten lagen unter seinen goldbraunen Wangenknochen, in der Vertiefung seines Halses und in der Furche seiner Stirn. Ich konnte in ihm die Gestalt seines Vorfahren sehen. Auch der Große Gott Panos war stark und unbezwingbar gewesen. Er brauchte nichts von mir, und ich hatte ihm nichts zu geben. Aber ich dachte an ihn im Ritualraum von Nemea, wie er voller Zorn über *mein* Blut gewesen war. Mit Bestimmtheit hatte er zu mir gesagt: *»Ich kenne Euch wirklich.«*

Was glaubst du, wer ich bin?

Plötzlich fragte ich mich, ob diese scheinbar einseitige Gunst nicht vielleicht perfekt ausbalanciert war.

»Ich stimme den Bedingungen zu, Eure Majestät.« Ich reckte mein Kinn. »Aber wenn Ihr Euch als unzuverlässig erweist, so wahr mir Gott helfe, werde ich, sobald unser Band getrennt ist ...«

Theodor legte den Kopf schief. »Willst du mir drohen?«

»Ich habe wenig Grund, Männern zu vertrauen, die behaupten, sie würden das Richtige für mich tun, wenn ich ihnen gehorche.« Mir war so kalt geworden und ich war so müde, dass die Worte in einem einzigen kläglichen, zitternden Atemzug herauskamen.

Er hob zustimmend die Brauen. »Lass es uns tun, bevor du mich aus Versehen tötest.«

Ich ließ mich in die Wärme des Kamins sinken. Theodor kam nicht zu mir. Er ging zur Tür, sah mich finster an und sagte: »Behalte deine Decke an.« Dann rief er die drei Wachen herein, einen Mann nach dem anderen. Jeder von ihnen sah mich alarmiert an, und Theodor warf ihnen einen scharfen Blick zu. »Wo ist Kommandant Mela?«

Sein Kommandant. *Agathas* Kommandant. Alle Männer verharrten regungslos, ihre Gesichter unlesbar, bis schließlich einer von ihnen beschämt zu Boden blickte. »Er hat uns angewiesen, seinen Posten zu übernehmen.« Eine lange Pause entstand. »Er ist zu einer Frau gegangen.«

Ich hätte nicht gedacht, dass die Laune des Königs überhaupt schlechter werden könnte, aber er wurde noch mürrischer, seine Stimme noch dunkler. »Findet ihn.«

»Er wird ein Stockwerk tiefer sein«, warf ich ein. »Vierte Tür rechts.«

Theodors Aufmerksamkeit richtete sich auf mich. »Agatha?«

Ich nickte.

Er fuhr sich mit der Hand über das Gesicht und erläuterte dann in präzisem, gedämpftem Ton den Fluchtplan. »Weckt die dienstfreien Wachen, und bevor ihr hierher zurückkehrt, geht in Lady Imogens Gemach. Dort liegt ein toter Mann in einer Wanne mit Meerwasser. Sammelt etwas von diesem Wasser und bringt es mir. Und um der Liebe der verdammten Götter willen: Lasst meine Tür nicht unbewacht.«

Theodors Männer rauschten aus dem Zimmer, und er schob den Riegel mit einer Frustration vor, die sicherlich mir galt. Ich hörte das Rascheln von Leinen und das Klirren von Metall, aber meine Aufmerksamkeit galt dem Verlobungsring, der noch immer an meinem Finger steckte. Ein schweres, beklemmendes Gefühl überkam mich. »Ich habe auch eine Bedingung.«

Theodor setzte sich vor mich, in der einen Hand seinen Dolch, in der anderen ein Bündel grüner Seide. »Du bekommst keine Bedingungen – ich bin derjenige, der dir einen Gefallen tut.« Er warf mir das Stoffbündel vor die Knie. »Zieh das an, wenn deine Flügel sich zurückziehen.«

Ich sah ihn entschlossen an. »Agatha kommt mit.«

Er drehte den Dolchgriff in seiner Hand und schüttelte den Kopf. »Es ist zu gefährlich. Du brauchst kein Kindermädchen als Begleitung. Und im Gegensatz zu dir ist sie durchaus in der Lage, allein von hier wegzukommen.«

Tränen schnürten mir die Kehle zu. Er hatte recht. Ich nickte gequält und hielt meine Hand zwischen uns hoch, um den oberflächlichen Schnitt zu zeigen, den ich gemacht hatte, bevor er aufgewacht war. Die Narben auf meiner Handfläche sahen krumm und blass aus. Unbeirrt nahm Theodor meine kalte Hand in seine warme und strich mit einem Finger über den Schnitt und die schwielige Haut, so sanft, dass ich zusammenzuckte.

»Ich habe auch eine Schwäche für Agatha«, murmelte er. Es klang wie eine Entschuldigung, sanft und voller Bedauern.

Der Dolch glänzte, als er ihn an meine Handfläche führte. Ich war angespannt und fragte mich, wie tief er mich schneiden würde und ob er mich danach schnell heilen oder mich warten lassen würde.

»Nimm ihn«, sagte er und drückte mir den Griff in die andere Hand. »Ich habe gehört, dass eine Sirenenbindung schmerzhaft ist.« In seiner Stimme lag keine Beklommenheit, aber ich fragte mich, ob er Angst hatte. »Die Art, wie sie sich im Körper festsetzt.«

Ich nickte. Das hatte ich auch gehört. »Werdet jetzt nicht weich, Eure Majestät.«

Sein Mundwinkel hob sich leicht, und als ich die Klinge auf meine Handfläche legte, kniff er die Lippen zusammen. Ich machte einen schnellen und flachen Schnitt, dann setzte ich die Klinge an Theodors Handfläche und ritzte sie zweimal. Sofort holten wir tief Luft und pressten unsere blutigen Hände aneinander. Mein Herz pochte wie wild, es hämmerte durch meinen ganzen Körper, aber ich konzentrierte mich auf die klebrige Wärme zwischen unseren Händen.

Theodor keuchte. Seine kräftigen Finger klammerten sich um meine Handfläche. Der Ausdruck auf seinem Gesicht war irgendwo zwischen Schmerz und Lust. Seine Muskeln zitterten, Schweißperlen liefen ihm über Wangen und Hals. Als sein Kopf zurückfiel, unterdrückte er ein tiefes Stöhnen.

Mit angehaltenem Atem wartete ich. Und wartete. Theodors Körper entspannte sich, sein Schmerz stieg und fiel, dann sah er mich mit erwartungsvoller Panik an. »Was fühlst du?«

Ich schüttelte den Kopf. »Nichts.«

Und dann kam es.

Sein Blut fühlte sich an wie Sternenlicht. Hell und kochend schoss es die Adern in meinem Arm hinauf, bis zum Puls in meinem Hals. Es verbrannte mich von innen, während es sich in meinem Körper ausbreitete. Ich hörte mich stöhnen, spürte, wie sich mein Rücken vor Schmerz krümmte, aber als es sich in meinem Magen festsetzte, wurde der Raum schwarz. Mein Kiefer öffnete sich zu einem gellenden Schrei.

Theodors Hand flog über meine Lippen, und als das nicht half, nahm er meinen Kopf in seine Hände und drückte meinen Mund an seine Brust. »Sei still«, sagte er in mein Ohr. »Imogen, hör auf.«

Aber ich konnte nicht. Ich wurde von innen zerrissen. Dieser Faden in mir zog so stark, dass ich dachte, er würde reißen und mein Herz aufschlitzen, und ich würde auf der Stelle in seinen Armen sterben. Ich krallte mich an seinen Schultern fest, an seinem Rücken, und viel zu langsam ließ der Schmerz nach. Das Band saß in meinem Bauch und strahlte eine flirrende Hitze aus, und ich wimmerte gegen seinen harten Körper und versuchte, ruhig zu atmen.

Theodor sah mich fassungslos an. Er legte eine Hand an meine Wange und strich mir die Haare aus dem Gesicht, die an meiner glatten Haut klebten. »Geht es dir gut? Wir müssen jetzt gehen. Sag mir, dass es dir gut geht.«

Ich nickte.

»Nein.« Seine Stimme klang heiser, atemlos. Er schüttelte mich leicht. »Sag es. Lass es mich hören.«

Seine Sorge um mich war deutlich, ein tiefer, verzehrender Strom, und ich wusste, dass das Band geknüpft war. Das war es, was es bewirkte – es verlangte nach Schutz. Ich sah ihm in die Augen und versuchte zu verbergen, wie seltsam ich mich fühlte. Mein Innerstes bebte. Ich glaubte, ich sei krank.

»Mir geht es gut.«

Er nickte knapp und versuchte, den erschütterten Ausdruck auf seinem Gesicht zu verbergen. Durch das Band waren meine Flügel wieder unter die Haut gerutscht, meine Schulterblätter waren wund und nässten. Theodor half mir, das Gleichgewicht zu halten, während ich die Decke und das nasse Unterhemd auszog. Er sah die Wunden nicht, die meine Flügel hinterlassen hatten, und ich sagte nichts von meinen Schmerzen, bevor ich mir das Gewand über die Schultern zog und es in der Taille zusammenschnürte.

Ein leises Klopfen an der Tür ließ mich zusammenzucken. Theodor öffnete seinen Wachen, diesmal war es sein ganzes

Gefolge von sechs Männern. Einer von ihnen trug eine Vase, die in meinem Zimmer gestanden hatte – der Geruch von Meerwasser stieg mir in die Nase. Und hinter ihnen allen, mit wilden, verfilzten Locken, geröteten Wangen und von Küssen geschwollenen Lippen, ging Agatha.

Theodor sah sie an, und seine Verlegenheit war offensichtlich. »Hallo, Agatha.« Sein Blick fiel auf den großen, selbstgefällig dreinblickenden Soldaten, der neben ihr stand. »Lachlan, ich werde dich ausweiden.«

»Ja, ich weiß«, sagte Lachlan. »Agatha hat mich informiert, dass sie mit uns kommt.«

Theodor warf mir einen finsteren Blick zu. »Du bist heute Abend von den verdammten Göttern gesegnet, nicht wahr?« Er deutete auf die Vase mit dem Meerwasser. »Gib ihr das.«

Ich drückte sie an meine Brust und straffte mich unter dem mürrischen Blick des Königs. Er war pechschwarz und beklemmend, und seine schiere Intensität ließ die kühle Luft in der Kammer stickig werden.

»Du bist an meinen Männern vorbeigekommen«, sagte er zu mir, »jetzt bring uns an Nemeas Männern vorbei.«

8

Theodors Soldaten bewegten sich wie Geister, lautlos und schnell. Selbst ihre Rüstungen klapperten kaum in der allzu stillen Dunkelheit von Fort Linum.

Wir schlängelten uns in einer langen Reihe die Treppe hinunter, die in die leere Eingangshalle führte. Draußen schnitt der Wind durch das Tal und pfiff um die Ecken des Forts. Sein Tosen klang wie das Stöhnen einer sterbenden Frau. Ich versuchte, es nicht als schlechtes Omen zu deuten.

Theodor stieg vor mir ab, Agatha hinter mir, und ich drückte die volle Vase an meine Brust wie eine Mutter ihr Kind. Dieses dürftige Meerwasser würde es mir ermöglichen, meine Kraft einzusetzen, um uns an den Männern von König Nemea vorbeizuschleusen.

Agatha flüsterte mir über die Schulter zu. »Du warst in der Kammer des Königs. Du trägst seinen Umhang. Du bist nass vom Meerwasser.« Die feuchte Seide besagten Umhangs klebte an den offenen Wunden auf meinem Rücken. Mein langes, nasses Haar verdeckte die Blutflecken. »Sag mir, was passiert ist.«

Ich streckte mich und sah sie über die Schulter hinweg an. »Ich verspreche dir, ich werde dir alles erzählen, wenn wir auf dem Schiff in Sicherheit sind. Aber bitte, *bitte,* gerate nicht in Panik, wenn ich es tue.«

Ihre Augen blitzten auf. »Panik! Warum sollte ich in Panik geraten?«

»Bei den Göttern, Agatha.«

Sie biss sich auf die Lippen, um ihre Sorgen und Fragen zu unterdrücken, und nickte mir schwach zu.

Ein ungutes Gefühl überkam mich bei dem Gedanken, Agatha alles zu gestehen. Ein Geflecht aus Scham und Stolz durchzog mich wie ein zweites Rückgrat angesichts dessen, was ich Evander angetan hatte. Als ich die Treppe hinabstieg und an Nemeas Thronsaal vorbeikam, dachte ich an die Inschrift an der Wand. *Das Ungeheuer wird immer getötet.* Das Bild von Evanders schlaffem Gesicht mit den blauen Lippen verfolgte mich, und ein Gefühl der Unsicherheit überkam mich. Vielleicht war ich genauso monströs, wie er es gewesen war. Vielleicht stand meine eigene Ermordung noch bevor.

Lachlan, der Kommandant von König Theodor, versammelte uns alle, als wir die hohen Haupttore erreichten. »Im Hof sind nie Wachen stationiert. Wir haben sie immer bei den Ställen und Kasernen am Fuße der Bergtreppe gesehen«, sagte er leise. Dann trafen seine strengen Augen auf die meinen. »Wir brauchen dich, um an den Wachen vorbeizukommen. Wir brauchen Pferde aus den Ställen, um die Bergstraße hinunter und zum Schiff des Königs in Port Helris zu gelangen.«

Mein Mund wurde trocken. Meine Muskeln begannen zu zittern, ob vor Kälte oder vor Schreck, konnte ich nicht sagen. Ich kämpfte dagegen an und nickte Lachlan knapp zu.

Der Anführer der Wachen zog das massive Tor gerade so weit auf, dass wir uns seitlich hindurchzwängen konnten, und einer nach dem anderen bahnten wir uns wie eine sich windende Schlange den Weg durch den Eingang von Fort Linum. Der Wind hatte den Himmel aufklaren lassen, sodass nur noch der helle, volle Mond und ein paar Sterne zu sehen waren. Er tauchte die bleichen Steine in ein unheimliches, wässriges Blau. Agatha und ich kauerten an der rauen Mauer des Forts. Eine Böe peitschte mir die Haare in die Augen, während die sechs Wachen mit gezückten Schwertern im Hof ausschwärmten und die von den Pfeilern geworfenen Schatten kontrollierten.

Theodor stand mir gegenüber und trat näher, sein Körper umhüllte mich mit plötzlicher Wärme. »Schwöre mir jetzt die Treue«, sagte er leise und nah. »Bevor du Nemeas Reich verlässt und solange es einen Zeugen gibt. Auf diese Weise kann er nicht behaupten, du seist gestohlen worden.«

Ich runzelte die Stirn und umklammerte die Vase fester. »Du kannst doch nicht glauben, dass ihn das kümmert. Und woher soll er es wissen? Er wird so oder so gleich reagieren.«

»Mir ist es wichtig«, sagte er. »Ich werde nicht zulassen, dass mir Untreue vorgeworfen wird, weil ich mitten in der Nacht einem anderen König das Mündel stehle.«

Mein finsterer Blick vertiefte sich noch.

Er trat näher, sein Blick ruhte auf mir, und mir stockte der Atem. »Nach allem, was ich heute Abend für dich getan habe, ist es das Mindeste, dass du auf die Knie gehst.«

Ich hielt seinem Blick drei Herzschläge lang stand. Es drehte mir den Magen um – Königreiche und die unsinnigen Regeln, die sie formten. Ich wollte nicht, dass mir der Kies in die Knie schnitt. Ich wollte nicht von einer Fessel des Herrschers in die andere treten. Die Verantwortung, einen anderen Mann zu ehren, ihm zu gehorchen und zu dienen, der im Gegenzug nicht dasselbe für mich tun würde. Und doch war es der Lauf der Dinge.

Ich drehte mich zu Agatha um und drückte ihr die Vase in die Hand. »Halt mal.«

Als der Hof geräumt war, kamen die Wachen zurück und bildeten eine Mauer um uns. Lachlan lehnte sich vor und klang gereizt. »Ein bisschen schneller, wenn es dir nichts ausmacht.«

Ich warf ihm einen eisigen Blick zu. Dann ließ ich mich widerwillig und zitternd auf die Knie sinken. Der Kies war so scharf, wie ich es erwartet hatte. »Was willst du von mir hören?« Er sah so ernst aus, als er auf mich herabblickte, und seine Nase und Stirn glänzten im Mondlicht.

Es war Lachlan, der antwortete. »Lass dir etwas einfallen.«

Ein Windstoß fegte über uns hinweg und riss mein feuchtes Haar in die Luft. Ich strich es mir aus dem Gesicht und begegnete Theodors Blick mit so viel Schärfe, wie ich aufbringen konnte. »Ich verurteile den Herrscher der Insel Seraf.« Ein weiterer Windstoß traf uns. Kalt und heulend trieb er mir die Tränen in die Augen. Er dämpfte meine leisen Worte und ließ mich erschauern. »Ich … ich schwöre meine … Loyalität …«

Theodor ließ sich vor mir auf die Knie sinken, sein Blick auf meinen gerichtet, und jeder meiner Gedanken löste sich auf. Er war so nah, dass ich flüstern konnte und dennoch gehört wurde. Meine Stirn runzelte sich vor Verwirrung über diese Geste.

Er nickte scharf. »Schnell.«

Ich kramte in meinem Gedächtnis nach dem langen, düsteren Eid, den ich König Nemea geschworen hatte, als ich noch jünger war. »Ich, Imogen Nel, schwöre König Theodor Ariti von Varya meine Treue. Ich … werde *versuchen* … dich in Wort und Tat, in Wille und Tat zu ehren. Vor Eusia …« Ich schüttelte den Kopf. Räusperte mich. »Vor den Großen Göttern, wo immer sie auch sein mögen, schwöre ich es.«

Seine Mundwinkel verzogen sich zu einem schiefen Grinsen. »Du wirst es *versuchen*?«

Ich nickte. »Ich schwöre es.«

Er warf mir einen strengen Blick zu und half mir aufzustehen. Das Zittern in meinen Gliedern war jetzt zu stark, um es zu verbergen, und Theodor stützte mich mit beiden Händen an meiner Taille. Agatha beobachtete uns erstaunt, als sie mir meine Vase zurückgab.

»Was?«, fragte ich.

Sie schüttelte den Kopf und blinzelte schnell.

Die Gruppe teilte sich auf. Theodor und ich eilten, begleitet von vier Wachen, zur Treppe, die zu den Ställen und zum Eingangstor führte. Agatha blieb mit Lachlan und der sechsten Wache zurück. Wir erreichten den Rand der ersten Stufe, und mein Blick wanderte über den steilen, schattigen Abgrund.

»So bist du in die Festung gekommen?«

»Ja.« Theodor legte eine sanfte Hand auf meinen Ellbogen, als er sah, wie ich schwankte. »Die Stufen sind unregelmäßig. Einige sind sehr kurz, andere sind viel höher, als sie sein sollten.«

»Es muss einen anderen Weg geben.« Panik kroch über meine Haut und durch meine Brust. »Nemea kann nicht alle Gäste dazu gebracht haben, hier hochzuklettern.«

»Imogen …«

»Ich werde es verschütten. Ich kann in dieser Dunkelheit keine drei Schritte nach unten sehen. Ich werde ausrutschen und es verschütten, und wir werden alle sterben.«

»Das ist eine Möglichkeit.« In seiner Stimme schwang nicht die geringste Gefühlsregung mit. »Aber wenn du nicht vorwärts gehst, ist der Tod – deiner, meiner, Agathas – eine Tatsache.«

Hinter uns heulte der Wind um die bröckelnden Steine von Fort Linum, eine schmerzhafte Warnung. Hier wollte ich nicht sterben, an diesem Ort, der mich klein und ängstlich gemacht hatte. Ich straffte den Rücken unter Theodors prüfendem Blick. Der Mann, der mich zu kennen glaubte – der mich einen Feigling genannt hatte. Ich hielt die Vase fester und machte den ersten Schritt nach unten.

Ich kam nur langsam voran. Mit meinen nackten Füßen ertastete ich die Kante der Stufe, während ich mich mit Theodors übervorsichtigem Helfer auf den Weg nach unten machte, und war mir sicher, dass mir nie wieder warm werden würde. Meine

Zähne klapperten laut in meinem Schädel. Mein ganzer Körper zitterte. Das Seidengewand, das ich trug, peitschte gegen meine nackten Beine. Ich blieb auf einer besonders schmalen Steinstufe stehen und versuchte, mein Zittern zu beruhigen.

Theodor blickte von unten zu mir auf. Der Schrecken – die Sorge – in seinen Augen drehte mir den Magen um. »Ach, verfluchte Götter«, brummte er. »Komm her.« Er streckte mir die Hände entgegen, als wollte er mich in seine Arme schließen.

Ich trat einen Schritt zurück. »Was tust du da?«

»Eure Majestät«, flüsterte die Wache hinter mir. »Wir müssen weiter.«

»Einen Moment.« Theodor runzelte die Stirn. »Die Lady ist kurz davor zu erfrieren. Sie muss sich aufwärmen.«

»Du schlägst doch nicht etwa vor, dass du mich wärmst.« Sein Blut pochte in meinen Adern, aber die Vorstellung, berührt zu werden, seinen Körper an meinen zu pressen, fühlte sich viel zu intim an.

Mit einer Hand fuhr er sich über das Gesicht. »Die anderen hier sind in Metall gekleidet, also ja, das schlage ich vor.«

Die Wachen, die uns vorausgegangen waren, kamen zurück. »Wir sind erst auf halber Strecke, Eure Majestät. Was sollen wir tun?«

Theodors Blick ruhte einen Moment auf mir. »Geht schon vor. Seht, was da unten auf uns wartet. Wenn ihr glaubt, dass wir überwältigt werden, kommt zurück. Wenn nicht, versteckt euch zwischen den Felsen. Wir werden gleich unten sein.« Theodor wandte sich an die beiden Wachen hinter mir. »Wartet zehn Schritte weiter unten auf uns.«

Als wir allein waren, stieß Theodor wütend die Luft aus.

»Mir geht es gut«, sagte ich, obwohl mein ganzer Körper zitterte. Es war dumm, seine Hilfe nicht anzunehmen, das wusste ich.

»Offensichtlich.« Seine Hände ruhten auf seinen schmalen Hüften. »Aber dieses Blutsband lässt mich die Tatsache, dass du zitterst, nicht ignorieren. Dir ist kalt. Du hast Angst …«

»Wagt es nicht noch einmal, mich feige zu nennen …«

Er hob eine Hand. »Ich sagte, du hast *Angst.*« Im Mondlicht konnte ich die Aufrichtigkeit in seinen Augen sehen. »Ich habe auch Angst.«

Meine Finger verkrampften sich um die Vase in meinen Händen, aber ich sagte nichts. Ich konnte nicht entscheiden, ob ich mich besser oder schlechter fühlte, wenn ich wusste, dass er – der Nachfahre eines Großen Gottes und Königs – ebenfalls Angst hatte.

»Sag mir, was du brauchst.« Wieder klang seine Stimme so vollkommen frei von Gefühlen, tief und entschlossen in seiner Brust. Aber der Blick in seinen Augen ließ mich glauben, dass er es ernst meinte.

»Ich muss aufhören zu zittern«, sagte ich. Er nickte, und unsere Blicke verhakten sich ineinander. Dann streckte er mir die Hand entgegen. Sie war so warm, mit Schwielen an seinen Handflächen und den Ballen seiner kräftigen Finger. Geführt von seinem festen Griff stieg ich auf die breite Platte hinunter, auf der er stand. Er führte uns in Richtung der Felswand. Sie war leicht gewölbt, und er trat nah an sie heran und bedeutete mir, mich umzudrehen. Keiner von uns beiden sagte ein Wort, als er durch mein feuchtes Haar strich, um es mir über die Schulter zu legen. Wir sprachen auch nicht, als er mich langsam zu sich zog, in seine Wärme. Mein Körper spannte sich an, als mein Rücken seine harte Brust berührte. Die wunde Haut dort schmerzte, aber die Wärme seines Körpers schien sie schnell zu beruhigen. Er legte einen Arm um meine Schultern, und es war, als würde ein Sonnenstrahl über meinem Schlüsselbein erblühen. Langsam und vorsichtig schlang er den anderen Arm um meinen Bauch, unterhalb der Vase, die ich hielt.

»Nicht verschütten«, flüsterte ich, als ob er mich nicht schon mit äußerster Vorsicht behandelte.

Ich glaubte nicht, dass er atmete, als er mich sanft an seinen Körper drückte. Meine zuckenden Muskeln wirkten so übertrieben im Vergleich zu seiner Ruhe. Ich konnte die Linien und Vertiefungen seiner Brust und seines Bauches ausmachen. Den harten Druck seiner Oberschenkel gegen meine. Ich wurde unsicher. Wenn ich mir die intimen Details seiner Silhouette vorstellen konnte, konnte er sich ganz sicher auch meine vorstellen.

Er sprach leise, die Lippen an meinem Ohr. »Dein Rücken. Warum hast du mir nicht gesagt, dass du blutest?«

»Es gab Wichtigeres, um das ich mir Sorgen machen musste«, sagte ich und starrte in die Dunkelheit. »Es tat kaum weh, verglichen mit der Bindung.«

»Ich kann die Wunden nicht heilen, wenn die Seide daran klebt.« Wir standen da und lauschten dem Wind, und mein Körper begann, Theodors Schweigen widerzuspiegeln. Er lehnte sich gegen den Felsen, und ich lehnte mich an ihn, und für einen kurzen Moment schloss ich die Augen und stellte mir vor, ich läge auf dem Bauch in der Sonne. Dass ihre Strahlen durch meine Haut und meine Muskeln bis in mein Innerstes drangen. Es fühlte sich an, als würde das Blutsband in meinem Bauch glühen.

»Bist du bereit?«

Theodors tiefe Stimme riss mich aus meinen Gedanken. Mein Kopf war nach hinten gegen seine Schulter gefallen, das Kinn zu den Sternen geneigt. Ruckartig richtete ich mich auf. »Ja.« Ich bewegte mich zu schnell und versuchte, meinen Körper von seinem wegzuziehen. Sein Arm verfing sich am Boden der

Vase. Wasser schwappte über den Rand und durchnässte meine Vorderseite. »*Scheiße.*«

Das Wasser fühlte sich merkwürdig an.

In der Wanne hatte es auf meiner Haut geprickelt und sich bis zu dem dunklen, gleichmäßigen Puls in meiner Mitte gegraben. Jetzt fühlte sich dieselbe Stelle durch das Wasser gespannt an. Es war, als ob etwas in mir zu zerbrechen drohte, als ob die Quelle meiner Kraft instabil geworden wäre.

Theodor legte mir die Hände auf die Schultern. »Was ist los?«

Ich schüttelte den Kopf, wollte nicht sagen, was ich fühlte, und ging weiter die Treppe hinunter. Mit Theodors Wärme um mich herum war es jetzt leichter, aber ich fühlte mich unbehaglich. Jede Freundlichkeit, jeder Gefallen war eine Schuld, die zurückgezahlt werden musste, und ich schuldete ihm schon so viel.

Schnell und behände bewegte ich mich nun die Stufen hinunter und verließ mich dabei nur auf mich selbst. Seine Stiefel kratzten über das Gestein hinter mir, während er versuchte, mit mir Schritt zu halten. Wir stießen auf die erste Wache, die hinter einer Biegung kauerte. Ich ließ mich neben ihr nieder. Theodor kniete dicht an meiner anderen Seite.

Die Stallungen im Eingangsbereich kamen in Sicht. Ein breites Steintor führte zu einer weitläufigen Koppel, dahinter erhob sich das gepflegte Stallgebäude. Zu beiden Seiten der Stalltüren brannten Fackeln, zwei weitere vor uns am Steintor. Sie kämpften mit den Böen, die ihre Flammen auf der Lichtung zucken ließen. Vier von Nemeas Wachen standen am Tor beisammen. Sie unterhielten sich und lachten, aber der Wind trug ihre Geräusche davon.

»Sind es nur vier?«, flüsterte ich über die Schulter des Wachmanns.

»Vier hier. Am Eingang zur Bergstraße noch etwa sechs.« Er

deutete in die Schwärze zwischen zwei hoch aufragenden Steinblöcken. An ihrem Fuß standen weitere Fackeln, die eine kleine Gruppe von Wachen beleuchteten, aber das Licht war schwach, und Nemeas Männer trugen Rüstungen in der Farbe der Nacht.

Ich holte tief Luft und hielt sie an. Die Sorge nagte an mir. Die Sorge darüber, dass mein Zittern zurückkehrte und ob wir alle diesen Berg hinunterkommen würden. Um Theodor und seine Sicherheit.

»Wir müssen jetzt gehen«, sagte der Wächter ungeduldig. »Lockt die nächstbesten Männer an. Dann hole ich den Rest der Gruppe.«

Bei ihm klang es so einfach, aber plötzlich schien es unmöglich. Ich hatte kein Gefühl für meine Kraft. Es war ein Klumpen Ton, und ich war eine unerfahrene Künstlerin. Welche Form sie auch immer heute Abend angenommen hatte, es hatte nicht an meinem Geschick oder meinem Wissen gelegen. Ich blickte auf die Vase mit dem Meerwasser hinunter. Was, wenn es nicht genug war? Was, wenn ich in meinem zitternden, von Angst beherrschten Zustand keinen von uns vor einem brutalen, blutigen Ende bewahren konnte, nur weil ich zu feige war, einem Tod ins Auge zu sehen, den ich verdient hatte?

»Imogen.« Mein Vorname auf Theodors Lippen ließ mich verstummen. Das ferne Licht des Feuers flackerte auf seinen gequälten Zügen. »Ich bin gleich hinter dir.«

Ich konnte nur nicken. Langsam nahm ich die Vase und begann, das Wasser über meine Brust, meine Schultern zu gießen. Es sickerte in die dunkelgrüne Seide und in meine Haut. Sofort klang die Saite in meiner Brust wider, aber auch das seltsame, zerrissene Gefühl kehrte zurück. Ich schloss die Augen und versuchte, es zu verdrängen. Mein Herz raste, mein Atem ging schneller. Dann ergoss sich der erste Schwall öliger Kraft zwischen meine Rippen. Die blutige Haut um meine Wirbelsäule schien sich unter dem Druck meiner Flügel zu dehnen, aber ich unterdrückte ihr Auftauchen mit einem verzweifelten Gedanken und konzentrierte mich auf meine Absicht. Ich wollte locken, und die Dunkelheit in meinen Eingeweiden drängte sich in meine Kehle.

Ich stand auf und machte einen einzigen Schritt nach unten.

Theodors Finger griffen nach meinen. »Sei vorsichtig.«

Unsere Blicke hafteten aneinander. »Ja.« Ich musste mich zwingen, von ihm wegzugehen, an seinen kauernden Männern vorbei, die letzte der schiefen Treppen hinunter. Die Kieselsteine auf der Lichtung stachen in meine Fußsohlen. Obwohl ich die Kälte spürte, ließ sie mich jetzt nicht mehr zittern. Doch mit jedem Schritt wurde mir unbehaglicher. Ich biss die Zähne zusammen, um das Gefühl in meinem Magen zu unterdrücken, und blieb vor Nemeas Wachen am Rand des Lichtkegels der Fackel stehen.

Der erste Wächter, der mich sah, sprang auf. Es war der pockennarbige Junge, der mich vorhin in mein Zimmer gezwungen hatte. Ich legte den Kopf schief und musterte ihn. Ohne seinen schwarzen Helm sah er noch jünger aus, mit runden Wangen und ungepflegtem Haar. Obwohl er danach griff, berührte er nie das Heft seines Schwertes.

Stille Köder schossen aus meiner Kehle.

Sein Gesicht begann sich zu verändern, die braunen Augen traten hervor, die Wangen färbten sich hässlich tiefrot. Der Wind auf der Lichtung legte sich völlig. Die Fackeln brannten ruhiger. Die anderen Wächter erlagen meinem Köder, bevor sie auch nur einen Laut von sich geben konnten. Einer nach dem anderen würgte und zuckte, bis sie zu einem reglosen Haufen zusammenbrachen.

Meine Augen füllten sich mit Tränen. Ein Schwall von Übelkeit stieg aus meinem Magen auf. Ich hatte sie nicht töten wollen.

Plötzlich hallte ein Schrei vom Eingang an der Bergstraße wider. Die anderen Wachen hatten mich gesehen. Sie versammelten sich, und Panik durchfuhr mich beim Anblick ihrer Schwerter, Dolche und Armbrüste. Ich wünschte mir Dunkelheit, sodass mich kein Pfeil finden konnte, und ein Windstoß löschte die Fackeln. Ich bewegte mich auf sie zu, wieder mit der Absicht, meinen Köder zu benutzen, als ein wütender Schmerz meinen Magen durchzuckte. Ich zischte, presste meine Hand auf die Stelle, ging aber weiter in Richtung der vorrückenden Wachen.

Sie waren jetzt so nah, dass meine Kraft sie hätte aufhalten müssen, doch sie erstarrten nicht. Obwohl ich meinen Köder ausgesandt hatte, wurden ihre Körper nicht schlaff. Ich blinzelte in die mondhelle Nacht, versuchte mich auf etwas anderes zu konzentrieren als das Rauschen des Blutes in meinen Adern, und sah, dass sie nur langsamer geworden waren. Sie bewegten sich, als wateten sie durch Wasser. Der quälende Schmerz in meiner Mitte wurde immer stärker. Ich biss die Zähne zusammen und versuchte verzweifelt, die Wachen in Schach zu halten.

»*Imogen.*« Theodors gequälte Stimme durchdrang die Dunkelheit. Ihr schmerzerfüllter Klang ließ mich auf der Stelle verharren.

Doch Nemeas Wachen rückten immer weiter vor, schwerfällig, aber erbarmungslos. Die Zähne gefletscht, die Schwerter erhoben. Ich stolperte rückwärts, versuchte, Abstand zwischen uns zu bringen, doch der Schmerz breitete sich in mir aus wie Tinte in Wasser. Ich landete hart auf meinem Po. Kies knirschte hinter mir, als Theodors Männer mir zu Hilfe eilten. Ein Schrei drang durch meine zusammengebissenen Zähne, als ich bemerkte, dass einer von Nemeas Wächtern auf mich zukam. Ich krallte mich in den Kies und versuchte, auf den Knien wegzukriechen, aber der anschwellende Schmerz in meinem Bauch ließ mich langsamer werden.

Mein Magen krampfte sich zusammen, als müsste ich mich übergeben, als ein stechender Schmerz meinen Oberschenkel durchzuckte. Nemeas Wächter stand über mir, sein Schwert schnitt langsam durch die Außenseite meines Beines. Ich spürte, wie die kalte Klinge tief in meinen Muskel eindrang und ihn aufschlitzte.

Einer von Theodors Männern kam zum Stehen und spritzte mit seinen Stiefeln Steine auf. Er bewegte sich unglaublich schnell, hob sein Schwert über den Kopf und ließ es auf den ausgestreckten Arm des Wächters hinabfahren. Ein ekelerregendes, nasses Knacken erfüllte die Luft. Dann ein kehliger, flehender Schrei. Der Arm des Wächters wurde am Ellbogen abgetrennt. Er fiel auf meinen Bauch, dunkles Blut spritzte auf mein nasses Seidengewand – das Schwert, das mich durchbohrt hatte, immer noch in der geballten Faust.

Der Rest von Theodors Männern kam und schlug mit Leichtigkeit auf die sich langsam bewegenden Wachen ein. Stöhnen ertönte, das hässliche Geräusch von Schwertern, die durch Fleisch schnitten. Körper fielen zu Boden, dann war Theodor neben mir und zog mich auf die Beine.

Der Schmerz in meinem Magen verschwand gänzlich.

Seine Hände waren in meinen Haaren, umfassten mein kaltes Gesicht und packten meine Schultern, während er mich musterte. »Dir geht es gut. Du bist okay«, sagte er immer wieder, fast wie zu sich selbst. Zwischen seinen tiefschwarzen Augenbrauen hatten sich Furchen eingegraben. Sein Gesicht war schweißnass und verängstigt. Harte Finger wischten mir die Tränen von den Wangen, dann bückte er sich und riss den Bademantel beiseite, um mein Bein anzusehen. »*Scheiße.*«

Er hob mich in seine Arme. Während er zu den Ställen

hastete, legte er seine Lippen auf mein Ohr. »Ich kann es in Ordnung bringen«, versprach er. »Du wirst nicht einmal eine Narbe zurückbehalten.«

»Eine verdammte Narbe ist mir egal«, zischte ich als Antwort auf seine Lüge. Er setzte mich auf ein Pferd und kletterte hinter mich. »Bring mich einfach von diesem Berg runter.«

ZWEITER TEIL

DIE OBERFLÄCHE

9

Ich träumte nicht oft.

Und wenn, dann waren die Bilder immer unbeständig, gebrochen, verschwommen gewesen. Als würde ich sie von hoch oben betrachten, durch einen Wolkenschleier hindurch.

Jetzt aber träumte ich in grellen Details.

Eine gesichtslose Frau trieb auf der Meeresoberfläche, ihr Körper wogte auf den aufgewühlten Wellen. Sie war nackt, ohne Haare. Wo ihre Augen sein sollten, waren versengte, leere Höhlen. Etwas schwamm unter ihr. Weit unten, wo das Sonnenlicht nicht hingelangte. Wie ein großes Ungeheuer durchsuchte es die Tiefe mit krallenbewehrtem, unstillbarem Verlangen. Seine Augen waren milchig und geädert. Seine Haut war glitschig und von Fäulnis gezeichnet.

Doch sein Herzschlag war stark. Er pulsierte durch das Wasser und durch die Luft. Ein gleichmäßiges *klopf, klopf, klopf*, das von Verzweiflung zeugte. Von *Verlangen.*

Schließlich reckte sich das lauernde Etwas genüsslich immer höher, denn es spürte die Wärme, die von der Frau ausging, und wollte sich an ihr laben.

Kurz bevor es sie erreichte, kurz bevor ich erwachte, wurde mir klar:

Ich war die Frau. Ich war das Wasser. Ich war das Ungeheuer.

Meine Augen öffneten sich und sahen trübes, bernsteinfarbenes Licht. Ich rührte mich nicht. Ich konnte nicht. Mein Körper schien immer noch auf den Wellen zu treiben, aber jetzt schmerzte er so heftig, dass ich nicht einmal mehr stöhnen konnte.

Ich wälzte meinen Kopf auf einem kühlen Kissen. Der Schlaf hing noch wie Spinnweben an mir, aber ich konnte den großen Raum gerade so erkennen. Von der Decke hingen ein paar verzierte Laternen, die ihr Licht ins Dunkel warfen. Alles war vergoldet. Die Wände, die kunstvoll geschnitzten Ranken an den Bettpfosten, das Sofa. Ich blinzelte zu der Gestalt auf der anderen Seite des Raumes. Die breite, aber schlanke Statur. Das dunkle Haar und der noch dunklere Blick.

Ich blinzelte, und der König von Varya erschien in meinem Blickfeld. Eine schwarze Haarsträhne hing ihm über seine gefurchte Stirn. Er kramte in einer Schachtel mit kleinen Glasflaschen, und während ich ihn beobachtete, kamen die Erinnerungen zurück. Der seltsame Schmerz in meiner Mitte, der mich auf dem Kiesplatz des Berges von Nemea in die Knie gezwungen hatte. Der langsame, unerträgliche Schnitt eines Schwertes durch mein Bein. Theodor, der sich an mich klammerte, als wir auf einem gestohlenen Pferd den Berg hinunterritten. Ich hatte immer wieder das Bewusstsein verloren, aber ich erinnerte mich an die Wärme seiner Kraft, die durch meinen blutenden Oberschenkel strömte, an seine Stimme an meinem Ohr, die mir sagte, ich solle aufrecht bleiben und mich am Sattelknauf festhalten.

Das Bett schwankte, schaukelte, und mir wurde klar … wir waren auf dem Schiff. Ich war auf dem Meer. Ich konnte es in meinem Körper spüren, durch meinen Schmerz, durch das Pech und durch das Holz.

»Wir haben es geschafft«, röchelte ich. Und im nächsten Atemzug: »Mir wird schlecht.«

Agatha war in Windeseile bei mir und hielt mir eine leere

Waschschüssel unter das Kinn. Ich würgte hinein, hustete und erschauderte, als ich spürte, wie der Schmerz noch stärker wurde.

»Es ist das Blutsband, das dich krank macht«, sagte Agatha sanft und fuhr mir mit der Hand durch das verknotete Haar. »Es wird eine Weile dauern, bis es sich legt.«

Ich hielt mir den pochenden Kopf. »Wie lange?«

»Zwei Tage«, antworteten Lachlan und Agatha gleichzeitig. Er saß am anderen Ende des Tisches, an dem Theodor stand, und schärfte einen Dolch mit einem Schleifstein. Jetzt konnte ich ihn richtig sehen. Er war drahtig, aber stattlich, mit breiten Schultern, hellbrauner Haut und goldbraunem, kurz geschnittenem Haar. Seine Mundwinkel waren nach oben gebogen, und in seinen Augen lag ein schelmisches Funkeln.

Agathas Gesichtsausdruck war gereizt. »Hättest du mir gesagt, dass du einen heiligen Blutsbund mit dem König von Varya geschlossen hast, *bevor* du in eine Horde bewaffneter Wachen gerannt bist, dann hätte ich dir sagen können, dass du krank wirst. Ich hätte dir sagen können, dass ihr nahe beieinander bleiben müsst, bis das Band gefestigt ist. Aber stattdessen hast du mir kein Wort gesagt und wärst dabei fast getötet worden.«

»Agatha«, stöhnte ich. »Ich habe meine Lektion gelernt. Wenn ich mich das nächste Mal verzweifelt an einen König binde und aus meiner Heimat fliehe, werde ich dafür sorgen, dass ich alle Details zuerst mit dir bespreche. Vorausgesetzt natürlich, du steckst nicht gerade mitten in einem romantischen Stelldichein.«

Lachlan schnaubte, und Agatha warf ihm einen lodernden Blick zu. »Keine Sorge«, sagte sie schroff, mehr zu Lachlan als zu mir, »das wird nicht wieder vorkommen.« Sie schwang sich mit der Waschschüssel vom Bettrand, ihre Wangen waren gerötet. Schuldgefühle erfassten mich, und ich bemerkte die Spannung zwischen den beiden. Ich fragte mich, was in der kurzen Zeit, in der sie wieder vereint waren, vorgefallen war.

Ich versuchte, mich aufzusetzen, um Agatha in Ruhe zu fragen, was los war, konnte aber nur vor Unbehagen zusammenzucken.

»Nicht bewegen«, befahl Theodor leise und verärgert. »Sonst fängt dein Bein wieder an zu bluten. Es ist noch nicht richtig verheilt.«

Ich begegnete seinem eisigen Blick auf der anderen Seite des Raumes und erstarrte. Auf dem Weg den Berg hinunter war er freundlich und aufmerksam gewesen. Er hatte mir die Hand auf den Rücken gelegt und mich gewärmt. Er hatte mich mit so etwas wie Mitgefühl angesehen, als ich Angst hatte. Jetzt war all das verschwunden. Er strahlte die Wärme und Höflichkeit einer Marmorstatue aus.

Ein schweres, rollendes Geräusch wie Donner erfüllte die Kabine. »Was ist das?«

»Kanonen«, sagte Lachlan und richtete seine Aufmerksamkeit auf seinen Dolch. »Sie bereiten sie auf den sehr wahrscheinlichen Fall vor, dass Nemea seine Schiffe auf uns hetzt. Du weißt schon, nachdem sein Kommandant ermordet und sein Mündel in der Nacht gestohlen wurde.«

Sein harter haselnussbrauner Blick und der abfällige Tonfall machten es mehr als deutlich: Lachlan hielt nicht viel von mir.

»Wenn ich es nicht besser wüsste«, fuhr er fort, wobei das Metall bei jedem Hieb seiner Klinge klirrte, »würde ich denken, du versuchst, Theo auszunutzen. Er war schon immer empfänglich für eine Jungfrau in Not.«

Agatha ließ sich auf das Sofa fallen und stützte die Stirn in die Hand. »Halt die Klappe, Lach.«

Theodor warf ihm einen vernichtenden Blick zu, aber Lachlan hob nur beschwichtigend die Augenbrauen. Das Kratzen des Schleifsteins erklang wieder.

»Ihn ausnutzen?« Es war fast komisch, sich vorzustellen, dass jemand, der so unerbittlich und einschüchternd war wie Theodor, zum Opfer werden könnte.

Lachlan sah mich an, als wäre ich schwer von Begriff. »Um dich zur Königin zu machen.«

»Königin?« Ich blinzelte. »Was soll das … Ich verstehe nicht.«

Theodors tiefe Stimme war leise und von sanfter Spannung erfüllt. »Ehen werden auf Seraf nicht als Blutsbande geschlossen, Lach. Sie wusste es nicht.«

»Ehen?!« Mein Blick sprang zwischen allen dreien hin und her. »Wir sind verheiratet?«

Theodor rieb sich die Augen.

»Das ist schon in Ordnung«, sagte Lachlan sichtlich verärgert. »Aber *du* wusstest es. Und du hast zugestimmt. In den Augen der Großen Götter hast du dir also eine flüchtige Frau genommen, kurz bevor du deine Verlobte treffen solltest.«

»Deine *was?*« Mein Blick schoss zu Theodor. Eine Welle unerklärlicher Eifersucht durchzuckte mich wie Gift. Seine Wangen waren tiefrot. Sein voller Mund war eine harte, flache Linie. Ich konnte meine Gefühle kaum begreifen – die irrationale, auflodernde Missgunst, den Impuls, ihn vor Lachlan zu verteidigen. »Ich habe dem König mein Wort gegeben, dass ich unser Blutsband lösen lasse. Ich werde die Magische Seherin aufsuchen, sobald ich varyanischen Boden betrete.«

Die Luft schien dünner zu werden. Agatha hob langsam den Kopf aus ihrer Hand. Lachlan knallte seinen Dolch mit einem lauten Klackern auf den Tisch.

»Du gehst zur Magischen Seherin?« Agatha erschauerte. »Wegen einer Trennung?«

Ein Schauer überlief mich angesichts der Verzweiflung, die sie plötzlich zu befallen schien. »Ja.«

Agathas Stimme wurde dünn und angriffslustig. »Eure Majestät …«

Lachlan hielt eine Hand hoch. »Jetzt mal langsam.« Er warf einen ungläubigen Blick auf Theodor, der angespannt und wütend die Lippen zusammenpresste. »Du schickst sie doch nicht wirklich zur Magischen Seherin, oder? Das würdest du nicht tun. Die Trennung wird in der Sicherheit des Palastes stattfinden.«

Theodors breiter Brustkorb hob und senkte sich mit seinem beschleunigten Atem, aber seine Gesichtszüge waren so gleichmäßig wie immer. »Die Trennung wird in der Hütte der Magischen Seherin stattfinden.«

»Nein.« Agatha erhob sich so schnell vom Sofa, dass ich zusammenzuckte. Wie eine zerlumpte Soldatin stand sie da, wild und stark. Ihre wilden schwarzen Locken umgaben sie wie ein Heiligenschein. Schmutz und große Risse zierten ihr Kleid. »Auf keinen Fall.«

Theodors Blick verengte sich. »Du gehst zu weit, Agatha.«

»Dann bitte ich um Vergebung, denn ich habe nicht vor, damit aufzuhören«, schnappte sie. »*Bitte,* Eure Majestät, Ihr könnt sie nicht dorthin schicken.«

»Agatha.« Lachlans Miene wurde weicher, als er auf sie zuging. Er streckte eine zaghafte Hand aus, doch sie wich zurück.

»Nein«, sagte sie entschlossen. Sie sah Lachlan flehend an. »Das geht nicht. *Sag es ihm.* Er kann das nicht tun.« Ihre tränenerstickte Stimme bebte.

Ich hatte Agatha noch nie in einem solchen Zustand gesehen. Ich wollte zu ihr gehen, ihre Hand nehmen, aber als ich versuchte, mich aufzurichten, wurde mir klar, dass ich nackt war. Mit einem heftigen Ruck zog ich mir das Laken bis zum Kinn hoch. Mein Kopf war voller Fragen, voller schrecklicher, albtraumhafter Gedanken an diese Magierin und ihr Trennungsritual. Sie fielen wie Steine durch mich hindurch und sammelten sich schmerzhaft in meinem Bauch. »Sag mir, was los ist«, sagte ich. »Ist die Seherin gefährlich?«

Agatha starrte mich an. »Ob sie gefährlich ist?« Sie wandte sich an Theodor. »Schäm dich.« Theodor wurde still, so beängstigend still, aber Agatha fuhr fort. »Als dein Vater befohlen hat, dass Lachlan und ich unser Blutsband trennen sollten, schickte er uns mit nichts als einem Bündel Essen und zwei Pferden zur Magischen Seherin. Ich wäre in ihrer verrotteten Hütte fast gestorben.«

Die Erinnerung schien sie zu erdrücken. Ihre Schultern hingen herab. Ihre Stimme stockte. »Der trennende Trank … Er färbt das Blut schwarz und drückt es durch Nase, Augen und Mund. Der Schmerz der Bindung ist nichts im Vergleich zur Trennung. Lachlan konnte nur dasitzen und zusehen, wie ich tagelang auf einer schmutzigen Pritsche ohne Heiler Blut verlor, während die Magische Seherin nichts anderes tat, als in ihrem fauligen Rauch herumzuschlängeln.«

Eine unheilvolle Stille breitete sich zwischen uns aus. Schließlich ergriff Theodor das Wort, sein Tonfall war schroff und angestrengt. »Ich bin nicht mein Vater.« Er hielt inne. Atmete tief durch. »Ich weiß, wie schrecklich die Magische Seherin ist. Deshalb wird Lady Imogen von einem Gefolge aus Wachen und einem Palastheiler begleitet werden.«

»Ich flehe dich an, stattdessen einen Reiter zu schicken.« Tränen liefen Agatha über die Wangen. »Lass den trennenden Trank in den Palast bringen. Lass sie das Ritual unter deiner Obhut durchstehen. Du bist der mächtigste Heiler in ganz Leucosia.«

Spannung durchzog Theodor. Er richtete seine Aufmerksamkeit wieder auf die Fläschchen auf dem Tisch vor ihm. »Das kann ich nicht tun.«

Agatha öffnete den Mund, und ihre Tränen flossen nun richtig. »Du *kannst nicht?*«

Ich hatte das Gefühl zu versinken. Als ob die neue Fessel, die mir angelegt worden war, als ich vor dem König von Varya niedergekniet hatte, sich straffte, mich einschnürte und nach unten zog.

Lachlans Augen funkelten vor Zorn. »Theo, ich glaube …«

»Ihr könnt beide gehen.« Es war ein Befehl, der wie ein zischendes Schwert durch den Raum fuhr. »Jetzt.«

Agatha taumelte, als hätte sie einen Schlag ins Gesicht bekommen. Sie wirbelte herum und stürmte aus dem Zimmer. Lachlan blieb noch einen Moment stehen, um Theodor einen letzten vernichtenden Blick zuzuwerfen. »Ich hätte gedacht, dass gerade du eine bessere Wahl als diese treffen würdest. In jeder Hinsicht.« Mit schweren Schritten ging er auf die offene Kabinentür zu und schlug sie hinter sich zu.

Theodor stand in der Stille da und kniff sich in die Nase. Nach einigen angespannten Augenblicken nahm er schließlich zwei Fläschchen vom Tisch und trat an die Seite des Bettes. Mit den Zähnen zog er den Stopfen von einem Fläschchen ab und spuckte ihn auf den Boden. »Trink das.«

Ich wünschte, ich wäre angezogen und aufrecht stehend, anstatt ausgestreckt auf dem Bett dieses Mannes zu liegen, aber ich füllte meine Stimme mit allem Tadel, den ich aufbringen konnte. »Das war herzlos von dir.«

»Es war notwendig.« Er hielt die kleine Flasche näher. »Trink.«

Wut stieg in mir auf. Ich hielt das Laken an seinem Platz und setzte mich unbeholfen auf. Ein stechender Schmerz durchfuhr meinen Oberschenkel, und warme Flüssigkeit rann über meine Haut. »Ich werde das nicht trinken«, sagte ich und ignorierte das Fläschchen. »Du hast mich reingelegt. Warum hast du mir nicht gesagt, dass mich das Trennen unseres Bandes umbringen könnte?«

Er fuhr sich mit der Hand durchs Haar. »Ich habe dich nicht reingelegt. Du verstehst das nicht, es ist kompliziert …« Er versuchte, sich zu beherrschen, und scheiterte. »Verdammt noch mal, du hast mich gezwungen, unmögliche Entscheidungen zu treffen, Dinge zu tun, die ich nie für möglich gehalten hätte, und trotzdem machst du mich zum Bösewicht.«

»Ich habe dich zu nichts gezwungen! Du hast zugestimmt.«

»Glaubst du wirklich, ich hatte eine andere Wahl, als du in mein Zimmer eingebrochen bist, nass und mit deinen Flügeln ...« Er unterbrach sich mit einem finsteren Blick. Als er mich schließlich wieder ansah, zuckte er zusammen. »Du blutest durch das Laken. Ich bitte dich noch einmal, das hier zu trinken und mich die Wunde an deinem Bein richtig schließen zu lassen. Danach können wir uns gegenseitig anschreien.«

Der karmesinrote Fleck auf dem Stoff breitete sich schnell aus, genau wie meine Wut. Ich starrte auf das kleine Fläschchen in seiner Hand und sprach zwischen zusammengebissenen Zähnen. »Was ist das?«

»Nepenthes«, sagte er ruhig. Dass er so gelassen klang, machte mich noch wütender. »Das wird den Schmerz lindern.«

Nepenthes linderte nicht nur den Schmerz, sondern stumpfte auch die Sinne ab. Und die größte Menge, die ich jemals auf einmal davon genommen hatte, waren ein paar Tropfen in meinem Tee gewesen. Ich erwartete, dass mich ein Fläschchen in einen traumreichen Schlaf versetzen würde, aus dem ich einen halben Tag lang nicht erwachen würde. Bei dem Gedanken erschauderte ich und schüttelte den Kopf. »Nein, kein Nepenthes. Tu es einfach.«

Theodor sah mich an, als wäre ich verrückt geworden, aber er kniete sich an den Rand des Bettes und wartete, während ich mich bemühte, mein Bein aus der Decke zu befreien. Die kleine Bewegung ließ mich wimmern. Mein Oberschenkel war ein blutiger Fleischlappen. Nur eine dünne Hautschicht, von der ich annahm, dass ich sie Theodors Kräften verdankte, hatte verhindert, dass die Wunde weiterblutete. Als ich mich bewegt hatte, war sie aufgerissen.

»Halt das.« Er drückte mir das Nepenthes in die Hand. »Du wirst es dir noch anders überlegen.« Dann legte er eine zögerliche, aber warme Hand um mein Knie. Schwer schluckend starrte er auf meinen Schenkel, der bis zur Hüfte entblößt war. Er rührte sich nicht.

Ich schlug mit der Faust auf die Matratze. »Worauf, bei den verdammten Göttern, wartest du noch?«

Sein Mund öffnete und schloss sich wieder. »Darf ich dich anfassen?«

»Du fasst mich schon an.«

»Ich muss dich hier berühren.« Die Wunde war groß und schlängelte sich um mein Bein herum, bis unter meinen Po.

»Oh, um Himmels willen. *Ja.* Fass mich an.«

Einen angespannten Moment lang trafen sich unsere Blicke. Wut, Sorge und Verärgerung schwappten zwischen uns hin und her, bis er schließlich mit so fester Hand auf das Fleisch an meiner Hüfte schlug, dass ich nach Luft schnappte. Er hatte mir nicht wehgetan, aber seine Berührung war leidenschaftlich, frustriert und irgendwie auch zärtlich. Ein schwerer Seufzer entglitt meinen Lippen, als er seine Hand über meine runde Hüfte bis zum Rand der Wunde gleiten ließ. Seine Berührung hinterließ eine Gänsehaut. Dann begegnete er meinem Blick. »Letzte Chance.«

»Tu es.«

Er zögerte nicht. Mit einer geschickten Bewegung zog er den Hautlappen zu, während sich seine Hände mit feuriger Hitze füllten. Ich schrie auf und leerte das Fläschchen Nepenthes in einem Zug.

»Das habe ich mir gedacht«, murmelte Theodor, und seine Berührung wurde immer wärmer.

Ich kniff die Augen zusammen, als sich das Nepenthes in mir entfaltete. Es nahm mir den Schmerz, bis ich nur noch Theodors Kraft und den Druck seiner Finger spürte. Es durchtrennte auch die schwachen Bande, die meine Wut im Zaum hielten. »Du kommst mit mir«, sagte ich mit fremder Stimme. Es war keine Frage, kein Befehl, keine Bitte, sondern irgendetwas dazwischen, durchdrungen von Nepenthes. »Zur Magischen Seherin.«

Seine Finger verharrten auf meiner Haut. »Ich sagte doch schon, ich kann nicht.«

»Wegen deiner lieben Verlobten«, fuhr ich ihn an.

Seine scharfen Augen fanden die meinen, und ich fürchtete, mein alberner Wunsch, ihn zu hüten wie einen Schatz, auf den ich niemals Anspruch erheben könnte, würde sich in meine Stimme einschleichen.

»Ja«, sagte er vorsichtig. »Wenn wir auf Varya ankommen, werde ich mich sofort mit der Kaiserin von Obelia und ihrer Tochter treffen, die ich heiraten soll.« Sein Griff um mein Bein wurde fester, und eine neue Flut von Wärme strömte durch die heilende Haut. »Deshalb kann ich nicht mit dir gehen.«

Ich stützte mich auf einen Ellbogen und blickte finster drein. »Und warum kannst du keinen Reiter schicken?«

Er hielt den Blick auf meine Wunde gerichtet. »Weil du nicht nur die Trennung brauchst, während du dort bist. Du brauchst auch eine Prophezeiung.«

Ich starrte ihn an. Meine Gedanken überschlugen sich vor Sorge über seine Worte, seine Befehle, über alles, was er mir vorenthielt. Wut und Angst überwältigten mich, und doch konnte ich nicht umhin zu bemerken, dass König Theodor auf entsetzliche, tragische Weise gut aussah. *Verdammtes Nepenthes.* Ich kniff die Augen zusammen. »Eine Prophezeiung.« Meine Worte waren undeutlich. »Ist das deine dritte Bedingung?«

»Nicht ganz.«

»Dann muss ich es nicht tun.«

»Doch, das musst du.« Wütend stand er auf und ging zum

Waschbecken neben dem Bett. Er wusch sich die Hände, wrang einen Lappen aus und führte ihn dann an mein geheiltes Bein, um die Blutflecken abzuwaschen. »Weil ich dein König bin und du mir die Treue geschworen hast. Und weil die dritte Bedingung, der du bereits zugestimmt hast, von der Prophezeiung abhängt.«

Meine Hand schoss vor und packte seinen harten Unterarm. Ich zog ihn an mich und beugte mich so weit nach vorne, dass ich seinen Atem auf meiner Wange spürte. »Ich weiß, dass du dich nicht aus der Güte deines königlichen Herzens an mich gebunden hast. Du hast es getan, weil ich etwas habe, das du brauchst. Etwas, was du, wie ich vermute, von niemandem sonst bekommen kannst.« Meine Worte klangen verwaschen, waren aber nicht ohne Biss. »Ich werde nicht wie in meinem letzten Leben leben und die Launen eines Königs ehren, der mich benutzen will. Ich habe vor dir gekniet, ja, aber es wird mich nichts kosten, dich zu verraten und dein Königreich zu verlassen, während mein Blut noch in deinen Adern fließt. Ich werde es gerne zulassen, dass unser Band dich mit unendlicher Sorge um mein Wohlergehen quält, bis du alt und grau bist, wenn du mich behandelst, als wäre ich eine Palastmagd, die herumkommandiert werden kann. Wenn du eine Trennung willst, wenn du willst, dass ich eine Prophezeiung erhalte, um deine letzte Bedingung zu erfüllen, dann habe ich meine eigenen Bedingungen, die du akzeptieren musst.«

Theodor blinzelte nicht, als er mich ansah. Ich war mir nicht sicher, ob er atmete. Sein hübsches Gesicht war unlesbar, bis sich sein Mund in einem Anflug von Beleidigung verzog. Ich fragte mich, ob jemals jemand so mit ihm gesprochen hatte wie ich gerade. Ich wartete darauf, dass er mich zurechtweisen würde. Aber sein verwirrter Blick glitt nur von meinen Augen hinunter zu meinen Lippen. Ein Atemzug. Zwei Atemzüge. Drei. Dann riss er seinen Arm aus meinem Griff.

»Später.« Seine Stimme klang rau, angespannt. »Wenn das Nepenthes nicht mehr wirkt, werden wir …« Er mahlte mit dem Kiefer. »Verhandeln.« Er ging zu einer eingebauten Kommode und zog ein weißes Nachthemd heraus. Er warf es über mein jetzt sauberes und geheiltes Bein. Nur eine dünne silbrige Linie neuer Haut blieb zu sehen.

Nachdenklich ging er von Laterne zu Laterne und dimmte sie. »Eine Regel: Wenn du vor mir aufwachst, darfst du diese Kajüte nicht ohne mich an deiner Seite verlassen.« Er ging zur Tür und schloss sie ab. Dann steckte er den Schlüssel tief in seine Hosentasche. Mein Herz klopfte, der Nebel in meinem Kopf wurde dichter, und ich sah, wie sich der Schatten seines starken Körpers auf dem Sofa zusammenrollte. »Gute Nacht, Imogen.«

Ich zog mir das Nachthemd über den benommenen Kopf. Dann sank ich in die Kissen. Der Schlaf hielt mich in seiner Hand, aber ich konnte nicht anders, als ihn mir als die klauenbewehrte, glitschige Hand des Monsters aus meinem Traum vorzustellen. Ich glaubte zu spüren, wie es sich im Wasser unter mir wand, glaubte sein dröhnendes Herz in meinen Ohren zu hören. So sehr ich es auch versuchte, meine Augen blieben nicht offen. Ein entsetztes Wimmern erfüllte meinen Kopf, als ich schließlich in die mitternächtliche Dunkelheit glitt.

10

Das Kleid, das über dem Fußende des Bettes hing, war aus der feinsten kobaltblauen Seide, die ich je gesehen hatte. Es roch deutlich nach Kleiderschrank, und die harten Falten im Rock verrieten mir, dass es schon eine Weile in einer vergessenen Ecke gelegen hatte, aber es war nicht zu übersehen, wie teuer es war. Ich strich mit den Fingern über die wirbelnden Nähte des Mieders, als mein Blick auf meinen Verlobungsring fiel.

Der große, seltene Stein funkelte und leuchtete. Vielleicht würde er mir genug Geld einbringen, um ein neues Leben zu beginnen. Neue Kleidung und ein kleines Zuhause. Die abgelegten Kleider und das Wohlwollen des Königs würden bald aufgebraucht sein.

Ich zog die Schnürung des Kleids über meinem Bauch zusammen und band sie am geschwungenen Ausschnitt zu einer Schleife. Es saß perfekt, und ich zweifelte nicht daran, dass Theodor das gewusst hatte. »Mistkerl«, murmelte ich, ohne zu wissen, ob ich den Fluch auf Theodor und sein makelloses Kleid oder auf Nemea und seine quälende Festrobe richtete.

Frustriert schüttelte ich den zerknitterten Rock aus und schluckte einen Schwall Speichel hinunter. Es war die Übelkeit, die mich aus einem albtraumhaften Schlaf gerissen hatte. Und so wie das Licht, das durch die massive Fensterwand fiel, in ein schwelgerisches Abendgold überging, war es auch ein langer Schlaf gewesen.

Die Minuten vergingen, und ich schaffte es nur an einem Stück Apfel zu knabbern, während ich im Zimmer auf und ab ging. Dann lief ich zum Waschbecken, um das Wenige, das ich gegessen hatte, wieder hochzuwürgen. Ich hoffte, dass Theodor zurückkehren und mir etwas Erleichterung verschaffen würde. Das goldene Licht vertiefte sich, und ich stand am Fenster und beobachtete, wie sich das züngelnde Meer kräuselte und teilte. Die Gischt jagte den Wellenspitzen nach, war da und wieder weg und dann wieder da. Ich war voller Ehrfurcht und fragte mich, ob ich es lieben oder fürchten sollte. Ob ich in der Veränderlichkeit des Wassers, in seinem unaufhörlichen, aufgewühlten Verlangen etwas von mir selbst sehen sollte. In der Tatsache, dass ich nie wirklich wissen konnte, was in seinen Tiefen lauerte.

Die nächste Welle der Übelkeit riss mich aus meinen Gedanken.

»Eingebildeter Arsch«, stöhnte ich und wischte mir den Mund ab. »Wenigstens bist du auch krank, wo immer du bist.«

Ich stapfte zur Tür und versuchte, sie zu öffnen. Verschlossen. Ich zog den grünen Samtvorhang zurück, der ordentlich über dem Glas der Tür hing, und erstarrte.

In einem bleiverglasten Fenster war das Bild einer Sirene zu sehen, die über einer felsigen Küste und einem mit Weinreben bedeckten Schiff schwebte. Ihre Darstellung hatte nichts Bedrohliches. Im Gegenteil, sie sah aus, als würde sie … angebetet. Ihre schwarzen Flügel waren weit ausgebreitet. Strahlen aus gelbem Glas leuchteten von oben auf sie herab. Dagegen wirkte das Schiff unter ihr klein, im Schatten liegend.

Ich starrte sie einen langen Moment lang neugierig an, bevor ich an die Tür hämmerte. »Lasst mich raus!«

Eine Gestalt zeichnete sich durch das Buntglas ab. Das Schloss klickte. Die Tür schwang auf, und da stand Lachlan. Er wirkte jetzt noch größer als zuvor. Dunkle Bartstoppeln überzogen sein Kinn. Ich starrte in seine prüfenden, bernsteinfarbenen Augen und machte: »Ugh.«

Lachlan hob eine Augenbraue. »Ich freue mich auch nicht, dich zu sehen, aber lass uns das Beste daraus machen, ja?«

»Wo ist der König?«

»Bei der Arbeit.«

Ich blickte über die Schulter auf den mit Papier bedeckten Schreibtisch, der an der Wand gegenüber dem breiten Bett stand. Dann auf den langen polierten Tisch, auf dem zwei Tabletts mit Essen standen – das Frühstück und das Mittagessen, das ich verschlafen hatte. »Warum arbeitet er nicht hier drin?«

Lachlan zuckte mit den Schultern. »Theo mag seine Privatsphäre.«

»Bitte«, flehte ich, »diese Übelkeit muss aufhören. Bitte, geh ihn holen.«

Er warf mir einen unnachgiebigen Blick zu, und ich wusste, dass er es nicht tun würde.

»Ich hoffe, er kotzt seinen ganzen Papierkram voll«, zischte ich. »Na gut. Dann eben Agatha. Wo ist sie?«

Lachlans gesamte Miene veränderte sich. Er ließ die Schultern hängen, und ein lang gezogener Seufzer kam über seine Lippen. »Sie hat sich in ihrer Kabine eingeschlossen.«

Ich verengte die Augen. »Was hast du mit ihr gemacht?«

»Bist du sicher, dass du es nicht warst?« Er hob die Hand und zählte meine Sünden an seinen Fingern ab. »Du hast gemordet, dich fast umbringen lassen und den König gestohlen.«

Wir starrten uns eine Weile wütend an.

»Na schön.« Ich verschränkte stur die Arme vor der Brust. »Ich gebe zu, dass ich wahrscheinlich zu ihrem Anfall beigetragen habe, aber nur, wenn du mir sagst, was zum Teufel mit euch beiden los ist.«

»Nichts ist los.«

»Lügner«, sagte ich, während sich meine Bauchmuskeln zusammenzogen. Ich rannte zum Waschbecken und würgte und würgte, bis meine Rippen so wehtaten, dass ich stöhnte. Als ich mir den Mund mit einem Tuch abwischte, hörte ich, wie die Tür ins Schloss fiel und verriegelt wurde.

Lachlan ging zum Sofa, ließ sich auf die Kissen fallen und stützte die Füße ab. »Ich lüge nicht. Zwischen uns läuft nichts, so sehr ich es mir auch wünschen würde.«

»Aber gestern Abend habt ihr euch doch zumindest geküsst.«

»Das haben wir.« Er massierte sich die Stirn, als hätte er Schmerzen. »Sie hat mich auch ziemlich angefahren, weil ich so oft geschrieben habe – obwohl sie immer zurückgeschrieben hat. Anscheinend habe ich sie nicht ›weiterziehen lassen‹, und wir sind ›nicht mehr kompatibel‹. Letzte Nacht haben wir uns aber verdammt kompatibel gefühlt, also weiß ich nicht, was ich damit anfangen soll, verdammt.«

»Ich glaube, wir sind quitt«, sagte ich, bevor ich wieder würgen musste.

Er schnaubte und warf mir einen mitleidigen Blick zu. »Du hast jetzt fast einen ganzen Tag mit deiner Bindung verbracht. Ein weiterer liegt noch vor dir.«

»Ich halte mich nicht für eine kleinliche Frau.« Ich ging zum Regal, in dem die Schachtel mit den Glasfläschchen stand, und suchte nach einem Tonikum, das mir Erleichterung verschaffen könnte. »Aber ich hoffe, der König rollt sich gerade zu einem Ball zusammen und fühlt sich spektakulär elend.«

»Lügnerin«, witzelte Lachlan. »Ich weiß ganz genau, dass ihr beide euch umeinander sorgt und dass der einzige Grund, warum er nicht hierher zurückgekommen ist, darin besteht, dass die Verträge, über denen er brütet, ihn mit Zähnen zerfressen, die noch schärfer sind als deine.«

Die Glasflaschen klirrten, als ich eine nach der anderen anhob, um die Etiketten zu lesen. »Verträge! Keine Kriegspläne oder sonst etwas Vertrauliches? Warum bei den verdammten Göttern schaut er sie sich dann nicht hier an?«

»Es sind Eheverträge.«

Ein Anflug von Eifersucht durchzuckte meinen Körper. Meine Hand krampfte sich um eine Flasche. »Warum sollte ich mich für seine Eheverträge interessieren?«

Lachlan grinste. »Tust du das etwa nicht?«

Einen langen Moment herrschte Schweigen, bevor ich nachgab. »Doch. Es ist mir nicht egal«, gab ich zu. »Obwohl ich nicht verstehe, warum.«

»Das ist das Blutsband.« Er hob seinen wehmütigen Blick zur Decke. »Es lässt dich glauben, dass *du* die beste Person bist, um für ihn zu sorgen. Dafür zu sorgen, dass ihm kein Leid widerfährt. Der Gedanke, dass er eine andere heiratet, sollte dich in den Wahnsinn treiben.«

»Warum in aller Welt sollte jemand ein Blutsband *wollen*?« Mein Magen drehte sich wieder vor Übelkeit, und ich presste eine Hand auf mein Brustbein und betete, dass er sich beruhigen würde. »Ich kann mir keine unerträglichere Situation vorstellen. Es ist, als würde ich immer und immer wieder mit einem Stock geschlagen … bis ich mich übergeben muss.«

Lachlan stand auf und ging zu einem kleinen Schrank, der in der vergoldeten Wand verborgen war. Er nahm eine Kristallkaraffe heraus und füllte ein Glas mit einem kräftigen Schluck honigfarbenen Branntwein. »Nun, es ist sehr schön, wenn man die Person liebt. Oder es zumindest erträgt, mit ihr in einem Raum zu sein.« Seine Augen funkelten – nicht wehmütig, sondern schadenfreudig. Es war charmant und ärgerlich zugleich, und ich konnte verstehen, warum Agatha wegen jemandem wie ihm mit sich selbst auf Kriegsfuß stand. Er hob sein Glas, als wolle er einen Toast ausbringen. »Aber das gilt leider nicht für euch beide.«

»Und das gefällt dir, oder?«

»Nein.« Er kehrte auf seinen Platz auf dem Sofa zurück. »Ich bin einigermaßen amüsiert. Theodor ist so gut. In den letzten Jahren hat er jede Regel befolgt, jede Minute, jeden Tag. Es ist unterhaltsam, ihn straucheln zu sehen.« Er sah mich eindringlich an. »Trotz der Auswirkungen.«

»Ich verstehe.« Ich ließ die Tonics stehen, von denen die meisten mit Nepenthes versetzt waren, und machte mich auf den Weg zum Getränkeschrank.

Lachlan warf mir einen Blick über die Schulter zu. »Bist du sicher, dass das klug ist?«

»Es könnte die Sorgen lindern.« Ich schenkte mir ein Glas ein.

»Oder dir noch mehr Übelkeit bereiten.«

»Unmöglich.« Ich nahm einen tiefen Schluck und begegnete Lachlans Blick. »Du hast gesagt, der König hat sich ›in den letzten Jahren‹ an die Regeln gehalten. Was hat er davor gemacht?«

»O nein.« Er lachte, es klang warm und leicht, und unwillkürlich lächelte ich. Ich mochte ihn. Ich mochte ihn wegen Agatha. »Ich werde dir kein einziges privates Detail über ihn erzählen.«

Ich ging um das Sofa herum und setzte mich vor ihn auf den niedrigen Couchtisch. »Ich werde bei Agatha ein gutes Wort für dich einlegen.«

Er hielt inne, kniff seine bernsteinfarbenen Augen interessiert zusammen.

»Bitte.« Meine Verzweiflung war zu groß, als dass ich sie hätte zügeln können. »Ich kann nicht einen einzigen Riss in seiner Fassade finden. Ich traue ihm nicht zu, dass er mich gut behandelt, wenn ich nicht etwas finde, ein kleines Detail, das ihn aus seiner frustrierend perfekten Balance bringt.«

Lachlan lehnte sich zurück und sah mich über den Rand seines Glases hinweg an. Er tippte mit den Fingern gegen das Kristall. »In Ordnung.«

»In Ordnung? Du bist einverstanden?«

»Ja. Du scheinst nicht zu begreifen, wie sehr du ihn schon aus dem Gleichgewicht gebracht hast. Aber ich will, dass du bei Agatha ein gutes Wort für mich einlegst.«

Ich straffte die Schultern und sah ihm direkt in die Augen. »Du glaubst wirklich, dass ich ihn gezwungen habe, nicht wahr? Du glaubst, ich hätte ihn gestohlen.«

Er zuckte mit den Schultern. »Er hat erwähnt, dass du im Dunkeln halb nackt in sein Bett geklettert bist. Zumindest warst du *sehr* überzeugend.« Ich funkelte ihn an, und er grinste besiegt. »Okay – ich glaube dir, dass er mit der Bindung einverstanden war. Hör zu, ich will ihm nicht wehtun. Ich liebe ihn wie einen Bruder, also wage es ja nicht.« Sein Blick wanderte umher, während er überlegte, welche Informationen er preisgeben sollte, bis er schließlich auf dem zerknitterten blauen Kleid landete, das ich trug. Seine Augen leuchteten auf. »Ich hab's.« Er stützte die Ellbogen auf die Knie. Ich beugte mich ebenfalls vor. »Als Theo gerade König geworden war, vor etwa sechs Jahren, nahm er dieses Schiff und machte daraus einen etwas schäbigen Vergnügungsdampfer. Das ging einige Jahre so. Er belud es mit schönen Frauen, seinem besten Wein und den Männern seines Hofes und segelte damit von Sonnenuntergang bis Sonnenaufgang.« Lachlan deutete auf mein Kleid. »Daher kommt dein Kleid. Zurückgelassen. Keine Ahnung, was die arme Frau außerhalb des Schiffes getragen hat.«

Ich blickte auf die muffige blaue Seide hinunter und wieder zu Lachlan hinauf. »*Etwas schäbig*. Ist das alles? Nicht ausschweifend. Oder widerlich unmoralisch. War er nicht neunzehn oder zwanzig? Das ist ein unglaublich normales Verhalten für einen jungen König. Was in aller Welt soll ich mit dieser Information anfangen?«

Lachlans Mund verzog sich zu einem breiten Grinsen. »Es verfolgt ihn. Er schämt sich dafür. Er hält es für eine ungeheure, peinliche Verschwendung von Ressourcen der Krone und hat die Jahre seither damit verbracht, zu korrigieren, was ihn seiner Meinung nach bei seinem Kanzler in ein schlechtes Licht gerückt hat. Man könnte meinen, er hätte einen Unschuldigen mit bloßen Händen getötet, so wie er darüber spricht.«

Ich nahm einen Schluck von meinem Drink. »Pflichtbewusst bis ins Mark.«

Er neigte das Kinn. »In der Tat. Sag Agatha, dass ich seit unserem letzten Treffen nur an sie gedacht habe und dass ich, wenn sie mich gelassen hätte, sofort nach Seraf gekommen wäre und sie ohne zu zögern mitgenommen hätte.«

»Sie hat es dir verboten?«

Er nickte. »Ich nehme an, ihre Weigerung zu gehen hatte etwas mit dir zu tun.«

»Oh.« Ich spürte den Vorwurf, den Hauch von Groll. Den Kopf schief gelegt fragte ich: »Aber stimmt das? Dass du seit fast zwanzig Jahren nichts anderes tust, als an sie zu denken?«

Er kippte den Rest seines Getränks hinunter und schürzte die Lippen. Ich war überrascht, als die Verstellung aus seiner Stimme wich. »Ich hatte im Laufe der Jahre viele Liebhaberinnen und Liebhaber, alle geistreich und schön. Alle besser, als ich es je verdient hätte. Aber ein Brief von Agatha gibt mir ein lebendigeres Gefühl, mehr Hoffnung, mehr Ruhe und Freude, als es all diese Frauen und Männer je vermochten.«

Ein aufrichtiges Lächeln verzog meinen Mund. »Das werde ich ihr sagen.«

Er schüttelte den Kopf. »Bitte nicht. Sag ihr das andere.«

»Ich werde ihr eine Variante erzählen – den Teil mit den Liebhabern lasse ich weg.«

Er zögerte, kratzte sich an den dunklen Bartstoppeln am Kinn und nickte schließlich. Er hielt inne. »Du hast dich schon eine ganze Weile nicht mehr übergeben.«

Mein Blick fiel auf das Glas in meiner Hand, und ich hob die Augenbrauen in der Hoffnung, ein Heilmittel gefunden zu haben, als die Tür zur Kabine aufgestoßen wurde und Theodor hereinkam.

Ich erstarrte. Der König war blass, die tiefen Furchen zwischen seinen Brauen zeugten von anhaltendem Unbehagen. Er stand in der Tür, eine dicke Ledermappe mit Papieren an seiner Seite. Er sah mir in die Augen, dann wanderte sein Blick zu dem Kleid, das ich trug.

»Es passt«, sagte er, und seine Stimme klang merkwürdig flach.

»Ja. Gefällt es dir?« Ich ließ den Rock fliegen und fügte mit übertrieben fröhlicher Stimme hinzu: »Ich bin froh, dass du es all die Jahre auf deinem Schiff behalten hast.«

Theodors Blick schärfte sich und schoss zwischen Lachlan und mir hin und her. Eine plötzliche Röte färbte seine blassen Wangen. »Wie bitte?«

Lachlans Augen weiteten sich bei Theodors bissigem Tonfall. »Viel Glück«, flüsterte er, beeilte sich aufzustehen und zur noch offenen Tür zu gehen. »Wenn ihr beide etwas Erleichterung braucht, darf ich eine Umarmung vorschlagen?« Er bemühte sich um Ernsthaftigkeit, aber der amüsierte Unterton war nicht zu überhören. »Ein Blutsband ist am glücklichsten mit einer gewissen Nähe, vor allem, wenn es sich noch festigt.« Er schlug die Tür zu, bevor ich mein Glas nach ihm werfen konnte.

Stattdessen stellte ich es auf den Tisch und fühlte mich ein wenig schuldig, weil ich Theodor in Verlegenheit gebracht hatte.

Vielleicht konnte ich mit Charme seine Gunst gewinnen. Ich stand auf und schwankte leicht von dem Drink und dem fehlenden Essen, aber ich begegnete Theodors Blick mit erhobenem Kinn. Selbst wenn ich nichts getrunken hätte, wäre der ganze Raum ins Wanken geraten. Der König von Varya schaffte das, ohne es auch nur zu versuchen. Er zog die Luft zu sich heran, ließ den festen Boden unter meinen Füßen geradezu nachgeben. Es tat auf gewisse Weise weh, ihn anzusehen, seine Schönheit und seine strenge Autorität. Ich wollte fliehen.

Da ich das nicht konnte, lächelte ich breit und neigte mein Kinn in Richtung der Mappe, die er in der Hand hielt. »Was ist das? Brauchst du meine Unterschrift auf irgendeinem offiziellen Papier, wenn du endlich unsere dritte Vereinbarung enthüllst?«

Er machte ein grunzendes Geräusch. »Keine schlechte Idee, aber nein.« Er blickte auf den Ordner, und eine Strähne seines dunklen Haares fiel ihm über die Stirn. »Das sind die Verträge, die die Kaiserin von Obelia für meine Heirat mit ihrer Tochter geschickt hat. Ihre Bedingungen.«

»Oh.« Ich umrundete das Sofa und trat näher heran, immer noch ein sanftes Lächeln auf den Lippen. Die Verkrampfung in meinem Magen löste sich, und ich atmete erleichtert auf. Er schaute mich mit entwaffnender Intensität an. »Bist du … gespannt, deine Braut zu treffen?«, fragte ich und bereute es im selben Moment.

Er überlegte einen Moment. »Um ehrlich zu sein«, sagte er vorsichtig und leise, »nein. Aber Spannung ist nicht nötig. Es ist eine vorteilhafte Partie für mein Königreich und erfüllt die Anforderungen, die an mich gestellt werden.«

Ich runzelte die Stirn. »Und wenn sie schrecklich ist?«

Er zuckte mit den Schultern, als hätte er nie darüber nachgedacht.

Halb beneidete ich ihn um die Leichtigkeit, mit der er sich selbst so sehr verleugnen konnte, halb bedauerte ich ihn dafür. »Hast du wenigstens ihr Porträt gesehen?«

»Ja.«

Ich wartete vergeblich – das Lächeln war längst verschwunden – darauf, dass er mehr sagte. »Nun ... wenn du dich dazu inspiriert fühlen solltest, dich deiner Verantwortung zu entziehen ...« Ich bemühte mich, heiter zu klingen, trotz der verzweifelten Krallen, die in meiner Brust kratzten. »Vielleicht kann ich dir einen Rat geben, wie man sich einer ungewollten Verlobten entledigt.«

Er schüttelte den Kopf und ging zum Schreibtisch, um die Verträge darauf zu legen, aber dabei lächelte er. Ein echtes, volles Lächeln. Es grub ein Grübchen in eine Wange, ließ seine grünen Augen aufblitzen und kleine Lachfältchen drum herum entstehen. Seine Zähne waren weiß und gerade, und ich ertappte mich dabei, wie ich ihm wie eine Idiotin hinterherstarrte.

»Ist das so schwer vorstellbar?«, fragte er, während er die Mappe in eine polierte Holzschatulle legte, die er mit einem silbernen Schlüssel verschloss. »Seine Pflicht zu tun und damit zufrieden zu sein? Ich brauche keine charmante oder schöne Frau. Ich brauche sie nicht zur Freundin. Nichts davon wird meinem Königreich nützen.«

»Und du bist dein Reich? Gibt es nichts, was *du* brauchst, das es nicht braucht?«

Er setzte sich auf die Kante seines Schreibtisches, verschränkte die Arme und bedachte mich mit einem seiner frustrierend unlesbaren Blicke. »Wie was zum Beispiel, Mylady?«

»Wie ...« *Wie Leidenschaft oder Humor oder Freundschaft,* aber ich brachte es nicht über mich, es auszusprechen. Mir wurde schwindelig, als sich seine Aufmerksamkeit auf mich richtete. Ich schüttelte den Kopf und schob die Hände in meinen zerknitterten Rock. »Du hast mir nie geantwortet«, sagte ich leise. »Gefällt dir mein Kleid?«

Er betrachtete mich mit einem freudlosen Lächeln auf den Lippen und musterte mich dann von oben bis unten sehr, sehr langsam. »Du siehst bezaubernd aus.« Seine Stimme war erfüllt von einer rauen Bewunderung, aber irgendwie klang es nicht wie ein Kompliment.

Ich biss mir in die Wange, verärgert über das Gefühl der Unsicherheit, das er in mir auslöste. »Ich kann nicht sagen, ob du meinst, was du sagst.«

»Ich meine immer, was ich sage. Es ist meine Andeutung, die du nicht verstehen kannst.« Er streckte seine starken Arme aus und umfasste die Kante des Schreibtisches, auf dem er saß. »Du *bist* wunderschön. Du bist charmant, und wenn unsere Umstände anders wären, würde ich wahrscheinlich ein Essen mit dir genießen und mich in deinem Witz sonnen. Aber so wie es ist, sind deine Schönheit und dein Charme wie Mücken, die ich von meinen Augen verscheuchen muss, um klar sehen zu können. Deine Vorzüge sind an mir vergeudet. Sie spielen keine Rolle, weil deine Bestimmung und deine Macht sie übertreffen.«

Stille schob sich zwischen uns, schien sich zu krümmen, wie ein Spiegel meines Innern. Ich schwieg und weigerte mich, mich kleinzumachen, die Schuld auf mich zu nehmen, wenn das Problem doch seine eigene Selbstgefälligkeit war. »Meine Bestimmung und meine Macht«, sagte ich mit eisiger Stimme. »Und was könnte das sein?«

Ausnahmsweise huschte eine Regung, ein Gefühl über sein Gesicht, aber zu meiner Frustration konnte ich es nicht einordnen. Ich konnte sehen, wie er sich anspannte. Er holte einen Moment lang tief Luft und ließ sie dann langsam wieder entweichen.

»Deine Bestimmung, deine Aufgabe – der Grund, warum ich eingewilligt habe, mich an dich zu binden – ist es, mir zu helfen, Eusia, die Wassergottheit von König Nemea, aufzuspüren und zu töten. Und es ist deine Macht, die mich glauben lässt, dass du es kannst. Diese stille Verlockung, die du besitzt, ist die Macht der Götter. Sie geht weit über das hinaus, was eine normale Sirene kann.«

Ich erstarrte. Das Blut rauschte in meinen Ohren. »Die Macht der Götter …« Ich fühlte mich wie benommen und bemühte mich, ruhig weiterzuatmen. »Nein. Du bist … nein …«

Sein scharfer Ton verschwand, und plötzlich klang er, als spräche er zu einer verängstigten Kreatur, die kurz vorm Durchdrehen stand. »Ich glaube, du bist die Tochter der Großen Göttin Ligea.«

Meine Gedanken kamen abgehackt und schnell. Theodor, der mir sagt, er kenne mich. Die Statue der Großen Göttin Ligea im Ritualraum von Nemea, ihr Gesicht zu Staub zerfallen. – Ich stützte mich an der Rückenlehne des Sofas ab.

Ich hatte Theodor mein Wort gegeben, und es war meine verdammte Pflicht, es zu halten. Wahrscheinlich würde ich bei dem Versuch sterben. »Unmöglich«, keuchte ich. Meine Übelkeit hatte sich gelegt, aber ich fühlte mich immer noch krank.

»Du hast ihr Gesicht.«

Ich schüttelte den Kopf. »Deshalb … deshalb siehst du mich so an … nicht wahr?« Ich brauchte Luft. Ich musste mich bewegen. Mit weichen Knien stürzte ich zur unverschlossenen Tür und rannte hinaus auf das Schiffsdeck. Es wimmelte von Matrosen.

Meine Füße klatschten über die feuchten Planken, als ich mich zwischen den Mannschaftsmitgliedern hindurchschlängelte. Der Himmel war jetzt feuerrot, und der salzige Wind peitschte mir ins Gesicht. Feiner Sprühregen fiel sanft auf mich herab, glitzerte auf meiner Haut und klebte an der Seide meines geliehenen Kleides. Ich rannte vom Heck des Schiffes direkt zum Bug.

Hinter mir dröhnte Theodors Stimme. »Alle unter Deck. Sofort!«

Ich hörte nur das Stampfen der Stiefel, als die Mannschaft gehorchte. Der Schiffskapitän wiederholte den Befehl des Königs und trieb die Matrosen von Deck. Aber ich sah ihnen nicht nach; ich beugte mich über die Reling des Schiffes und ließ meinen brennenden Blick nicht vom Wasser. Obwohl es mich unendlich ängstigte, obwohl ich fürchtete, was für ein Ungeheuer es aus mir machen würde, zog ich sein schreckliches Geheimnis dem vor, was Theodor mir eben eröffnet hatte.

Langsamen Schrittes kam er hinter mir her. »Imogen …«

Ich wirbelte herum. »Du Mistkerl. Du hinterhältiger, egoistischer … Das ist nur ein weiterer Trick, um mich unter deiner Fuchtel zu halten, um mich zu benutzen.«

Der Wind strich wie Finger durch sein dunkles Haar und zerrte an seinem schwarzen Hemd. »Nein. Deshalb brauche ich dich, um die Prophezeiung von der Magischen Seherin zu erhalten«, sagte er leise, teilnahmslos. »Sie wird dir die Wahrheit sagen.«

»Was kümmert es dich, ob ich es glaube oder nicht?« Meine Hände waren zu Fäusten geballt und krallten sich in mein inzwischen feuchtes Kleid. »Ich habe diese Kraft, die ich nicht im Geringsten kontrollieren kann. Warum zwingst du mich nicht einfach, sie zu benutzen, egal, ob eine Prophezeiung dir recht gibt?«

Er warf mir einen mürrischen Blick zu. »Ich will dich nicht zwingen …«

»Oh, wie *nett* von dir. Danke, Eure Majestät.« Ich lachte wütend auf. »Du willst, dass ich mich auf die tödliche Jagd nach einer mächtigen Gottheit begebe, weil es meine göttliche Pflicht ist.« Mein Zorn war ungezügelt und peitschte durch mich hindurch. »Und was könnte lohnender sein, als sie zu erfüllen? Wer würde nicht gerne als Heldin im Dienste seines Königs sterben? Ich habe nicht den Wunsch, so zu sein wie du …« Ich stieß ihm mit dem Finger gegen die Brust. »Mich für andere abzurackern und das edel zu nennen.«

Er war starr geworden, sein Blick traf den meinen. Nur das Geräusch des Windes, der durch die Segel strich, war zu hören. Das Meer, das gegen den Rumpf schlug. Das Zupfen in meiner Brust war wieder da, tief in der Mitte, und ich wünschte, ich könnte es herausschneiden. Theodor und ich standen uns regungslos gegenüber, ein Abgrund lag zwischen uns. Ich sah keine Möglichkeit, ihn zu überbrücken.

Ich machte mir nicht die Mühe, die Tränen zu unterdrücken, die mir über das Gesicht liefen. Theodor sah … fassungslos aus. Hilflos. Er blinzelte zu viel, sein Mund öffnete und schloss sich, während seine Gedanken zu wirbeln schienen.

»Was zum Teufel ist los mit dir?«, fragte ich schluchzend.

Er schüttelte den Kopf. »Ich … ich weiß nicht, was ich mit dir machen soll.«

Ich strich mir das windzerzauste Haar aus dem Gesicht, das an meinen nassen Wangen klebte. »Das tust du. Du schickst mich in den Tod …«

»Halt. Nein.« Er verbarg sein Gesicht für einen Moment in seinen Händen. »Gerade jetzt. Wenn du … emotional … vor mir stehst.«

Ich ließ meinen Blick über den Horizont schweifen, über die rote, untergehende Sonne. Ich versuchte, meine Gesichtszüge zu kontrollieren und meinen Atem zu beruhigen. Das Schiff stampfte und schaukelte, und selbst ich wusste, dass die Mannschaft bald auf ihren Posten zurückkehren musste, um uns auf Kurs zu halten. Ein letzter tiefer Atemzug salziger Luft. »Noch ein Tag, und dieses Band wird sich festigen. Dann können wir beide etwas Abstand voneinander genießen«, sagte ich, den Blick noch immer auf das letzte Sonnenlicht gerichtet. Ohne mich umzudrehen, machte ich mich auf den Weg in die Kabine. Seine warme Hand legte sich um mein Handgelenk. Ich blickte darauf hinunter und dann hoch in seine Augen.

Sie bohrten sich mit einem unergründlichen Ausdruck in mich. »Eine Umarmung«, sagte er.

»Eine *was?*«

Er zog an meinem Arm und zwang mich, einen Schritt näher zu kommen. »Lachlan sagte, eine Umarmung – Nähe – könnte helfen, die Dinge zu erleichtern.«

Wäre da nicht sein finsterer Gesichtsausdruck und der rote Fleck gewesen, der unter seinem Kragen hervorkroch, dann hätte ich den Vorschlag für einen Scherz gehalten. Vielleicht hätte ich mich über die Lächerlichkeit amüsiert, wenn sich meine Brust nicht so angefühlt hätte, als würde sie in sich zusammenfallen.

Verwirrt schüttelte ich den Kopf. »Du hasst mich.«

Er runzelte die Stirn. »Das tue ich nicht …«

»Du hast mich eine Mücke genannt.«

»Imogen.« Sein Griff um mein Handgelenk wurde fester, und ich hielt den Atem an. »Ich möchte einen Weg finden, damit du dich jetzt sofort besser fühlst.« Seine Stimme war voller Wärme, die mich einhüllte. »Das ist es, was ich anbieten kann.«

Ich erinnerte mich an unsere Flucht, als er mich gehalten hatte, um meinen zitternden Körper zu beruhigen, und wie das Band in meinem Bauch geglüht hatte. Ich erinnerte mich an seine Umrisse, an das Gefühl seines Herzens, das gegen meine Wirbelsäule schlug. Allein der Gedanke daran erfüllte mich mit Schaudern.

Ich sehnte mich nach vielen falschen Dingen, und ich ahnte,

dass es immer so sein würde. So gewiss, wie ich aus Fleisch und Blut und Knochen und Meer gemacht war, so gewiss war ich auch aus Begierde gemacht. Es zu unterdrücken, es wie schlechte Laune abflauen zu lassen, würde niemals funktionieren, aber dieses eine Mal, bei diesem einen Mann, konnte ich mich davon abhalten, eine Närrin zu sein.

»Ich will keine Umarmung«, flüsterte ich. Als er mich losließ, fühlte sich mein Handgelenk kalt an.

Hocherhobenen Hauptes und mit Theodor im Schlepptau bahnte ich mir meinen Weg über das Deck. Ich fühlte mich leer, hoffnungslos, aber ich versuchte, mich mit der Wahrheit zu trösten: Es war noch nie etwas Gutes dabei herausgekommen, wenn ich mir nahm, was ich wollte.

11

Eineinhalb Tage später klammerte ich mich an die Reling des Schiffes, das durch eine überfüllte Bucht in Richtung des Hafens von Panos glitt. Ich war bereit, das Wasser zu verlassen und festen Boden unter den Füßen zu spüren. Ich wollte tief und traumlos schlafen, ohne von dem unbarmherzigen Wellengang des Meeres durchgeschüttelt zu werden. Nach dem Streit mit Theodor fühlte ich mich unwohl, und diese verdammte Zupfen in meiner Brust wollte nicht aufhören.

Agatha stand dicht neben mir, das Gesicht zu einem besorgten Ausdruck verzogen. Theodor blieb ein Stück hinter mir. Ich konnte fast spüren, wie er auf und ab ging, vom Bug zum Heck und wieder zurück.

Unser Blutsband war immer noch nicht gefestigt.

»Ich glaube, etwas stimmt nicht«, sagte Agatha und beugte sich zu mir, damit er sie nicht hören konnte. »Ihr beide solltet nicht länger krank sein.«

Ich runzelte die Stirn und starrte in das Wasser unter uns. Es war so klar, dass ich bis auf den Grund sehen konnte. Fischschwärme huschten hin und her und sahen aus wie silberne Pfeilspitzen. Helle Korallenbüschel sprenkelten den weißen Sand des Meeresbodens.

»Das weißt du nicht.« Ich versuchte, nicht so besorgt zu klingen, wie ich mich fühlte. »Es sind noch nicht einmal drei volle Tage vergangen.«

Sie warf mir nur einen scharfen Blick zu, die Kiefer fest aufeinandergepresst. »Und wie ich schon sagte, es sollten nur *zwei* sein.«

»Du hast deine Bindung vor langer Zeit vollzogen. Vielleicht erinnerst du dich falsch.«

»Es waren zwei.« Sie war unnachgiebig. Dann hielt sie inne und dachte nach. »Aber unsere Bindung war anders als eure. Wir haben in diesen zwei Tagen keinen Moment getrennt voneinander verbracht. Wir …« Sie sah mich von der Seite an und dann schnell wieder weg. »Wir waren oft *zusammen.*«

»Zusammen?« Ich verstand, was sie meinte, und schnitt eine Grimasse. »Oh, ihr Götter. Dann wird unser Mangel an *Zweisamkeit* vielleicht das Problem sein.«

»Du könntest …« Agatha warf einen Blick über ihre Schulter zu Theodor und dann wieder zu mir. Ihre Augenbrauen hoben sich vielsagend und verschwanden in ihren dichten Locken.

»Nein. Das können wir nicht«, spottete ich. »Er ist mehr daran interessiert, mich in einem Trennungsritual zu quälen, als mit mir zu schlafen.«

»Trotzdem – du kannst nicht ewig so krank sein.« Sie senkte die Stimme noch weiter. »Ich glaube nicht, dass er Nein sagen würde.«

»Denk darüber nach, was du vorschlägst!« Eine salzige Böe rollte über das Wasser und fuhr mir durch das lose Haar. »Und er *würde* ganz sicher Nein sagen. Er hält mich nur für eine überflüssige Belastung.«

Agatha zuckte mit den Schultern. »Ich würde wetten, dass du dabei überhaupt keine Belastung bist.«

Der Vorschlag war lächerlich. Theodor und ich hatten kaum miteinander gesprochen, seit er mir gesagt hatte, was meine Aufgabe sein würde. Seit er mir gesagt hatte, dass er mich für die Nachfahrin einer Großen Göttin hielt. Auch das war lächerlich. Ich kannte meine Geschichte. Ich war eine Waise von edler Geburt. Nemea hatte mich wegen des Geldes meiner Familie aufgenommen. Mehr nicht. Aber trotz meiner lebenslangen Gewissheit – Theodors Glaube hatte mir all das genommen. Aufgeregt strich ich mit dem Daumen über die Narben in der Mitte meiner Handfläche.

»Glaubst du, dass er recht hat?«, fragte ich Agatha. Wir lehnten uns beide an das Geländer, und ich drückte meine Schulter an ihre. »Glaubst du, dass meine Macht mit der der Großen Göttin Ligea vergleichbar ist?«

Agatha starrte auf das Wasser hinaus. Auf die kleinen weißen Steinhäuser, die sich dicht an dicht um die Docks drängten. Andere verteilten sich über die weiten grünen Hügel von Varya. Sie schüttelte den Kopf. »Sie war die letzte Große Göttin, die überlebt hat, doch ich habe sie nie gesehen. Aber ich kannte alle Geschichten über ihre Macht. Die Seeleute sagten, das Meer rufe nach ihr, aber es war *ihre* Anziehungskraft, die sie in ihren Knochen spürten. Es war ihr Ruf, der leise durch ihre Ohren rauschte. Und sie konnte sie alle vernichten, ohne eine Hand zu rühren. Sie beteten zu ihr und baten sie, ihre Netze zu füllen. Sie baten um eine ruhige See. Und sie kam ihrem Wunsch nach, wenn sie es für richtig hielt.«

Meine Kehle wurde eng. »Ich kann nichts davon tun.«

»Nicht jetzt. Noch nicht … vielleicht.« Sie sah mich mit einem Hoffnungsschimmer in den Augen an. »Die Macht eines jeden Gottes ist anders, aber es ist immer der Größte unter den Nachkommen, der sie mit Leichtigkeit einsetzen kann. Ich muss singen, um zu locken, du nicht.« Sie blickte zu Theodor. »Und der König … er muss nicht berühren, um Fleisch zu heilen oder Pflanzen zum Blühen zu bringen.«

Meine Aufmerksamkeit richtete sich auf sie. »Entschuldigung, aber … was?«

»Was?« Agatha zuckte bei meiner Reaktion zurück.

»Jedes Mal, wenn der König mich geheilt hat, hat er mich berührt.«

»Oh. Nun ja.« Agathas Lippen verzogen sich zu einem wissenden Lächeln. »Ich kann mir nicht vorstellen, warum.«

Ich zwang mich, die Augen zu schließen. Der Wind peitschte wieder und blies mir noch mehr salzigen Wind in die Nase. Es hätte mich beruhigen sollen, aber es verstärkte nur das alarmierende Summen in meiner Brust. Ich warf Theodor über die Schulter hinweg einen finsteren Blick zu. Er stand etwa zehn Schritte von mir entfernt – so weit, wie er gehen konnte, ohne dass einer von uns beiden krank wurde – und sah blendend aus. Auf seinem Kopf saß ein goldener Lorbeerkranz, der sich durch seine schwarzen Locken schlängelte. Sein brauner Mantel war genau auf die Linien seiner breiten Brust und seiner schmalen Taille zugeschnitten. Der smaragdgrüne Umhang um seine muskulösen Schultern blähte sich im Wind. *Verdammt.* Ich musste den Blick abwenden.

Ein leichter Nebel hatte sich über Varyas Hafenstadt Voros gelegt und verhüllte die gerade aufgehende Sonne. Ein Teil der Stadt war von einer Mauer umgeben, an deren Ecken kleine steinerne Aussichtspunkte lagen. Blühende Ranken überzogen die Mauer wie ein grüner Käfig. Mein Blick folgte ihr bis zu der Halbinsel, auf der der Palast von Genevreer lag. Trotz des Nebels strahlte er mit seinen cremeweißen Steinen und dem aschfarbenen Ziegeldach. Sogar vom Schiff aus konnte ich die berühmten blühenden Ranken von Varya an den Wänden emporwachsen sehen, wie dunkle Adern, die einen anmutigen Körper durchzogen.

Die Stadt war geschäftig, das Land blühte, alles war reich durch Theodors Macht. Noch nie hatte ich mich so klein gefühlt. »Agatha, ich kann das nicht. Ich kann meine Kraft nicht im

Geringsten kontrollieren. Ich habe nichts in der Hand, nichts, um mich zu schützen. Ich werde allein sein …«

Sie schlang ihre Hand um meine. »Ich habe dir gesagt, dass ich bei dir sein werde. Ich habe es dir versprochen.« Sie drückte meine Hand fester. »Du wirst nicht allein sein.«

So standen wir da, Hand in Hand, während das Schiff Kurs auf die Docks nahm. Ich sah zu, wie sich das türkisblaue Wasser kräuselte und schäumte, als plötzlich eine Energie durch meinen Körper strömte. Aus einem Summen in meiner Brust wurden wilde Stöße und Schläge. Sie steigerten sich zu einem Crescendo, und ich legte besorgt eine Hand auf meinen Bauch. Es war, als hätten sich die Saiten in mir vervielfacht und als würden sie von einer Hand gezupft, die von irgendwo weit unten kam.

Ich blickte durch die sanften Wellen auf den Meeresgrund. Er hatte sich verändert. Es war nicht mehr makellos weißer Sand, übersät mit bunten Korallen. Jetzt schien er mit dunklen, gewundenen Felsen bedeckt zu sein. Ich beugte mich weiter über die Reling und blinzelte, als mir klar wurde, dass es Leichen waren.

Viele, viele Leichen. Ihre reglosen Glieder waren wie die Fäden eines Gewebes verknotet und übereinandergelegt. Ich keuchte auf, als ein dürrer Arm direkt unter dem Schiffsrumpf auftauchte. Dann kam eine gespenstisch weiße Schulter zum Vorschein, die von Verwesung gezeichnet war.

Schließlich der ganze Körper. Eine Frau. Dunkles Haar flatterte um ihren Kopf wie schwarzes Feuer. Sie war tot, da war ich mir sicher, sie hing leblos in weniger als zehn Metern Tiefe.

Dann bewegte sie sich.

Sie schwamm mit der Anmut eines lebendigen Wesens. Als wäre sie an das Wasser gewöhnt, als wäre sie dazu bestimmt, darin zu sein. Sie bewegte sich auf die kräuselnde Oberfläche zu, direkt unter mir, und ihre schwarzen Augen trafen die meinen.

Ihr Gesicht war ausdruckslos, der Rand ihres Kiefers mit einem Muster aus Seepocken bedeckt, das so filigran war wie weiße Spitze. Sie *war* tot. Es war das Meer, das sie zusammenzuhalten schien. Sie trieb auf dem Rücken über die Wellen. Ledriger Seetang hatte sich durch die verrottenden Ränder der Löcher in ihrem Rumpf geflochten. Ein fadenartiger Tentakel wuchs aus ihrer Brust direkt über dem Herzen und schlängelte sich an ihrer Schulter hinunter, um ihren Arm am Gelenk zu halten. In ihrem Gesicht und an ihren Gliedmaßen fehlten Teile des Fleisches – aber ihre dunklen Augen sahen mich an.

Ihre verfaulten Lippen formten ein einziges stummes Wort.

Zuhause.

Ich schrie auf, als mich zwei starke Hände packten und mich von der Reling des Schiffes wegzogen. Fast wäre ich hinübergeklettert. Theodor stellte meine Füße auf das Deck und hielt mich so fest um die Taille, dass ich kaum noch Luft bekam. Sein Blick traf den meinen, feurig und voller Entsetzen. »Verdammte Götter – Agatha hat dich angeschrien. Hast du sie nicht gehört?«

Agatha war neben mir blass geworden, eine Hand umklammerte ihre Kehle.

Ich schüttelte den Kopf. »Nein. Da war ein …« Das Stechen in meiner Brust hatte sich wieder in das leise, gleichmäßige Summen verwandelt. Mir war so kalt, und ich war so verkrampft vor Angst, dass ich Theodor die Arme um den Hals schlang und mich an ihm festhielt. Ich hasste mich dafür, dass ich Trost bei ihm suchte, aber er war so ruhig, so warm. Der Moment schien sich in die Länge zu ziehen, bevor er seinen festen Griff um meine Taille lockerte und mich an sich zog. Mit einem leisen Ausatmen ließ er seinen Körper an den meinen sinken. Es war, als würde in mir eine Kerze angezündet, die hell leuchtete. Ich hob meine Lippen an sein Ohr. »Ich habe eine Frau gesehen. Im Wasser.«

»Eine Nekgya.« Er wich zurück und sah mir in die Augen. »Sie jagen in den Gewässern, die den Inseln am nächsten sind.«

Trotz seiner Nähe lief mir ein Schauer über den Rücken. »Was jagen sie?«

Er warf mir einen Blick zu, in dem sich Mitleid und Vorsicht mischten, dann zog er mich zurück in seine Umarmung. Er sprach leise, seine Stimme war schwer vor Reue. »Sirenen.«

Die Kutsche rumpelte über blaues Kopfsteinpflaster und schlängelte sich zwischen dichten Bäumen hindurch, deren Blätter in sattem Frühlingsgrün leuchteten. Die Zweige trugen große rote Blüten mit goldenen Mitten. Ich konnte mich kaum erinnern, wie ich von Bord gegangen war oder wie ich über die Docks zu der glänzenden Kutsche gelaufen war, die auf uns gewartet hatte, aber ich erinnerte mich an Theodor. Er hatte mich den ganzen Weg geführt, eine Hand an meinem Rücken, dicht und aufmerksam. Jetzt saß ich neben ihm, und uns gegenüber saßen Lachlan und Agatha in betretenem Schweigen.

»Sie jagen Sirenen«, sagte ich mit schockierter Stimme und starrte aus dem Fenster. »Agatha, wusstest du das? Warum hast du mir nichts gesagt?«

Ihre Augen wurden rund, aber Lachlan sprach, bevor sie es konnte. »Du weißt doch, dass Agatha auch fast zwanzig Jahre lang weit weg vom Meer gelebt hat, oder? Du bist nicht die Einzige, die vom Rest der Welt abgeschnitten war.«

Agatha erstarrte. »Ich brauche Euch nicht, um für mich zu sprechen, Kommandant Mela.«

Lachlan rieb sich den Kiefer. »Nenn mich bitte nicht so.«

»Es ist dein Titel.«

»Es ist unpersönlich.«

»Genau.« Agathas Blick schoss zu mir. »Und du … Ich habe versucht, dir alles beizubringen, was ich weiß. Hast du vergessen, wie du mich jedes Mal abgewimmelt hast, wenn ich dir etwas über unsere Art erzählen wollte?«

Ich wurde blass. Es war schwierig gewesen, die Einzelheiten eines Lebens zu erfahren, von dem ich nie geglaubt hatte, dass ich es erleben würde. Alles, was sie mit mir geteilt hatte, war mir wie etwas vorgekommen, das ich betrauern musste, ein kleiner Tod nach dem anderen. Die Unwissenheit hatte weniger geschmerzt.

»Und als ich Varya verließ«, fuhr sie abwehrend fort, »gab es bloß noch sehr wenige Nekgya. Ich hatte nur von einem oder zwei Angriffen gehört. Ich hatte noch nie eine gesehen. Ich hatte keine Ahnung, dass die Gewässer jetzt so verseucht sind.«

Theodor rutschte neben mir hin und her. »Und die Angriffe sind nur noch grausamer geworden. Sie haben es jetzt auch auf die Varyaner abgesehen.«

Ein Schauer überlief mich. »Kannst du nichts gegen sie unternehmen?«

»Ich versuche es.« Sein Ton und sein Blick weckten in mir gleichzeitig den Wunsch, ihn zu verfluchen und zu verstummen. »Im Moment gibt es andere, dringendere Angelegenheiten, die wir besprechen müssen. Wie die Verhandlungen mit der Kaiserin. Sie ist bereits hier. Ich habe ihr Schiff im Hafen gesehen.«

Lachlan warf Theodor einen bedauernden Blick zu. »Nun, eure Bindung hat sich noch immer nicht gefestigt. Du wirst Imogen zu dem Treffen mit der Kaiserin mitnehmen müssen.«

Theodor fuhr sich mit der Hand übers Gesicht. »Du weißt, wie groß ihre Flotte und ihre Truppen sind. Die Verträge, die sie geschickt hat, sind umfangreich und müssen besprochen werden. Wenn ich mit einer … Frau wie Imogen an meiner Seite in diese Ratssitzung spaziere …«

»*Einer Frau wie Imogen.*« Ich strich mein zerzaustes Haar glatt.

»Es gibt keinen Grund, mich zu beleidigen, während ich direkt neben dir sitze.«

Theodor verzog den Mund. »Bei den Göttern, das tue ich *nicht*. Ich sage nur, dass die Kaiserin denken wird, ich würde sie und ihre Tochter beleidigen, wenn ich eine so außergewöhnlich schöne Frau zu den Verhandlungen mitbringe.«

Meine Wangen wurden warm. »Oh.«

Lachlan und Agatha starrten uns einen Moment lang mit großen Augen an. Schließlich sagte Lachlan mit seltsam vorsichtiger Stimme: »Ich bin deine rechte Hand. Sie soll an meinem Arm hereinkommen und sagen, dass sie deine Cousine ist und darauf brennt, ihr neues Familienmitglied kennenzulernen.«

Ich sah Lachlan böse an. Die Begegnung mit der Prinzessin von Obelia, Theodors Verlobter, machte mich nicht im Geringsten neugierig. Bei der Aussicht darauf zog sich das Band in meinem Magen zusammen und spannte sich vor Eifersucht an.

Lachlan warf mir sofort einen unangenehmen Blick zu. »Du wirst nett sein müssen.«

Theodor schnaubte und blickte zur Decke des Wagens. »Verdammte Götter.«

»Ich muss Theodor zustimmen«, sagte ich. »Es ist eine schreckliche Idee, seine lästige aktuelle Frau mitzubringen, um seine zukünftige Frau kennenzulernen.«

»Sich über die Kaiserin von Obelia zu erbrechen, ist noch schlimmer«, sagte Lachlan.

Agatha nickte. »Lachlan hat recht.«

»Danke.«

»Ruhe!« Agatha schürzte die Lippen, ihr Blick huschte zwischen mir und dem König hin und her. Ihr Gesichtsausdruck war der, den sie immer hatte, bevor sie einen Streit anfing, mit zusammengekniffenen Augen und hochgezogenen Mundwinkeln. Ich war auf alles gefasst, als sie tief Luft holte. »Theodor«, sagte sie liebenswürdig, »wir müssen auch darüber sprechen, dass du Imogen zur Magischen Seherin beordert hast.«

Theodor schloss die Augen. »Nicht heute, Agatha.«

»Bitte, lass mich sprechen.« Doch sie wartete nicht auf seine Erlaubnis. »Ich bin bereit, sie auf ihrer Reise zu begleiten. Es ist erbärmlich von dir, dass du darauf bestehst, sie zu schicken, aber selbst mit Soldaten, einer Heilerin und mir an ihrer Seite wird sie immer noch in Gefahr sein.«

Bei ihren Worten schien Lachlan von Zorn erfüllt zu sein.

»Worauf willst du hinaus?« Theodor spannte jeden Muskel an.

Agatha verschränkte hochmütig die Arme. »Für den Fall, dass sich eure Bindung *nicht* beruhigt – was im Moment sehr wahrscheinlich ist, da schon fast drei Tage vergangen sind –, möchte ich wissen, ob du bereit bist, sie selbst zu begleiten?«

Theodors Gesicht wurde schlaff. »Es wird sich beruhigen.«

»Wie kommst du darauf?«, fragte Agatha herausfordernd. »Es sollten zwei Tage sein. In den Geschichten heißt es, dass es immer zwei Tage sind. Ich vermute, dass etwas nicht stimmt. Ich kann mir nicht vorstellen, was es ist, aber egal: Wie wollt ihr es schaffen, auf verschiedenen Seiten der Insel zu sein? Ihr werdet beide verrückt werden vor Krankheit und Sorge.«

Gerade als der Palast durch den Nebel sichtbar wurde und die Räder über den Kies der breiten Haupteinfahrt knirschten, sah ich im König von Varya etwas, das mich mit Unbehagen erfüllte: Panik.

Es war kaum zu sehen, sodass ich bezweifelte, dass Agatha es überhaupt wahrnahm – aber Lachlan bemerkte es. Sein Mund verengte sich zu einem harten Strich, als er beobachtete, wie sich Theodors Brustkorb hob und senkte, seine Atemzüge sich leicht beschleunigten. Ich spürte, wie ihn eine neue Spannung überkam. Seine schönen Augen weiteten sich für einen kurzen Moment und ließen mein Herz gegen meine Rippen schlagen.

Lachlan beugte sich vor und tätschelte beiläufig sein Knie. »Das besprechen wir ein andermal.« Sein Lächeln war ungezwungen, aber auch in ihm war eine neue Unruhe. Er blickte aus dem Kutschfenster. »Wir sind da, also konzentrieren wir uns auf die erste schreckliche Aufgabe auf der Liste, einverstanden?« Er klatschte in die Hände. »Lass uns deine Verlobte kennenlernen.«

12

Als wir aus der Kutsche stiegen, sahen wir eine Schar eifrig blickender Diener und Soldaten, die sich in Reih und Glied aufgestellt hatten. Theodor schritt als Erster die breite Treppe hinauf und murmelte leise Grüße an die offiziell aussehende Versammlung, die der Tür am nächsten stand. Ich blieb dicht bei Agatha, den Blick gesenkt, und fühlte mich angesichts dieser Opulenz völlig fehl am Platz. Mein Haar war offen und wild. Ich trug weder ein Korsett noch Schuhe. Ich war nur dankbar, dass der Saum meines Kleides lang genug war, um meine nackten Füße zu bedecken.

Wir verlangsamten unser Tempo in der hohen Eingangshalle, wo Theodor von einer schlanken Frau angesprochen wurde, die einen Stapel Umschläge auf einem silbernen Tablett trug. Ich sah mich um und nahm die glänzenden Details in mich auf.

Die vergoldete, mit Fresken verzierte Decke. Die geschwungenen Treppen aus schwarzem Marmor. Eine führte zum Ostflügel, die andere zum Westflügel. Bleiche Statuen Großer Götter mit vollkommen unversehrten, strengen Gesichtern säumten die Balustraden. Ihre blicklosen Augen waren grimmig, ihr Haar hochgesteckt, ihre starken Körper in fließende Stoffbahnen gemeißelt. Ich suchte Ligea, fand sie aber nicht. Sie hielten Kerzen in den Händen, erhellten die Stufen und blickten mit demselben Ausdruck von Autorität und Selbstherrlichkeit auf uns herab, den Theodor so oft trug.

Niemand würde daran zweifeln, dass er ein Gott war.

Lachlan wandte sich mir zu. »Lass dich von ihnen nicht einschüchtern. Sie waren ein lüsterner, gewalttätiger und dickköpfiger Haufen. Du wirst dich gut einfügen.«

Agatha schnalzte mit der Zunge, bevor sich ihre Blicke trafen und verweilten. Lachlan betrachtete sie mit Zuneigung, mit Herzschmerz. Er legte geistesabwesend eine Hand auf seine Brust, als würde sie wehtun. »Meine Zimmer sind noch dieselben, Agatha.«

Agatha nickte ihm nur knapp und kalt zu und hakte sich dann bei mir ein.

Mit gesenktem Kopf stieg Lachlan die westliche Treppe hinauf, nahm zwei Stufen auf einmal und verschwand dann im Schatten der Halle.

»Was zum Teufel machst du da?«, schimpfte ich. »Du liebst ihn noch. Und er liebt dich.«

Sie verdrehte die Augen. »Lachlan liebt jeden. Und alle lieben ihn. Er ist charmant und schelmisch und witzig.«

»Gegensätze ziehen sich an.« Ich blickte die Treppe hoch, die er hinaufgestiegen war. »Ich glaube, es verletzt ihn, dass du bereit bist, ihn wieder zu verlassen.«

»Ich habe versucht, es ihm zu erklären.« Sie schüttelte den Kopf. »Ich habe ihm gesagt, dass ich mit dir gehe, wenn der König dich schickt, um Eusia zu suchen.«

Ich versteifte mich. Das war etwas anderes. Man konnte nicht wissen, wohin mich die Jagd nach Eusia führen würde, aber gefährlich war sie auf jeden Fall. »Du kannst nicht mitkommen, Agatha«, sagte ich bestimmt. »Ich bin für diese Aufgabe kaum qualifiziert, und du hast noch weniger Macht als ich. Ich werde nicht zusehen, wie dir etwas zustößt. Ich würde mir nur selbst die Schuld daran geben.« Ihr Mund öffnete sich, sie wollte protestieren. »Bitte. Du hast dich so lange um mich gekümmert. Du hast so viel für mich aufgegeben. Du solltest dich jetzt um dein Glück kümmern.«

»Ich weiß nicht wie.« Sie wirkte überwältigt. Ich war nicht die Einzige, die aus ihrem alten Leben gerissen wurde, nicht die Einzige, die ein neues Leben begann. Auf eine egoistische Weise war ich dankbar, dass ich mit meiner Angst nicht allein war.

»Eure Majestät!« Eine joviale Stimme hallte durch den Saal. Ein kräftiger Mann mit einem strahlenden Lächeln trat auf den König zu. Sein Gesicht war so rund wie sein Bauch, seine Haut dunkel und gleichmäßig braun. Seine faltigen Augen leuchteten bernsteinfarben. »Schön, dass Ihr wieder da seid.« Er blieb vor Theodor stehen und verbeugte sich vor ihm. »War die Insel Seraf so, wie wir vermutet haben?«

Theodors dunkle Brauen zogen sich zusammen. »Es gab einige Überraschungen.«

»Ah, nun ja. Die Kaiserin und die Prinzessin sind schon fast zwei Tage hier. Sie haben sich damit begnügt, sich auszuruhen und durch die Gärten zu spazieren, aber ich denke, es wäre klug, die Verhandlungen direkt zu planen.«

Theodor nickte. »Danke, Eftan. Geht es Ihnen gut?«

Das breite Lächeln des Mannes wurde schwächer. Seine dröhnende Stimme wurde leiser. »Die Kaiserin ist eine Frau mit … hohen Ansprüchen. Ich schlage vor, dass wir das Treffen im Gartensaal abhalten. Ich werde die Diener den Tisch decken lassen.« Seine Augen leuchteten auf, und er beugte sich verschwörerisch vor. »Die Prinzessin ist allerdings reizend. Ein Glück für Euch.«

Theodor stieß ein unbeeindrucktes Grunzen aus.

»Und wer sind diese jungen Damen?« Eftan legte eine Hand auf seinen Bauch und verlagerte sein Gewicht von einem Fuß auf den anderen.

»Das ist …« Theodor rang nach Worten. »Lady Imogen Nel. Sie …« Er gab es auf, nach einer Erklärung für meine Existenz zu suchen, und deutete abwesend auf Agatha. »Und das ist Commander Melas ehemalige Frau Agatha. Sie war einst meine Gouvernante. Vielleicht erinnern Sie sich.«

Eftans Gesicht verzog sich zu einem fernen Erkennen. »Ja, natürlich. Agatha. Ich glaube, ich erinnere mich.« Seine Wangen wurden noch runder, als er ein volles, freundliches Lächeln aufsetzte. »Ich werde für Sie beide komfortable Zimmer finden. Kommen Sie mit.«

»Kanzler, es ist schön, Sie wiederzusehen.« Agathas Wangen färbten sich rosa, und sie fragte: »Gibt es noch freie Zimmer in der Nähe von Kommandant Mela?«

»Ich glaube schon, ja.« Er gab einem Dienstmädchen, das in der Nähe stand, ein Zeichen, dann machte sich Agatha auf den Weg die Westtreppe hinauf. Sie schenkte mir ein unsicheres Lächeln, bevor sie verschwand.

»Eftan«, sagte Theodor, »kann ich Sie kurz sprechen?« Er trat näher an den kleinen Mann heran und beugte sich vor, um ihm etwas zuzuflüstern. Als Theodor sprach, stand Eftan sehr aufrecht, sehr still, dann warf er mir einen schnellen, abschätzigen Blick zu.

Ich unterdrückte ein Stöhnen.

Eftan verbeugte sich ehrfürchtig vor Theodor. »Ich verstehe, Eure Majestät.« Der Mann wandte sich mir zu, ohne mir in die Augen zu sehen, verbeugte sich und wünschte mir knapp einen »Guten Tag«. Dann drehte er sich auf dem Absatz um und verließ den Saal, wobei seine Stiefel schnell über den Marmor klapperten.

»Was hast du ihm gesagt?«

Theodors Augen verengten sich, und eine unangenehme Wärme durchströmte meinen Magen. »Ich habe ihm gesagt, er soll die Kriegsschiffe und die Landstreitkräfte auf einen Angriff von Seraf vorbereiten.« Seine Stimme war so tief, dass ich fast spüren konnte, wie sie durch mich hindurchdröhnte. »Und ich habe ihm gesagt, dass du vorerst in meinem Zimmer schläfst.«

»Oh.« Ich schluckte schwer. »Hast du ihm gesagt, warum?«

»Ich lasse ihn seine eigenen Schlüsse ziehen. Sie sind wahrscheinlich besser als die Wahrheit.« Er riss sich die Krone vom Kopf und ging die Osttreppe hinauf.

Ich raffte meinen Rock und rannte fast hinter ihm her. »Er wird denken, ich sei deine Geliebte, und gerade jetzt, wo deine Verlobte angekommen ist …«

»Wie ich schon sagte – besser als die Wahrheit. Der arme Mann würde zusammenbrechen, wenn ich ihm sagen würde, dass zwischen uns ein Blutsband besteht.«

Wir erreichten einen langen Flur, der uns an großen Fenstern vorbeiführte. Sie gaben den Blick auf blühende Gärten, mit Weinreben bewachsene Nebengebäude und das weite, glitzernde Meer jenseits der Klippen frei. Der Teppich war dick und weich, aber ich sehnte mich verzweifelt nach einem Paar Schuhe. Nach Unterkleidern und Unterwäsche, die passte. Nach einem heißen Bad.

Theodor stieß die Tür am Ende des Flurs weit auf. »Nach Ihnen, Mylady.« Er stand mit dem Rücken zum Türpfosten und beobachtete mich mit gesenktem Kinn und harten Gesichtszügen. Als ich mich der Schwelle näherte, auf der er stand, hielt ich inne. Die Luft zwischen uns fühlte sich aufgeladen an. »Du verabscheust mich, nicht wahr?«

Er hielt meinem Blick stand, die Gesichtszüge unleserlich wie immer, aber das Heben und Senken seiner Brust wurde stärker. Genau wie bei mir. Dann neigte er den Kopf in Richtung seiner Kammer. »Tritt ein.«

Der Raum war so prachtvoll, wie ich es erwartet hatte. Die Decke war hoch, mit Kassetten verziert und mit den blühenden Weinreben der Insel bemalt. Der gesamte Raum war –

wenig überraschend – in Grün- und Goldtönen gehalten. In der Mitte stand ein Bett, das noch größer war als das auf dem Schiff. Es war breit und hatte eine Treppe an der Seite. Schwere Samtvorhänge hingen von den Pfosten herab. Vor einem opulenten Kamin standen ein großes Sofa und Stühle, aber es war zu weit vom Bett entfernt. Wir würden es näher heranholen müssen, damit wir beide ohne Übelkeit schlafen konnten.

Ich zuckte zusammen, als die Tür ins Schloss fiel. Theodor durchquerte grübelnd den Raum, knöpfte seinen Mantel auf und warf ihn über die Stuhllehne. »Bleib in der Nähe«, sagte er, als er in den Waschraum trat. Ich ging näher heran und hörte das Plätschern und Spritzen des Wassers.

Die Arme fest vor der Brust verschränkt, sah ich mir Theodors Zimmer genauer an. Auf dem Tisch neben seinem Bett lag ein gefährlich hoher Stapel von Büchern, eines davon mit den aufgeschlagenen Seiten nach unten. Ein zierliches Kristallglas und eine Flasche Wein standen daneben. Vor den deckenhohen Fenstern stand ein Schreibtisch, der genauso unordentlich war wie der auf seinem Schiff. Große, lilafarbene Blumen leuchteten in einer Vase inmitten des Durcheinanders. Es juckte mich, näher heranzugehen und einen Blick auf die Papiere dort zu werfen. Ich fragte mich, ob seine Schrift kantig und spitz war, so wie er mir gegenüber. Oder ob er vielleicht die kräuselnde Wärme, die er so gut verbarg, in seine Zeilen einfließen ließ.

Es klopfte.

»Ja?«, rief Theodor. Er kam ohne Hemd aus dem Waschraum, seine goldene Haut war mit Wassertropfen besprenkelt. Er trocknete sich die Haare und das Gesicht mit einem Handtuch ab, und ich starrte stumm auf seinen starken, schönen Körper. Seine Brust war hart und muskulös, mit vereinzelten dunklen Haaren. Die Wölbungen über seinem Bauch und an den Rändern seiner Hüften sahen aus, als wären sie eingekerbt worden.

»Die Schneiderin, Eure Majestät«, kam eine verwitterte Stimme von der anderen Seite der Tür.

»Herein.« Theodor drapierte das Handtuch um seine breiten Schultern. Als sich die Tür öffnete und eine gebeugte Frau mit schwarzem, von weißen Strähnen durchzogenem Haar eintrat, lächelte Theodor. »Hallo, Antheia. Es ist schon eine Weile her, nicht wahr?«

Die alte Frau kicherte hell wie ein junges Mädchen. Langsam schob sie einen Kleiderwagen in den Raum. Sie blieb stehen und machte einen wackeligen Knicks.

»Schluss damit«, sagte Theodor. Sein umwerfendes Lächeln zeichnete sich auf seiner linken Wange ab. »Lassen Sie mich das machen.« Er nahm ihr den Wagen ab und rollte ihn in die Mitte des Raumes. »Es tut mir leid, dass ich drängen muss, aber die Dame braucht schnell etwas zum Anziehen. Etwas Dezentes, wenn möglich.«

Die alte Frau, Antheia, warf mir einen Blick zu und schlurfte zum Wagen. »Dezent!« Ihre dunklen, tief gefurchten Augen funkelten. »Schade. Ich werde sehen, was ich tun kann.«

Theodor begegnete meinem Blick, und sein Lächeln verschwand. »Geh schon«, sagte er zu mir, die Worte leer und schnell. Er schritt auf mich zu, um in den Waschraum zurückzukehren.

»Ich glaube, du hast dich geirrt.« Ich sprach leise, als er an mir vorbeiging. Er blieb stehen, nah genug, dass ich die Vetiver-Seife auf seiner Haut riechen konnte, seine grünen Augen sahen mich fragend an. »Du hast mich eine Mücke genannt, aber du hast dich geirrt. Ich bin eine Stechmücke, glaube ich. Eine Plage, die du nicht loswirst, und ich nehme und nehme und nehme …« Ich zog den Verlobungsring von meinem Finger und hielt ihn zwischen uns hoch. »Hier. Als Bezahlung. Ich will keine Almosen, und ich will nicht weiter in deiner Schuld stehen.«

Sein Blick bohrte sich in mich hinein und verstärkte das hohle Gefühl in meiner Brust. »Ein Moskito.« Dann hoben sich seine Mundwinkel.

Es kostete mich einige Mühe, aber ich hob mein Kinn. »Lachst du mich aus?«

Er schüttelte den Kopf, und bevor er etwas sagen konnte, hielt ich den Ring näher.

Er wurde ernst. »Ich brauche deinen Ring nicht.«

»Darum geht es nicht.« Fast hätte ich mich selbst am Weiterreden gehindert, aber aus irgendeinem verdammten Grund wollte ich, dass er es verstand. »Meine Fürsorge hing immer davon ab, was ich im Gegenzug dafür bieten konnte. So war es bei Nemea, bei Evander. Und bei dir. Agatha ist die Einzige, die sich jemals ernsthaft für mich interessiert hat, und selbst sie hat etwas dafür bekommen.«

Sein Blick wurde unergründlich, ernst. »Dann ist das nun das Ende.«

Ich schüttelte verwirrt den Kopf. »Das Ende wovon?«

Er legte seine Hand auf den Ring, seine warmen Finger berührten meine. Er schob ihn abweisend weg. »Das Ende der Geschäfte. Wir hatten eine Abmachung, ja, aber das ist vorbei. Ich biete dir jetzt meine Fürsorge an, weil ich es will.«

Seine Worte beruhigten und beunruhigten mich gleichermaßen. »Aber warum?«

Er antwortete nicht. Es dauerte einen langen Moment, bis er seinen Blick von mir löste und der alten Schneiderin zuwandte. »Antheia wartet auf dich.«

Später stiegen Theodor und ich die große Treppe in die Eingangshalle hinunter. Er strahlte in seinem hellen Anzug, die Krone saß wieder auf seinem dunklen Haar, aber seine Stimmung war noch mürrischer geworden.

Ich warf ihm einen scharfen Blick zu. »Worüber regst du dich jetzt auf?«

»Ich hatte Antheia um etwas Dezentes gebeten.«

Das Kleid, in das sie mich gesteckt hatte, war alles andere als das. Der Seidensatin erinnerte mich an ein Kirschblütenbild, das ich in einem der Bücher in Nemeas Arbeitszimmer gefunden und das ich geliebt hatte. Es war aus blassem, zartem Rosa, das sich am Saum noch vertiefte. Die Ärmel waren durchscheinend und fließend und an den Handgelenken mit Manschetten versehen. Das Mieder war tief ausgeschnitten und tailliert, bis es in einen Rock überging, der sich unter meinen Schritten wie plätscherndes Wasser bewegte.

»Es passt mir.« Wir erreichten die letzte Stufe und drehten uns um, um tiefer in den ersten Stock des Palastes zu gelangen. »Würde dich ein einziges Kompliment so sehr schmerzen? Wir sind aneinandergefesselt, und diese verdammte Bindung will sich nicht festigen, und ich bin allein. Weit weg von zu Hause.«

»Dieser Ort war kein Zuhause. Zuhause ist da, wo man sicher ist.«

»Es ist auch ein Ort, an dem man erwünscht ist.« Ich schüttelte aufgeregt den Kopf. »Ich will damit nicht sagen … Dieser Ort braucht sich für mich nicht wie ein Zuhause anfühlen. Das wird er nicht. Aber manchmal fühle ich mich in deiner Gegenwart so klein, dass du mich unter deinem Absatz zerquetschen könntest. Das Mindeste, was du tun könntest, ist, mir zu sagen, dass ich in diesem verdammten Kleid gut aussehe.«

Seine Stirn legte sich in Falten, und in seinen Augen lag ein Ausdruck von Reue. »Es tut mir leid«, platzte er heraus. »Mit dir zusammen zu sein, ist wie in einen Hinterhalt nach dem anderen zu geraten, und ich muss mich erst noch zurechtfinden.«

Ich blickte zu ihm auf. »Ein Hinterhalt nach dem anderen?«

Der Hauch von Sanftheit in seinen Zügen, auf seinen vollen Lippen, war schnell verflogen. »Ja.«

Ich lachte wütend auf. »Meine Güte, selbst deine Entschuldigungen sind abwertend.« Ich stürmte von ihm weg in den Schatten der hohen Treppe.

»Imogen.« Das Stampfen seiner Stiefel hallte hinter mir. »Du willst ein Kompliment? Du bist umwerfend. Du bist …«

»*Scheiße.*« In der dunklen Nische der Treppe bremste ich ab. Dort stand, wie ein Phantom im Licht der Kerzen zu ihren Füßen, eine Statue der Großen Göttin Ligea.

Panik erfasste mich, als ich näher trat.

Ihr Haar war, wie von einer Böe ergriffen, nach oben flatternd dargestellt. Ihr steinerner Körper war von einem wallenden Tuch umfangen, das eine Brust bedeckte und ihre Hüften umschloss. Ihre Flügel waren weit auf dem Rücken ausgebreitet. Sie streckte einen Arm aus, die Handfläche nach oben, die Finger gebieterisch gekrümmt, als wolle sie ihren Betrachter heranwinken – oder verfluchen.

Mein Blick blieb an der geschwungenen Linie ihrer leicht gerundeten Nase hängen. An der Fülle ihres Mundes, der spitzen Vertiefung ihres Kinns. Ich studierte, wie ihre Augen, klein und konzentriert, das Nichts vor ihr durchbohrten. Und ihren Körper – die schlanke, muskulöse Gestalt ihrer Beine und Arme, den Knick in ihrer Taille zwischen ihren vollen Brüsten und Hüften.

Mein eigenes Antlitz, in Stein gemeißelt.

Ich spürte, wie Theodor hinter mir stand, reglos, atemlos. Ich blinzelte gegen einen plötzlichen Schwall heißer Tränen an.

»Fick dich.« Ich sagte es zu Ligea. Und zu Theodor. Und auch zu Nemea. Ich streckte die Hand aus, um ihre kalten Finger zu berühren, als mir die Tränen über die Wangen liefen. Ich hatte mich immer nach Macht gesehnt – nach dem Recht, mein Leben selbst zu bestimmen, und nach einem Weg, mich zu schützen. Aber *das* … Ich konnte kaum atmen unter der plötzlichen Last.

Theodor ließ hinter mir langsam die Luft entweichen, die er angehalten hatte. Ich wischte mir schnell über die Wangen, wollte nicht, dass er mich weinen sah, aber ich konnte mich nicht mehr zurückhalten. Etwas in mir war aufgerissen, und alles, was ich für wahr gehalten hatte – wer ich war, woher ich kam –, die zerbrechliche, dumme Hoffnung auf ein eigenes Leben schmolz zu etwas, das ich nicht mehr halten konnte.

Als Theodors Hand meinen Rücken berührte, als sich seine Wärme um mich legte und das Band in meinem Magen aufflammte, verdoppelten sich meine Tränen nur noch.

»Nicht weinen.« Die Worte waren ein leises Flehen. Sein Arm legte sich um meine Schultern, und er zog mich an sich. »Nicht jetzt.«

»Ich …« Ich schniefte. »Sie … sieht aus wie ich.«

»Ich weiß.« Er zog ein Taschentuch aus seiner Tasche. Mit einem Finger unter meinem Kinn hob er mein Gesicht an und wischte mir über die Wangen. »Atme.« Seine Stimme war so unerträglich beruhigend, so unfassbar gleichmäßig, dass ich schreien wollte. »Später kannst du heulen und meine Sachen kaputt machen, wenn du dich dann besser fühlst. Aber geh nicht so in das Treffen.«

Ich hielt die Augen geschlossen und sog tief Luft in meine Brust. »Ich muss zur Magischen Seherin.« Wenn ich die Nachfahrin einer Großen Göttin war, wenn ihre Macht durch meine Adern floss, dann brauchte ich Antworten. Ich brauchte eine Prophezeiung.

Theodor tupfte mir immer wieder die Tränen ab. »Eins nach dem anderen, okay?«

Stiefel klapperten neben uns. Lachlan räusperte sich. »Was hast du mit ihr gemacht?«

»Sie hat die Statue gesehen«, antwortete Theodor, dessen Augen immer noch auf mich gerichtet waren.

Lachlan trug einen eleganten schwarzen Mantel mit Orden auf der Brust. Er blickte zur Großen Göttin Ligea auf und dann wieder zu mir. »Oh, scheiße.« Er trat an meine Seite und führte mich mit einer Hand auf meiner Schulter weg von Theodor. »Ich kann mir deinen Schock vorstellen, aber ich rate dir, dem König nicht so nahe zu kommen, wenn du in der Öffentlichkeit bist.« Er warf Theodor einen vernichtenden Blick zu, doch der starrte mich nur an.

Ein seltsames Gefühl schien ihn zu durchdringen. Er wirkte leer, verängstigt und wütend zugleich, und obwohl ich wusste, dass ich es sollte, konnte ich meinen Blick nicht von ihm abwenden.

»*Theo.*« Lachlans Stimme klang wie eine Warnung. Er nahm meinen Arm in seinen. Abwesend tätschelte er meine Hand und bemühte sich um Heiterkeit, aber sein Ton und sein Blick, der zwischen uns hin und her wanderte, waren ernst. »Beeilt euch, ihr Götterkinder. Ich habe gehört, die Kaiserin hat Reißzähne.«

13

Der Gartensaal war nicht so malerisch, wie man hätte meinen können.

Es war ein riesiger, zweistöckiger Ballsaal mit einer Glaswand, die den Blick auf einen perfekt gepflegten Schnittblumengarten freigab. Die anderen drei Wände waren vom Boden bis zur Decke mit Paneelen verkleidet, die die leuchtenden Farben der Blumen widerspiegelten. Von der Decke hingen vier massive Kristalllüster, die schwach beleuchtet waren und so funkelten wie das Meer jenseits der Klippen. Ein langer Tisch zog sich wie ein Rückgrat durch die Mitte und gab dem ansonsten leeren Raum Halt. Er war voll mit Früchten – viel zu viel für uns alle – und mit genügend Karaffen amethystfarbenen Weins, um ein kleines Gefolge von Männern des Königs abzufüllen.

Wie geplant betrat ich den Raum an Lachlans Arm. Theodor ging vor uns auf den Tisch zu und schenkte sich ein volles Glas Wein ein. Er stürzte es in einem verzweifelten Schluck hinunter, schaffte es aber, vollkommen gelassen zu wirken. Lachlan führte mich so weit wie möglich von Theodor weg und füllte zwei Gläser.

»Dein Gesicht«, sagte er.

Ich lege die Finger an meine Wange. »Was ist damit?«

»Du bist rot wie ein geprügelter Hintern. Atme durch. Versuch, gelassener auszusehen, nicht so, als wäre gerade dein ganzes Leben auf den Kopf gestellt worden.« Er schob mir ein Glas hin.

Ich nahm einen großen Schluck und genoss es, wie der Wein über meine Zunge glitt und fröhlich in meinem Magen herumwirbelte. So einen guten Tropfen hatte ich noch nie getrunken.

»Ein kurzer Ratschlag.« Er warf mir einen ernsten, wissenden Blick über den Rand seines Glases zu. »Was auch immer zwischen euch beiden ist … es schadet nicht, es aus der Welt zu schaffen, aber es schadet *sehr*, dabei erwischt zu werden. Ich bitte dich, diskret zu sein.«

Ich funkelte ihn an. »Hat Agatha mit dir gesprochen?«

»Nicht darüber.«

»Bei den Göttern.« Ich nahm noch einen Schluck Wein. »Zwischen uns ist nichts.«

»Imogen.« Er schüttelte den Kopf. »Es gibt nichts Heimtückischeres als Verleugnung.«

Bevor ich etwas erwidern konnte, schlurfte Eftan mit einem ordentlichen Stapel schwarzer Ledermappen ins Zimmer. Er hatte dasselbe Lächeln auf den runden Wangen wie bei der ersten Begegnung. Als sein Blick auf mich fiel, glitt es gänzlich aus seinem Gesicht.

»Oh.« Sein Mund öffnete und schloss sich. Er blinzelte. »Ich habe nicht erwartet, dass … Sie. Hier.«

Lachlan deutete mit seiner freien Hand auf mich. »Kanzler, haben Sie schon die entfernte Cousine des Königs kennengelernt? Das ist Lady Imogen Nel.«

Eftan runzelte die Stirn. »Seine *Cousine?* Oh. Ich … Nun ja.« Mit einem lauten Knall ließ er den Aktenstapel auf den Tisch fallen. Verwirrt öffnete und schloss er wieder den Mund, als kaute er Luft, dann zog er ein Tuch aus der Manteltasche und tupfte sich die Oberlippe ab. »Hallo. Noch mal.«

Ich neigte höflich den Kopf und warf dann einen Blick auf Theodor. Er stand am Kopfende des Tisches, die Faust um sein nachgefülltes Weinglas gelegt. Er hatte den gesamten Austausch mit einem erschreckend leeren Gesichtsausdruck verfolgt und fluchte leise vor sich hin.

Die Türen wurden von zwei livrierten Dienern weit aufgestoßen. Ich stellte mein Glas auf den Tisch, als drei Frauen eintraten, die alle so strahlend und blass waren wie der Frost im Mittwinter. Die Kaiserin von Obelia erkannte ich schon an ihrer Erscheinung. Groß und von kräftiger Statur, bewegte sie sich mit eleganter Autorität durch den Raum, als wäre er nur eine Unterschrift davon entfernt, ihr zu gehören. Ihr Kleid war aus samtigem, nachtblauem Stoff. Ihre Haut war so hell, dass sich die grünen Adern an ihren Schläfen abzeichneten. Schneeweißes, langes und glattes Haar fiel ihr auf die Schultern, darauf saß eine schwere Krone aus Diamanten. Um den Hals trug sie eine Kette, die zur Krone passte und mit riesigen Edelsteinen besetzt war. Und ihre Lippen waren dünn und so dunkelrot, als hätte sie eine Handvoll Brombeeren gegessen.

Ich machte einen tiefen Knicks, als sie und Theodor einander begrüßten.

»Theodor Ariti.« Die Kaiserin hatte eine rauchige, melodische Stimme, die von ihrem Akzent umspielt wurde. Ihre Begrüßung war freundlich genug, aber sie lächelte nicht. »Du siehst aus wie dein Vater. Nur noch schöner.« Sie lachte schroff. »Ich bin sicher, dass er das gehasst hat.«

Theodors Lippen verzogen sich zu einem halben Lächeln, und obwohl ich ihn noch nicht lange kannte, wusste ich, dass ihm die Erwähnung seines Vaters unangenehm war. »Hallo, Nivala. Ich war ihm gewiss ein Dorn im Auge«, sagte er, charmant und anmutig wie immer. »Bitte verzeiht meine Verspätung. Ich bin dankbar, dass Ihr den weiten Weg auf Euch genommen habt.«

Ihre weißen Brauen hoben sich. »Dies ist eine vorteilhafte Verbindung. Es ist notwendig, dass wir es richtig machen.«

Theodor nickte zustimmend und blickte zu der schlanken

jungen Frau, die hinter der Kaiserin stand. »Prinzessin Halla.« Er betonte ihren Namen auf bezaubernde Weise, die das Kribbeln in meinem Bauch in einen eifersüchtigen Krampf verwandelte. Dann nahm er ihre Hand in die seine und zog sie näher zu sich heran. »Ihr seid noch schöner als auf Eurem Porträt.«

Und sie war schön. Sie war das Gegenteil von mir. Meine Haut war goldbraun, und ich hatte dunkles Haar – ihres war hell. Ihre fast weißen Locken schienen zu schimmern und wurden von einem dünnen Diadem aus Diamanten und Perlen gekrönt. Sie war hochgewachsen wie ich, aber kantig und scharf wie eine Eisscherbe. Sie trug wallendes Weiß, wie es die Bräute in Obelia taten. Ich konnte mir nicht vorstellen, wie ihr zartes Gesicht von dem harten Schwarz, das die leucosianischen Bräute trugen, verschluckt wurde.

Vielleicht wollte ich das auch gar nicht.

Sie lächelte Theodor an, und es war, als würde der Frühling den Winter durchbrechen. Ihre Wangen blühten rosa auf, ihre blauen Augen waren der klare Himmel, und ihr kleiner Schmollmund glich einer gottverdammten Rose, die sich entfaltete. Theodor führte ihre Hand an seine Lippen. Der Kuss währte nur eine Sekunde, aber zu sehen, wie sich sein voller Mund auf ihre Haut presste, war quälend, und schien für mein Empfinden ewig zu dauern. Ich spürte, wie Lachlans Stiefel gegen die Spitze meines Schuhs drückte, und merkte, dass ich finster dreinblickte. Ich versuchte ein Lächeln, aber es flackerte nur über mein Gesicht, bevor ich mein Glas zu einem kräftigen Schluck erhob.

»Sehr gut.« Die Kaiserin ging zum anderen Ende des Tisches und setzte sich, ganz auf das bevorstehende Geschäft konzentriert. »Wollen wir beginnen?«

Die dritte Frau, weniger fein gekleidet, legte die Verträge aus und diskutierte mit Eftan in gedämpftem Ton darüber, welcher Punkt zuerst besprochen werden sollte. Lachlan schob meinen

Stuhl heran und setzte sich neben mich. Schnell füllte er mein Glas wieder auf. Erst als sie im Begriff waren, mit den Verhandlungen zu beginnen, schien die Kaiserin zu bemerken, dass noch andere Personen im Raum waren. »Und wer sind diese Leute?«

»Sie kennen meinen Kanzler«, sagte Theodor und deutete auf Eftan. »Das ist Lachlan Mela, meine rechte Hand und mein Flottenkommandant. Und meine Cousine Lady Imogen Nel.«

Der kühle Blick der Kaiserin fiel auf mich. »Nel?«

Ich hatte Theodor für unlesbar gehalten, aber verglichen mit der Kaiserin übertraf er sie an geradezu bereitwilliger, überschwänglicher Emotionalität. Sie war so gefühllos wie eine Leiche, und ich konnte nichts aus ihrem Tonfall und ihrem Blick herauslesen.

Ich schenkte ihr ein warmes, ehrfurchtsvolles Lächeln, trotz der Art, wie ihr Blick mich durchbohrte. »Ja, Eure Kaiserliche Majestät.«

Ohne ein weiteres Wort wandte sie ihre Aufmerksamkeit ihrer Dienerin zu und nahm den ersten Vertrag entgegen. »Ah, ja.« Ihr Blick huschte rasch über die Seite. »Da ist unsere unterschiedliche Religion, über die wir sprechen müssen.«

»Die Bedingungen, die Ihr gestellt habt, sind akzeptabel«, sagte Theodor. »Ich kann einen Anbau errichten lassen, in dem die Prinzessin ihre Heilige anbeten kann. Ich lasse sogar einen Garten darum herum anlegen.«

Ich kämpfte damit, meinen Blick auf den riesigen Traubenhaufen vor mir zu richten, und versuchte zu vergessen, wie er mich in der Eingangshalle angestarrt hatte.

»Gut«, sagte die Kaiserin geistesabwesend. »Und damit zu unseren unterschiedlichen Hochzeitszeremonien. Blutopfer sind notwendig, damit eine obelianische Ehe anerkannt wird.«

Ich verkrampfte mich bei dem Gedanken, und mein Daumen wanderte instinktiv zu meiner vernarbten Hand.

Theodor rutschte auf seinem Stuhl hin und her, als spürte er mein Unbehagen. »Ich bin zurückhaltend, was Blutopfer angeht. Wenn ich jedoch mehr Details erfahre, bin ich bereit, an einer obelianischen Zeremonie teilzunehmen«, sagte Theodor vorsichtig. »Aber sie wird die Königin von Varya sein – eine leucosianische Königin –, deshalb ist es notwendig, dass Prinzessin Halla an einer traditionellen Bindungszeremonie teilnimmt. Damit die Ehe in meinem Reich als gültig angesehen wird und sie gekrönt werden kann.«

»Erzählt mir von dieser Zeremonie«, sagte die Kaiserin. »Welche Macht wird Halla am Ende erhalten?«

Überraschung überkam mich, als ich mich an die Lektion erinnerte, die ich vor langer Zeit gelernt hatte. Da Theodor und ich beide in die Linie der Großen Götter hineingeboren worden waren, würde unser Blutsband es uns ermöglichen, unsere Macht zu teilen.

Ich presste mein Glas an die Lippen und nahm einen großen Schluck. Über den Rand blieb Theodors Blick für einen flüchtigen Moment an meinem hängen. »Ein Ehebund ist ein einfacher Schnitt, normalerweise in die Handfläche des Paares«, erklärte er. »Die beiden Wunden werden zusammengedrückt. Für Euch, Prinzessin, bedeutet es keine Schmerzen, abgesehen von dem Schnitt des Messers. Das Blut vermischt sich und bildet ein symbolisches Band. Da die Obelianer nicht von der gleichen Abstammung sind und kein Götterblut besitzen, wird die Prinzessin nichts von meiner Macht erben. Sie wird so sein, wie sie immer war.«

Die Kaiserin schüttelte den Kopf und wirkte fast enttäuscht. »Warum dann all das?«

Theodor richtete sich auf, und seine Stimme klang nun einen Hauch schärfer als zuvor. »Es ist eine göttliche Tradition, die von den Sirenen überliefert und vom gesamten Archipel übernommen wurde.«

Die Kaiserin schnalzte missbilligend mit der Zunge. »Ich habe von leucosianischen Königreichen gehört, die darauf verzichten. Ich verstehe nicht, warum Ihr …«

»Nur ein einziges Königreich hat unsere Götter und Traditionen missachtet«, erwiderte Theodor, »und wir sind keine Verbündeten.«

Der Blick der Kaiserin wurde scharf. »Ich verstehe.«

»Prinzessin Halla …« Die edle Sanftheit, die Theodors tiefe Stimme färbte, versetzte mir einen Stich. Ich schämte mich für diese Erkenntnis: Ich wollte, dass er so mit mir sprach. »Seid Ihr bereit, eine leucosianische Bindung einzugehen?«

Hallas Lächeln wurde breiter. »Ja. Sehr gerne.« Sie hatte denselben schwingenden Akzent wie ihre Mutter, aber in ihrer sanften Stimme klang er süßlich wie eine Zuckerperlenkette.

Die Kaiserin streckte eine blasse Hand aus und tätschelte die ihrer Tochter. Sie sprach leise, aber ich schnappte die Worte auf. »Sei nicht vulgär in deinem Eifer, Halla.«

Die Prinzessin reagierte nicht.

Theodor räusperte sich. »Ich möchte anmerken, dass ich in diesen Verträgen nichts über Eure Pläne für Hallas Thronbesteigung finde, wenn die Zeit gekommen ist. Vielleicht sollten diese Details …«

»Ich habe keinen Fehler gemacht«, sagte die Kaiserin scharf. Für einen kurzen Moment stahl sich ein Grinsen auf ihr Gesicht, bevor sie es glättete. »Halla ist nicht meine Erbin.«

Theodor legte den Kopf schief. Selbst Lachlan wurde neben mir unruhig.

»Verzeiht, jedoch …«, sagte Theodor. »Wenn Eure einzige Tochter nicht die Thronfolgerin ist, darf ich dann fragen, wer es dann ist?«

Es war Halla, die mit sanfter, aber klarer Stimme antwortete. »Unser erstgeborenes Kind wird es sein.«

Theodor schluckte und räusperte sich. Sein durchdringender Blick wanderte zwischen der Kaiserin und Prinzessin Halla hin und her. »Nun gut.«

Das Band in meinem Magen machte einen hässlichen, protestierenden Ruck.

Kaiserin Nivala stieß einen Atemzug aus, und die Luft im Raum schien sich zu klären. »Nachdem das alles geklärt ist, können wir über den Zeitplan sprechen. Die Reise hierher war grauenhaft. Wir werden die üblichen zwei Monate Verlobungszeit überspringen und die Hochzeit in vierzehn Tagen stattfinden lassen. Ich habe keine Lust, dass Halla nach Hause und wieder zurück segelt.«

Theodor schwieg, nur sein Zeigefinger tippte auf die Tischplatte.

Die Kaiserin lächelte, und ich musste bei dem Anblick an einen langsam gezogenen Dolch denken. »Gibt es ein Problem?«

»Ich hatte mit der üblichen Verlobungszeit von zwei Monaten gerechnet«, sagte Theodor bemerkenswert ruhig, aber mir rutschte das Herz in die Hose. »Ich kann nicht garantieren, dass wir in nur zwei Wochen ein Festessen und eine Zeremonie organisieren können. Die Gäste werden nicht anreisen können.«

»Sie hat ein Kleid. Ihr habt Wein.« Die Kaiserin zuckte die Achseln. »Ihr habt ein Bett, um es zu vollziehen. Ihr seid begierig auf diese Ehe, nicht wahr?«

Seine vollkommene Strenge war ein Wunder. Die königliche, unerschütterliche Kontrolle, die er über sich selbst hatte. Er nickte kurz. »Natürlich.«

Götter. Das Band – meine alberne Eifersucht – entfesselte etwas Ursprüngliches in mir. Der Drang, Theodor mit mir fortzuzerren, die Verträge zu zerreißen, zu verkünden, dass er *mir* gehörte, raste durch meinen Körper wie heißes, pulsierendes Blut.

»Allerdings«, sagte Theodor ohne Schüchternheit, »gibt es Traditionen …«

»Ihr missversteht meinen freundlichen Ton, Theodor«, sagte die Kaiserin mit neuer, rauerer Stimme. »Ich habe keinen Vorschlag gemacht.«

Theodor erstarrte. Lachlan richtete sich auf, als wäre er in höchster Alarmbereitschaft, und ich erinnerte mich, dass Theodor die Macht ihrer Flotte und ihrer Truppen erwähnt hatte. Die Kaiserin war eine ausgezeichnete Verbündete und ein Albtraum von einer Feindin.

»Eure Majestät«, sagte Eftan mit diplomatischer Eleganz und nickte Theodor zu, als wollte er sagen: *Du musst.*

Theodor räusperte sich. »Ich werde mich vor der Hochzeit rarmachen«, sagte er, »aber ich bin mit vierzehn Tagen einverstanden.«

Plötzlich war ich mir nicht mehr sicher, ob das Bluten durch Augen, Nase und Mund im Rahmen eines Trennungsrituals dem hier nicht vorzuziehen war. Die Vorstellung, dass Theodor die Prinzessin heiraten würde, erschien mir durch die Bindung grausamer, als wenn man mir die Eingeweide durch den Nabel herausziehen würde. Ich musste sofort zur Magischen Seherin.

Ich goss noch mehr Wein in meinen Becher, und die Besprechung zog sich hin mit Klauseln über eheliche und uneheliche Kinder, Handelszölle und das Feilschen um Hallas königliche Ausgaben. Und die ganze Zeit über schrie das Band unerbittlich *nein, nein, nein.* Schließlich, als ich mir sicher war, dass der sprudelnde Wein mein Elend nicht lindern würde, griff ich über den Tisch und riss Eftans Feder von ihrem Platz, was mir seinen drohenden, stummen Blick einbrachte. Ich tauchte die Feder ein, kritzelte eine Notiz auf ein Stück weggeworfenes Papier und hielt es Lachlan hin.

Er überflog es und raunte dann: »Wage es nicht.«

»Ich kann das nicht tun«, flüsterte ich zurück. »Es wird uns nicht umbringen. Ihm wird es gut gehen.«

»Ein paar Stunden kannst du noch durchhalten. Du musst.«

»Nein, *das muss* ich nicht. Ich habe drei der Bedingungen von diesem Arschloch akzeptiert. *Das hier* war keine davon.«

Aber zur Magischen Seherin zu gehen, von meiner Mutter zu erfahren und unser Band zu trennen, war es. Ich stand abrupt auf, woraufhin sich die Aufmerksamkeit des ganzen Tisches auf mich richtete.

Ich knickste. »Ich bitte um Verzeihung, aber ich bin zu krank, um länger zu bleiben.«

»Oh«, sagte Prinzessin Halla und legte eine zierliche Hand an ihren Hals. »Ich hoffe, es geht Euch bald besser.«

»Danke«, sagte ich und hielt inne. Ich starrte auf ihre blassen Finger, oder besser gesagt, auf den großen, schimmernden, grauen Stein, der direkt darüber an ihrem Hals hing. Er war identisch mit dem Stein an meinem Finger. »Eure Halskette«, sagte ich und drehte meinen Ring so, dass der Stein auf der Innenseite meiner Handfläche verborgen war. »Sie ist ungewöhnlich. Aber wunderschön.«

Ihr frühlingshaftes Lächeln kehrte zurück. »Oh, ja. Ein Spinell. Die werden nur in Obelia abgebaut. Sehr selten.«

»Sehr selten, in der Tat.« Ich knickste erneut und warf einen Blick auf Theodor. »Bitte entschuldigt mich, Eure Majestät.«

Sein Blick brannte. »Imogen, du kannst nicht gehen.« Sein Blick brannte. *»Bleib.«*

»Es tut mir leid, Eure Majestät.« Ich legte eine Hand auf meinen Bauch, genau über der Stelle, an der unser Band in schriller Revolte saß. »Es tut zu sehr weh. Ich muss gehen …«

»Und einen Spaziergang im Garten machen.« Lachlan sprang auf und packte meinen Arm. »Die frische Luft wird dir guttun.«

Ich versuchte vergeblich, seine Hand abzustreifen. »Ich spaziere nicht durch den Garten, Kommandant.«

»Doch«, sagte Lachlan und zog mich von meinem Stuhl hoch.

»Genau das tust du.« Er warf Theodor, der vor Wut verstummt war und mit ausdruckslosem Gesicht dastand, einen vielsagenden Blick zu. »Ich schlage sogar vor, dass wir alle einen Spaziergang machen. Führt Eure Verlobte durch Euren Lieblingsgarten, Majestät. Wir sind schon seit Stunden hier. Eine Pause wäre klug.«

Die Sonne stand hoch und blendete. Sie ließ die rosafarbenen, roten und gelben Blumen wie Flammen leuchten.

Lachlan hielt meinen Arm fest an seiner Seite, als wir hinter Theodor und der Prinzessin den Kiesweg hinunterschlenderten.

»Du kannst deinen Griff lockern, Lachlan.« Ich beobachtete, wie Halla mit ausgestreckter Hand durch den Garten glitt und im Vorbeigehen mit ihren eleganten Fingern über die zarten Blütenblätter der Blumen strich. »Ich werde nicht weglaufen.«

»Ich habe noch nie eine weniger überzeugende Lügnerin getroffen.«

»Ich war aufgewühlt. Der Gedanke an sie …« Frustriert deutete ich auf ihren Rücken. »Dieses gottverdammte Band muss getrennt werden.«

Lachlan warf mir einen misstrauischen Blick zu, sagte aber nichts.

Theodor und Halla verlangsamten ihre Schritte, um einen breiten, gurgelnden Springbrunnen in der Mitte des Gartens zu betrachten, und uns blieb nichts anderes übrig, als ihnen zu folgen. Das Wasser tanzte und plätscherte über die wohlgeformten Muskeln und ausgebreiteten Flügel von drei stoischen Sirenen. Licht glitzerte im feinen Sprühnebel und in den Tropfen, die von den Spitzen ihrer Ellbogen und Federn fielen.

Halla betrachtete sie voller Staunen und kam dann langsam auf mich zu. »Lady Nel, seid Ihr hier aufgewachsen? Was muss das für eine Kindheit gewesen sein. Dieser Ort ist wie aus einem Märchenbuch.«

Theodor und Lachlan standen angespannt und schweigend daneben und warteten auf meine Antwort.

»O nein, Eure Hoheit.« Mein Mund öffnete und schloss sich, während ich nach einer passenden Antwort suchte. »Ich … ich bin im Norden aufgewachsen.«

Die Prinzessin nickte. »Ich nehme an, der Norden hier ist nicht so kalt wie der Norden, den ich kenne.«

Ich wusste wenig über den Norden von Varya, aber ich war sicher, dass es dort keine eisbedeckten Täler gab. »Viel wärmer«, sagte ich mit einem zögernden Lächeln. Die Prinzessin war reizend. Sie und Theodor schienen gut zusammenzupassen. Ein Stich durchfuhr mich unterhalb der Rippen.

»Ich hoffe, es geht Euch besser«, sagte sie mit melodischer, leichter Stimme. »Wir haben jetzt wirklich lange in diesem Raum gesessen.«

»Ja, das haben wir«, stimmte ich ihr zu. »Eure Eheverträge sind ziemlich ausführlich. Habt Ihr schon immer so detailliert geplant, Eure Hoheit?«

»Oh, das ist alles meine Mutter.« Hallas blaue Augen blickten in die Ferne. Sie tauchte ihre Finger in das plätschernde Wasser des Brunnens und schnippte die Tropfen von den Spitzen. »Sie ist eine Planerin durch und durch.«

»Sie scheint an alles gedacht zu haben.« Ich klang abgekämpft und zunehmend genervt. Ich zwang mich zu einem breiteren Lächeln und hoffte, dass es eine überzeugende Maske war.

»Das hat sie gewiss.« Halla ließ sich auf den Rand sinken. Sie sprach leiser, ein Hauch von Rührung schwang in ihrer Stimme mit. »Ihr werdet es sicher nicht verstehen, aber es ist ein ziemlicher Schock. Sein Zuhause zu verlassen und in ein neues zu kommen. Wo nichts vertraut ist, wo es keine Freunde, keine Dinge oder Gerüche gibt, die man kennt. Ich bin dankbar, dass meine Mutter – und Seine Majestät – sich so sehr um mein Wohlergehen gekümmert haben.«

Sie warf Theodor einen dankerfüllten Blick zu, und er neigte den Kopf zu einer königlichen Verbeugung. Der Schmerz, den ich verspürte, kam nicht von unserem Band. Es war echter Neid.

»Lady Nel, was könnt Ihr mir über den König erzählen?« Sie beugte sich vor, als wolle sie sich mit mir verschwören, aber sie sah mir nicht in die Augen. Ihr Blick blieb auf Theodor gerichtet, mit flatternden Wimpern und einem breiten Lächeln. *Verdammte Götter*. Sie flirtete. »Ich nehme an, Ihr kennt ihn besser als die meisten anderen, da Ihr mit ihm als Cousin aufgewachsen seid.«

Ich wischte mir über die Stirn und lachte verlegen. »Nun, Seine Majestät und ich standen uns nicht sehr nahe.«

»Das kann ich nicht glauben. Er hat Euch zu mir gebracht. Ihr müsst ihm am Herzen liegen, nicht wahr, Eure Majestät?«

Theodor betrachtete seine glänzenden Stiefel. »Natürlich.«

»Seht Ihr.« Halla wedelte mit der Hand durch die Luft, um mich zum Weitersprechen zu bewegen. »Erzählt mir alles, was Ihr wisst.«

Lachlan kratzte sich am Nacken, und seine Augen leuchteten mit einem Blick, der *Viel Glück* zu sagen schien.

Um Zeit zum Nachdenken zu gewinnen, ließ ich mich auf den Rand des Brunnens sinken und blickte zu Theodor auf. »Nur schöne Dinge?«

Die Frage schien ihn zu überraschen. Er lächelte fast nervös. Ein volles Lächeln mit Grübchen, und ein Schock der Bewunderung durchfuhr mich. »Wenn es Euch nichts ausmacht.«

Ein tiefer Atemzug, ein langsames Ausatmen, und ich begegnete Hallas Blick. »Er ist sehr reich.« Sie lachte, als hätte ich einen Witz gemacht. »Und …« Ich überlegte und überlegte, und dann kam die Erinnerung an seine führende Hand auf meinem

Rücken, seine Finger an meinem Kinn, sein Taschentuch, das über meine feuchten Wangen strich. »Er ist sehr aufmerksam. Und fürsorglich. Wenn er will.«

Mein Blick wanderte wie von selbst zu Theodor. Zu dem ruhigen, aber plötzlich warmen Blick, der seine Augen zu füllen begann. Seine Arme waren auf dem Rücken verschränkt, die Sonne betonte die markanten Züge seines Gesichts, und ich fühlte mich so sehr zum Sprechen gezwungen, dass ich mich nicht zurückhalten konnte.

»Er ist sanftmütig«, platzte ich heraus und hielt seinen Blick fest. »Und wenn Ihr Euch wie ausgepeitscht fühlt und weggeworfen, wird er Euch ein Anker sein, wenn Ihr ihn lasst.«

Ich unterbrach unseren Blickkontakt, und wir vier verstummten. Wir lauschten dem Vogelgesang und dem plätschernden Wasser, und mir wurde schnell warm ums Herz. Ich zuckte mit den Schultern und sagte zu Halla: »Das ist alles, was ich für Euch habe.«

»Das ist eine ganze Menge«, sagte sie mit einem Lächeln in den Augen. »Danke.«

Von irgendwo hinter den hohen Blumen schlurfte Eftan über den Kies und blieb in unserer Mitte stehen. »Die Kaiserin hat verlangt, dass wir die Arbeit an den Verträgen wieder aufnehmen. Sie erwartet Euch drinnen, Eure Majestät.«

Theodor nickte, und alle machten sich auf den Rückweg zum Palast. Ich blieb mit flauem Magen auf dem Rand des Brunnens sitzen. Theodor blieb stehen. »Lady Nel, sollen wir?«

»Nein, Eure Majestät.« Ich richtete mich unter seinem prüfenden Blick auf. »Ich glaube nicht, dass ich das tun sollte.«

Seine Augen weiteten sich fast unmerklich. »Geht schon mal vor«, sagte er zu Lachlan und Halla. Sie verließen uns, Lachlan mit angespannten Schultern und Halla, die völlig unbeeindruckt aussah.

Theodor trat auf mich zu und baute sich vor mir auf. »Du musst mitkommen.«

»Ich kann nicht.« Ich ballte die Faust und spürte, wie sich meine Eingeweide zusammenzogen. »Dieses Band versetzt mich in Panik, wenn ich mir das alles anhören muss. Und in diesem neuen Leben, an diesem neuen Ort werde ich mich nicht verbiegen und misshandeln lassen. Ich muss sofort zur Magischen Seherin. Ich brauche meine Prophezeiung …«

»*Misshandeln?*«

»Ja.«

»Nein.« Theodor klang entschlossen, sein Kiefer verhärtete sich.

»Was zum Teufel meinst du mit *nein*?« Ich stand auf und begegnete seinem finsteren Blick. »Das war doch von Anfang an dein Plan. Die Trennung zu vollziehen und mich wegzuschicken.«

»Das war bevor …«

»Bevor *was?*«

Er erstarrte. Schüttelte den Kopf. »Bevor wir wussten, dass diese Bindung sich nicht festigen würde. Bevor wir wussten, dass ich in wenigen Wochen heiraten würde.« Er ging auf und ab, und ich starrte ratlos vor mich hin. Dann blieb er vor mir stehen. »Komm mit mir für den Rest dieses Treffens, und ich werde mit dir gehen.«

Überraschung durchfuhr mich. »Zur Magischen Seherin?«

Er strich unbehaglich seinen Mantel glatt und nickte.

»Noch ein Geschäft also?«

Er zuckte zurück, als hätte ich ihn beschimpft, aber genau das war es: ein weiteres Geschäft. Ein weiteres Opfer, um vielleicht eine Gefälligkeit zu erhalten.

»Außerdem kannst du nicht mit mir kommen. Die Kaiserin ist hier. Und deine sehr hübsche Verlobte und diese lächerlichen Verträge …«

Eine tiefe, reumütige Falte bildete sich auf seiner Stirn. »Ich habe ihr gesagt, dass ich mich vor der Hochzeit rarmache.«

Das hatte er. Ich konnte nicht umhin, mich zu fragen, warum er es gesagt hatte – woher er es gewusst hatte. »Trotzdem«, argumentierte ich und versuchte, mein Haar davon abzuhalten, wild in der Meeresbrise zu wehen, »werden sie sich gekränkt fühlen …«

»Ich werde der Prinzessin ein paar Juwelen schenken. Ein paar Feuerwerkskörper für sie in der Bucht zünden.«

»Natürlich«, sagte ich spöttisch. »Welche Frau würde sich nicht von funkelnden Dingen ablenken lassen …«

»Willst du, dass ich mit dir gehe oder nicht?«

»Ja«, fauchte ich.

»Dann werde ich mitkommen.« Er schwieg und starrte mich an, wie er es getan hatte, als er meine Tränen vor der Statue der Ligea gestillt hatte.

»Gut.« Selbst verärgert klang ich zu atemlos, zu überrumpelt.

Er senkte das Kinn, schluckte schwer. »Gut.« Schließlich wandte er sich von mir ab und machte sich auf den Weg zum Palast, doch ich hatte den flüchtigen Farbfleck auf seinen scharfen Wangenknochen noch bemerkt. Wie sein Atem schneller ging. Kleine Einblicke in Gefühle, die er nicht kontrollieren konnte. Er blieb stehen, sah mich an und sagte mit heiserer Stimme: »Wenn du im Garten bleiben willst, dann bleib. Ich werde trotzdem mit dir gehen.«

Mir fehlten die Worte. Ich fühlte nichts als tiefe Dankbarkeit. Rasch trat ich auf den Weg, der zum Palast führte, und nickte dankbar. »Wir sollten uns beeilen«, sagte ich. »Die Pflicht ruft.«

14

Keine zwei Stunden später stand ich in einem leeren, sonnendurchfluteten Stall und trug eine Satteltasche voller Ersatzhosen und -hemden vor mir her, die mir Theodor geliehen hatte. Er hatte sich große Mühe gegeben, sie in kleine, ordentliche Quadrate zu falten und mit Bindfaden fest zu verschnüren.

Die Stallknechte waren weggeschickt worden, und Theodor selbst sattelte mir gegenüber, übellaunig und nervös, ein Pferd. Ich beobachtete ihn – wie er an den Riemen zog und am Sattel zerrte. Die mürrischen Augen, den zusammengepressten Kiefer.

Seine Stimmung hatte sich in dem Moment verschlechtert, als wir in den Gartensaal und zu den endlos scheinenden Verträgen zurückgekehrt waren. Mit jedem Punkt, den wir diskutierten, wurde er kälter, biss sich auf die Wange und klopfte mit den Fingern auf die polierte Tischplatte. Ich konnte nur vermuten, dass er seine Entscheidung, mich zu begleiten, bereute, und dass es seine unangenehme, unerschütterliche Ehre war, die ihn davon abhielt, einen Rückzieher zu machen.

»Werden Agatha und Lachlan hier sein, um uns zu verabschieden?«, fragte ich.

»Ja.« Er konzentrierte sich auf seine Aufgabe.

»Geht es dir gut?«

»Ja.«

»Oh, gut.« Mit einem Ruck verschloss ich die letzte Satteltasche. »Das sieht man.« Ich hielt ihm die Taschen hin, und er riss eine von ihnen an sich. »Ich hoffe, du hast nicht vor, die ganze Zeit so grüblerisch zu sein. Mir ist bewusst, dass du deine Entscheidung, mich zu begleiten, bereust. Es ist nicht nötig, es so schmerzhaft deutlich zu machen.«

Theodor drehte sich zu mir um. Seine grünen Augen flammten auf und fixierten mich. »Du hast mich durchschaut, nicht wahr?« Er kam einen Schritt näher, und ich brachte kein Wort mehr heraus. Irgendein Gefühl hatte ihn gepackt. Er machte einen weiteren Schritt auf mich zu. Dann legte er eine starke Hand auf meinen Bauch und drückte mich mit dem Rücken gegen die Wand der Stallbox. Ich schnappte scharf nach Luft, überwältigt von ihm. »Willst du wissen, was mich wirklich bedrückt, Imogen?«

Ein knappes Nicken, mehr brachte ich nicht zustande.

»Ich bereue meine Entscheidung nicht, aber ich sollte es tun.« Seine Finger gruben sich in meine Rippen, als wollte er mich festhalten. Unser Band glühte mit einer köstlichen, flirrenden Hitze. Sie loderte auf und sammelte sich schwer in meiner Mitte. »Ich habe dich eine Mücke genannt, und ich verabscheue mich dafür. *Ich* bin das Insekt. Eine Motte. Und du bist der Mond. Du ziehst mich an, du *ziehst* mich. Aber ich werde dich nie erreichen können, ohne mich selbst zu zerstören. Alles, was ich tun kann, ist, für den Tag zu beten.« Er sah mich flehend an. »Verstehst du? Ich tue mein Bestes, um mich zu beherrschen, um Abstand zu halten, aber alles, was *du* tust, scheint dieses Ziel zu vereiteln.«

Mein Herz raste. Ich wäre weniger schockiert gewesen, wenn er sich die Brust aufgerissen und mir den pulsierenden Muskel darunter gezeigt hätte. Aber das hier, seine Berührung, seine Nähe, sein offenes Geständnis … »Das ist ein Scherz.«

Er war so nah, das Gesicht zu mir geneigt. *Ich könnte ihn küssen, wenn ich mich auf die Zehenspitzen stellen würde.*

Seine Stirn legte sich noch tiefer in Falten. »Götter, ich wünschte, es wäre so.«

Sein missbilligender Tonfall machte mich wütend. »Du sprichst von Begierde, als wäre sie eine Krankheit. Als hätte ich dich damit angesteckt.« Halbherzig stieß ich gegen seine muskulöse Brust, nur um einen Atemzug später meine Finger in sein Hemd zu krallen. »Wie kannst du es wagen, mir die Schuld zu geben. Als hätte ich dich in eine Falle gelockt oder als wäre es abscheulich, etwas zu wollen. Ich mag das Objekt deiner Begierde sein, aber ich bin nicht ihre Quelle.«

Er blinzelte, dachte über meine Zurechtweisung nach und bemühte sich dann, sich aufzurichten. Seine warme Hand löste sich von meinem Bauch, und ich vermisste sie sofort. Ich ließ sein Hemd los, aber wir blieben dicht beieinander. Unsere Blicke verhakten sich.

Es war doch etwas zwischen uns, unter dem Streit, der Reibung. Ich konnte nicht sagen, ob es einfach das Band war, das unsere Anziehungskraft schürte, aber in diesem Moment wollte ich es unbedingt *wissen*. Ich wollte seine steinerne Fassade aufbrechen, freilegen, erforschen. So wie er mich ansah, dachte ich, dass er vielleicht dasselbe wollte.

Er trat von mir zurück. »Verzeih mir.« Er wandte sich wieder dem Pferd zu, um die zweite Satteltasche zu befestigen. »Es wird nicht wieder vorkommen.«

Die Wand hinter mir war alles, was mich aufrecht hielt. Er war so geschickt darin, sich abzuschotten. Plötzlich war er gelassen und ungerührt von dem, was gerade zwischen uns vorgefallen war.

Es raschelte im Stroh, dann erschien Agatha im Gang. Sie trug ein neues, weizenfarbenes Kleid und einen Korb mit eingewickelten Essenspaketen und Weinflaschen. »Da bist du ja.« Ihr Gesicht verfinsterte sich, als sie mich sah. Sie musterte Theodor und schaute dann wieder mich an. »Geht es dir gut?«

Ich nickte schnell und brummte bejahend.

Ihre Miene verhärtete sich bei meiner Lüge. »Eure Majestät«, sagte sie zu Theodor, »Prinzessin Halla ist hier. Sie möchte sich verabschieden.«

Theodor straffte die Schultern, doch bevor er den Stall verlassen konnte, stand Halla an Agathas Seite. Ihr weißes Haar war streng hochgesteckt und mit saphirfarbenen Nadeln besetzt. Das helle Blau ihres hauchdünnen Kleides passte perfekt zu ihren Augen.

Sie machte einen tiefen Knicks und lächelte süß. »Ich wollte mich von Euch verabschieden, Eure Majestät.«

Theodor schwieg, trat aber vor, nahm ihre Hand und drückte einen kurzen Kuss darauf.

Hallas Augen verengten sich vor Verwirrung, als ihr Blick auf mir landete. Ich machte einen halben Knicks. »Ich wusste nicht, dass Lady Nel Euch zu Eurem Treffen mit den Kriegsherren begleiten würde.«

Theodor sah mich an, dann wieder Halla. »Ihre Familie wohnt in der Nähe eines der Stützpunkte.«

»Wie praktisch.« Ihr Lächeln wirkte angespannt. Sie stellte sich auf die Zehenspitzen und drückte Theodor einen langen Kuss auf die Wange. »Ich freue mich schon auf Eure Rückkehr.«

Theodor nickte nur knapp.

Nach einem letzten Blick in meine Richtung eilte Halla mit gesenktem Kopf aus dem Stall. Schuldgefühle überkamen mich, und dann kam Lachlan hereingeeilt, mit Schlafsäcken und weiteren Proviantpaketen. Mir entging nicht, wie sein wachsamer Blick zwischen Theodor und mir hin und her wanderte.

»Hilf mir damit, Imogen«, sagte Agatha und deutete auf die Essenspakete in ihrer Hand und dann auf die Box hinter ihr, in der unser zweites Pferd darauf wartete, vorbereitet zu werden.

Sie begann, eine Tasche zu füllen, die hinten am Sattel angebracht war. Nach einem Blick über die Schulter flüsterte sie: »Lass dir von ihm helfen.«

Ich zog an meinem Gürtel. Die Hose, die ich mir von Theodor geliehen hatte, war zu groß und in der Taille unangenehm umgeschlagen. Die Wolle fühlte sich an meinen Hüften und Oberschenkeln seltsam an. »Ich weiß nicht, was du meinst«, sagte ich abwesend.

»Hör zu.« Sie funkelte mich an, die Augen voller Rührung. »Ihr scheint beide entschlossen zu sein, euch weiter zu streiten, aber das macht das, was vor euch liegt, nur noch schwieriger. Lass ihn dir *helfen*. Lass ihn dich trösten und für dich sorgen.« Sie unterdrückte eine Welle der Gefühle. »Die Seherin und ihr Ritual sind gefährlich. Wenn du versuchst, es allein zu schaffen, habe ich Angst, dass du nicht mehr zurückkommst.«

»Agatha …« Ich schüttelte den Kopf. »Ich werde mein Bestes tun.« Es würde schwierig werden, seine Fürsorge anzunehmen, jetzt, da ich wusste, dass sie ihn mit so viel Groll erfüllte.

Mein Blick glitt über den Flur zu Theodor. Er trug ein schmutzbeflecktes braunes Hemd, geflickte Hosen und abgewetzte Stiefel, weil er es für das Beste hielt, in der Wildnis von Varya unauffällig zu wirken. Das Fehlen von Prunk tat seinem Aussehen keinen Abbruch. Tatsächlich gefiel er mir so besser. Mit seinem wehenden Haar, das das Licht einfing, und den abgetragenen Kleidern, die über seine schlanken Muskeln fielen.

Schweigend sah Agatha mich an. »Ich warne dich … es wird keine saubere Trennung sein.«

Meine Aufmerksamkeit richtete sich wieder auf sie. »Was meinst du?«

Sie senkte die Stimme, und ihre Stirn kräuselte sich vor Mitgefühl. »Ich sehe, was zwischen euch beiden ist. Es ist widerspenstig und chaotisch, aber da ist etwas.«

Ich schüttelte ausweichend den Kopf und schob den Saum meines zu großen Hemdes in die Hose.

Der mitfühlende Blick verwandelte sich schnell in einen mitleidigen. Sie stieß einen Atemzug aus. »Vielleicht kannst du dich selbst täuschen, aber nicht mich. Und auch nicht Lachlan.«

Ärger durchfuhr mich. »Was spielt das schon für eine Rolle?«, fragte ich, angespannt und leise. »Er ist ein König. Und ich bin …« Ich lachte wütend auf. »Was bin ich? Eine Waise, eine Mörderin. Er wird mit einer Prinzessin verheiratet, die wunderschön ist und perfekt zu ihm passt. Und selbst wenn unsere Umstände anders wären …« Eine willkürliche Erinnerung an Evander, der in meiner Wanne lag, schoss mir durch den Kopf. Ich rieb mir die Augen und wünschte, ich könnte mir die Erinnerung herausreißen. »Theodor wird mich wohlbehalten von der Magischen Seherin zurückbringen, weil es seine Pflicht ist. Dann werde ich mich von ihm verabschieden und zu meiner letzten Aufgabe aufbrechen.«

Agatha griff nach mir. »Imogen …«

Ich ließ sie stehen und ging hinaus in den Hof, wohin Theodor und Lachlan das erste Pferd geführt hatten. Agatha wollte meine Gefühle freilegen, als wären sie Juwelen, kostbar und wert, untersucht zu werden, aber ich war froh, sie tief vergraben zu lassen. Ich sollte verdammt sein, wenn ich die Dinge weiter verkomplizierte. »Sind wir bereit?«

»Fast.« Lachlan ging, um ein brüchiges Paar Zügel gegen ein intaktes auszutauschen.

Draußen auf dem hellen Hof beachtete Theodor mich nicht einmal. Er war noch tiefer gefangen in einem unnachgiebigen, starren Exoskelett der Niedergeschlagenheit.

Ich bewegte mich unbehaglich. »Sollen wir etwas essen, bevor wir aufbrechen?«, fragte ich und versuchte, mein Unbehagen zu überwinden.

Theodor testete einen Sattelgurt, indem er daran zog. »Du kannst auf dem Pferd essen.«

Ich war versucht, seine versteinerte Miene zu erwidern. Ich hob das Kinn – und hielt inne. Vielleicht … vielleicht, wenn ich wie Wasser würde – wenn ich mich um ihn schmiegte, ihn zermürbte –, könnten wir beide die kommende Woche überleben. »Das ist ein guter Plan«, sagte ich leise.

Theodor spannte die Kiefer an. Er setzte seinen Fuß in den Steigbügel und stieg in einer anmutigen Bewegung auf.

Agatha war an meiner Seite. »Pass auf dich auf.«

Ich nickte. »Wir sehen uns in einer Woche.«

Meine Stute war schön und glänzte schwarz. Ich stellte mich neben sie und versuchte, Theodors leichtfüßiges Aufsitzen nachzuahmen, blieb aber mit dem Stiefel im Steigbügel hängen und erstarrte. »Ich … ich bin noch nie allein geritten.«

Lachlan stieß einen geschlagenen Seufzer aus. »Verdammte Götter, das sagst du uns *jetzt?*« Er kam auf mich zu und blieb dicht neben mir stehen. Während er mich vorne um mein Pferd herumführte, sprach er leise, sodass nur ich ihn hören konnte. »Hab Geduld mit Theo. Er hat genauso viel Angst wie du. Vielleicht sogar noch mehr.«

»Wovor? Er ist nicht derjenige, der die Trennung durchmacht.«

Sein Blick wurde ernst und finster. »Er wird es dir sagen müssen. Wenn er dazu bereit ist.« Dann hielt er mich neben Theodors Pferd an.

Ich warf Lachlan einen panischen Blick zu. »Was machst du da?«

»Es tut mir leid.« Lachlan klopfte Theodor entschuldigend auf das Knie. »Theo wird dir eine Lektion erteilen.«

»Nein. Nein, danke …« Doch Lachlan hatte mich bereits gepackt und hievte mich vor Theodor in den Sattel. Unbeholfen warf ich mein Bein über den Hals des Tieres und ließ mich gegen Theodor sinken. Wir erstarrten beide.

Agatha legte eine Hand an ihre Schläfe und verzog das Gesicht zu einer Grimasse. Ein unangenehmes Grinsen breitete sich auf Lachlans Gesicht aus. Er klopfte dem Pferd zweimal auf den Hintern und sagte: »In den Satteltaschen ist noch Wein.«

Mit den Zügeln meiner Stute in Theodors Hand führte er uns aus dem Stall und auf die Straße, die sich durch die äußersten Gärten schlängelte. Über dem Palastgelände wirbelte Seenebel auf. Ich saß kerzengerade da, jeder Muskel angespannt.

Theodor sprach über meine Schulter. »Du bist zu angespannt.«

»Da du dein Bestes gibst, um Abstand zu mir zu halten …« Ich spürte, wie sich sein Körper an meinen drückte. Seine Brust und sein Bauch waren fest und warm. Mein Po füllte seinen ganzen Schoß aus. »Es erscheint mir unklug, mich in dieser Position zu entspannen.«

»Ist es wirklich so schwer, sich auf unsere Aufgabe zu konzentrieren und nicht auf unsere Körper?«

»Wie bitte?« Ich reckte den Hals, um ihn über meine Schulter hinweg böse anzusehen. »Was willst du damit andeuten?«

»Nichts«, sagte er schnell. »Konzentrier dich einfach auf das verdammte Pferd.«

Verärgert blickte ich wieder nach vorne. »Arschloch.«

Er sprach mit tiefer, grollender Stimme dicht an meinem Ohr. »Setz dich gerade hin. Lass deine Hüften locker mitschwingen. Du musst das Gleichgewicht halten und das Pferd spüren.«

Ich schnaubte genervt und versuchte es. Wir rumpelten über die unbefestigte Straße, die vom Schlossgelände zu den baumbestandenen Wiesen dahinter führte, und ich lockerte langsam meine Muskeln.

Er grunzte zustimmend. »Besser.« Die Ermutigung war gehaucht und leise, und ein unwillkürlicher Schauer überlief mich. Verärgert kniff ich die Augen zusammen.

Die Straße wurde uneben, und er klopfte mir zweimal auf die Hüfte, um mich daran zu erinnern, die Bewegungen des Pferds zu spüren. Ich gehorchte mit meiner Zunge zwischen den Zähnen. »So ist es gut.« Als er das Tempo des Pferdes beschleunigte und ich das Gleichgewicht zu verlieren drohte, legte er einen Arm um meine Taille. »Ich hab dich.«

So hielt er uns, die Körper im holprigen Trab eng aneinandergepresst, seinen starken Arm um mich gelegt. Mein Herz hämmerte angesichts unserer Nähe, und ich fragte mich, was für abscheuliche Gedanken Theodor wohl durch den Kopf gingen. Mit der Zeit gewöhnte ich mich an das schnellere Tempo und behielt meine Haltung und mein Gleichgewicht bei.

»Nimm die Zügel.« Theodor drückte sie mir in die Hand, und ich führte uns über einen gewundenen Schotterweg, der von kleinen gelben Blumen gesäumt war. Sie wiegten und hüpften im Wind, als tanzten sie zu einer Melodie, die ich nicht hören konnte. Meine Mundwinkel hoben sich, während ich ihnen fasziniert zusah.

»Sie sind so hübsch«, sagte ich leise und ließ den Gedanken über meine Lippen gleiten.

»Das ist Unkraut.«

»Verdammte Götter.« Ein Anflug von Wut durchfuhr mich. »Sie sind trotzdem schön.«

Er schwieg, als wir uns von den Blumen entfernten und in ein grünes, wogendes Feld einbogen. Ich wünschte, ich hätte mich beherrschen können. Aber es war nicht meine Schuld, dass der Mann ein nervtötender, engstirniger Snob war. Schließlich beugte er sich zu meiner Überraschung so nah zu mir, dass ich seine Wange an meinem Haar spürte. »Du hast recht.« Er klang entschuldigend. »Das sind sie.«

Ich wollte sein Gesicht sehen, seine Augen. Ich wollte sehen, wie sie sich veränderten, wenn seine Stimme so klang. Ich hielt meinen Blick nach vorne gerichtet, aber dieser eine Moment ließ alle Anspannung aus meinem Körper weichen. Unwillkürlich lehnte ich mich ganz an ihn, und wir bewegten uns auf dem Pferd, als wären wir miteinander verschmolzen.

Auf halbem Weg durch das Feld zog Theodor kräftig an den Zügeln des Pferdes. Wir blieben stehen, und ich sog leise den Atem ein, als ich begriff, warum. Ich spürte, wie er lang und hart gegen meinen Po drückte.

Einen Augenblick lang bewegte sich keiner von uns beiden. Mein ganzer Körper brannte wie Feuer, aber ich tat mein Bestes, um es zu löschen. Keiner von uns sprach ein Wort, während ich unbeholfen abstieg. Als ich endlich wieder festen Boden unter den Füßen hatte, blickte ich zu ihm auf. Sein Gesicht war gerötet, die Lippen zusammengekniffen, und ein Teil von mir wollte ihn mit seiner Scham allein lassen. Stattdessen schüttelte ich den Kopf, so als wäre ich enttäuscht, und sagte: »Du hättest dich einfach auf das Pferd konzentrieren sollen.«

Er ließ die Zügel meines Pferdes los und trieb sein eigenes Tier die Straße hinunter.

Ich konnte mir ein Grinsen nicht verkneifen. »Willst du nicht auf mich warten?« Das Band begann sich mit ekelerregendem Unbehagen zu dehnen. »Das war bloß ein Scherz!« Ich kletterte in den Sattel und brachte mein Pferd wie durch ein Wunder dazu, ihm zu folgen.

Es dauerte nicht lange, bis mein Körper zu schmerzen begann. Auch mein Geist wurde unruhig. Er füllte sich mit einem Strudel aus Sorgen, Fragen und Gedanken, die sich immer schneller drehten und mich immer tiefer hinabzogen. Nicht einmal die bezaubernde Schönheit Varyas konnte mich beruhigen.

Theodor ritt vor mir, unsere Pferde dicht beieinander.

»Warst du schon einmal bei der Magischen Seherin?«, fragte ich schließlich.

Er fuhr sich mit der Hand durch sein vom Wind zerzaustes Haar. »Nur ein Mal.« Die Worte waren kurz und knapp. Er wollte nicht reden, aber das brütende Schweigen zwischen uns fraß mich bei lebendigem Leibe auf.

»Und? Ist es so schrecklich, wie Agatha sagt?«

Er richtete sich im Sattel auf. Die Stille dehnte sich, bis ich sicher war, dass er nicht antworten würde. Dann: »Ja.«

Kaltes, erstickendes Grauen durchfuhr mich. Meine Finger umklammerten die Zügel so fest, dass sie sich verkrampften. Ich stellte keine weiteren Fragen. Ich beobachtete nur seine angespannten Schultern und fluchte leise, weil ich es hasste, dass Agatha immer, immer recht hatte. Der Gedanke, dass sie auch mit uns recht haben könnte, dass das, was zwischen Theodor und mir schwelte, mich für immer verletzen könnte, war zu düster. Ich wollte vollkommen frei von ihm sein. Und die Tage, die ich so mit ihm verbrachte, voller Angst und ohne zu sprechen, würden mich in den Wahnsinn treiben.

»Dann lass uns darüber reden, ja?« Ich wartete auf seine Reaktion. Schließlich sah er mich über die Schulter an, eine Frage lag in seinem harten Blick. »Lassen wir alles raus. Alles, was wir aneinander hassen, jeden Groll, damit wir, wenn unser Band getrennt ist, wirklich voneinander befreit sind.«

Theodor stieß einen leisen Pfiff aus und ritt ein paar Schritte weiter. »Das klingt nach einer furchtbaren Idee.«

Wir kamen in einen Weinberg, und eine laue Meeresbrise wehte durch das Weinlaub. Ich sprach so laut, dass er mich über das Rauschen der Blätter hinweg hören konnte. »Hast du Angst?«

Das war's. Er holte tief Luft, dann verlangsamte er sein Pferd, bis wir nebeneinander ritten. Er sah mich von der Seite an. »Ich zuerst.«

Ich nahm die Schultern zurück und bereitete mich auf den Schlag vor.

»Dein Mangel an Verantwortungsgefühl erstaunt mich«, sagte er. »Ich habe mich immer gefragt, wie jemand, der so bezaubernd ist – die Tochter einer so atemberaubenden, mächtigen Göttin –, sein Leben damit verbringen konnte, sich in den Bergen zusammenzurollen wie eine faule, fette Katze. Bereit, diesen Kommandanten zu heiraten. Nein – du schienst *begierig* darauf zu sein, ihn zu heiraten.« Jedes Wort wurde schwerer und schwerer vor beißendem Zorn. »Du hast dich an ihn geklammert, deine Lippen auf ihn gepresst, obwohl er nichts getan hat, um dich zu verdienen. Was noch schlimmer ist – ich bin unerklärlicherweise eifersüchtig auf diesen toten Bastard. Er hat Sirenen getötet, und du hättest ihn trotzdem genommen, und das nagt an mir.« Er holte tief Luft, aber das beruhigte ihn nicht. »Ich verstehe nicht, warum du deine Macht nicht ausbauen willst, um sie zu nutzen, um *zu helfen*. Warum du nicht verzweifelt den verlorenen Thron des Königreichs deiner Mutter für dich beanspruchst. Du bist feige. Und selbstsüchtig. Du hast dein Blut gegeben und für das Ende deiner eigenen Art gebetet. Du kümmerst dich nur um die Teile der Welt, die dich berühren. Dir fehlt es an Mut und Weitsicht und doch …« Er biss die Zähne zusammen, um sich an weiteren Worten zu hindern.

Ich versuchte, meinen Schmerz, meine Verlegenheit und meine Scham herauszulassen, aber meine Kehle war zu eng geworden.

Er fuhr sich mit der Hand über die Stirn. »Als Junge habe ich immer zu dieser Statue von Ligea hinaufgestarrt. Habe Kerzen zu ihren Füßen angezündet und um die Art von Mut gebeten, von der die Geschichten und Lieder über sie erzählen. Dann sah ich dich, ihr Ebenbild, und ich wollte … Es war eine

Enttäuschung zu erfahren, dass du nichts als ein schönes Abbild von ihr bist.«

Die Pferde trabten über den Feldweg, während ich versuchte, mich zu beruhigen. Meine enge Brust ließ nur kurze, flache Atemzüge zu. Es dauerte einen langen Moment, bis Theodor mich endlich ansah. Ich hielt den Blick auf die Straße vor mir gerichtet.

»Ich bin dran«, sagte ich, als ich endlich sprechen konnte. »Du bist ein aufgeblasener Arsch. Du bist so selbstgerecht, dass es dich gefühllos und verschlossen macht. Dir fehlt es an Empathie. Für mich. Für jeden, dem nicht Wahlmöglichkeiten, Macht und Gold in die Wiege gelegt wurden, so wie dir. Dein lächerliches Pflichtbewusstsein macht dich nicht besser als mich. Es lässt dich in einfachen Formen sehen, in Schwarz und Weiß, und so lässt es dich nur Teile von mir sehen. Und ich hasse es, dass ich, obwohl du scheinheilig und stur bist und mich unfreundlich behandelst, so sehr möchte, dass du mich so siehst, wie ich wirklich bin. Dass du erkennst, dass ich nicht weniger Mut habe, nur weil meiner nicht so aussieht wie deiner oder der von Ligea. Du willst mich kontrollieren, und darin bist du kaum besser als Nemea.« Meine Stimme zitterte, und ich sprach hastig. »Ich habe dich einmal lachen gehört, und das war, um mich zu verspotten. Ich habe dich nur einmal aufrichtig lächeln sehen, und zwar bei deiner Schneiderin. Verdammt noch mal, du glaubst, dass du deinen heiligen Namen beschmutzen könntest, wenn du mich nur schön findest. Und die Götter mögen verhindern, dass in den Lobgesängen, die man zweifellos über dich schreiben wird, deine Männlichkeit erwähnt wird. Nein, der große Gottkönig Theodor war frei von bösen Begierden. Er ließ schöne Frauen Säcke tragen …«

»Schon gut.« Theodors Stimme klang traurig.

»Nein, ich bin noch nicht fertig. Du könntest einen gottverdammten Fick gebrauchen. Einen guten, langen. Ich hoffe, deine neue Frau genießt deine keuschen Küsse und festen Umarmungen und das Feuerwerk, das du für sie in der Bucht zündest, denn das ist die größte Wärme, die sie bekommen wird.«

Meine Wut war lebendig und pulsierend, und ich wollte, dass er es wusste, aber ich hatte nur die halbe Wahrheit gesagt. Ich hatte seine Wärme schon oft gespürt. Selbst jetzt erfüllte mich die Erinnerung an seine starke Hand auf meinem Bauch mit einem schweren, feurigen Schmerz.

Mürrisch setzte sich Theodor wieder an die Spitze. Wir ritten von Weinberg zu Weinberg, ohne ein Wort zu sprechen. Die Sonne stand hoch am Himmel, und als sie sich dem Horizont näherte, führte Theodor uns an den Straßenrand.

Mit zusammengebissenen Kiefern stieg er ab und kramte in seiner Satteltasche. Er holte eine Flasche Wein hervor und zog den Korken heraus. »Fühlst du dich jetzt besser?« Er trank einen großen Schluck.

»Nein.« Ich warf mein Bein über das Pferd und zuckte zusammen, als ich auf die Füße fiel. Ich stöhnte auf und begegnete seinem starren Blick. »Ich fühle mich schlechter. Du hattest recht, es war eine schreckliche Idee.«

Er schnaubte zustimmend. Nahm noch einen tiefen Schluck. Dann kam er näher, zu nah, und ich versteifte mich. »Hier.« Er starrte mich aus erhitzten, zusammengekniffenen Augen an, während er darauf wartete, dass ich den Wein nahm.

Auch ich trank einen großen Schluck, und mein Blick blieb an seinem hängen. Es war derselbe Wein, den ich am Tisch im Gartenzimmer getrunken hatte. Prickelnd und süß. Nach einem weiteren Schluck sagte ich: »Er ist gut.«

»Danke.«

»Hast du ihn selbst gekeltert?«

Er nickte. »Die Trauben kommen von zwei Weinbergen in der Nähe. Ich kümmere mich darum.«

Ich schmunzelte. »Du gärtnerst?«

»Das tue ich.« Er lächelte mich an, obwohl in seinem Blick immer noch Schmerz lag. »Vielleicht fügen sie das den Lobeshymnen hinzu, die sie über mich schreiben werden«, sagte er sarkastisch. »König Theodor, der prüde Gärtner.«

Ich lächelte zurück. »Lachlan meinte, dass du nicht immer so warst.« Seine dunklen Augenbrauen zogen sich zusammen. »Er hat mir von den Nächten auf deinem Schiff erzählt, die voller Frauen waren.«

Theodor lachte tief. Es war ein heiseres, dunkles Lachen, das mich verstummen ließ. »Das dachte ich mir schon. Verdammter Lachlan.« Seine Wangen waren gerötet, und ein Grinsen umspielte seine Lippen. Er blickte zum Himmel, über den sich kleine Wolken wie Schuppen zu legen begannen. »Ungefähr eine Meile weiter oben steht die Hütte eines Verwalters. Sie ist für Reisende und Landarbeiter geöffnet.« Sein Blick blieb an meinem hängen. »Dort können wir heute Nacht schlafen.«

Ich nickte, und ein Gefühl der Vorfreude durchströmte mich. Als ich versuchte, mein schmerzendes Bein in den Steigbügel zu heben, rutschte es ab, und beinahe wäre ich gestolpert. Ein schmerzhaftes Stöhnen erfüllte meine Brust, aber Theodor war hinter mir, die Hände um meine Taille gelegt. Sein Griff wurde fester, als wollte er mich hochheben, aber stattdessen beugte er sich vor. Seine Hand wanderte nach oben, sodass seine Fingerknöchel gerade noch die Unterseite meiner Brust streiften.

Seine Lippen waren an meinem Ohr. »Wenn ich dich damals gekannt hätte …«

Mir schlug das Herz bis zum Hals, und ich sah ihm in die Augen. »Ja?«

Ich konnte nicht atmen. Er runzelte die Stirn und presste

den Mund zusammen, als hätte er es sich anders überlegt, als wolle er die Worte nicht aussprechen, die ihm auf der Zunge lagen.

»Sag es mir.«

Langsam spreizte er die Finger und grub sie in meine Rippen, als wollte er so viel wie möglich von mir berühren. »Ich hätte dich angebetet«, sagte er heiser und langsam. »Dich auf meinem Bett ausgebreitet wie eine Göttin auf ihrem Altar und wäre vor dir auf die Knie gefallen. Und wenn wir dann fertig gewesen wären, nach einer sehr langen Zeit …« Er zog mich enger an seine Brust, und ich verschmolz förmlich mit ihm. Meine Nase berührte sein Kinn. »Hätte ich dir gedankt, dass du mich mit deinen hübschen Krallen in Stücke gerissen hast.«

Abrupt zog er sich zurück. Er hob mich so schnell in den Sattel, dass mir der Kopf schwirrte. Ein protestierendes, kehliges Stöhnen entrang sich meinen Lippen und trieb mir eine verlegene Röte in die Wangen. Er sah mit einem überheblichen Lächeln zu mir auf.

»Du bist ein Arsch.«

»Ja, ich weiß«, sagte er kichernd. Er stieg auf, schnalzte mit der Zunge, und die beiden Pferde liefen die Straße hinunter. Zum ersten Mal war sein Körper entspannt, seine starken Schultern neigten sich mit einer Leichtigkeit, wie ich sie noch nie bei ihm gesehen hatte.

»Du siehst sehr selbstzufrieden aus«, sagte ich schnippisch.

»Das ist leicht, wenn man eine Frau dazu bringt, dieses Geräusch zu machen.« Theodor hielt die Pferde im langsamen Schritt, und ich dankte den Göttern, denn jeder Muskel in meinem Körper schmerzte. Genau wie mein Ego. Aber die Luft zwischen uns fühlte sich klarer an, weniger aufgeladen.

»Ich hätte dich nicht in Stücke gerissen«, sagte ich schließlich schüchtern. »So verschwenderisch bin ich nicht.«

»Ach nein?« Wieder dieses Glucksen. »Was hättest du getan?«

»Was jede Göttin tun würde, die der Hingabe würdig ist.« Er sah erwartungsvoll über seine Schulter, Hitze und Belustigung in seinem Blick. »Ich hätte verlangt, dass du mich ein zweites Mal anbetest. Und ein drittes Mal.«

Ein Grinsen breitete sich auf seinem Gesicht aus, als er sich von mir abwandte. Er neigte den Kopf in Richtung Himmel, als wäre er in einen angenehmen Tagtraum versunken. Ich glaubte, ein leises, zufriedenes Summen in seiner Brust zu hören.

Den Rest des kurzen Weges verbrachte ich in meinem eigenen Tagtraum.

15

Wir bogen von der Hauptstraße zur Hütte ab und fanden drei Pferde an der Tränke angebunden. Auf der Lichtung stand ein abgenutzter Karren mit Gepäck und Proviant. Das kleine strohgedeckte Gebäude dahinter hatte weder eine Tür noch Fenster aus Glas. Der Boden des Eingangs bestand aus dem gleichen festgestampften Erdreich wie die Straße. Daneben befand sich ein kleiner Steinbrunnen.

Aus der Öffnung der Hütte drangen leise Stimmen und Gelächter.

Theodor zog die Zügel seines Pferdes an und stieg ab. Seine Hand schwebte über dem Dolch an seiner Hüfte. »Bleib hier.« Sein Unbehagen vertrieb all die träumerische Hitze, in der ich mich gewärmt hatte.

Bevor er in die Hütte schlüpfen konnte, kamen drei junge Männer heraus. Zwei sahen aus wie Brüder, klein und dürr. Mit ihrem schwarzen Haar und den spitzen Nasen erinnerten sie mich an serafische Pfeilspitzen. Der dritte war groß und gut aussehend, mit golddurchwirkten Locken, warmer brauner Haut und fröhlichen Augen in den blassesten Grüntönen. Sie alle lächelten. »Drinnen ist noch Platz«, sagte einer der Brüder zu Theodor. »Wir schlafen draußen. Das Wetter ist schön.«

Theodor runzelte die Stirn und nickte ihnen knapp zu, doch bevor er etwas anderes tun konnte, blickte der attraktive Mann zu mir. Mit einem breiten Lächeln kam er auf mich zu. »Brauchen Sie Hilfe?«

»Leg Hand an meine Frau, und du verlierst sie.« Theodor packte den Griff seines Dolches.

Die Augen des Mannes wurden rund wie Teller, seine Arme hoben sich ergeben. »Ich wollte bloß helfen.«

Ich warf Theodor einen tadelnden Blick zu, doch er ignorierte ihn. Stürmisch und unerbittlich stahl er sich an meine Seite und reichte mir die Hand, um mir vom Pferd zu helfen. Mit verkniffenen Gesichtern und gemurmelten Worten zogen sich die Männer auf eine kleine Lichtung hinter der Hütte zurück, wo sich eine Feuerstelle befand.

»Was zum Teufel war das?«, schimpfte ich. »Sie werden das Feuer jetzt ganz sicher nicht mit uns teilen.«

»Tu einfach so, als würdest du mich mögen.« Er griff nach dem Wassersack an der Seite meines Pferdes und öffnete ihn, damit ich trinken konnte. »Tu so, als wären wir glücklich verheiratet – das ist weit hergeholt, ich weiß.«

Wütend trank ich einen Schluck Wasser. »Warum? Was ist los?«

Theodors Stirn runzelte sich. Er legte eine Hand auf seinen Bauch. »Ich kenne ihn nicht, und der Gedanke, dass er dich berührt …« Er schüttelte den Kopf und nahm einen Schluck Wasser. »Es ist dieses verdammte Band. Tu es einfach für mich, bitte. Bleib an meiner Seite. Wenn sie denken, dass du etwas anderes als meine Frau bist, dann bist du nicht sicher.«

»Du bist eifersüchtig.« Ich starrte ihn an, während er in der Satteltasche kramte. »Du fandest meine Reaktion bei den Vertragsverhandlungen lächerlich, aber das hier ist genau das Gleiche.«

Er schüttelte den Kopf. »Das war etwas anderes. Das war die Kaiserin von Obelia …«

»Siehst du den Hübschen?« Theodor warf ihm einen Blick über die Schulter zu. »Wenn du heute Nacht schläfst, werden er und ich uns in die Weinberge schleichen, um uns zu lieben, und morgen beim Frühstück kannst du dann zuhören, wenn wir über das Schicksal unserer zukünftigen Kinder sprechen.«

Er starrte mich an.

»Das fühlt sich nicht gut an, oder?«

»Nein«, gab er mürrisch zu. »Das tut es nicht.«

Wir tränkten die Pferde, und die ganze Zeit über schmorte Theodor vor sich hin. Mit einer Schüssel und einem Lappen aus der Satteltasche in der Hand führte er mich zu dem kleinen Brunnen. Er ging um die Steinmauer herum, sodass er mit dem Rücken zu den Männern am Feuer stand. Dann setzte er sich auf den Rand, schöpfte etwas Wasser in die kleine Schale und legte das Tuch hinein. Er spreizte die Beine. Schließlich zog er mich an der Hand, sodass ich zwischen ihnen stand.

Einen Moment lang starrte ich auf den dunklen Fächer seiner Wimpern, auf die Schräge seiner Nase und den Schwung seiner Lippen. »Was machst du da?«

»Du tust so, als wärst du meine Frau.« Seine Augen waren auf einer Höhe mit meinem Kinn. Er hob die Hände und strich mir langsam, umwerfend sanft die verirrten Haare beiseite, die sich aus meinem Zopf gelöst hatten. Seine Finger kitzelten meine Ohren, meine Schläfen, als er die Locken zurückstrich. Ich hielt den Atem an, als er nach meinem Zopf griff. Er packte ihn, wickelte ihn einmal um seine Faust und zog ganz sachte daran. Er hob mein Kinn an und entblößte meinen Hals vor ihm.

Ein kehliger, anerkennender Laut entfuhr ihm, als er von meinen Lippen zu meinem Hals und weiter nach unten sah. Wassertropfen spritzten, als er den Lappen mit der freien Hand auswrang. Langsam strich er damit über meine Wange, meinen Hals hinunter.

Ich unterdrückte ein Stöhnen. »Du musst nicht …«

Er tauchte den Lappen wieder ein und führte ihn zu meiner geröteten Haut zurück. »Du bist voller Staub und Schweiß«, sagte er leise. »Ein guter Ehemann würde dich waschen, bevor er dich füttert und ins Bett bringt, nicht wahr?«

»Das ist nicht das, was du tust.« Der Lappen wanderte weiter nach unten, zu meinem Schlüsselbein, wo das Hemd, das ich trug – sein Hemd – leicht geöffnet war. Meine Augen schlossen sich flatternd. Ich zweifelte nicht daran, dass er die Röte auf meinen Wangen sehen konnte. Dass er sehen konnte, wie mein Atem schneller und flacher wurde. »Du rächst dich an mir für das, was ich vorhin gesagt habe. Du willst mich ärgern.«

Er schüttelte den Kopf. »Ich verspreche, das versuche ich nicht.« Die Worte fühlten sich wie eine heiße Liebkosung auf meiner Haut an. »Aber ich gebe zu, ich wünschte, es wäre mir egal, was du von mir denkst.«

»Zwei Tage«, sagte ich. Er wischte mit dem Finger eine Wasserperle von meinem Kinn und zog mit der Bewegung meine Unterlippe nach unten. »Dann wird das Band durchtrennt sein. Dann wird es dir völlig egal sein.«

Unsere Blicke trafen sich, und als er mich schief und vollmundig anlächelte, fiel mein Herz in sich zusammen. »Hoffen wir es.« Die Hitze wich nicht aus seinen Augen, als er sich zurücklehnte und meinen Zopf aus seiner Hand gleiten ließ. Er hielt den Lappen zwischen uns.

Wir hatten eine Grenze erreicht, und nun hielten wir uns daran. Ich dachte an Lachlan und an Agathas Bitte, ich solle mich umsorgen lassen, mich um ihn kümmern. Trotz der Turbulenzen der letzten Woche glaubte Agatha, dass zwischen uns etwas gewachsen und aufgeblüht war, wie eine von Theodors blühenden Reben. Es war Verlangen – eine Anziehung –, aber nichts weiter. Unter solchen Bedingungen konnte nichts Stabiles wachsen, und wenn doch etwas keimte, gestärkt durch unser Blutsband, waren wir zwei Tage davon entfernt, es mit der Wurzel auszureißen.

Ich leerte die Schüssel und füllte sie mit sauberem Wasser, tauchte den Lappen ein und wrang ihn aus. Meine vom Reiten müden Beine schmerzten, als ich mich auf sein Knie setzte. »Wir haben also festgestellt, dass du einst lustvoll und stark warst – und es immer noch sein kannst.« Er lachte, und ich konnte mir ein Lächeln nicht verkneifen. »Aber *ich* hatte immer Angst.«

Etwas von der Hitze in seinen Augen staute sich. Ich rutschte näher an seine Brust, legte meine Hand an sein Kinn und hob es an. Als ich über seinen kräftigen Hals strich, hob er seine Hand und legte sie auf die Rundung meiner Hüfte. »Wovor?«

»Vor allem. Als ich klein war, hatte ich Angst vor der Dunkelheit.«

»Das hat jedes Kind.«

Ich tauchte den Lappen wieder ein, öffnete den Kragen seines Hemdes und genoss den Anblick seiner breiten Brust. »Vielleicht war meine Angst wie die eines normalen Kindes. Aber die Dunkelheit in Fort Linum fühlte sich anders an. Sie war unheimlich. So dunkel, so dicht, dass sie sich wie eine Art Monster anfühlte. Körperlich. Ich vergaß mich selbst und verbrachte zu viel Zeit im Arbeitszimmer, um zu lesen, und dann musste ich mich durch die Dunkelheit zurück in mein eigenes Zimmer quälen. Ich weinte und zitterte, bis ich mein Bett ein Stockwerk tiefer erreicht hatte.«

Sein Daumen fuhr über meine Hüfte. »Warum hast du nicht im Arbeitszimmer geschlafen?«

Ich schüttelte den Kopf, während ich ihm über den Nasenrücken und die Wange strich. »Ich wollte mein Zimmer. Die Geborgenheit eines Ortes, der nur mir gehörte.«

»Tapfer von dir.« Er sah mich an wie am ersten Abend, als wir uns kennengelernt hatten, als würde er eine Bestandsaufnahme aller Teile von mir machen, aber jetzt schien er genauer hinzusehen. Törichterweise hoffte ich, dass diese Teile diesmal eine Form annehmen würden, die ihm besser gefiel.

Ich erhob mich von seinem Knie und schüttete das schmutzige Wasser aus der Schüssel, wrang den Lappen aus. »Ich habe Hunger.« Ich blickte an Theodor vorbei zu den drei Männern, die sich um das lodernde Feuer drängten. »Du musst nett sein, damit wir uns etwas zu essen machen können.«

Theodor zog eine Grimasse, als er aufstand, und wischte sich die Hände an der Hose ab. »Ich mache zuerst unser Bett.«

»Betten. Plural.«

Er kam zu mir und nahm mir die Schüssel und den Lappen aus der Hand. »Bett. Singular. Unter keinen Umständen lässt dich dieses Blutsband ohne mich schlafen, wenn wir mitten in der Wildnis sind und drei Fremde neben uns liegen.«

Die Grenzen, die wir gezogen hatten, begannen sich aufzulösen, zu verschwimmen. Ich konnte genauso gut sicher auf meiner eigenen Matte unter meiner eigenen Decke neben ihm schlafen. Und die Männer, die unser Lager teilten, waren so harmlos wie zuvor, lachten und erzählten schlechte Witze. Aber ich konnte mich nicht dazu durchringen, über einen der beiden Punkte zu streiten.

Ich *war* egoistisch, genau wie Theodor gesagt hatte. Ich schüttelte meine Scham ab und nickte. »Also ein Bett.«

Zurück bei den Pferden half ich Theodor, unsere Vorräte aus ihren Halterungen zu ziehen. Der Weg, den wir genommen hatten, war breiter geworden und verlief zwischen dem langen, flachen Strand und dem Rand des Weinbergs. Die Wellen schlugen weit draußen an den Strand, ich konnte sie fast hören, als der Tag zur Ruhe kam.

Theodor pfiff leise, als er mir eine gerollte Matte und eine

Decke reichte. Die Melodie kam mir bekannt vor, vielleicht ein Lied, zu dem ich schon einmal getanzt hatte. Es war schnell und rhythmisch, aber er pfiff es in halber Geschwindigkeit. In seinen alten, abgetragenen Kleidern und mit seinem von der Reise zerzausten dunklen Haar sah er spitzbübisch und entspannt aus. Ein Lächeln zupfte an meinen Mundwinkeln. »Außerhalb des Palastes bist du anders.«

Er warf mir einen vorsichtigen Blick zu. »Bin ich das?«

»Ich denke schon.«

»Du kennst mich noch nicht lange.« Er grinste. »Was, wenn ich immer so bin und wir uns nur unter sehr schwierigen Umständen kennengelernt haben?«

Ich lachte und nahm ihm eine zweite Decke ab. »Ich bezweifle nicht, dass die Begegnung mit mir vieles für dich schlimmer gemacht hat, aber ich frage mich, ob es deine Verantwortung ist, die dich so … mürrisch macht. All der Druck, den du dir selbst auferlegst.« Ich ging langsam um das Pferd herum auf die Hütte zu, und er folgte mir. »Es scheint dir hier draußen zu gefallen. In der Sonne und im Dreck. Mir gefällst du hier draußen auch besser, glaube ich.«

An der Art, wie er mich ansah, konnte ich nicht erkennen, ob ich ihn verletzt oder ihm ein Kompliment gemacht hatte. Er nahm mir die Last ab, die ich trug.

»Es tut mir leid«, sagte ich, während er mir immer noch nah war. »Ich wollte nicht … Du hast recht, ich kenne dich noch nicht lange.«

Er schüttelte den Kopf über meine Entschuldigung. »Ich finde dich ziemlich beängstigend, Imogen.«

»Beängstigend?«

»Du kennst mich zwar noch nicht lange, aber irgendwie kennst du mich ziemlich gut.«

Er war umwerfend, wie er so vor mir stand, dunkel, vom

Wind zerzaust und verzweifelt. Ich wollte ihn berühren, die Falten in seinem Gesicht glätten.

Er ging in die Hütte, und bevor ich ihm folgte, warf ich einen Blick hinaus auf die Wellen – und erstarrte. An der zitternden Linie des Horizonts erkannte ich vier kleine Schiffe. Aus dieser Entfernung waren sie nicht mehr als schemenhafte Flecken, aber etwas in meiner Mitte ließ mich erstarren. Mit angehaltenem Atem überquerte ich die unbefestigte Straße in Richtung Strand.

Das Band verursachte ein beunruhigendes Kribbeln in meinem Magen, als unsere Entfernung größer wurde.

»Imogen?«, rief Theodor. Aber ich ging weiter, weil ich wusste, dass er mir folgen würde.

Meine Stiefel versanken, und meine müden Muskeln brannten, als ich über den Sand lief. Ich hatte mein ganzes Leben damit verbracht, das Meer aus der Ferne zu betrachten. Durch mein Fenster in Fort Linum war ein Schiff auf der Wasseroberfläche nicht mehr als ein Pinselstrich gewesen, aber wenn ich lange genug hingesehen hatte, hatte ich sie unterscheiden können. Und es war immer am leichtesten zu erkennen gewesen, wenn es Nemeas Schiffe waren, die in den Hafen einliefen.

Die rote, mit Aalen bestickte Flagge, die im Wind flatterte, als würde sie sich im Meer wiegen. Die dunklen Segel, dieselbe Farbe wie der bittere Wein von König Nemea. Theodor erreichte meine Seite; unser Band beruhigte sich. Er sah, was ich sah, und es verwandelte sein Gesicht wieder in das eines Königs. Sein Kinn senkte sich, sein Blick wurde hart. »Da ist er.«

In seiner Stimme lag keine Spur von Überraschung. Er war vorbereitet gewesen, er hatte gewusst, dass Nemeas Männer kommen würden. Ich wusste es auch, aber ich starrte mit offenem Mund aufs Meer, und der Schrecken durchzuckte mich wie einer dieser gottverdammten Aale.

Nemea war gekommen, um sich zu holen, was ihm gehörte.

16

Ich stolperte über den Sand und eilte zur Hütte und zu den Pferden. »Wir müssen gehen.«

Theodor war mir auf den Fersen. Er packte mich am Handgelenk und brachte mich zum Stehen. »Wohin gehen?«

Ich blickte wieder hinaus auf die gespenstischen Schiffe von Nemea. »Wir müssen durch die Nacht reiten und das Band so schnell wie möglich trennen. Ich muss Varya verlassen. Ich muss mich so weit wie möglich von Nemeas Männern fernhalten.«

Er legte seine Hand an meine Wange und zwang mich, ihn anzusehen. »Du brauchst Schlaf. Und etwas zu essen. Ich lasse dich nicht müde und hungrig zur Magischen Seherin gehen. Das würde die Sache für dich nur noch schlimmer machen.«

»Bitte.« Die Angst packte mich so fest, dass ich Mühe hatte, seine Beweggründe zu verstehen. »Bitte, nur noch ein paar Stunden auf den Pferden. Dann werde ich versuchen zu schlafen. Versprochen.«

Er runzelte die Stirn und nickte mir schließlich kurz zu. »Ein paar Stunden noch.« Seine Hand ließ meine Wange los. »Dann werde ich dich zwangsernähren und mit einer Decke an deine Matte fesseln.«

Mein Kinn bebte, während ich zustimmend nickte.

Als ich wieder auf meiner Stute saß, sträubte sich mein schmerzender Körper gegen den Entschluss weiterzureiten. Der Weg wurde so schmal, dass ich die Weinstöcke fast berühren konnte. Ich strich mit den Fingern über die weichen, wehenden Blätter. Trotz meiner Schmerzen war ich dankbar, dass ich mich bewegte, anstatt still zu sitzen. Es half, die Klammer zu lösen, die sich beim Anblick der Schiffe um meine Rippen gelegt hatte.

Wir kamen an einer Reihe verschlungener Weinstöcke vorbei, und gerade als das letzte Tageslicht verschwand, sah mich Theodor über die Schulter an. »Du bist müde.«

Ich hatte nicht die Kraft, ihm zu widersprechen. »Gibt es hier in der Nähe einen Platz zum Schlafen?«

Er schüttelte den Kopf. »Wir müssen uns zwischen den Rebstöcken verstecken.« Er wies uns den Weg durch eine der Reihen. Am Ende bildete ein Wäldchen blühender Bäume eine kleine Barriere zwischen dem Weinberg und dem Beginn des Strandes. Der Himmel hatte sich in ein tiefes Tintenblau verwandelt, und wir stiegen ab und banden die Pferde an. Die Lichtung war schmal. Ich umrundete Pferde und Pfosten, um meine Schlafsachen zu holen, als mich eine der Reben an der Wange kitzelte.

Ich hielt inne. »Theodor?«

Er stieß ein Lachen aus. »Nenn mich Theo.«

»Theo.« Ich mochte es, wie sich sein Name auf meiner Zunge anfühlte. »Ich muss lernen, meine Kraft zu kontrollieren. Nemea ist zu nah. Ligea konnte ins Wasser hinausschwimmen und die Schiffe versenken. Das sollte ich auch können.«

Er hörte auf, die Bettsachen auszubreiten. »Ich werde dir zeigen, wie ich meine Kraft einsetze. Hoffentlich hilft dir das, deine eigene zu verstehen.« Er durchsuchte die Satteltasche nach dem Trockenfleisch und dem Brot und reichte mir beides. »Morgen früh. Wenn du ausgeruht und satt bist.«

Er hatte recht. Ich spürte die Erschöpfung in jeder Muskelfaser, aber mein Geist war noch immer hellwach. Ich biss ein Stück Brot ab und warf meine zusammengerollte Matte auf. Schließlich wickelte ich mir eine Decke um die Schultern, legte mich auf den Rücken und vergaß das Essen zu meinen Füßen. »Erinnerst du dich an die Halskette der Prinzessin?«, flüsterte ich, während ich in den Himmel starrte. Theodor lag eine Armlänge entfernt. »Der Stein ist der gleiche wie bei meinem Ring.«

»Es ist wahrscheinlich nur ein Zufall.«

»Hmm.« Das war logisch, und doch quälte es mich wie ein Juckreiz, den ich nicht kratzen konnte. Die Wellen rauschten in der Ferne, Insekten zirpten, die Brise raschelte in den Blättern über uns. »Theo?«, flüsterte ich.

»Ja«, sagte er schläfrig.

»Warum gibt es auf deinem Schiff eine Sirene aus buntem Glas?«

»Darüber denkst du jetzt gerade nach?«

Ich drehte mich auf die Seite und sah ihn an. »Normalerweise bin ich eine viel angenehmere Bettgenossin. Ich bin nervös. Meine Gedanken rasen.«

»In Ordnung.« Er stand auf und zog seine Matte zum Fuß der nächsten Ranke. »Komm her.«

Ich stützte mich auf einen Ellenbogen. »Was machst du da?«

»Wir machen jetzt den Unterricht. Ich erzähle dir von der Sirene.« Er kniete sich hin. »Und morgen früh lässt du mich dann ausschlafen.«

Ich machte mich auf den Weg zu ihm. »Du wirkst auf mich wie jemand, der mit der Sonne aufsteht.« Ich setzte mich vor den Weinstock.

»Rutsch rüber.« Er legte mir eine Hand auf den Rücken und schob mich ein Stück nach vorne, und allein diese kleine Berührung sandte eine üppige Hitze durch meinen ganzen Körper. Es beruhigte das Chaos in meinem Kopf. »Gut«, sagte er, als ich nah genug war. »Und ich wache mit der Sonne auf, wenn ich gut ausgeruht bin. Was du, meine Liebe, verhinderst.«

Seine Hand glitt meinen Arm hinunter und schloss sich um

mein Handgelenk. »Steck deine Finger in die Erde. Grab sie ein.« Ich grub mich durch die verdichtete Erde bis zu einer kühlen Stelle. »Bleib so.«

Die Nacht war lau, die Luft leicht und angenehm. Ich konnte seine Gesichtszüge im Mondlicht erkennen, die scharfen Wangenknochen und den Kiefer. Die vollen Lippen. Die zerzausten Locken, die ihm in die Stirn fielen.

Ich starrte ihn unverhohlen an und, verdammt, er genoss die Aufmerksamkeit. Ein langsames Lächeln umspielte seinen Mund. »Die Sirene auf meinem Schiff. Ist es das, worüber du reden wolltest?«

Zum Glück war es zu dunkel, als dass er mein Erröten hätte sehen können. »Ja. Die Sirene.«

»Als mein Vater Athan jung war, verliebte er sich in eine Sirene. Zuvor hatte sie eines seiner Schiffe versenkt. Er war wütend. Mein Vater war sehr temperamentvoll, und er verfolgte sie, um eine Art Entschädigung für den Verlust zu fordern. Ich verstehe seine Logik nicht – sich einer Sirene auf diese Weise zu nähern, ist gefährlich –, aber sein Temperament und seine Krone machten ihn idiotisch kühn. Kein Wunder, dass sie völlig unbeeindruckt war, als er sie zur Rede stellte. Es war ihr egal, dass er ein Prinz war, und auch, dass er wütend auf sie war. Er drohte ihr mit Strafe, und sie hörte ihm mit leerem Blick zu.«

Theodor beugte sich vor, um meine Hände zu überprüfen. »Immer noch im Dreck?«

Ich nickte.

»Gut.« Er lehnte sich zurück und sah mich mit zur Seite geneigtem Kopf an, während er fortfuhr. »Da diese Sirene nichts von meinem Vater hielt, verliebte er sich natürlich Hals über Kopf in sie. Schließlich wurden sie, den Göttern sei Dank, ein Liebespaar. Wie genau es dazu kam, weiß ich nicht. Und sie blieben es jahrelang. Er gab ein neues Schiff in Auftrag und verewigte sie in diesem Buntglasfenster. Aber mein Vater war der Sohn eines großen Gottes, und als die Kräfte seines Vaters schwanden und die Zeit nahte, die Krone zu übernehmen, wurde von ihm erwartet, dass er eine adelige Frau heiratete. Um einen Erben zu haben. Und das tat er. Er heiratete meine Mutter und bekam Kinder vor mir, die nicht überlebten. Aber er behielt seine Geliebte als seine Mätresse. Er stellte sie zur Schau, nahm sie mit zu Bällen und Abendessen. Er überhäufte sie mit Geschenken, die er meiner Mutter nicht gab. Meine Mutter verabscheute sie. Und meinen Vater wohl auch, obwohl sie klug genug war, sich das nie anmerken zu lassen. Seine Sirene verschwand eines Tages, wahrscheinlich bei einem Angriff der Nekgya. Ich wurde etwa ein Jahr später geboren.«

Eine aufkommende Brise erfüllte die Stille zwischen uns. Ich wühlte mit den Fingern in der Erde. »Das ist herzzerreißend. Für deine Mutter natürlich, weil sie so schrecklich behandelt wurde. Aber auch für deinen Vater und diese Sirene. Sie haben sich geliebt und durften nicht so zusammen sein, wie sie es wollten.«

»Ich sehe sie nicht als die Opfer dieser Geschichte.« Theodor wandte den Blick ab, tief in Gedanken versunken. »Wenn das Blut der Großen Götter in deinen Adern fließt, bekommst du nicht, was du willst.«

»Wer hat dir das gesagt? Bestimmt nicht dein Vater.«

»Nein. Er glaubte an das Gegenteil.« Theodor räusperte sich und schwieg einen langen Moment. »Er dachte, seine Göttlichkeit garantiere ihm, dass jeder seiner Wünsche erfüllt wurde. Und das machte ihn gefühllos und nachsichtig. Es brachte ihn dazu, anderen wehzutun.«

»Ich verstehe.«

Theodor griff wieder nach meinem Handgelenk, fast geistesabwesend. »Und so hast du versucht, dich in sein Gegenteil zu verwandeln.«

Sein Daumen strich über meine Haut. »Wenn es nach dir geht, hat es mich zu seinem Ebenbild gemacht.«

Meine Lippen öffneten sich. »Du scheinst viel besser zu sein als dein Vater.« Ich suchte sein Gesicht im schwachen Licht ab, hungrig nach jeder Regung, die er zeigen mochte. Plötzlich war ich mir sicher, dass ich mich satt fühlen würde, wenn ich ihn besser kennen würde. »Aber jetzt verstehe ich, warum ich dich so verunsichert habe.«

»Ich würde nicht sagen, dass du mich verunsichert hast, Imogen.« Er ließ mich los und lehnte sich auf seinen Händen zurück. »Ganz im Gegenteil. Leider.«

»Oh.« Meine Stimme klang gefährlich leise, als ich schließlich fragte: »Wie lange muss ich noch mit meinen Händen im Dreck sitzen?«

Er warf mir einen durchdringenden Blick zu. »Eine Woche.«

Ich erstarrte. Ein verschmitztes Grinsen breitete sich langsam auf seinem Gesicht aus.

»Du bist widerlich.« Ich warf einen Erdklumpen nach ihm. »Wie lange wolltest du mich hier noch sitzen lassen?«

Sein Lachen umgab mich. Ich warf weitere Erdklumpen.

»Schon gut.« Er hob kapitulierend die Hände. »Schon gut. Es tut mir leid. Steh auf.« Sein Lachen hallte durch die Nacht, als er mir aufhalf. Ein warmer Arm schlang sich um meine Taille, und die feste Wärme seines Körpers drückte gegen meinen Rücken. Die schwieligen Finger seiner anderen Hand umfassten mein Handgelenk, und er streckte meinen Arm in Richtung eines Weinstocks aus – nicht zu nah.

Er drückte seine Wange an meine, als er fragte: »Wie fühlt sich deine Kraft an?«

Eine Gänsehaut überlief mich. Das Band flackerte wie eine

brennende Kerze. Ich musste schwer schlucken, bevor ich überhaupt einen Gedanken fassen konnte. »Es beginnt wie ein Summen«, brachte ich schließlich hervor.

»Wo?«

»Hier.« Seine Hand lag fest auf meinem Solarplexus, und ich legte meine darüber. »Aber es baut sich auf und steigt mir die Kehle hinauf.«

»Bei mir ist es genauso«, sagte er. »Aber anstatt zu meiner Kehle zu wandern, wandert es zu meinen Händen.« Er drückte mein Handgelenk. »Sag der Ranke, sie soll sich um deinen Finger winden.«

»Ich weiß nicht, wie das geht.«

»Du hast es noch nicht versucht.«

Der Gedanke an meine Unfähigkeit ließ meine Nerven flattern. Die Vorstellung, dass er mich scheitern sehen würde. Ich holte tief Luft.

»Ausatmen«, sagte er, weich wie Nebel. Er drückte seine Hand auf meinen Bauch, eine Geste, die befehlend und zugleich unterstützend war. »Konzentrier dich. *Versuch es.*«

Sich zu konzentrieren, solange sich sein Körper gegen meinen presste, wäre eine Meisterleistung. Er war fest, unerschütterlich, und ich spannte meine schmerzenden Muskeln an, um mich nicht in ihn hineinzudrücken. Ich hatte die Erschöpfung der letzten Tage so gut es ging verdrängt, aber jetzt, umgeben von der Nacht und Theodors Wärme, wollte ich nur noch nachgeben.

Seine Hand auf meinem Bauch flackerte mit seiner heißen Kraft, und das Summen in meinem Magen begann. Ich konnte nicht sagen, ob er es hervorgelockt hatte oder ob er mir einfach half, meine Aufmerksamkeit zu fokussieren.

Sobald ich sie spürte, musste ich darum kämpfen, sie festzuhalten. Mein Herz raste, als ich meinen Blick auf die fadendünne

Ranke richtete. Mit zusammengebissenen Zähnen lockte ich sie mit einem klaren, einzigen Gedanken zu mir heran. Sie rührte sich nicht. Theodor hielt mich fester. Wieder sandte ich einen Befehl, ein *Flehen*. Wieder und wieder, und Theodor blieb eine feste, ruhige Stütze hinter mir, während ich es versuchte. Schließlich, als meine Emotionen anschwollen, kribbelte mein Arm, meine Handfläche wurde heiß, und die kleine grüne Spirale streckte sich quälend langsam meinem Finger entgegen.

Es kitzelte, als es sich wie eine kleine Schlange um mich herumwand.

Verblüfft schnappte ich nach Luft.

»Schau dich an«, schnurrte Theodor.

Ich drehte mich in seinen Armen um und blickte lächelnd zu ihm auf. Wir waren Hitze und rasende Herzen. Meine Sinne verstrickten sich zu einer undurchdringlichen Masse – jeder einzelne war von ihm erfüllt. Ich ließ meinen Kopf an seine Schulter sinken. »Ich habe es geschafft.«

Seine Hand wanderte von meinem Handgelenk zu meiner Hüfte, und er sah mich verwundert an. Ich merkte, dass meine Ängste, mein Unbehagen so weit von mir entfernt waren wie nie zuvor.

Er senkte den Kopf, seine Nase berührte die Spitze von meiner. »Das hast du.«

Langsam stellte ich mich auf die Zehenspitzen. Ich konnte gerade die Wärme seiner Lippen in meiner Nähe spüren, als ein erstickter Schrei die Stille der Nacht zerriss.

Wir zuckten zusammen, lösten uns aus dem Griff des anderen. Das heulende Schluchzen verstummte, nur um einen Atemzug später wieder einzusetzen. Theodor warf mir einen letzten Blick zu, die Augen weit vor Sorge, bevor er zu den Pferden eilte und sie losband. Schnell half er mir in den Sattel, schwang sich auf sein eigenes Pferd und ritt auf die Linie aus Seegras und Bäumen zu, die uns vom Strand trennte.

»Bleib dicht bei mir«, befahl er, bevor er im Dickicht aus hohen Halmen verschwand. Er bewegte sich auf das Ziel zu, auf die Gefahr, und ich konnte mein Pferd nicht dazu bringen, Schritt zu halten.

»Imogen«, rief Theodor, als sich mir vor Übelkeit der Magen umdrehte. Endlich begann mein Pferd durch das Gras zu galoppieren. Aber es war nicht schnell genug. Die Übelkeit zerrte an meinen Eingeweiden.

Wir waren an einem langen, flachen Strandabschnitt. In der Ferne standen in einem weiten Kreis kleine Hütten mit Grasdächern. In den Zwischenräumen flackerten Fackeln im Wind.

Theodor galoppierte mit seinem Pferd über den nassen Sand. Er näherte sich einer Gruppe von Dorfbewohnern, die gerade noch außerhalb der Reichweite der Wellen standen. Ihre Aufmerksamkeit war auf etwas in ihrer Mitte gerichtet, aber ich war zu weit entfernt, um zu erkennen, was es war.

Ich kam näher und erschauerte, als ich ihre Gesichter sehen konnte. Alle Dorfbewohner trugen den gleichen Ausdruck des Entsetzens. In ihrer Mitte lag eine Frau – eine Sirene – auf dem Bauch, das Gesicht dem Wasser zugewandt, die Hand ausgestreckt und schreiend. Ihr tief ausgeschnittenes Kleid war nass, ihr braunes Haar klebte ihr im Gesicht. Dunkles Blut floss aus der freiliegenden, muskulösen Wurzel ihres rechten Flügels. Er hing nur noch an wenigen Sehnenfäden. Das Fleisch war zerfetzt, als wäre es mit einer Sägezahnklinge durchtrennt worden.

Als ich an den Zügeln meiner Stute zog, war Theodor bereits vom Pferd gestiegen und zu der Sirene geeilt. Beim Absteigen fiel ich in den Sand, meine Knie waren zu schwach, um mich aufrecht zu halten.

»Imogen.« Theodor kam besorgt auf mich zu.

»Mir geht's gut. *Geh.*«

Er schien unsicher zu sein, ob er mich allein lassen sollte, bevor er zu der Sirene lief und sich hinkniete. »Eine Nekgya?«, fragte er, während er seine Hände in die Wunde auf ihrem Rücken steckte. Unerbittliche Entschlossenheit lag auf seinem Gesicht.

Ich war gerade an Theodors Seite gekommen, als er den Dolch von seiner Hüfte zog. »Ich muss den Flügel abnehmen.«

Die ausgestreckte Hand der Sirene zitterte. Ich kniete mich vor sie, ergriff ihre Finger und hielt sie fest. »Er wird sich um dich kümmern.«

Theodor war bis zu den Ellbogen mit glitschigen roten Eingeweiden bedeckt. Er hielt den Dolch fest umklammert und setzte ihn an der Basis ihres Flügels an. Ich schaute weg, in die angsterfüllten Augen der Sirene. Sie schüttelte den Kopf und sagte mit zitternden Lippen: »Meine Tochter.«

»Deine Tochter?« Ihre Hand war feucht und zitterte. »Wo?«

Ihr Blick wanderte zum Wasser hinter mir, und ich verstand. »Sie ist im Wasser.«

Mein Blick schoss zu Theodor, als er die Schneide der Klinge tief in ihren Rücken rammte. Dunkle, schweißnasse Haarsträhnen klebten an seiner Stirn. Er bewegte sich effizient, selbst als die Schreie der Sirenen über den Strand hallten.

Konzentrier dich. Versuche es.

Ich drückte die Hand der Sirene, bevor ich sie losließ. »Ich hole sie.«

Die Wasseroberfläche war ruhig, als ich aufstand, um mich ihr zuzuwenden. In der Ferne beleuchtete das Mondlicht eine Sandbank, die die Lagune vom Rest des Meeres trennte.

Finde das Summen in deinem Bauch, dachte ich mir, als ich zum Ufer ging. Wenn ich diese kleine Ranke beherrschen konnte, dann konnte ich auch das Meer beherrschen.

Schließlich gehörte es *mir.*

Das Wasser reichte mir bis zu den Knöcheln und sickerte in meine Stiefel, und sofort spürte ich wieder diese Saite in meiner Mitte. Ein Summen erfüllte mich, bis es in einen Puls überging, und dann wurde ich wieder von dieser schrecklichen, schlammigen Kraft erfüllt. Sie stieg mir in die Kehle, füllte mich aus, und plötzlich war es, als sähe ich die ganze Lagune vor meinem geistigen Auge. Ich konzentrierte mich weiter und konnte die Bewegungen der kleinen Wellen spüren. Ich konnte drei Körper fühlen, die in der Tiefe hingen.

Nur einer hatte einen Herzschlag.

Mit zusammengebissenen Zähnen bewegte ich mich tiefer ins Wasser und richtete meine Aufmerksamkeit auf die schwachen Vibrationen des einzelnen schlagenden Herzens, und dann befahl ich, wie Theodor es mir aufgetragen hatte, der Kraft in mir, mir das Mädchen zu bringen.

»*Imogen.*« Theodors Stimme übertönte das Wimmern der Sirene. Ich drehte den Kopf zu ihm herum. Er sah mörderisch aus, seine Hände waren voller Blut, Schweiß und Sand, sein Gesicht war von heftiger Angst gezeichnet. Seine Hände lagen fest auf dem Rücken der Sirene, während er versuchte, die Blutung zu stillen. »Raus aus dem verdammten Wasser, oder ich werde …«

»Nein.« Meine Stimme war leise, aber klar. »Ich kann helfen.«

Er schüttelte den Kopf, sein Gesicht verzog sich verzweifelt. »Verdammt noch mal«, stieß er durch die Zähne hervor. »*Schnell.*«

Das Wasser begann sich zu kräuseln und zu wogen. Es hatte gehorcht. Es trieb das Mädchen auf mich zu, aber während ich wartete, begann der Puls in meiner Brust zu brennen wie aufgerissene Haut. Als würde etwas daran ziehen. Ich keuchte vor Schmerz.

Theodor rief vom Ufer aus meinen Namen.

Ich verbreiterte meinen Stand, als der Körper, der durch das Wasser schnitt, näher kam. Dann hielt er plötzlich inne. Der reißende Schmerz flammte auf. Ich versuchte noch einmal, ihn zu mir zu befehlen, aber er rührte sich nicht. Etwas durchbrach die Wasseroberfläche, nur wenige Meter entfernt.

Ich konnte nicht atmen.

Die Dorfbewohner auf dem Sand schrien, keuchten und beteten.

Eine Nekgya stand vor mir und hielt das schlaffe, halbwüchsige Mädchen in ihren Armen. Der Körper des Mädchens war von nässenden Wunden übersät. Aber seine Brust hob und senkte sich.

Das Ding, das es hielt – die tote Frau – hatte lange, verfilzte Haare, die zu tentakelartigen Strähnen verklumpt waren. Sie bedeckten Brust und Arme und schlängelten sich durch das graue Fleisch wie ein Faden durch Stoff. Ein kleiner violetter Seeigel lebte in einer ihrer Augenhöhlen, aber das verbliebene Auge betrachtete mich mit einem vertrauten Blick.

Meine Stimme bebte. »Gib sie mir.«

»Da bist du ja, Liebste. Ich habe so lange gewartet.« Die flachen Worte der Nekgya kamen aus ihrem schwarzlippigen Mund, aber da war eine zweite, identische Stimme, die dieselben Worte in meinem Schädel widerhallen ließ. Die Kraft in meiner Brust brodelte.

»Was hast du gesagt?« Diese Worte. *Ich kannte diese Worte.*

Mit stolpernden Schritten kam sie auf mich zu, bis sie nahe genug war, um das Mädchen in meine ausgestreckten Arme zu legen. Ihr Blick traf den meinen. »Da bist du ja«, wiederholte sie mit langsamer, schrecklicher Stimme. »Ich habe so lange gewartet.«

Vor lauter Schreck stolperte ich rückwärts durch das Wasser und klammerte mich an das Mädchen. Das waren dieselben

Worte, die ich in meinem Kopf gehört hatte, als Evander mich in diese Wanne gezwungen hatte.

Das Lachen, das die Tote ausstieß, war dumpf und gurgelnd, als hätte sie Wasser in ihrer Brust. »Hab keine Angst. Du und ich, wir sind eins«, sagte die Nekgya. »Verbunden durch dein eigenes Blut. Verbunden durch die Worte. Wir können einander nicht schaden.«

»Verbunden mit dir?« Ich dachte an die Narben an meiner Hand. An all das Blut, das ich im Laufe der Jahre hatte geben müssen. An die Worte – Nemeas rituelles Gebet. Ein kalter Schauer überlief mich. »Du bist Eusia.«

Die Nekgya antwortete nicht.

Ein weiterer Körper schoss neben ihr durch die Wasseroberfläche, und ich fiel einen Schritt zurück. Ihr Haar war heller, die Farbe von nassem Sand. Die Haut über ihren Schultern und Rippen wirkte gallertartig, fast durchsichtig. Ihre großen schwarzen Augen trafen meine.

»Die Körper werden durch meine Kraft wieder lebendig«, sagte die hellere Nekgya mit der gleichen Stimme wie die erste. Mit derselben Stimme, die in meinem Kopf war. »Und ich werde durch deine belebt, mein liebes, großzügiges Mädchen. Da bist du ja. Genau wie deine Mutter. Ich habe so lange gewartet.«

17

Mit tastenden Schritten stieg ich aus den Wellen auf den nassen Sand. Das Mädchen in meinen Armen stöhnte, ihr Kopf hing über meinem Unterarm, aber ich konnte nur den beiden Nekgya nachstarren. Sie hatten sich umgedreht, um in die Lagune zurückzukehren. Auf jeder Seite ihrer Wirbelsäule saßen zwei groteske Fleischknoten.

Flügelstümpfe.

Theodor war an meiner Seite. Er nahm das Mädchen aus meinen Armen und sprach mit mir in leisem, befehlendem Ton, aber ich konnte seine Worte nicht verstehen.

Ich konnte nur an das Gebet denken, das ich immer wieder gesprochen hatte, an das Blut, das ich gegeben hatte. Die Scham bohrte sich in mich wie Widerhaken in mein erbärmliches Fleisch. Meine Knie fielen auf den Sand, mein Kopf drehte sich.

Ich war an Eusia gebunden. An alle Nekgya. Deshalb taten sie mir nichts. Weil es *meine* Kraft war, die durch ihre verwesenden Adern floss.

»Imogen, hilf mir.« Theodor hatte das Mädchen hinter mir in den nassen Sand gelegt. Seine Hände ruhten auf einer der Wunden an ihrem Arm, aus denen Blut auf den Sand lief. Mir drehte sich der Magen um bei dem grauenhaften Anblick, bei der herzzerreißenden Art, wie ihre Mutter sich über den Strand schleppte, um an ihrer Seite zu sein. Weitere Dorfbewohner hatten sich mit Fackeln um sie versammelt.

Selbst in dem harten, unsteten Licht konnte ich sehen, wie die Menge mich beobachtete. Vorsichtig. Mit Argwohn. Auf wackligen Beinen erhob ich mich und stellte mich neben Theodor. Ich wich den verächtlichen Blicken der Zuschauer aus, aber ich verdiente jeden einzelnen von ihnen.

Meine Finger zitterten, als ich eine Wunde am Bauch des Mädchens berührte und meine Augen schloss. Während mein Herz raste und meine eigene Kraft noch immer durch mich pulsierte, war Theodors Kraft leichter zu finden und zu halten. Sie vibrierte in meinem Arm. Wärme strömte in meine Fingerspitzen. Als ich meine Hand von der Wunde wegzog, stießen die Dorfbewohner einen erstickten Laut aus.

Ich hatte sie geheilt und nur eine kleine weiße Narbe zurückgelassen.

Die Mutter des Mädchens sah mich entgeistert an. Ein Mann hinter Theodor fragte: »Was ist sie, Eure Majestät?« Das Misstrauen in seiner Stimme war so klar wie der wolkenlose Himmel. »Ist sie eine Magierin? Eine Zauberin?«

Die zähnefletschende, angsterfüllte Frage sagte mir, wie sehr eine Zauberin gefürchtet wurde. Pro Königreich war nur eine Magische Seherin erlaubt, und ihre Magie und Zauberei waren stark eingeschränkt. Was sollte ich ihnen sagen? Ich war die Tochter von Ligea. Blutsverwandt mit ihrem König und den Ungeheuern, die sie jagten. Es gab keine Möglichkeit zu erklären, wer ich war und was ich getan hatte, ohne den Zorn der Dorfbewohner auf mich zu ziehen und eine Welle der Verachtung durch die umliegenden Dörfer zu schicken.

Theodor stand ruhig und gefasst neben mir. »Sie ist deine Königin.«

Ruckartig drehte ich den Kopf in seine Richtung. »Was machst du da?«

Er ignorierte mich und kümmerte sich stattdessen um die

letzte Wunde des Mädchens. »Deine Tochter wird wieder gesund, wenn sie sich ausruht und gut versorgt wird«, sagte er zu der erstaunten Mutter. Er nahm meinen Arm und half mir auf. »Wir brauchen eine Hütte für die Nacht«, sagte er zu einer der älteren Frauen in der Menge, »wenn Sie uns die Ehre erweisen würden.«

Diese Aufforderung rief die gesamte Gruppe am Strand auf den Plan. Männer und Frauen bedankten sich und hießen uns willkommen. Einige eilten zurück ins Dorf, um sich auf uns vorzubereiten. Andere hielten ihre Fackeln hoch und leuchteten uns den Weg.

»Bist du verrückt geworden?«, flüsterte ich neben ihm. »Was zum Teufel hast du dir dabei gedacht?«

Sein Gesicht war unbewegt wie immer. Aufrecht ging er zum Wasser, um sich das Blut von Händen und Unterarmen zu waschen. Dann zog er mich hinter sich her und versuchte, etwas Abstand zwischen uns und die Menge zu bringen, während wir zu den Hütten zurückgingen. »Nicht jetzt.«

»Doch, genau jetzt.« Meine Schuldgefühle waren zu groß, um sie abzuschütteln. »Ich bin nicht ihre Königin. *Ich* bin es, die ihnen das angetan hat. Ich habe mein Blut gegeben …«

Es gab einen Ruck an meinem Arm, einen frustrierten Laut, und dann waren Theodors Lippen auf meinen. Sie waren weich und warm, aber der Kuss war eindringlich, gebieterisch. Er zog sich gerade weit genug zurück, um mich anzustarren.

Ein leises, verzweifeltes Stöhnen durchfuhr meine Brust. »Was …«

Seine Hand legte sich in meinen Nacken, und er sprach gegen meine Lippen. »Ich beschütze dich.«

»Aber …«

Wieder küsste er mich. Diesmal war es sanft, seine Lippen bewegten sich schmerzhaft langsam gegen meine. Als er sich zurückzog und dabei meine Unterlippe zwischen seine nahm, sprach er in einem abgehackten, erhitzten Flüstern. »Bei den Göttern, du weißt nicht, wann du die Klappe halten sollst.« Dann, so schnell wie er mich geküsst hatte, nahm er meine Hand und zog mich mit entschlossenen Schritten in Richtung Dorf.

Ein gehauchter, unwillkürlicher Protest war meine einzige Reaktion.

Eine grauhaarige Frau führte uns zu einer der größeren Hütten. Theodor schob mich hinein, bevor er darum bat, dass sich jemand um unsere Pferde kümmerte. Ich stolperte über den festgestampften Boden auf die rustikale Feuerstelle zu.

Meine Augen brannten, ich kniff sie zusammen.

»Verdammte Götter, Imogen.« Theodor drückte die Tür zu und ließ den Holzriegel in die Metallverankerung fallen. Dann machte er sich daran, die drei kleinen Fenster zu schließen und ebenfalls zu verriegeln. »Wenn ich dir sage, *nicht jetzt*, dann hörst du gefälligst zu.« Er hatte sich bemüht, seine Lautstärke zu drosseln, nicht aber seine Wut. »Die Seedörfer sind abergläubisch und fanatisch. Sie verehren die Großen Götter von ganzem Herzen. Sie meiden jede Macht, die sie nicht verstehen. Wenn du nicht unter meinem ausdrücklichen Schutz stehen würdest – wenn ich nicht gezeigt hätte, dass ich mich um dich sorge und dir vertraue –, wären sie hinter dir her gewesen.«

Die Hitze auf meinen Lippen wurde kalt. Deshalb hatte er mich geküsst. Ich schluckte den Kloß in meiner Kehle hinunter. »Ich hätte es verdient.«

»Sag das nicht.«

»Wegen meiner Feigheit, meiner Selbstsucht leben diese Menschen in Angst. *Meinetwegen* werden sie getötet und verschleppt.«

Theodor wusch sich das Gesicht an einem Waschbecken. »Sprich nicht so laut, Imogen.«

Ich streifte die nassen Stiefel ab, und meine Haut kribbelte vom Meerwasser. »Sei jetzt nicht nachsichtig mit mir, Theo.

Sag mir, was für ein Feigling ich bin. Sag mir, dass ich nur ein Schatten dessen bin, was ich sein sollte. Bist du nicht angewidert von mir und von dem, was ich deinem Volk angetan habe? *Meinem* Volk? Willst du nicht, dass ich so schnell wie möglich aus deinem Blut gerissen werde? Ich bin der Grund, warum es die Nekgya überhaupt gibt!«

Er kam auf mich zu. »Nicht so laut, verdammt!« In seinen großen Augen spiegelte sich die Flamme der Feuerstelle. Der Effekt passte zu seiner stillen Wut. Er holte tief Luft, um sich zu beruhigen, und sein Blick fiel auf meine Lippen. Er machte einen Schritt auf mich zu. Noch einen. Er neigte den Kopf, als wolle er mich noch einmal küssen. »Ich werde dich nicht bestrafen. Das schaffst du schon allein.«

»Das klingt nicht nach dir.« Meine Stimme war scharf, aber ich konnte die Anziehungskraft nicht leugnen, die er auf mich ausübte. Ich wollte mich besänftigen lassen, mich von ihm verschlingen lassen, aber ich zwang mich, einen Schritt zurückzutreten. »Es ist falsch«, sagte ich. »Was auch immer wir füreinander zu empfinden *glauben* – das warme Gefühl im Bauch, wenn wir uns berühren –, es ist ein Trick der Bindung. Ich bin genau das, was du gesagt hast: ängstlich und verantwortungslos, und du solltest mir geben, was ich verdiene. Lass nicht zu, dass das Band dich davon abhält, mich zu bestrafen, wie du jeden Untertanen bestrafen würdest, der deinem Volk Schaden zufügt.«

Sein Blick war unglaublich finster, die Brauen tief gesenkt, der Kiefer fest zusammengepresst. »Du willst, dass ich dir die Schuld gebe? Dich bestrafe?«

Meine Brust spannte sich an. »Ja«, flüsterte ich.

Er schluckte schwer. »Ich gebe *Nemea* die Schuld«, sagte er mit gefährlicher Stimme. »Nemea hat dich benutzt, seit du ein Kind warst. Nemea wusste, was du bist, und er hat dir Angst eingeflößt. Er hat dich so geformt, wie er es wollte. Und selbst nach all diesen Misshandlungen bist du nicht gebrochen. Trotz ihm bist du am Leben. Ich wette, du bist tapferer und kämpferischer, als jeder Große Gott oder jede Große Göttin es je gewesen ist.« Seine eigene Stimme hatte sich erhoben und dröhnte durch die kleine Hütte, aber er fing sich und verstummte. Sein Blick durchbohrte mich. Er atmete langsam aus. Ein Schritt, noch einer, und er war mir wieder nah. Er sprach jetzt leise, mit Ehrfurcht in seiner Stimme, in seinem Blick. »Du bist einzigartig.«

Inmitten der Schwere meiner Schuld, meiner Scham und meines Schreckens gab er mir für einen Moment das Gefühl, schwerelos zu sein. »Nein, ich bin nicht …«

»Ich werde mich nicht mit dir streiten, Imogen.« Theodor streckte die Hand aus und legte seinen Arm ganz langsam um meine Taille. »Nicht heute Abend.« Sein anderer Arm legte sich um meine Schultern, und dann drückte er meinen Körper an seinen.

Ein zitternder Atemzug kam mir über die Lippen. Ich klammerte mich an ihn und wünschte mir, mein Herz würde langsamer schlagen. »Kann die Seherin beide Bande durchtrennen? Unseres und das, das ich mit Eusia teile?«

Nach einem langen Atemzug nickte er. »Wir werden morgen den ganzen Tag reiten. Ich bringe dich so schnell wie möglich dorthin.« Seine Hand wanderte auf meinem Rücken auf und ab, seine Finger spielten in meinem zerzausten Zopf. Ich schmiegte mich an ihn, ließ meinen Kopf ganz auf seiner starken Schulter ruhen. Ein seufzendes, sehnsüchtiges Stöhnen stieg in mir auf, und ich konnte nicht sagen, ob die glühende Hitze, die meine Mitte durchflutete, unser Band oder mein Verlangen war. Ich sah auf und bemerkte, wie nah sein Mund dem meinen war, wie hart und heiß und einladend er war.

Unsere Atemzüge verlangsamten sich und glichen sich an, dann ließ Theodor mich mit einem letzten, reumütigen

Ausatmen los. Zögernd trat er einen Schritt zurück. Seine Wangen waren gerötet, seine Lippen weich und geöffnet. Er richtete sein Hemd und wies mit einer Geste auf das kleine Bettgestell in der Ecke. »Du brauchst Schlaf, Imogen.«

Ich schaute zum Bett, dann wieder zu Theodor. Ich wollte Trost. Vergessen, Zerstreuung. Ich wollte mich in ihm verlieren, wollte, dass er die Geißel der Verzweiflung, die in mir wuchs, vertrieb. Das Gefühl seiner Lippen verweilte noch immer auf meinen eigenen. Ich öffnete den Mund, die Bitte lag mir auf der Zunge: *Komm mit mir. Ich bin müde und leer, und du kannst es wiedergutmachen.*

Aber ich hielt mich zurück.

Er starrte mich mit einer Intensität an, die ich nicht lesen konnte, und der Gedanke, dass er mich als ein von Begierde zerfressenes Wesen sah, das sich nach einer so schrecklichen Nacht wie dieser nicht mehr beherrschen konnte, machte mich verrückt. *Du bist einzigartig,* hatte er gesagt. Ich konnte es nicht ertragen, dass er wieder schlecht von mir dachte.

Mein Blick fiel auf den Boden zwischen uns. »Gute Nacht.«

Eine angespannte, lange Stille trat ein. Er nickte knapp, nahm ein Kissen vom Bettgestell und ließ sich vor dem kleinen Kamin auf der Seite liegend nieder. »Nacht.«

Als ich in die Kissen und Decken kroch, klaffte ein Loch in meinem Bauch. Es nagte und wuchs, und ich wünschte, ich hätte ein Fläschchen Nepenthes. Ich wünschte, ich könnte Theodor an seinem Kragen zu mir ins Bett ziehen. Ich starrte an die Decke und lauschte seinem Atem.

Es dauerte lange, bis einer von uns beiden einschlief.

Im Galopp legten wir die restliche Strecke in zwei Tagen zurück.

Die Nacht war schon hereingebrochen, als wir endlich das Nordufer von Varya und die kleinen Felseninseln an seiner

Küste erreichten. Eine stürmische Böe zerrte an meinem Haar. Kalte Regentropfen prickelten auf meinen Wangen. Obwohl ich wusste, welche Qualen mich erwarteten, war ich erleichtert, endlich angekommen zu sein.

Mit schmerzenden Gliedern stieg ich ab und ging über den schwarzen Sandstrand in Richtung der leuchtenden, schäumenden Küste. Ein schmaler Wasserstreifen trennte die kleinen Inseln – die Heiligen Holme – vom Rest Varyas. Auf dem größten und nächstgelegenen Holm, der sich dunkel gegen die Sturmwolken abhob, stand eine winzige Hütte.

»Wie kommen wir rüber?«, fragte ich Theodor, der hinter mir an der Baumgrenze in den Satteltaschen kramte.

»Sie zieht das Wasser zurück.« Er klang seltsam hohl.

»Wie lange wird sie dafür brauchen?« Jetzt, da ich in Sichtweite der Hütte stand, war die Aufregung zu groß. »Woher weiß sie im Dunkeln, dass wir hier sind?«

»Vor Sonnenaufgang gehen wir nicht.«

»Warum nicht?«

»Weil ich das nicht will.« Seine Worte trafen mich wie ein pfeifender Axthieb. Er war an dem Baum stehen geblieben, an dem die Pferde angebunden waren, und obwohl die Details seines Gesichts in der Nacht nicht zu erkennen waren, konnte ich mir seinen finsteren Blick vorstellen. Ich konnte mir das Unbehagen vorstellen, das durch die kühle Luft und den Regen hindurch in jedem seiner Muskeln zerrte.

»Weil du es nicht willst.« Ich lief über den schwarzen Sand und wollte ihm in die Augen sehen. »Du hast mich zwei Tage lang hierher gejagt, nur damit ich jetzt an diesem Strand sitze und auf den Sonnenaufgang warte?«

»Die Magische Seherin ist gefährlich. Wir werden auf die zusätzliche Sicherheit der Sonne warten.«

Es war ein königlicher Befehl, aber ich kannte ihn inzwischen gut genug, um die Angst in seiner Stimme zu hören und um zu sehen, dass die Steifheit seines Körpers nicht von einem ganzen Tag im Sattel herrührte, sondern von etwas Schlimmerem.

»Was kann sie mir nachts antun, was sie mir nicht auch am Tag antun kann?« Ich schloss die Lücke zwischen uns. »Ich leide so oder so. Du bist es, der jetzt nicht in ihre Hütte gehen will. Sag mir, warum.«

Die einzigen Geräusche waren das Prasseln des Regens und das Tosen der Wellen. Sie übertönten seine schweren Atemzüge. Tropfen fielen in meine Augen, rannen meinen Hals hinunter.

»Ich muss uns aus dem Regen bringen«, sagte er schließlich.

»Du wechselst das Thema.« Ich verschränkte die Arme. »Sag mir erst, was los ist. Warum wirst du keinen Fuß in den Sand setzen?«

Er senkte den Blick. »Lass mich einen Unterschlupf für uns bauen. Dann reden wir.«

»Gut.«

Er bewegte sich zügig, holte Essen und eine Flasche Wein aus einer Satteltasche und trat herabgefallene Zweige und Äste aus dem sandigen Boden. Unruhe zog seine Schultern nach oben. Sie verkrampfte seinen Kiefer.

Eine Bewegung an meiner Seite ließ mich zurückschrecken. Eine einzelne blühende Ranke hatte sich vom Stamm des Baumes gelöst und schwebte in der Luft. Neue Triebe wuchsen daraus hervor wie kleine, zappelnde Würmer. Sie verdickten sich und verwoben sich miteinander, bis ein kleiner kuppelförmiger Unterschlupf Gestalt annahm. Die Blätter wurden breiter, jedes größer als meine ausgestreckte Hand. Weiße Blüten öffneten sich und verbreiteten ihr eigenes schwaches Licht in der stürmischen Dunkelheit.

»Entzückend.« Ich bückte mich, um in das Versteck zu kriechen, als ein Blitz über den Himmel zuckte. Theodor folgte mir, als der Donner um uns herum so laut krachte, dass ich mir die Ohren zuhielt.

Wärme strömte von ihm aus und erfüllte den Unterschlupf mit dem Geruch von Regen und Gras, Schweiß und Staub. Der Raum war klein und Theodor … nicht. Seine Schulter drückte hart gegen meine, und durch die dünnen, nassen Schichten unserer Hemden hindurch brannte seine Haut auf meiner.

Ich schloss die Augen für ein paar Atemzüge.

Bald würde ich seine Abwesenheit spüren, und der Gedanke daran machte mich traurig. Ich biss mir auf die Unterlippe und versuchte, mich auf meine Vernunft zu konzentrieren.

Das leise Geräusch des sich lösenden Korkens riss mich aus meinen Gedanken. Theodor führte den Wein an seine Lippen und neigte den Kopf immer weiter nach hinten. So weit, dass die Flasche gegen das Rebendach über uns stieß. Er nahm lange Züge, als wäre er nach Tagen in der Wüste auf eine Quelle gestoßen.

»Ich bin raus aus dem Regen.« Ich packte die Flasche am Hals und zog daran. Er überließ sie mir. »Jetzt kannst du mir also sagen, was los ist.«

Ein verärgertes Grummeln erfüllte seine Brust. »Du wirst nicht zulassen, dass ich das für mich behalte, oder?«

Aus dem leichten Regen war ein Wolkenbruch geworden. Er ließ die Blätter rauschen. Ich trank einen Schluck Wein. »Du gerätst immer in Panik, wenn von der Magischen Seherin die Rede ist. Lachlan hat mir erzählt, dass du vor unserer Abreise Angst hattest. Und jetzt trinkst du den Wein aus der Flasche wie ein Verdurstender. Das ist beunruhigend. Und ich darf vor diesem Ritual nicht beunruhigt sein. Also nein: Ich werde nicht zulassen, dass du es für dich behältst.«

»Meine Geschichte wird dich nicht im Geringsten beruhigen.«

»Das wird dich nicht davon abhalten, sie mir zu erzählen.«

Er stieß einen langen Seufzer aus. Seine Finger berührten meine, als er nach dem Wein griff und noch einen Schluck nahm. »Ich war zuletzt vor sieben Jahren hier. Auf Geheiß meines Vaters. Er hat es verheimlicht, aber mein Vater wurde mit sehr wenig Macht geboren. Und er war nicht sonderlich geschickt im Umgang mit dem, was er hatte. Nur die Götter wissen, warum.« Er führte die Flasche an seine Lippen und trank einen weiteren tiefen Schluck. »Es war eine Quelle tiefer Scham für ihn. Und jetzt verstehe ich auch, warum – er war der einzige Sohn eines Großen Gottes. Nach allem, was man hört, hätte er seinem Vater ebenbürtig sein müssen, oder zumindest annähernd. Ich dagegen wurde mit viel Macht ausgestattet … wie sein Vater. Das war immer ein wunder Punkt zwischen uns. Er drängte mich, mich selbst und meine Macht zu beherrschen. Keine meiner Anstrengungen schien ihm zu genügen. Es dauerte Jahre, bis ich begriff, dass er mich beneidete, vielleicht sogar noch mehr. Als ich zwanzig war, beschloss er, ein Ritual der Übertragung durchzuführen. Er wollte mir das bisschen Macht geben, das er hatte, es zu der Macht hinzufügen, die ich bereits besaß, und mich auf den Thron setzen. Er sagte, er sei im Gegensatz zu mir ungeeignet.«

Theodor saß so lange still da, dass ich dachte, er hätte beschlossen, nichts mehr zu sagen. Ich lehnte mich ermutigend an ihn.

»Ich wollte nicht König werden«, sagte er schließlich. »Aber er hat mich trotzdem hierhergeschleppt, zur Magischen Seherin. Wir haben das Ritual durchgeführt.« Wir saßen schweigend da. »Das Ritual der Übertragung … es kostet den Gebenden das Leben.«

Mein Körper spannte sich vor Überraschung an.

Schmerz lag in seiner Stimme. »Ich verließ diese kleine Hütte mitten in der Nacht, nachdem ich gesehen hatte, wie mein

Vater einen schrecklichen Tod starb, mit einer Krone, die ich nicht wollte, mit Macht, die ich nicht wollte – und mit einer gestohlenen Flasche des Giftes der Seherin in meiner Tasche. Das Gift, das sie für ihre Prophezeiungen und Rituale benutzt.« Er starrte durch die Öffnung des Unterschlupfs auf das dunkle Ufer vor uns. »Ich konnte seinen Körper nicht mitnehmen. Ich … Ich leerte die Flasche mit dem Gift direkt am Strand, während mein Kopf noch vom Rauch des Rituals benebelt war.«

Ich merkte erst, dass ich sein Bein umklammert hatte, als seine Finger über meine Knöchel streiften. Er drehte meine Hand um und fuhr mit einem Finger über das Netz weißer Narben auf der Innenfläche.

»Einige Tage später wachte ich in einem Zimmer auf, das ich nicht kannte. Ein älteres Ehepaar – Hector und Antonia – pflegte mich wieder gesund. Sie wohnen nicht weit von hier. Eftan regierte an meiner Stelle und erlaubte mir, mich hier draußen ein paar Monate lang zu erholen.« Er hielt die Weinflasche hoch. »Ich habe gelernt, diesen Wein herzustellen. Ich lernte, Varyas Wildgerichte zu kochen. Ich habe im Garten gearbeitet, die Pferdeställe ausgemistet und die Wäsche gewaschen. Ich habe um meinen Vater getrauert. Um meine Freiheit. Aber ich war auch noch nie so glücklich. Ich besuche sie immer noch oft.« Seine Stimme wurde brüchig. »Sie sind für mich zu einer Art Eltern geworden.«

»Und jetzt bist du meinetwegen wieder hier.« Mein Herz sank. »Es tut mir so leid.«

»Nein.« Er schüttelte nachdrücklich den Kopf und drehte sich zu mir um. »Such nicht nach noch mehr Schuld, die du auf dich nehmen kannst.« Seine Augen waren fest auf meine gerichtet. »Ich habe mich dafür entschieden. Ich habe dem zugestimmt. Keiner von uns beiden wusste, dass es so weit kommen würde.« Seine freie Hand hob sich zu meinem Kiefer, und seine Fingerspitzen strichen darüber. »Und selbst wenn ich es gewusst hätte …«

Der Raum zwischen meinem rasenden Herzen und meinen Rippen zog sich zusammen. Trotz seiner schönen Worte fühlte ich mich hinterlistig, egoistisch und böse. Ich hatte das Verständnis und die Fürsorge, die Theodor mir entgegenbrachte, nicht verdient. Ich wich zurück, weg von seiner Berührung.

Sein Blick verhärtete sich. »Was ist los?«

»Nichts ist los«, sagte ich leise. »Ich bin nur müde.«

»Imogen?«

Etwas in mir zerbrach. »Ich gehe allein in die Hütte der Seherin. Ich hole den Trank, und wenn ich sie wieder verlassen habe, suchen wir einen sicheren Ort, um die Trennung durchzuführen.«

Sein hübsches Gesicht, gerade noch offen und zärtlich, verzog sich zu einem finsteren Ausdruck. »Soll das ein Witz sein?«

»Nein.« Ich blinzelte hektisch, als meine Augen zu brennen begannen.

Der Regen prasselte laut. Seine Augenbrauen senkten sich, sein Kiefer zuckte einmal, zweimal. »Wenn du glaubst, ich lasse dich allein in diese Hütte gehen …« Er fuhr sich mit einer Hand durch das nasse Haar. »Was ist in dich gefahren? Ist das eine verdrehte Form von Mitleid?«

»Nein.«

»Bist du sauer, weil ich dich berührt habe?«

»Was? Nein.«

Er schwieg. Nur seine breite Brust hob und senkte sich, während sein Blick über mein Gesicht glitt. »Nein?«

»Ich bin …« Ich schüttelte den Kopf. »Ich schäme mich. Du hast dich so sehr um mich gekümmert, obwohl ich nichts dafür getan habe, und ich habe dich im Gegenzug verletzt.« Ich presste den Mund zusammen, um mein Gerede zu unterdrücken. »Aber nein, ich bin nicht verärgert, weil du mich angefasst hast.«

»Es gibt keine weiteren Geschäfte zwischen uns, erinnerst du dich?«, sagte er in heiserem Flüsterton. »Du verdienst es, weil ich es sage.« Langsam hob er seine Hand an mein Gesicht. Seine Berührung war federleicht, als sie über meine Wangenknochen zu meinem Hals wanderte. Ich lehnte mich in die Wärme und genoss das Gefühl seiner Berührung.

»Bist du sauer, weil ich dich geküsst habe? Am Strand beim Dorf.«

Ich schloss die Augen, erinnerte mich und schüttelte den Kopf. »Nein.«

Ich spürte seine Erleichterung. Ein tiefes, hungriges Stöhnen erfüllte seine Brust, und mit einer raschen Bewegung hob er mich auf seinen Schoß. Er schlang meine Beine eng um sich. Hitze durchströmte mich, als seine Finger sich durch mein Haar wanden, sich zu einer Faust ballten und daran zogen. »Gut.«

Einen Moment lang saßen wir so da, sein starker Körper zwischen meinen Schenkeln, und starrten uns an. Seine Augen glühten, sein Atem strich über meine empfindlichen Lippen. Ich war einen Herzschlag davon entfernt, ihn anzubetteln, als er seinen Mund auf den meinen senkte.

Sein Kuss war hingebungsvoll, langsam, und die Welt um mich herum verschwand.

Ich verlor mich in der Weichheit seiner Lippen, der Festigkeit seines Körpers, der trägen Hitze seiner Zunge. Ich stöhnte verzweifelt auf, als seine Zähne über meine Unterlippe kratzten. Er zeigte keine Zurückhaltung, und doch wollte ich mehr. Ich presste meine Hüften gegen seine und wurde fast verrückt von dem Geräusch, das er machte. Seine starken Hände wanderten über meinen Rücken und weiter nach unten, dann zur Vorderseite meines Hemdes, wo er eilig die Knöpfe öffnete.

»Ich muss dich sehen.« Seine Lippen trafen meine Schulter, meinen Hals. Er knabberte an meinem Ohrläppchen und machte sich auf den Weg zurück zu meiner fast nackten Brust, als ein eiskalter Schauer meinen Po, meine Schenkel umhüllte.

Wir schnappten beide nach Luft. Unsere Körper zuckten. »Was zum Teufel …«

Durch die Öffnung des Unterschlupfs leuchtete der dunkelgraue Himmel im schwachen Morgenlicht. Der Sturm tobte noch immer, aber durch den Regen hindurch konnte ich die grasbedeckte Hütte der Seherin und die Umrisse einer kleinen, vermummten Gestalt auf den Felsen ausmachen. Sie hatte den Arm zum Meer ausgestreckt. Die Welle, die sie zu uns geschickt hatte, begann in einer Kurve aus weißem Schaum zurückzufließen, wie ein lockender Finger.

Theodor packte mich mit entschlossener Kraft an den Schultern, als wollte er mich festhalten.

Die Sonne war aufgegangen. Es war an der Zeit, meine Fesseln zu lösen.

18

Wir standen mit den Zehen am Wasser. Schweigend starrten wir auf die unbewegliche Gestalt der Seherin. In der Ferne zogen Gewitterwolken auf, die wie hohe steinerne Gipfel aussahen. Sie erinnerten mich an die Berge von Nemea.

Neben mir atmete Theodor stoßweise und flach. Wenn ich meine Hand auf sein Herz legte, würde ich spüren, dass es mit der Wucht eines Schmiedehammers schlug, da war ich mir sicher. Ich war nass, und mir war kalt, aber seine Wärme, der Druck seiner Finger, die Sanftheit seiner Lippen verweilten auf meinem Körper. Sie verfolgten mich. Ich betete, dass das Trennungsritual auch das auslöschen würde.

Die Gestalt auf dem Felsen hob den Arm. Die Bewegung wirkte nicht menschlich, ruckartig und seltsam fließend zugleich, als würde der Arm von etwas anderem als seinen eigenen Muskeln und Sehnen bewegt. Mit einem Wink des Handgelenks glitt das Wasser in der Rinne von unseren Zehen fort.

»Sie ist eine Sirene.«

Theodor nickte neben mir. »Ihr Vater war aus Varya.«

»Aber sie ist doch keine Göttin, oder? Wie kann sie das Wasser beherrschen, ohne es zu berühren?«

»Das ist ihre Magie. Ihre Zauberkraft«, sagte er grimmig. »Wenn ein Magischer Seher die Macht der Götter hat, kann er sie mit Magie verstärken. Aber wo es uns nichts kostet, unsere Macht einzusetzen, ist der Preis der Magie hoch.«

Das Wasser war so weit zurückgegangen, dass wir es durchqueren konnten, und es gab den Blick frei auf die Felsen und Muscheln, die den Meeresgrund sprenkelten. Keiner von uns rührte sich. Ich blickte zu ihm auf. Zu der schönen, klaren Linie seines Profils. Seine Augen waren glasig, sein Blick abwesend. Ich fragte mich, ob er an das letzte Mal dachte, als er hier gewesen war. Ob er und sein Vater vor der Überquerung so nebeneinandergestanden hatten, und ob der raue, salzige Wind ihre Augen hatte tränen lassen.

Sorgen umschwärmten mich wie Käfer eine Leiche. Eher würde ich den Sand essen, auf dem ich stand, als Theodor zu zwingen, so etwas noch einmal zu tun. Ich machte einen widerstrebenden Schritt nach vorne. Dann noch einen. Schließlich knirschte Theodors Stiefel über den nassen Sand hinter mir, nur um einen Moment später wieder zu verharren.

Ich drehte mich um. »Geht es dir gut?«

Er nickte zu schnell. Seine Gesichtszüge waren angespannt, die Hände zu Fäusten geballt. Ich trat einen Schritt zurück und hob eine seiner Fäuste. Er versuchte, sie zurückzuziehen, aber ich hielt sie fest. Behutsam öffnete ich seine Finger und ließ meine Hand über seine gleiten. Er sah mich mit einem Blick an, der zugleich verwundert und verzweifelt war. »Wir haben uns da oben vielleicht selbst die Sache vermasselt«, sagte ich, »aber es … du hast mich getröstet.« Ich verschränkte unsere Finger ineinander. »Das will ich jetzt auch für dich tun.«

Harte Finger schlossen sich um meine, und er führte meine Hand an seine Lippen. Er küsste meine Fingerknöchel. Hand in Hand gingen wir über den Meeresgrund.

»Du stellst dir eine Frau wie dich vor«, sagte er, als wir auf halbem Weg waren. »Das ist sie nicht. Sie ist uralt, abgehärtet von der Zeit. Gefühle beherrschen sie nicht, nur ihre Gifte – nur ihre Magie.« Er zog an meiner Hand und zwang mich, ihn anzusehen. »Mach nicht den Fehler zu glauben, dass sie dir etwas Gutes tun wird.«

Ich schluckte. »Das werde ich nicht.«

Als wir den Rand der Steilküste erreichten, kam das Meer langsam hinter uns zurück und umspielte unsere Fersen. Die Felsen waren glatt und steil, und unsere nassen Stiefel rutschten über leuchtend grüne Algen, über Kieselsteine und Sand, bis wir schließlich auf der kleinen Lichtung vor ihrer Tür standen.

Sie war verzogen und windschief. Die großen Lücken zwischen den Latten waren mit vertrockneten Pflanzen und Pech gefüllt, die Metallflügel waren längst vom Rost zerfressen, aber alles war immer noch stabil. Ich griff nach dem groben Riegel und hielt inne.

Vorfreude und Angst drehten mir den Magen um, aber ich war nur noch wenige Tage von der Freiheit entfernt. Tage davon entfernt, mich von all den bösartigen Bindungen an mein altes Leben zu befreien – von meiner Bindung an Eusia. Tage davon entfernt, ein neues Leben zu beginnen, das nur mir gehörte. Ich würde die Täuschung eines Blutsbands los sein, das mich einen Mann begehren ließ, den ich niemals haben konnte.

Langsam drehte ich mich zu Theodor um und berührte seine stoppelige Wange. Er lehnte sich an meine Handfläche. Sein Blick war angespannt, seine vollen Lippen zu einer festen Linie zusammengepresst.

»Es tut mir leid«, flüsterte ich. Dann stieß ich die Tür der Hütte weit auf, schlüpfte hinein und schlug sie hinter mir fest zu. Ich tastete nach einem Riegel und schob ihn vor. Ich drückte meinen Rücken gegen das feuchte Holz.

Theodor hämmerte gegen die Tür. »Imogen.«

Drinnen war es schwarz wie die Nacht.

»Imogen. *Verdammt noch mal.*« Er schlug erneut gegen die Tür. »Mach sofort auf.«

Eine Stimme kam aus dem Nichts. Die einer jungen Frau, tief, melodisch und wunderschön. Ihr Gesang war so eindringlich, dass er in meiner Brust zu vibrieren schien. »Da bist du ja, Liebste. Ich habe so lange gewartet.«

Der Schreck durchfuhr mich wie ein scharfkantiger Stein.

Theodor hämmerte beim Klang der Stimme noch heftiger gegen die Tür. Das Holz klapperte an meinen Rücken.

»Imogen, mach die verdammte Tür auf.« Seine Schulter musste als Nächstes dagegen geknallt sein, die tiefe Stimme brach. *»Imogen.«*

»Er wird meine Tür aufbrechen«, sagte das Mädchen.

»Dann sollten wir uns beeilen.«

»Beeilen?« Ihre Stimme summte wie ein Lied. »Oh, mein Mädchen, was du brauchst, ist eine langwierige Angelegenheit.«

»Woher weißt du, was ich brauche?«

»Du kennst mich nicht, oder?«, säuselte sie. »Ich kann deine Kraft durch das Meer spüren. So wie du das Wasser spürst, das durch die Sohlen deiner Stiefel gesickert ist. Ich kann das Blut der Gottheit, das unter deiner geschmeidigen, jungen Haut fließt, fast in der Luft schmecken.« Ein leises Rascheln ließ mich erschauern. »Dein Blut hat sich seit Jahrzehnten im Meer verbreitet. Ich kann nur annehmen, dass du hier bist, um es zurückzuholen.«

»Ich bin die Tochter der Großen Göttin Ligea. Ich muss wissen, was … passiert ist. Wohin sie gegangen ist. Und wie.« Ich versuchte zu schlucken, doch mein Mund war trocken. »Und ich habe zwei Blutsbande. Ich muss sie durchtrennen.«

Ein lauter Knall kam von der Tür in meinem Rücken. Noch einer und noch einer.

»Zwei Bande! Zwei sind eins zu viel, hat dir das noch keiner gesagt?« Ihre Belustigung war beißend. »Ist dir davon schlecht geworden?« Ein weiteres kratzendes, raschelndes Geräusch drang aus der Dunkelheit. Das leise Klirren von Glas gegen Glas. »Zuerst brauche ich dein Blut, meine Süße. Um dir die Antworten zu geben, nach denen du suchst. Und um zu wissen, welche Art von Trennungstrank ich dir geben muss.«

Theodors nächster Angriff auf die Tür ertönte mit einem splitternden Knacken. »Mach auf, Imogen. Gib ihr nicht dein Blut, ohne mich an deiner Seite.«

Sie lachte sanft und melodisch. »Bist du sicher, dass er eine Trennung will?«

»Natürlich will er das. Deshalb ist er mit mir hergekommen.« Auf meine Antwort hin summte sie albern vor sich hin. »Das Blutsband verwirrt uns beide.«

»*Verwirrend* ist nicht das, was ich das Blutsband einer Sirene nennen würde. Das Band ist so klar wie reines Wasser … *beschützen*. Das ist alles, was es befiehlt.«

Ich schüttelte den Kopf und versuchte, nicht die Nerven zu verlieren. Nur so konnte ich ihn beschützen. Indem ich ihn von ihrer Hütte fernhielt, von ihrem Rauch und seinen Erinnerungen. Noch mehr Rascheln, dann wurde die liebliche Stimme des Mädchens leiser. »Dein Blut.«

»*Imogen.*« Theodors Stimme wurde flehend, brüchig.

»Es wird Stunden dauern, einen Trank zu brauen. Eine Trennung dauert Tage. Ich fürchte, meine Tür wird nicht so lange halten.«

Mein Atem raste, während ich in die Schwärze starrte.

»Aber, aber«, sagte sie herablassend, als könnte sie mich sehen.

Die Dunkelheit war undurchdringlich, meine Augen schienen sich nicht daran gewöhnen zu können. Irgendwo in der Mitte des Raumes begannen drei Kugeln zu leuchten. Es war kein goldener Kerzenschein, sondern eine gedämpfte Helligkeit. Sie erfüllte den Raum mit einer unheilvollen Aura und beleuchtete eine Gestalt in der Mitte.

Sie saß auf einem Hügel aus Ranken. Die Linien ihres Körpers waren gerade und jugendlich, ganz anders als die gebeugte Gestalt, die ich auf den Felsen gesehen hatte. Doch als das Licht heller wurde, konnte ich die Ranken erkennen, die sich um ihren Oberkörper, ihre Schultern und ihren Hals schlangen und sie in eine aufrechte Haltung zwangen. Das gelbliche Licht verfing sich in der schlaffen Haut ihrer nackten Arme. Es schimmerte über der straffen Glatze und warf groteske Schatten auf die Säcke aus losem Fleisch, die unter ihren Augen hingen. Leere, unbewegliche Augen in der Farbe von Ziegenmilch, und doch wusste ich ohne Zweifel, dass sie mich klar und deutlich sehen konnte.

Meine Finger zuckten, um die Tür zu entriegeln.

»Grausam«, tadelte sie. »Ich weiß, dass Zeit und Magie mich monströs gemacht haben, aber es gibt keinen Grund, mich so anzusehen. Öffne die Tür, Imogen.« Ihre liebliche Stimme wurde sinnlich – begehrend, besitzergreifend. »Ich möchte meinen König sehen.«

Meine eigene Besitzgier packte mich. Das Blutsband verbrühte mich von innen. Ohne den Blick von ihr abzuwenden, griff ich hinter mich und suchte nach dem Riegel. Ich schob ihn auf, und das graue Morgenlicht flutete in die Hütte.

»Hallo, Theodor.« Sie sprach zu ihm wie eine Geliebte; in ihrer Stimme schwang die Erinnerung an gemeinsame private Momente. Meine Fingerspitzen brannten, als meine Nägel zu Krallen wurden. »Sieh nur, wie du gewachsen bist. Von einem süßen Jungen zu einem gestählten Mann in so wenigen Jahren. Und immer noch genauso schön.«

Theodor sah mich nicht an. Er berührte mich nicht. Stattdessen schob er seinen Körper zwischen meinen und den der Seherin. Seine Worte waren messerscharf. »Hallo, Rohana.«

»O nein. Du kannst doch nicht immer noch wütend sein. Nach all der Zeit?« Rohana summte unheimlich und tief. Die

Töne kräuselten sich in der Luft wie duftender Weihrauch, berauschend, erstickend. Der Gesang einer Sirene. In Panik vor dem Klang, vor dem, was er Theodor antun könnte, packte ich ihn am Hemd. Als ob ihn das abhalten könnte, zu ihr hingezogen zu werden.

Er rührte sich nicht. »Diesmal nicht«, sagte er.

Wut durchfuhr mich. *Was hatte sie ihm angetan?*

Ihr Lied wurde zu einem kichernden Lachen. »Natürlich nicht. Nicht jetzt, wo du unter ihrem Schutz stehst. Bist du sicher, dass du das aufgeben willst?« Rohanas Lächeln war bösartig und knurrend, der Mund übersät mit scharfen, bläulich schimmernden Zähnen.

Es folgte eine lange Pause, bevor er endlich sprach. »Ja. Das will ich.«

»Schade.« Die Lichtkugeln schwebten um sie herum. Sie waren nichts als schwach glühende Luft, wirbelnd und dicht. Das Rascheln ihrer Ranken erfüllte den Raum. Sie schlängelten sich um sich selbst und hoben sie in die Höhe. Sie wickelten sich um ihre dürren Beine, um ihren durchscheinenden, fleckigen Umhang und trugen sie zu einer grob behauenen Schale, die aus dem Boden ragte. Sie war aus dem gleichen Gestein wie die Insel, als wäre die Hütte um sie herum gebaut worden. »Dann komm. Gib mir dein Blut und den Lohn. Und ich werde dich leiten.«

Ich fuhr mit meiner Hand von Theodors Hemd zu seinem Oberarm und hielt ihn fest. Mein Körper zögerte bei dem Gedanken, mich in eine weitere rituelle Schale bluten zu lassen. »Was wirst du damit machen?«

»Darüber machst du dir natürlich Sorgen, nicht wahr?« Ihr Lachen veränderte sich. Es war jetzt rau, wie Sand auf Glas. »Ich erinnere mich an den ersten Tag, an dem ich dein Blut im Wasser geschmeckt habe. Du musst noch ein kleines Kind gewesen sein. Seitdem bist du großzügig damit umgegangen.«

Meine Finger gruben sich tiefer in Theodors Arm. »Beantworte meine Frage.«

»Ich werde mich nicht davon ernähren, wie Eusia es tut, Liebste. Wir werden kein Band knüpfen. Ich brauche nur einen Tropfen davon, um dich klarer zu sehen. Damit ich weiß, wie ich helfen kann.«

Mein Kopf war von den schnellen Atemzügen benommen. Ich blickte zu Theodor auf, der mich bereits beobachtete. Seine Augen waren ernst, aber er nickte mir aufmunternd zu. Gemeinsam gingen wir auf die Steinschale und Rohana zu. Etwas klapperte unter unseren Füßen, bei jedem unserer Schritte. Theodor hielt den Blick starr nach oben gerichtet, aber ich sah nach unten.

Gebeine. Menschliche Knochen. Und Tierknochen. Überall auf dem Boden verstreut. Das Licht der Kugel fing ihre gelblich-weißen Formen ein, ihre gebrochenen Enden, an denen das Mark herausgesaugt worden zu sein schien. Ein Wimmern erhob sich in meiner Kehle. Theodor legte seinen Arm um meinen und drückte ihn fester an seinen kräftigen Oberkörper.

An der Schüssel blickte ich schließlich auf und sah Rohana direkt in die Augen. Aus der Nähe wirkte ihr Gesicht noch abstoßender. Die großen Hautsäcke unter ihren Augen kräuselten sich und waren weiß gezeichnet. Sie zogen sich bis zu ihren Lidern hinauf und entstellten auch dort die zarte Haut.

»Das kommt vom Rauch«, sagte sie plötzlich. »Von Hunderten von Jahren der Prophezeiungen. Meine Augen waren einst so golden wie deine. Auch mein Haar war wie deines.« Bitterkeit färbte ihre Worte. »Wir geben immer etwas für die Macht auf, nicht wahr?« Eine Ranke schlängelte sich durch die Luft und ließ ein kleines, gezacktes Messer in die leere Schale fallen. »Blut.«

Ich ließ Theodors Arm los und legte die grobe Klinge auf den Rand der Schüssel. Stattdessen stach ich die Spitze meiner Kralle in das Ende meines Fingers und drückte, bis ein einzelner Tropfen in die Schale fiel.

»Und Ihr, mein König«, sagte Rohana süßlich.

Ich nahm Theodors Hand und versetzte ihm den gleichen Stich. Ein Tropfen Blut fiel heraus. Zwei weitere Ranken schlängelten sich auf uns zu. Am gewundenen Ende jeder Ranke befand sich ein kleines Fläschchen mit einer schwarzen Flüssigkeit.

»Trink.«

»Was wird es bewirken?«, fragte ich.

»Es wird dich schweben lassen.« Ihre Stimme war wunderschön, von einem unheimlichen Lächeln erhellt. »Es wird deine Lippen lockern und deinen Geist befreien. Es wird deine Muskeln entspannen, damit ich dich wirklich kennenlernen kann. Ich gebe keine Prophezeiungen, die nicht empfangen werden können. Du musst dich mir öffnen, Liebste. Du musst mich hereinlassen.«

Ich konnte mir nichts Schrecklicheres vorstellen. Meine Sehnen waren gespannt, und ich zitterte, als ich mich zwang, das Fläschchen aus der Halterung zu nehmen.

Theodor nahm das seine und ballte die Faust darum. »Wenn der Rauch sie krank macht, rührst du sie nicht an. Du wirst nicht an ihren Haaren reißen oder an ihrer Haut kratzen. Dein dreckiger Mund wird ihren Körper nicht berühren. Sie schuldet dir nichts für deine Prophezeiung.«

»Die Bezahlung ist erforderlich …«

»Ja, ich weiß.« Theodors Stimme hallte durch die windschiefe Hütte. »Aber du kannst sie mir nicht wegnehmen. Sie gehört mir.«

Rohana verzog das Gesicht und zeigte ihre verfärbten Zähne. »Nicht mehr lange, Eure Majestät.«

Theodors Schweigen war beängstigend. »Versprich mir, dass

du sie nicht anfassen wirst. Oder ich schneide dir persönlich den Kopf ab.«

Rohana hielt seinem Blick einen Moment lang stand, bevor sie zustimmend nickte. Er hob die kleine Flasche an seine Lippen und trank. Ich nahm seine Hand, um meine zu beruhigen, und trank aus meiner eigenen. Die Flüssigkeit war dick, trüb und faulig. Sie überzog meine Zunge und meine Kehle. Ich schluckte, hustete, würgte und versuchte, sie loszuwerden, aber sie wurde nur noch dicker. Theodor drückte meine Finger, als ein Kribbeln meine Brust erfüllte. Ein Donnerschlag schoss mir durch den Kopf. Ich drückte mir die Hand auf die Schläfe und hoffte verzweifelt, dass das Gefühl nachlassen würde.

Eine weitere gewundene Ranke erhob sich in die Luft und entleerte den Inhalt eines dritten Fläschchens mit schwarzem Schlamm in die Schale, in die die Tropfen unseres Blutes gefallen waren. Es zischte, blubberte, und dann ließ Theodor meine Hand los. Mit einem röchelnden Atemzug fiel er auf ein Knie und stöhnte.

»Theo?« Ich nahm sein Gesicht in meine Hände. Seine Haut fühlte sich kühl und glitschig an. »Was ist los?«

»Krank«, murmelte er. Dann kippte er nach hinten auf die Knochen, die den feuchten Holzboden bedeckten. Ich tat mein Bestes, um sein Gewicht langsam nach unten zu lenken, aber er war zu groß. Ich rutschte aus, und wir stürzten beide mit einem rasselnden Krachen zu Boden.

Ich stöhnte vor Schmerz, aber es war das Blutsband in meinen Eingeweiden, das mir half, mich aufzurichten, den Weg zurück zu Rohana zu erkämpfen. »Was hast du mit ihm gemacht?«, fauchte ich sie durch die Rauchschwaden an, die aus der Schale aufstiegen.

»Es geht ihm gut, mein Schatz«, krächzte Rohana und senkte ihr Gesicht in den Rauch. »Er hat es erwartet.«

»Erwartet?« Ich stürzte mich auf sie, doch ihre Ranken zogen sie zurück. »*Mach es rückgängig.*«

Was auch immer ich aus dem Fläschchen getrunken hatte, begann auch auf mich zu wirken. Ich hatte das Gefühl zu sinken. Als wären die Zeit und die Welt um mich herum plötzlich in dickes, kräuselndes und langsames Wasser getaucht. Ich blinzelte und versuchte, das verschwommene Bild von Rohanas Gesicht zu erkennen.

»Ich habe ihm etwas Hedera gegeben. Ich kann *es* nicht *rückgängig machen.*« Ihre leeren Augen trafen auf meine. »Bevor wir anfangen, muss bezahlt werden. Magie muss genährt werden, Imogen, und ich kenne meinen Gottkönig sehr gut.« Sie gluckste, was meinen Zorn nur noch anfachte. »Er wird mich lieber bezahlen, wenn er bewusstlos ist.«

Die drei leuchtenden Kugeln erloschen. Es herrschte völlige Dunkelheit, die nur durch das schlängelnde, rasselnde Geräusch ihrer Ranken erfüllt wurde. Meine Sinne waren so überwältigt, dass ich nicht mehr wusste, wo sie sich in dem kleinen Raum befand. Dann zuckte Theodors Körper zu meinen Füßen.

Ich blickte hinunter und sah das schwache Aufblitzen gelben Lichts. Ein bleicher, von Ranken umschlungener Arm hing über Theodors Oberkörper. Rohana war da und schob ihren gebrechlichen Körper an seinen. Ihre knochigen Finger tauchten in sein dichtes Haar, als wollte sie etwas herausziehen. Ihre Lippen kratzten über seine Wange, ihre Zähne gruben sich in sein Ohr.

Ohne nachzudenken, stürzte ich mich auf sie und bohrte meine Krallen in die dünne, schlaffe Haut um ihren schwachen Bizeps. Meine andere Hand zerriss ihr Gewand, stach in ihre Rippen und entlockte ihr einen ohrenbetäubenden Schrei. Rohana bestand nur aus Haut und Knochen. Mit Leichtigkeit hob ich sie hoch und warf sie auf den Boden, wobei ich meinen Körper zwischen sie und Theodor schob.

Meine Stimme brach aus meiner Brust. »Wenn du ihn noch einmal anfasst, reiße ich dir die Glieder aus deinem verdammten Leib.«

»Er muss bezahlen.« Ihre Stimme war schwach und flehend. »Das Ritual hat bereits begonnen, der Rauch ist schon in meiner Brust. Ich muss ersetzen, was genommen wurde.«

Ich erstickte fast in dem fauligen Nebel, der die Hütte erfüllte. Und ich brauchte meinen trennenden Trank. Ich brauchte eine Prophezeiung, aber mein Zorn war übermächtig. Ich grub meine Krallen tiefer.

»Bitte«, stöhnte sie. »Ich brauche Fleisch.«

Fleisch. Ich konnte auf keinen Fall zulassen, dass sie ihn berührte.

Ihre schmalen Lippen verzogen sich zu einem Knurren. »Es gibt eine Ordnung, ein Gleichgewicht, das ich aufrechterhalte. Mich zu töten, würde es zerstören. Wenn du nicht willst, dass *er* dafür bezahlt, dann musst *du* es tun, damit ich weiter dienen kann.«

»Ich bin es leid, mit meinem Körper zu bezahlen, damit die Monster weiterleben können.« Meine Krallen kratzten an ihren Rippenknochen, als ich noch tiefer in sie eindrang. Ihr Schrei hallte von den Wänden wider.

»Sei nicht wie Eusia und töte deine eigenen Leute. Was für ein Ungeheuer wärst *du*, wenn du mich den Menschen wegnimmst, für die ich hier sorgen soll?«

Ich war zu einer Frau herangewachsen, die glaubte, ein Ungeheuer zu sein. Ich lebte in Scham und Angst vor dem, was ich war. Doch als ich mit meinen Krallen gegen Rohanas uralte Knochen klopfte, verflog dieses Gefühl für einen Moment.

Ich war nicht wie sie. Ich würde es nie sein.

»Was genau verlangst du?«, presste ich hervor. »Wie viel Fleisch?«

»Nur ein Stück. Mit dem Fett, das noch dranhängt«, antwortete Rohana mit einem erleichterten Keuchen. »Und Haare. An der Wurzel ausgerissen.«

Der faulige, süße Geruch des Rauchs lag schwer in meinen Lungen. Es stank nach toten Dingen, zersetzt, fast verschwunden. Mein Kopf pochte unter dem Druck des Gebräus, das sie mir gegeben hatte, aber ich schaffte es, meine Krallen aus ihrem schrumpeligen Fleisch zu ziehen. »Nicht bewegen.« Ich klang, als hätte ich einen ganzen Krug Wein getrunken.

Es kostete mich all meine Konzentration, aber ich wickelte ein Haarbüschel in meinem Nacken um meine Finger und riss es von meiner Kopfhaut. Eine ihrer Ranken streckte sich sehnsüchtig danach aus.

Rohanas leere weiße Augen beobachteten mich hungrig, als ich meine Tunika anhob. Ich grub eine Krallenspitze in das weiche Fleischband unter meinem Nabel und zog ein kleines Stück blutiges Fleisch heraus. Die Ranke nahm sowohl mein Haar als auch meine Haut und steckte sie in Rohanas hohle Wange.

Ihr ganzer Körper entspannte sich, sie war augenblicklich gesättigt.

Sie wurde zur Schale zurückgezogen und sah im einsamen Licht der Kugel aus wie ein bleicher Leichnam. Der braune Nebel stieg über den Rand, und die Ranken hoben sie hoch und hielten sie fest, sodass ihr Gesicht darüber hing. Ein widerliches Geräusch drang an meine Ohren, als sie den dicken, braunen Rauch tief einatmete.

Ich konnte sie kaum noch sehen, so dicht war der Nebel. Meine Sicht wurde mit jedem weiteren Atemzug schwächer. Ich richtete mich so aus, dass Theodor geschützt zwischen meinen Beinen lag, kurz bevor das Licht der Kugel wieder erlosch. In der Dunkelheit hatte ich das Gefühl zu schweben.

Die Stimme, die nun ertönte, war nicht die eines Mädchens. Es war die Stimme einer alten Frau, dünn und zittrig.

»Da ist eine Krone. Gerissen, gerissen, gerissen vom Kopf.

Da ist ein Band. Durchtrennt, durchtrennt, durchtrennt vom Blut.

Die Königin wird ihrer Göttlichkeit beraubt.

Der König sitzt zerstört und verwüstet unter ihren Flügeln.«

Rohana stieß einen schrecklichen, keuchenden Laut aus, der gefühlt minutenlang anhielt.

»Was sie geschaffen haben, wird die Ordnung aller Dinge zerstören.«

Ich schüttelte den Kopf. Meine Stimme klang verträumt und langsam. »Ich verstehe nicht.«

Rohana gluckste in der Dunkelheit.

»Was sie getan haben, wird Chaos bringen. Es wird Verderben bringen. Es wird den Tod bringen.«

Ich spürte Verwirrung. Mein Körper bewegte sich, als ruhte er auf groben, kräuselnden Wellen. Schaukelnd, schwankend, tauchend. Ich kämpfte mich durch die Bedeutung ihrer Worte, und ein Schauer überlief mich, als das Verstehen einsetzte.

Ich war die Königin, ihrer Macht beraubt.

Und Theodor … der König.

Meinetwegen zerstört und verwüstet.

Und zusammen … Panik durchfuhr meinen Körper, als meine Gedanken und Ängste sich langsam formten.

Gemeinsam würden wir das Chaos herbeiführen.

Wir würden Zerstörung bringen.

Wir würden den Tod bringen.

19

Die Zeit stockte. Vielleicht blieb sie stehen. Meine Sicht verschwamm und wurde schwarz. Als ich wieder zu mir kam, lag ich auf dem Boden, über mir der Schein der Kugel. Neben mir lag Theodor, immer noch bewusstlos. Das Klirren von Glas, das Zischen von Rauch, das Geräusch all dieser sich schlängelnden glitschigen Ranken erfüllte meine Ohren.

Schwerfällig hob ich meinen Arm und legte meine Hand auf Theodors Brust. Gleichmäßige, flache Atemzüge. Ich stemmte mich auf die Ellbogen und sah Rohana zu, wie sie an ihrer Schale arbeitete, ihr kahler Kopf reflektierte das kränkliche, gelbe Licht.

»Sprich, Imogen«, sagte sie und klang wieder wie eine junge Frau. »Ich weiß, dass du es willst.«

»Ich will meine Trennungstränke«, krächzte ich.

»Ich mache ihn.«

»Ich habe für zwei bezahlt.«

»Du wirst einen bekommen.«

Ich beeilte mich aufzustehen, aber ihre Ranken schlossen sich um meine Waden und Handgelenke und hielten mich am Boden. Ich konzentrierte mich, versuchte, Theodors Kraft durch meinen rauchverhangenen Nebel zu finden, doch ich war zu krank, und sie war so stark.

»Ich kann das Band zwischen dir und deinem König durchtrennen, das ist alles.« Ihre schrecklichen, trüben Augen trafen meine. »Und das ist eine Schande. Ihr seid zusammen so viel besser.«

Ich taumelte, mein Kopf hämmerte. »Was zum Teufel redest du da?«, schrie ich. »Was ist mit meinem Band zu Eusia? Das Band, von dem du mir gerade gesagt hast, dass es mich meiner Göttlichkeit beraubt.« Ich wehrte mich strampelnd gegen den Griff der Rebe. »Du hast mir gesagt, ich würde Theodor ruinieren, wir würden Tod und Chaos bringen. Wie können wir zusammen besser sein?«

Rohana lachte unheilvoll und schrill und lockerte die Ranken. »Wie jung du bist, wie neu und strahlend. Du siehst die Dinge mit klaren, scharfen Augen. Aber lass deinen Blick verschwimmen und sich brechen. Lass dich tiefer sehen.«

Mit einem Zischen richtete ich mich auf. »Wenn das deine Art ist, mir zu sagen, dass ich nach mehr Bedeutung in deiner Prophezeiung suchen soll, dann *fick* dich.«

Sie war still, ihr kleiner Körper sackte gegen den Käfig aus Ranken, der sie aufrecht hielt. Sie steckte eine kleine Glasflasche in die Schlaufe einer Ranke und schickte sie zu mir. »Es ist Zeit für dich zu gehen. Dies wird den Gottkönig aus deinem Blut entfernen …«

Fast hätte ich geschrien. »Was ist mit meinem Band zu Eusia?«

»Du hast dieses Band mit einem abscheulichen Zauber geschaffen, und es ist immer der Magier, der den Zauber wirkt, der ihn brechen muss.«

Hoffnungslosigkeit überkam mich. Meine Stimme wurde leise. »Was soll ich tun? Wie?«

Ein Zweig schlängelte sich um ihr Kinn und neigte ihren Kopf zu mir hin. Ihre starren Augen trafen die meinen. »Geh nach Hause.«

Ich runzelte die Stirn. »Nach Hause gehen?«

Das Scharren der sich bewegenden Lianen durchdrang den

Raum. Wie ein Bett aus grünen Schlangen krochen sie um Theodors liegenden Körper herum und trugen ihn über die Knochen und das Holz zur schiefen Tür der Hütte.

Geh nach Hause.

Das Blutsband pulsierte wie ein rasendes Herz und erfüllte mich mit Sorge, und ich eilte an seine Seite. Ich berührte ihn, sehnte mich nach der Gewissheit seiner Wärme. Behutsam strich ich über seine Wangenknochen. Ich fuhr mit der Fingerspitze über die schräge Linie seiner Nase hinunter zu den Konturen seiner Lippen.

Nach Hause.

Die Worte waren wie ein Wechselbalg, sie veränderten ihre Bedeutung von einem Atemzug zum nächsten. Mein Verstand war noch träge vom Nachgeschmack des rituellen Rauchs, und diese Worte – *nach Hause* – wirbelten ihn durcheinander und erfüllten ihn.

Dann stand ich plötzlich in meinem alten Zuhause. In König Nemeas eisweißem Thronsaal, die Kälte drang mir bis in die Knochen. Ich blickte an die Wand. Auf den ausgebreiteten schwarzen Flügel, der daran hing.

Er war genau wie meiner.

Der König sitzt zerstört und verwüstet unter ihrem Flügel. Mein Herz krampfte sich zusammen. *Was sie getan haben, wird die Ordnung aller Dinge zerstören.*

»Was sie geschaffen haben … Was die Königin und der König geschaffen haben …«, flüsterte ich und klammerte mich an Theodors starke Schulter. Mir wurde flau im Magen. »Ist Nemea …«

Rohana begann zu kichern, und ich wusste es mit ekelerregender Gewissheit.

»Er ist mein Vater.«

»Braves Mädchen.« Sie klang zufrieden angesichts meiner Offenbarung, ich aber war am Boden zerstört.

Nemeas Gesichtszüge, der Klang seiner Stimme, selbst die Erinnerung an die Berührung seiner Hand überwältigte mich. »Ich bin nicht …«

Dann stand Rohana vor mir. Ihre knochigen Finger umklammerten meinen Kiefer, und sie zog ihn ruckartig zu sich heran. »Du bist es, die Chaos, Verderben und Tod bringen wird. Du bist die Quelle der Verwüstung und des Wandels.«

Tränen schnürten mir die Kehle zu. »Und Theodor …« Ich war die Tochter des Mannes, den er am meisten hasste. »Werde ich Theodor auch ruinieren?«

Sie blinzelte langsam. »Seine Macht und seine Pflicht sind so unbestechlich wie nie zuvor. Und doch würde er seinen Thron für dich aufgeben.«

»Nein.« Ich schüttelte den Kopf. »Er ist ein guter, loyaler König …«

»Chaos. Untergang. Tod«, flüsterte sie, und ihre bläulichen Zähne blitzten auf. Ihr faltiger Mund verzog sich zu einem Lächeln. »Ich sage dir, was ich tun würde, wäre ich noch so jung und schön wie du.« Ihre weißen Augen leuchteten. »Ich würde ihn behalten. Ich würde seine Kraft und seinen Körper nutzen, um mich selbst zu schützen. Dein Weg, um dein Band von Eusia zu lösen, wird gefährlich sein. Du wärst eine Närrin, wenn du ihn allein beschreitest.« Ihre Ranken brachten sie noch näher zu mir, aber ich war zu fassungslos, um zurückzuweichen. »Verdammt sei der Krieg, den ich im Wasser heraufziehen fühle. Du bist eine Göttin und Königin. Nimm dir, was du willst, solange du kannst.« Ihre Stimme wurde leiser. »Denn eines Tages wirst du sein wie *ich*.«

Ich schlug ihre Hand aus meinem Gesicht. Ihr Lachen war kokett, völlig im Widerspruch zu dem Monster vor mir, aber ihr Rat traf mich mit berauschender Wucht mitten in die Brust.

Behalte ihn. Ich wollte es. Verzweifelt.

Trotz all der Zerstörung, die Rohana in meiner Nähe sah, obwohl es keinen klaren Weg gab, um zusammenzubleiben, sehnte ich mich danach. Mein Magen drehte sich vor Übelkeit um, meine Augen brannten vor Tränen, aber ich weigerte mich, an diesem höllischen Ort zusammenzubrechen.

Die leblosen Ranken hingen noch immer an Theodors Körper, und ich versuchte, mich auf seine Kraft in mir zu konzentrieren. Ich legte meine Finger auf sie und kämpfte darum, ihnen zu befehlen, Theodor bis zur Tür zu ziehen. Sie arbeiteten langsam und stotterten unter meiner schwachen Kontrolle, aber es gelang mir, ihn nahe genug heranzuziehen, um den Rest des Weges selbst zurückzulegen, hinaus ins Tageslicht und in die Seeluft.

Die Wellen brachen gegen die Felsen. Ich versuchte, mich von dem Geräusch beruhigen zu lassen, aber jedes Wort von Rohanas Prophezeiung war wie eine hauchdünne Klinge, die durch meine Haut glitt, schmerzte und sich weigerte, ignoriert zu werden. Ich zog Theodor weiter auf die Lichtung und schlug die Tür zu.

»Leb wohl, Rohana. Ich hoffe, du verrottest.«

Bei Tageslicht sah Theodor noch viel schlimmer aus. Seine goldbraune Haut hatte ihren Schimmer verloren und war von kaltem Schweiß bedeckt. Das Heben und Senken seiner starken Brust hatte nachgelassen und war nun fast nicht mehr wahrnehmbar.

»*Scheiße, scheiße, scheiße.*« Ich umfasste sein klammes Gesicht und fuhr mit den Händen zu seinem Hals hinunter. Sein Puls war langsamer geworden.

Ich kniff die Augen fest zusammen und sah noch einmal Nemeas Gesicht vor mir. Ich erinnerte mich daran, wie ich als Mädchen auf seinen Knien gehüpft war. An den Schrecken, den seine nasale Stimme durch meinen Körper jagte. An die Geschenke, mit denen er mich überhäufte, wenn er besonders grausam gewesen war – Kleider, Schmuck und Bücher. An seinen Daumen, der sich in mein Fleisch bohrte, um mir Blut abzunehmen. Die beunruhigende, leere Art, mit der er sich in Gedanken an einen fernen Ort verlor, während er mich ansah. Ich fragte mich, ob er dabei an meine Mutter dachte. Meine Mutter, deren Flügel an seiner Wand hing.

Ich taumelte zur Seite und übergab mich auf die Felsen.

Hustend wischte ich mir den Mund ab und kroch halb über Theodors leblosen Körper. »Theodor. Bitte.« Ich schlug ihm mit der Faust auf die Brust. »Theo. Steh auf.«

Er stöhnte heiser.

»Theo.« Wieder griff ich nach seinem Gesicht und flehte ihn an. »Du musst aufstehen. Wir müssen zurück ans Ufer.«

Das Wasser im Kanal stand hoch. Die Sturmböen verwandelten seine Oberfläche in eine rasende weiße Gischt. Ich kniete mich hin und zog an seiner schweren Hand. Sein Kopf ruckte zur Seite.

Die Panik schlug mir so heftig gegen die Brust, dass ich sicher war, etwas würde zerbrechen. Ich war allein. Völlig allein, abgesehen von Angst und Wut, die wie das Meer über mich hereinbrachen. Ich stand auf und ging über die zerklüfteten Felsen hinunter zum Rand des Wassers. Ich starrte und starrte auf die Wellen. »Hör mir zu«, sagte ich durch zusammengebissene Zähne. »Hör zu.«

Die Kraft in meinem Bauch wuchs, und ich konzentrierte mich darauf, sie und das Meer miteinander zu verweben, bis sie nicht mehr voneinander zu trennen waren. Bis sie nicht mehr zu unterscheiden waren.

Schließlich, als ich tief einatmete, schwoll die Oberfläche an. Als ich ausatmete, ebbte sie ab. Ich befahl ihr, sich zu beruhigen, und die Schaumkronen glätteten sich. Ein schmaler Streifen zwischen Rohanas Insel und dem Ufer von Varya wurde ruhig. Ich konnte die Wellen an meinen Fingerspitzen spüren, und mit der Bewegung meiner Hand stieg das Meer die Felsen hinauf, mir entgegen.

Immer höher stieg die sanfte Flut, bis sie Theodors Körper umspülte. Der dunkle Fächer seiner Wimpern flatterte bei der Berührung, aber er wachte nicht auf.

»Theodor?« Meine Stimme überschlug sich beim Anblick seiner blassen Haut. »Scheiße. Wach auf, bitte wach auf.« Ich drängte das Wasser, schneller zu fließen. Es umspülte ihn, trug ihn über die Felsen hinunter in den nun glasklaren Kanal. Ich folgte ihm, eine Hand um den durchtrennenden Trank in meiner Tasche geklammert. Kaltes Wasser traf meine Hüften, meinen Nabel. Als es meine Brust erreichte, schwamm ich.

Er sah aus wie ein Toter. Bewegungslos, leer. Ich schwamm schneller, befahl der Strömung, mir zu helfen, und als meine Stiefel das andere Ufer erreichten, rannte ich über den Sand und drängte das Wasser, Theodor den Strand hinaufzutragen, in Richtung des Weinbergs und unserer angebundenen Pferde. Ausgestreckt lag er auf dem schwarzen Sand, das weiße Hemd klebte an seiner Haut. Er stieß einen schmerzerfüllten Laut aus und riss die Augen auf.

Ich sank auf die Knie. »Theo.« Ich zwang mich zu einem Lächeln und strich ihm das nasse Haar aus der Stirn. »Ich werde mich um dich kümmern. Sag mir, wie ich zu Hector und Antonia komme. Kannst du mir das sagen?«

Seine Augen schlossen sich. Ich tippte ihm fest auf die Wange, und diesmal öffnete er sie so weit, dass ich das facettenreiche Grün seiner Iris sehen konnte.

»Straße«, krächzte er, bevor er wieder wegdämmerte. Aus einem seiner Nasenlöcher tropfte eine Perle aus dunklem

Schlamm. Wie Öl. Wie schwarzes Blut. Verzweifelt wischte ich sie weg und beugte mich vor, um einen Kuss nach dem anderen auf seine kalten Lippen und sein Kinn zu drücken. Er zuckte nicht.

In meiner Entschlossenheit verlor ich den Verstand. Ich fluchte und konzentrierte mich bis zur Erschöpfung und befahl irgendwie den Ranken des Unterstandes, den Theodor für uns gebaut hatte, mir zu helfen, ihn aufzusetzen und auf sein Pferd zu wuchten. Ich setzte mich hinter ihn, bemühte mich, ihn ruhig zu halten, und ritt mit dem Zügel meines Pferdes in der Hand die Straße hinunter.

Der Regen setzte ein und hörte wieder auf, als wir durch den Schlamm ritten, aber ich spürte ihn kaum. Über eine Stunde lang schwieg ich, eine Hand fest auf Theodors Rücken gelegt, zählte seine Atemzüge und fühlte seinen Herzschlag.

Ich hatte Angst davor, was aus mir werden würde, wenn ich aufhörte zu zählen, wenn ich aufhörte, uns voranzutreiben.

Als wir um eine Kurve bogen, tauchte hinter einem üppigen, eingezäunten Garten ein solide gebautes Holzhaus auf. Es war cremeweiß gestrichen, und die Wände waren mit blühenden Weinranken bewachsen.

Der Tag neigte sich dem Ende zu. Ich strich Theodor über die Schulter. »Ich wünschte, du könntest mir sagen, ob wir hier richtig sind.« Rasch stieg ich am Gartentor ab. Mit etwas Kraft gab der rostige Riegel nach, und ich führte die Pferde auf die Lichtung dahinter. Auf der großen, überdachten Veranda döste ein älterer Mann. Die dichten Locken seines weißen Haares hoben sich deutlich von seiner schwarzen Haut ab. Eine kleine Pfeife baumelte in seinem lockeren Griff.

Ich blickte zurück zu Theodor, der über den Rücken des Pferdes hing. Allein sein Anblick jagte mir einen Schauer über den Rücken. Ich räusperte mich. »Entschuldigen Sie bitte.«

Der Mann schnappte erschrocken nach Luft. Er setzte sich auf die Kante seines Stuhls. »Ja?«

»Sind Sie Hector?«

Die jadefarbenen Augen des Mannes waren freundlich und an den Rändern von weichen Falten umgeben. Sie verengten sich und richteten sich auf mich. »Das bin ich.«

Er musterte mich. Die durchnässte, schmutzige Kleidung. Mein verknotetes, dunkles, nasses Haar. Seine freundlichen Augen wurden hart, als sie auf Theodors bewusstlosem Körper landeten.

»Wen haben Sie da?«

»Theodor, König von Varya«, antwortete ich leise. »Er ist krank.«

Hectors Augen weiteten sich. Er bewegte sich schneller, als ich es von ihm erwartet hatte, trat von der Veranda und kam mit langen Schritten an Theodors Seite. Er legte eine knorrige Hand auf Theodors feuchte Wange. »Komm, wir bringen dich ins Warme und Trockene, mein Junge.«

Gemeinsam hoben wir ihn vom Pferd und legten uns jeweils einen seiner Arme über unsere Schultern. Langsam gingen wir durch den Schlamm auf die Hütte zu. »Und wer sind Sie?«, fragte Hector mit angestrengter Stimme.

»Ich bin Imogen.« Ich ignorierte das Gewicht des trennenden Tranks in meiner Tasche. Ich ignorierte die Scham, die mich dazu brachte, all die Dinge zugeben zu wollen, die ich wirklich war. »Ich bin Theodors Frau.«

20

Hector schwankte kurz, bevor er sich wieder aufrichtete. »Ehefrau?« Er schüttelte den Kopf und rief in Richtung der offenen Tür. »Antonia!« Er wandte sich wieder an mich. »Theo hätte es uns gesagt, wenn er geheiratet hätte. Er hätte uns einen Brief geschickt.«

»Es war eine schnelle Bindung. Das hat uns beide überrascht.« Wir erreichten die Veranda und hievten Theodors stattliches Gewicht die kleine Stufe hinauf. »Er hat mir von Ihnen beiden erzählt. Dass ich Sie die Straße hinauf finden könnte.«

»Ihr wart bei der Magierin?« Hector beugte sich über Theodors breite Brust und ließ seinen verwirrten Blick über mich schweifen.

»Ja«, sagte ich vorsichtig. »Es ging nur um eine Prophezeiung, die wir brauchten. Das rituelle Gebräu hat ihn krank gemacht.«

Der Mann nickte zu schnell, sichtlich beunruhigt. An der Tür traten wir seitlich über die Schwelle. Ich tropfte auf den mit Ornamenten verzierten Teppich, der fast den gesamten Boden des Hauptraums ausfüllte. Er war fein gearbeitet und stand im Widerspruch zu den schlichten Linien und dem grob behauenen Holz des Hauses, und ich fragte mich, ob Theodor ihn ihnen geschenkt hatte. Tatsächlich war das ganze Haus eine Mischung aus rustikalen Wildnis-Waren und Stücken, die aussahen, als gehörten sie in einen Palast.

Die Wärme des Hauses umgab mich wie eine Umarmung.

Ich umklammerte Theodors feste Mitte noch enger. Der Duft von Kräutertee, Schnittblumen und einem Eintopf, der über dem Feuer köchelte, umwehten mich, und ich atmete tief aus.

Das hier. Ich wollte genau *das*. Und ich würde es nie bekommen.

»Hier entlang«, sagte Hector und führte uns zu einer Tür auf der anderen Seite des Raumes. »Antonia?«, rief er erneut. »Wo ist sie?«

Eine hochgewachsene Frau, schlank und stark für ihr fortgeschrittenes Alter, öffnete die Zimmertür. Ihre schöne olivfarbene Haut war mit Sonnenflecken übersät. Ihr weißes Haar war hoch auf dem Kopf aufgetürmt, geflochten und festgesteckt. »Ich mache das Bett«, sagte sie mit dünner Stimme. Ihre besorgten Augen waren nur auf Theodor gerichtet, ihr Blick stolperte über seinen durchnässten Körper und machte eine Bestandsaufnahme. »Er sieht nicht gut aus.«

Gemeinsam zogen wir ihm trockene Kleidung an und legten ihn ins Bett. Er murmelte und stöhnte, als wir ihn bewegten und seine Gelenke beugten. Seine Haut war immer noch zu kalt. Ich fuhr mit den Fingern durch sein Haar und kämmte die Knoten heraus, so gut ich konnte. Ich wischte ihm den schwarzen Sand von Stirn und Wangen, während Antonia Tee brachte und Hector Wasser für ein Bad kochte.

»Im Schrank dort sind Kleider«, sagte Antonia und sah mich endlich an. Sie beobachtete, wie meine Hand an Theodors Schläfe verweilte. »Nichts allzu Feines, fürchte ich, aber es sieht so aus, als hätten wir eine ähnliche Größe. Sie sollten Euch gut passen. Euer Majestät.«

Ich zuckte bei dem Titel zusammen. »Bitte nennen Sie mich Imogen.«

Sie warf mir einen kühlen Blick zu. »Ich komme später mit einer Brühe für ihn und einem Eintopf für Euch.«

Mir fehlte die Energie, sie dazu zu bringen, mich zu mögen. Ich brachte kaum ein freundliches »Danke« zustande.

Als sie die Kammertür schloss, verließ mich die Kraft, die mich aufrecht gehalten hatte. Meine Schultern sackten in sich zusammen. Ich zog den Trennungstrank aus meiner Tasche und legte ihn zu den Schmerztinkturen auf den Nachttisch neben dem Bett. Der Anblick von Theodor bereitete mir Schmerzen, also machte ich mich auf den Weg zur Wanne.

Ich schälte mich aus meinen nassen Kleidern, stieg in das dampfende Wasser und weinte.

Ihr seid so viel besser zusammen, hatte Rohana gesagt.

Von allen Worten, die sie zu mir gesagt hatte, waren es diese, die mir in einem stetigen, ohrenbetäubenden Rhythmus durch den Kopf gingen. Es war unmöglich, den Puls meines Herzens vom Puls des Bandes, das wir teilten, zu unterscheiden. Beide hatten einen ähnlichen Rhythmus – *behalte ihn, behalte ihn, behalte ihn.*

Nimm dir, was du willst, solange du kannst, hatte sie gesagt, *denn eines Tages wirst du sein wie ich.*

Ich zitterte trotz des heißen Wassers und presste die Hände auf mein Gesicht. Ich wollte schreien, wollte alles in Stücke reißen.

»Ist da drin noch Platz für mich?«

Ich zuckte zusammen, als ich Theodors raue, benommen klingende Stimme hörte. Er hatte seinen Kopf gedreht und beobachtete mich durch schwere Lider.

Der Knoten in meiner Brust begann sich zu lösen. Ich hielt mich am Wannenrand fest und stützte mein Kinn auf die Fingerknöchel. Ich schenkte ihm ein halbes Lächeln. »Ich glaube, das Baden mit Männern hat ein bisschen an Reiz verloren, seit ich es das letzte Mal versucht habe.«

Sein leises Lachen klang schmerzhaft, als wäre der Rauch der Magischen Seherin in seiner Brust erstarrt.

»Wie fühlst du dich?«

»Mir tut alles weh«, sagte er.

»Antonia hat etwas Nepenthes dagelassen. Ich hole es dir.« Ich suchte nach einem Handtuch und fand es auf einem Schemel – außer Reichweite. Theodor beobachtete mich mit einem Hauch von Belustigung in seinem müden Blick.

»Mach die Augen zu.«

Ein verschmitztes Grinsen umspielte einen seiner Mundwinkel. »Du machst Witze«, murmelte er. »Die nasse Schicht Stoff, in der du in meine Kammer gestürmt bist, war schlimmer, als dich nackt zu sehen. Ich muss die ganze Zeit daran denken.«

»Wirklich? Dann brauchst du wohl keine Erinnerung. Augen zu.« Er stöhnte leise, und ich konnte nur lachen. »Du bist ziemlich liebestoll für einen Mann mit einem so schlaffen und schmerzenden Körper.«

Er starrte mich mit stählernem Blick an, jeder Humor verließ ihn in Windeseile. »Dieses Gebräu noch einmal zu schmecken, hat mich an den Tod erinnert, Imogen.« Er schluckte. »Du erinnerst mich daran, dass ich am Leben bin.«

Einen Moment lang war ich verloren, umhüllt von Sehnsucht und Hoffnung, erstarrt von der Art und Weise, mit der er mich ansah. Ich schüttelte den Kopf. »Verdammt noch mal, Theo.« Das Wasser rauschte, als ich mit einer schnellen Bewegung aufstand und nach dem gefalteten Leinen griff.

Er gab bei meinem Anblick einen schmerzhaften Laut von sich, aber ich wickelte mich hastig ein und versuchte, die Hitze zu ignorieren, die seine Aufmerksamkeit in meiner Mitte auslöste.

»Imogen.« Seine Stimme klang plötzlich streng. »Du blutest.« Ich sah auf die kleine rote Blüte aus Blut, die das Handtuch durchtränkt hatte. »Warum blutest du?«

Mit finsterer Miene stieg ich aus der Wanne. »Ich musste die

Magische Seherin bezahlen. Danke, dass du mir vorher gesagt hast, dass sie in Fleisch und Blut abrechnet.«

»Sie sollte ihren Lohn von mir nehmen«, sagte er und legte die Stirn in Falten vor Wut. »Du hast sie aufgehalten?«

»Ja, natürlich habe ich sie aufgehalten, du Dummkopf. Dachtest du, ich lasse zu, dass sie deinen Körper hinaufkriecht und sich von dir ernährt, während ich zusehe? Ich habe sie fast in Stücke gerissen, als sie es versucht hat.«

»Verdammt.« Er schaffte es, seine Hand zu seinem Gesicht zu heben und an seine Schläfe zu drücken. »Komm her.«

»Es ist nichts.«

»Kommst du jetzt her!« Seine Faust traf mit einem dumpfen Schlag auf die Matratze. »*Bitte.*«

Wir starrten uns quer durch den Raum an, die Luft zwischen uns knisterte.

Langsam ging ich zur Seite des Bettes und setzte mich auf die Kante. Es gelang mir, ein unbewegtes Gesicht aufzusetzen, aber in mir tobte ein heftiger Gefühlsaufruhr. Ich rutschte näher an ihn heran und drückte meinen Körper an seinen, selbstsüchtig, um mich durch seine Berührung zu trösten. Er legte einen schweren Arm über meinen Schoß, und seine Finger spielten mit der Ecke des Handtuchs, das ich trug. »Was ist passiert?«, fragte er. »Was hat sie gesagt?«

Ich wollte nichts davon laut aussprechen. Ich wollte lügen, das Erlebte hinter meinen Zähnen verbarrikadieren und uns noch eine Weile vom Rest der Welt fernhalten. Ich blickte auf den schmutzigen Trank, der auf dem Tisch neben uns stand, und Scham überlagerte mein Verlangen. »Sie kann mein Band mit Eusia nicht trennen«, sagte ich schließlich. »Das muss ich selbst tun. Und ich muss es schnell tun. Mit jedem Tag, den sie mit meiner Macht verbunden bleibt, werden mehr Sirenen gejagt und getötet.« Ich nahm den Trank. »Das ist für uns.«

Er sagte nichts. Starrte nur.

»Wenn es dir besser geht ...« Ich musste mich über das ängstliche Ziehen unseres protestierenden Bandes hinweg konzentrieren. »Ich werde Hector und Antonia fragen, ob wir die Trennung hier durchführen können. Je schneller es erledigt ist, desto besser.« Die Worte klangen hohl in meinen Ohren.

Sein Kiefer zuckte, und er schluckte schwer, aber sein Gesicht blieb unbewegt wie immer. »Erzähl mir von der Prophezeiung.«

Ich holte tief Luft. »Da ist eine Krone. Vom Kopf gerissen, gerissen, gerissen. Da ist ein Band. Durchtrennt, durchtrennt, durchtrennt vom Blut. Die Königin ist ihrer Göttlichkeit beraubt. Der König sitzt zerschmettert und verwüstet unter ihren Flügeln.« Ich hielt inne. Und ließ die letzte Zeile aus.

Was sie geschaffen haben, wird die Ordnung aller Dinge zerstören.

Seine Stirn legte sich in Falten, aber eine gewisse Anspannung schien sich zu lösen, als hätte er sich mit seinem Schicksal abgefunden. »Ich bin der König, nicht wahr?«

Mir wurde übel. Ich schüttelte den Kopf und sprach mit einer Überzeugung, die ich nicht spürte. »Nein. Nicht du.« Ich stellte den trennenden Trank wieder hin und nahm das winzige Fläschchen mit Nepenthes. Der Korken knallte hohl. »Gegen die Schmerzen.« Ich drückte es an seine Lippen, meine Finger umschlossen sein stoppeliges Kinn und kippten es zurück. »Sie meinte Nemea.« Ich genoss die Art, wie er mich ansah – mit hungrigen, bewundernden Augen –, und bereitete mich darauf vor, dass sich dieser Blick verändern würde. Dass er sich vor Abscheu verfärben würde, so wie bei Evander, als er sah, was ich wirklich war. »Er ist ...« Ich legte meine Hand auf seine Brust und konzentrierte mich auf seinen Herzschlag. »Er ist mein Vater.«

Seine Finger umklammerten meinen Oberschenkel. Seine Augen weiteten sich, aber nicht mit dem Blick des Ekels, den ich erwartet hatte. Sie waren groß vor Sorge. »Verdammte Götter, Imogen. Bist du … Wie geht es dir?«

Mein Mund stand offen. Seine Reaktion verblüffte mich. »Gut.«

»Das stimmt nicht.« Er musterte mich, dann nahm er meine Hand und zog mich zu sich heran, bis ich auf ihm lag. Meine Überraschung machte mich gefügig, und ich schmolz dahin, als er mich in seine Arme schloss.

»Was machst du da?«, flüsterte ich, während ich mein Gesicht unter sein Kinn schmiegte. »Bist du nicht … Findest du mich jetzt nicht abstoßend?«

Er schnaubte amüsiert. »Es tut mir leid, Immy«, sagte er in mein Haar. Als er meinen Namen benutzte, verniedlicht und kurz, hob ich überrascht den Kopf. Sein Blick war ehrfürchtig, warm und unerschütterlich. »Du bist weit, weit davon entfernt, abstoßend zu sein.«

Ich kniff die Augen zusammen und lehnte mich an seine Brust, während mich Erleichterung überflutete.

»Lass uns gemeinsam beschließen«, sagte er leise, »dass unsere Väter keine Macht darüber haben, wer wir sind und was aus uns wird.«

Ich nickte langsam und dankbar. Der Rhythmus seines Herzschlags beruhigte mich. Widerstrebend lockerte er schließlich seinen Griff, und ich ließ mich neben ihm auf der Matratze nieder. Mein Kopf lag an seiner Schulter, ein Bein auf seinem.

Sein Daumen strich über mein nacktes Knie. »Hat Rohana noch etwas gesagt?«

Ein Anflug von bitterer Anspannung durchfuhr mich. Ich hatte weder die Kraft noch den Mut, ihm alles zu erzählen. Ihm zu sagen, dass ich ihn ins Verderben stürzen würde. Dass er meinetwegen alles aufgeben würde, was ihm lieb und teuer war. Sein Königreich würde einen Krieg mit dem Kontinent Obelia nicht überleben, und wenn ich versuchte, ihn zu halten, wie Rohana mir geraten hatte, würde das mit Sicherheit Krieg bedeuten. Theodors Groll auf mich zu ziehen, würde mich zu Staub zermahlen.

Ich schmiegte mich enger an ihn, obwohl ich wusste, dass ich es nicht sollte, aber ich konnte nicht anders. »Der Flügel meiner Mutter hängt an Nemeas Wand. Ich frage mich, ob es seine Krone ist, von der Rohana gesprochen hat. Das Band zwischen ihm und mir ist zerschnitten. Ich frage mich, ob ich …«

»Der Flügel deiner Mutter …« Theodors Griff um mein Knie wurde fester. »Er hat Ligeas Flügel an seine verdammte Wand gehängt?« Er drehte sich zu mir um. »Du denkst daran, Nemea zu verfolgen, nicht wahr? Auf gar keinen Fall.«

»Wenn unser Band erst einmal durchtrennt ist, wird es dich weit weniger interessieren, wohin ich gehe und in welcher Gefahr ich schwebe.«

Sein Blick wurde schärfer. »Glaubst du das wirklich?« Seine Stimme klang hart, aber seine Berührung wurde sanfter, als sie mein Bein hinaufglitt. Er umfasste meine Hüfte durch das dünne Handtuch und sprach leise und nah. »Wenn du verletzt wirst, leiden alle Sirenen weiter. Mein Volk. Und deines. Du musst dich so gut es geht in Sicherheit bringen. Wenn du den Berg wieder hinaufkletterst, um Nemea im Namen der Rache gegenüberzutreten, wird dein Band mit Eusia nicht getrennt. Das müssen wir zuerst tun.«

Mein Atem stockte bei der Art, wie er mich berührte, bei der Intensität seines Blicks. Verzweiflung und Sehnsucht lagen darin, als wäre er zu lange von einer bösartigen Flut mitgerissen worden und nähme nun seinen ersten Schluck kostbarer Luft.

»Was meinst du mit *wir?*«, fragte ich zitternd, als seine Hand unter mein Handtuch glitt. Seine Finger fuhren zärtlich über meine nackte Hüfte, und jeder Gedanke in meinem Kopf verwandelte sich in schimmernden Staub. Er spielte mit der Rundung meines Hinterns, mit der Vertiefung in meiner Taille. Seinen Wangen nahmen wieder Farbe an, und seine Bewegungen schienen leichter zu fallen. Das Nepenthes wirkte.

»Du musst dich ausruhen«, flüsterte ich.

»Nicht jetzt.« Er zog mich auf sich und schob mich mit starken Händen auf seinen Bauch. Ich hielt mein Handtuch fest um meinen Körper geschlungen, atmete schwer und sah ihm in die Augen. Sie waren dunkel verschleiert, aber es war ein Feuer in ihnen. Sanft fuhren seine Finger über meine Schenkel, glitten dann unter das Handtuch, wo sie meine Hüften packten und mich festhielten.

Es war töricht, das wusste ich, aber die Welt draußen war ein Schlachtfeld, und ihn zu berühren, dämpfte meinen Schmerz, erstickte meine Angst.

»Sag mir, was du willst.« Seine Stimme war wie Glut. Hitze erfüllte seine Handfläche, als sie um meine Hüfte zu der blutenden Stelle an meinem Bauch glitt. Als er die Wunde dort geschlossen hatte, wanderte seine Hand langsam, ganz langsam nach oben, bis sie zwischen meinen Brüsten ruhte. Über meinem zerrissenen Herzen. »Deine kühnsten Träume.«

Ich konnte kaum atmen. »Ich weiß es nicht.«

»Du weißt es.« Als seine Finger die Unterseite meiner Brust entlangfuhren, stieß er ein tiefes Stöhnen aus, das mich erregte. »Sag es mir.«

Meine Augen schlossen sich, mein Rücken krümmte sich, als er seine Hand langsam nach oben zog, um meine Brust zu umfassen. »Ich will ein Zuhause, wo es ruhig und schön ist.« Mein Gesicht wurde warm, als ich etwas so Banales sagte. »Wo ich sicher bin. Ich möchte andere wie mich kennenlernen, damit ich mich weniger allein fühle.« Mein Körper entspannte sich, das Handtuch glitt um meine Taille, während seine Finger meine

Brustwarzen berührten. Langsam setzte sich Theodor auf und schlang einen Arm um meine Hüfte, sodass unsere Oberkörper aneinandergedrückt wurden.

Ich keuchte bei dem Gefühl, bei der Hitze und der Härte. Ich hielt still, als er mit seinen Lippen sanft über meine strich.

»Immy«, stöhnte er in meinen Mund und jagte einen prickelnden Schauer durch meinen Körper.

Dann küsste er mich. Er war so leidenschaftlich. So voller Verlangen und Versprechen, dass ich glaubte, er wolle damit die Unmöglichkeit meines Begehrens aufheben. Jedes Streicheln seiner Zunge war wie ein Versprechen: *Ich gebe dir all das und noch mehr.* Ich fuhr mit den Fingern durch sein feuchtes Haar und ließ mich von den Strähnen umschlingen. Noch nie hatte ich mich so wild und wunderbar göttlich gefühlt, mit meinem Körper, der sich um seinen schlang und der seine Gaben begierig nahm und nahm und nahm. Und es war mehr, als ich verdiente, wenn man bedachte, was Rohana alles enthüllt hatte.

Chaos. Untergang. Tod.

Theodors weiche Lippen drückten sich auf mein Kinn, meinen Kiefer hinunter zu meinem Hals, und für einen Moment war der Schrecken der Prophezeiung verflogen. Wie im Rausch zerrte ich an seinen Knöpfen, dann streifte ich ihm das Hemd von den Schultern. Er drehte uns um und drückte mich zurück in die Kissen, nur um frustriert zu stöhnen, als sein Körper zu sehr schmerzte. »Ich werde die Götter dafür verfluchen, bis ich sterbe. Endlich liegst du nackt im Bett, und ich kann mich kaum bewegen.«

Ich lachte und presste meine Lippen auf seine. Er war entschlossen. Es lag eine Dringlichkeit in der Art, wie er meinen Kuss erwiderte, in der Art, wie er jeden Zentimeter meines Körpers verwöhnte. Seine Zähne kratzten leicht über meine Brustwarze, dann zog er sie in seinen Mund und vertrieb den

Schmerz mit einem Lecken seiner heißen Zunge. Seine kräftige Hand griff in meine Kniekehle und spreizte meine Beine weit, während er mich zwischen meinen Brüsten küsste.

»Wo ist der Trennungstrank?«, murmelte er gegen meinen Bauch. Er küsste tiefer und tiefer.

Ich blinzelte und versuchte, klar genug zu denken, um zu antworten. »Er ist dort.« Atemlos deutete ich auf den Tisch, auf die kleinen Flaschen, die darauf standen. »Die schwarze Flasche.«

Ein tiefes, gehauchtes Stöhnen entfuhr ihm, als er einen Finger in mich gleiten ließ. Mein Kopf fiel nach hinten, als er ihn perfekt krümmte, herauszog und wieder einführte. Er drückte einen zweiten Finger in mich und sagte: »Wirf ihn ins Feuer.«

Mein Kopf flog vom Kissen hoch. »*Was*?«, keuchte ich.

Er sah mich an, errötend und verwirrt, und seine Finger ließen meinen Magen immer noch vor Lust kribbeln. »Was?«

»Moment mal. Warte.«

Er hielt inne, und ein Anflug von Bedauern überkam mich. »Warum um alles in der Welt sollte ich ihn ins Feuer werfen?«

Er sah mich an, als würde ich eine fremde Sprache sprechen. »Weil wir uns nicht trennen.«

»Warum nicht?«

»Wenn wir es tun, kannst du dich nicht mehr schützen. Eusia zu finden und dich von ihr zu lösen, ist ohne unsere vereinte Kraft zu gefährlich.«

Ich rang nach Luft und starrte ihn mit offenem Mund an. »Was ist mit dir passiert? Vor ein paar Tagen hättest du so etwas nicht gesagt. Du hättest nicht einmal daran gedacht. Du wirst in weniger als zwei Wochen heiraten. Unser Band macht uns krank. Wie soll ich Eusia suchen, wenn wir keine zehn Schritte voneinander entfernt sein können?«

Sein Gesicht verzog sich vor Verwirrung. »Dachtest du, ich lasse dich allein gehen?«

Ich setzte mich auf und zog das Laken über meinen nackten Körper. Rohanas Worte hallten plötzlich laut in meinem Kopf wider. *Er würde seinen Thron für dich aufgeben.* »Ich muss dir deine Pflicht wohl nicht erklären, oder?«, fuhr ich ihn an. »Was ist mit der Kaiserin? Deiner Verlobten?«

Seine Muskeln spannten sich an, als er sich auf die Knie zwang. Sein Kiefer mahlte. »Für die Sicherheit meines Volkes zu sorgen, *ist* meine Pflicht. Und ich habe keinen der Verträge der Kaiserin unterzeichnet.«

»Aber du hast dein Wort gegeben. Welchen Schaden wird es anrichten, wenn du dich nicht daran hältst?« Ich presste die Hände vor die Augen. »Ich kann nicht glauben, dass ich versuche, dich davon zu überzeugen, sie zu heiraten.«

Er wirkte überwältigt. »Ich werde es herausfinden.«

»Dein Kopf ist benebelt vom Rauch der Seherin, und wir waren uns zu nahe.« Unsere Wangen und Körper brannten, unsere Haare waren zerzaust, das Bettzeug war verdreht und lag halb auf dem Boden. »Ich bin nur ein Juckreiz, den du kratzen musst.«

Seine geschwollenen Lippen zuckten. »Ein Juckreiz.« Sarkasmus lag in seinen Worten. »Du hast doch gesagt, dass ich einen gottverdammten Fick brauche, oder? Vielleicht bin ich danach wieder in der Lage, klar zu denken.«

»Theodor, das ist nicht das, was ich …«

Er spannte die Brust an und zuckte zusammen, als er sich auf die andere Seite des Bettes bewegte. »Nichts davon ist ideal. Nichts davon ist so, wie ich es geplant hatte.« Er legte sich hin und drehte mir den Rücken zu. »Aber lass dich von deiner gottverdammten Sturheit nicht umbringen, Imogen.«

»Meine Sturheit? Das ist nicht fair …«

Es klopfte dreimal kurz an der Tür. Rasch zog ich mir die Bettdecke bis zum Kinn hoch und sank in die Kissen zurück.

»Ich habe Eintopf«, rief Antonia von der anderen Seite der Tür, »und Brühe.«

Ich schloss die Augen, während sich mein Magen zusammenzog. Wir klangen beide gleichermaßen verärgert, als wir einstimmig zurückriefen: »Komm rein.«

21

Spät am Abend fühlte sich Theodor gut genug, um vor dem Feuer im Hauptraum zu sitzen. Seine Augen waren immer noch verschattet, seine Haut war noch blass, aber er legte die Füße hoch. Sein Kopf ruhte auf der Lehne seines Stuhls, in der Hand hielt er eine Tasse mit heißem Tee.

Seit dem Moment im Bett hatten wir nicht mehr miteinander gesprochen, abgesehen von ein paar knappen Worten.

Ich saß auf dem Boden vor dem Kamin, starrte in die Flammen und erinnerte mich. Theodors Berührung lag immer noch auf meinem Körper, war noch in mir. Als wären seine Küsse, seine Hände nur eine Verlängerung seiner Macht, die inmitten dieses ganzen Aufruhrs Wurzeln schlug. Ich richtete meinen Rock und wünschte, ich könnte die Zeit zurückdrehen, meinen Mund halten und mich von ihm in das Vergessen führen lassen, das wir beide wollten. Die unvollendete Erinnerung würde nicht ausreichen, um das Grauen der bevorstehenden Aufgaben zu ersticken.

Eusia suchen und töten. Unser Band trennen. Und einen Weg finden, Nemea für all seine Lügen und Grausamkeiten bezahlen zu lassen. Ich ließ meinen Blick zu Theodor gleiten. Er sah mich mit schweren Lidern an, seine Brust hob und senkte sich gerade schnell genug, um mich glauben zu lassen, dass auch er sich erinnerte.

Hector stieß mit einem großen Bündel Brennholz im Arm die

Haustür auf. »Ah, ihr seid beide wach!« Er legte das Holz neben die Feuerstelle und betrachtete Theodors zurückgelehnte Gestalt, während er sich den Schmutz von den Händen klatschte. »Du hast schon besser ausgesehen.«

»Ich habe schon schlechter ausgesehen.« Theodor gluckste schwach.

Hector lachte hell und klar. Er schenkte mir ein breites Lächeln, das ich einfach erwidern musste. »Und du – du siehst viel besser aus, wenn du nicht vom Regen durchnässt bist.« Er deutete auf mein Kleid. Ich hatte mir ein einfaches Leinenkleid von Antonia aus dem Schrank genommen. Es war mit winzigen Blumen in Lavendel und Perlweiß bestickt. »Ich erkenne dieses Kleid. Du siehst darin genauso schön aus wie Antonia, wenn sie es trägt.« Sein Blick wanderte dorthin, wo sie in der Küche stand und einen Teller mit Obst, Brot und gekochten Eiern vorbereitete.

Er schlurfte zu ihr und küsste sie auf die Wange, bevor er sich eine Tasse Tee einschenkte. »Hast du schon gehört, Theo? Von dem Überfall auf Ammos?«

Theodor spannte sich an. »Was?«

»Ich habe mit dem Sohn des Bäckers gesprochen, der dort unterwegs ist.« Hector sah mich an. »Ammos liegt nur eine Stunde zu Fuß die Küste hinauf, falls du das nicht weißt. Drei Schiffe haben es geplündert. Dann haben sie es niedergebrannt. Zwei waren nicht gekennzeichnet. Söldnerschiffe, meinte er, aber eines war serafisch.«

Ich keuchte gegen die Angst an, die mir die Kehle zuschnürte. Theodor setzte sich auf und verschüttete dabei seinen Tee.

»Wann?« Er stand so schnell auf, dass er schwankte. Ich sprang auf, um ihn zu stützen.

»Vor zwei Nächten«, sagte Hector mit großen Augen. »Es tut mir leid. Ich dachte, du bist vielleicht deshalb zur Magierin gegangen. Um Rat zu suchen.«

Theodor schüttelte den Kopf. »Nein. Ich hatte keine Ahnung.« Er wirkte völlig orientierungslos, sein Blick huschte hilflos durch den Raum. Schließlich ging er zur Eingangstür, schloss sie und verriegelte sie mit dem Holzbalken.

»Was machst du da?«, fragte Antonia und fasste sich nervös an die Brust.

»Es ist nicht sicher.« Er ging zum Fenster und begann, die Fensterläden zu sichern. »Sie suchen nach ihr.«

Hector und Antonia starrten mich verwundert an. »Wer sind ›sie‹?«, fragte Hector. »Was wollen sie von der Königin von Varya?«

Ich schüttelte den Kopf, mein Magen krampfte sich zusammen. »Ich bin nicht die Königin von Varya.« Angesichts ihrer wachsenden Verwirrung wischte ich mir über die Stirn. »Ich meine, ich bin es, aber nicht, weil er mich gewählt hätte. Zur Königin gewählt. Ich bin einfach … Ich weiß nicht, was ich bin.«

Antonia verschränkte die Arme und starrte mich finster an. »Seid ihr verheiratet?«

»Ja«, antworteten Theodor und ich gleichzeitig.

Er sicherte das nächste Fenster. »Sie ist eine Sirene. Wir haben uns gebunden, als ich ihr geholfen habe, aus König Nemeas Festung zu fliehen, wo er sie misshandelt hat. Jahrelang habe ich versucht, um einen Krieg mit ihm herumzukommen. Ihre Entführung hat ihn nun entfacht.«

»Oh, Theo.« Hector schüttelte den Kopf. »Warum hast du das getan? Warum hast du so etwas nicht geplant?«

Theodor hielt inne und zuckte beleidigt mit den Schultern. »Ich habe versucht, zu planen.« Ich schämte mich für meine Ungeduld, dafür, dass ich, als wir auf Nemeas Berg waren, seine Aufforderung zu *warten*, nicht akzeptiert hatte. Er warf mir einen gequälten Blick zu, doch ich sah darin keine Reue, kein Bedauern. »Ich konnte sie nicht zurücklassen …« Er räusperte sich, plötzlich verlegen. »Sie ist die Tochter der Großen Göttin

Ligea und König Nemeas. Sie kann das Ungeheuer töten, das die Sirenen jagt.« Er sah Hector und Antonia an und setzte dann leise hinzu: »In Wahrheit war es egal, wer sie ist … ich konnte mich nicht dazu bringen, sie zurückzulassen.«

Wärme stieg in meine Brust und meine Wangen. *Er würde seinen Thron für dich aufgeben.* Rohana hatte recht behalten. Er hatte es bereits getan.

Hector und Antonia starrten mich an. Sie machte einen schnellen Knicks, woraufhin ich nur nach Luft schnappte wie ein gestrandeter Fisch.

Theodor war von neuer Entschlossenheit erfüllt. Er belud einen Teller mit Obst, Brot und Eiern, dann küsste er Hector und Antonia auf die Wange. »Wahrscheinlich sind die Schiffe abgefahren und haben all ihre Männer mitgenommen, aber schlaft trotzdem mit dem Schwert in der Hand. Verriegelt eure Türen und Fenster. Wir brechen im Morgengrauen auf.«

Antonia hob einen Finger. »Du bist noch zu krank …«

Er schüttelte den Kopf und schenkte ihr ein Lächeln. »Deine Brühe hat mich vollständig geheilt.«

Sie gab ihm einen Klaps, immer noch besorgt. »Ich werde Essen für eure Reise einpacken«, sagte sie widerwillig. »Und Hector wird dafür sorgen, dass eure Pferde morgen früh bereit sind.«

Mein Herz klopfte. Meine Angst war so groß, dass ich wie angewurzelt stehen blieb.

Theodor machte sich auf den Weg in unser gemeinsames Schlafgemach, die Hände voller Essen. Auf der Schwelle blieb er stehen und sah mich an. Alles lag in seinem Blick – die Hitze und der Schmerz des Augenblicks, den wir geteilt hatten. Die Angst und die Ungewissheit der kommenden Tage. Seine Stimme klang wie eine Verlockung, als hätte er meine eigene Kraft gegen mich eingesetzt, wenn so etwas überhaupt möglich war. »Kommst du mit ins Bett?«

Die Frage ließ mich fast zerfließen, so schwach war ich. Leise wünschte ich Hector und Antonia eine gute Nacht und folgte ihm.

In der Kammer brannten nur wenige Kerzen. Das kleine Feuer im Ofen war bloß noch eine Glut. Theodor stellte das Essen auf den kleinen Tisch in der Ecke. Ich schloss die Tür und schob den Riegel vor. Als ich mich umdrehte, um den Raum zu durchqueren, stand Theodor vor mir.

Seine Aufmerksamkeit lastete auf mir. Die Nachricht von Nemeas Schiffen, die Schwäche, die noch vom Besuch bei der Seherin herrührte, all das ließ seine Worte scharf und seinen Blick stechend werden. »Sag es mir noch einmal«, sagte er schroff. »Sag mir noch einmal, dass du diesen trennenden Trank nehmen willst. Dass du allein durch den Krieg und die Ungewissheit gehen willst. Ohne die Fähigkeit, dich selbst zu heilen, ohne mich, der dich beschützt.«

Mein Mund öffnete sich. Ich wollte nichts dergleichen. Ich wollte ihn behalten. Der Gedanke, mich von ihm zu trennen, erfüllte mich mit den schlimmsten Ängsten. Aber ich konnte es nicht über mich bringen, ihn weiter zu ruinieren. Dabei zuzusehen, wie sein Königreich unterging, nur um zu bekommen, was ich wollte. Ich musste für meine eigene Sicherheit sorgen. Und wenn mein Leben verwirkt war, weil ich einen Alleingang wagte, dann würde ich ihn wenigstens nicht mit mir nehmen.

Während ich schwieg, drängte sich Theodor an mich, sodass ich mit dem Rücken gegen die Tür stieß. »Wenn du wirklich glaubst, dass ich dich nur aus meinem Kopf kriegen muss, dass du nur ein Juckreiz bist, den es zu kratzen gilt, dann lass es uns tun. Lass uns die Nacht damit verbringen, uns gegenseitig zu befriedigen, und uns dann trennen, damit wir weitermachen können.«

Er führte eine Hand an mein Kinn. Er hob es an und ließ seine Lippen über meinen schweben. »Sag es, Imogen.«

Ich öffnete den Mund und versuchte, die Worte auf meiner Zunge zu formen. Ich kannte die ganze Prophezeiung. Aneinander festzuhalten war ein Ding der Unmöglichkeit, und doch brachte ich es nicht über mich zu sprechen.

Er wartete, den Blick auf den meinen geheftet, dann senkte er den Mund, bis unsere Atemzüge eins wurden. »Sag mir, dass *das hier* – das, was zwischen uns ist – nur unser Band ist.«

Ich konnte weder atmen noch mich bewegen. Schließlich schüttelte ich den Kopf. »Es spricht zu viel gegen uns«, flüsterte ich. »Das, was zwischen uns ist, wird enden, und es wird schrecklich enden.«

»Das kannst du nicht wissen.«

Ich kann es wissen. *Ich* weiß es.

Meine Augen fielen zu, meine Brust war wie zugeschnürt, und ich brachte immer noch nicht die Worte heraus, die ich hätte sagen sollen. »Lass uns zuerst zum Palast gehen«, sagte ich schließlich. »Dann können wir entscheiden.«

Er ließ meinen Kiefer los. Machte einen großen Schritt zurück, sodass wir beide auf einer Seite des Grabens standen, der zwischen uns lag.

»Wir sollten etwas essen«, sagte ich nur. »Und schlafen.« Er nickte und setzte eine strenge Maske auf. »Wir müssen so schnell wie möglich zurück.«

Am nächsten Morgen war der Himmel dunkelgrau, tief und dicht mit den Gewitterwolken vom Vortag bedeckt. Ich fütterte mein Pferd mit einem Apfel, während Theodor sich verabschiedete. Gestern Abend hatten wir schweigend an unsere Kissen gelehnt gegessen. Wir waren fast sofort eingeschlafen, jeder auf seiner Seite der Matratze. Als wir aufwachten, waren wir so ineinander verknotet, als hätten wir in der Nacht versucht, ineinander zu klettern.

Wir stiegen auf und ritten den schlammigen Weg hinunter, die Luft zwischen uns war gespannt und flirrte. Die Hufe der Pferde knirschten. Der Himmel ließ einen leichten, nebligen Regen auf uns niederprasseln.

»Ausgeruht genug, um die Nacht durchzureiten?«, rief ich ihm zu.

»Ja«, antwortete er kühl.

Wir kamen gut voran, und während wir ritten, dachte ich angestrengt über einen Plan nach. Wenn wir endlich den Palast erreichten, würden Lachlan und Agatha Theodor zur Vernunft bringen. Wir würden das Trennungsritual vollziehen, uns von unserem Blutsband befreien, und dann könnte ich gehen und den Bund lösen, den ich mit Eusia teilte. Nur hatte ich keine Ahnung, wo ich sie finden sollte.

Der Tag verdunkelte sich, und die Sonne tauchte den Horizont in ein schockierendes Rot. Die Pferde tranken aus einem vom Sturm angeschwollenen Bach, während Theodor und ich auf zwei Felsen saßen und das Brot und den Käse aßen, die Antonia uns eingepackt hatte. »Was weißt du über Magie?«, fragte ich, während ich an der Rinde knabberte. »Von den Zaubersprüchen der Magischen Seherin.«

Theodor schüttelte den Kopf, den Blick mürrisch in die Ferne gerichtet. »Nicht viel.«

Ich schnaubte verärgert. »Das heißt, du kennst welche.«

Endlich wagte er es, mich anzusehen, um mich dann finster zu mustern.

»Ich habe deine schlechte Laune satt«, fuhr ich ihn an. »Du bist sauer auf mich. Du findest es unlogisch und absurd, dass ich vorschlage, das Band zu lösen. Ich hab's kapiert. Aber sei doch so nett und hilf mir trotzdem, mir einen verdammten Plan auszudenken.« Ich biss in mein Brot und kaute. »Wenn ich verstehe, wie Magie funktioniert, kann ich möglicherweise einen Weg finden, Eusia aufzuspüren und zu töten. Ich nehme an, dass sie Magie nutzt, so wie Rohana es tut.«

Theodor stieg die Zornesröte in die Wangen, doch er beherrschte sich. »Ich weiß nicht, wo sie das gelernt hat«, lenkte er ein. »Es ist streng reglementiert. Eine Magische Seherin darf zehn Jahre vor Ablauf ihrer Amtszeit einen Lehrling aufnehmen.« Er stand auf, ging zu seiner Stute und führte sie vom Bach zurück zur Straße.

Mit wirbelnden Gedanken folgte ich ihm. »Wie lange ist die Amtszeit einer Magischen Seherin?«

»Vierhundert Jahre.« Er stellte seinen Fuß in einen Steigbügel und stieg auf. »Rohana ist seit zweihundertachtundsiebzig Jahren im Amt.«

»Wenn ich sie also getötet hätte, wie ich es beinahe getan hätte, wäre Varya auf unabsehbare Zeit ohne Magische Seherin geblieben.«

»Richtig.«

Ich stöhnte, als ich mich in den Sattel zog. »Wo hat Rohana die Kunst der Magie gelernt?«

»Keine von ihnen ist alt genug, um von der Ersten Magierin unterrichtet worden zu sein, glaube ich. Ich weiß nicht mehr, wann sie gestorben ist. Zaubersprüche werden weitergegeben, aber Rohana und die Magier der anderen Königreiche erschaffen auch viele Zaubersprüche, die ganz und gar ihre eigenen sind.«

»Sie erschaffen ihre eigenen Zaubersprüche?« Ich konnte nur annehmen, dass der Zauber, mit dem Eusia uns aneinander gebunden hatte, ihr eigener war.

Theodor nickte feierlich. »Das Übertragungsritual, das mein Vater durchgeführt hat – Rohana ist die Einzige in Leucosia, die das kann.« Er war einen Moment nachdenklich, als wir die

Lichtung am Bach verließen. »Ich weiß nicht viel über die Erste Magierin, aber ich erinnere mich, dass sie hingerichtet wurde, aufgeschlitzt, wenn ich mich recht erinnere, wegen der Art, wie sie Magie anwandte. In den Geschichtsbüchern steht nicht viel über sie. Sie wurde in den Ersten Jahren hingerichtet, als die Großen Götter neu waren. Das ist alles, was ich weiß.«

Wir schlängelten uns einen Hang hinunter, zurück in die Weinberge, durch die wir auf dem Weg nach Norden gekommen waren. »Rohana sagte, dass unser Band – meins und Eusias – geschmiedet wurde, indem man das Band der Sirenen mit Magie vermischte. Sie sagte, dass ich diejenige war, die den Zauber gesprochen hat – dass ich diejenige sein muss, die ihn bricht. Aber ich habe keine Ahnung wie.«

Wir ritten Seite an Seite. »Das Ritual«, sagte er. »Das Gebet, das Nemea dich hat sprechen lassen. Wie lautete es noch mal?«

»Ich gebe dem Sand. Ich gebe dem Wasser. Höre mich, beachte mich. Reinige das Meer.« Die Worte hinterließen einen bitteren Film auf meiner Zunge.

»Der Zauber hätte dich krank machen müssen.« Nachdenklich kniff er die Augen zusammen. »Hast du dich nach dem Ritual unwohl gefühlt?«

»Nein.« Die Nacht senkte sich über uns und nahm die letzte Wärme des Tages mit sich. »In den Bergen habe ich nicht viel gespürt. Wenn ich ein Ritual auf Meereshöhe durchführe, werde ich es wohl spüren.« Ich wickelte mich in den gestrickten Schal, den Antonia mir geschenkt hatte. »Habt ihr im Palast Bücher über Magie? Irgendetwas, was der Große Gott Jesop geschrieben hat?«

»Ja. Es gibt eine ganze Menge davon«, sagte Theodor vorsichtig. »Aber es ist nicht erlaubt hineinzuschauen.«

»Du meinst für Bürgerliche?«

Er senkte das Kinn und sah mich verlegen an. »Nein. Nicht

einmal ich darf sie aus dem unteren Studierzimmer mitnehmen.«

Ein rauer Wind fegte über den Weinberg und kitzelte auf meiner Haut. Ich spürte, wie seine Aufmerksamkeit auf mir ruhte. »Wer wagt es, dir etwas zu verbieten?« Ich schenkte ihm ein sardonisches Grinsen. »Ich wüsste zu gern, wie man das macht.«

Sein Lachen war so dunkel wie die Schatten der Abenddämmerung. »Da unten lebt eine sehr verschlossene Einsiedlerin, die weder mich noch sonst jemanden hineinlässt.«

»Nun, Eure Majestät« – ich richtete mich im Sattel auf – »diese Einsiedlerin hat noch nie jemanden wie mich getroffen. Ich bin eine Expertin darin, Menschen dazu zu bringen, etwas zu tun, was sie nicht wollen, nicht wahr?«

Er warf mir einen glühenden Blick zu, und um seine Lippen spielte der Hauch eines Lächelns. Die Wärme seines leisen Lachens durchdrang die Kälte der Nacht. »Mögen die Großen Götter mit dir sein. Die Einsiedlerin trägt einen sehr knorrigen Stock, mit dem sie nach mir geschlagen hat, als ich klein war und mich einzuschleichen versuchte.«

Ich lachte, aber schon bald kehrte die schreckliche, angespannte Stille zurück, mit der wir unsere Reise begonnen hatten. Er beschleunigte unser Tempo und ritt im Galopp durch endlose Weinberge. Es muss Mitternacht gewesen sein, als meine Augen immer schwerer wurden. Ein Donnern erschütterte die Luft, und mit einem Mal war ich hellwach. Pferdehufe.

Theodor riss an seinen Zügeln. »*Brr.*«

Auch ich bremste meine Stute. »Kommt das von vorne oder von hinten?«

Bevor er antworten konnte, durchbrach ein Horn die Nacht.

»Soldaten!«, rief Theodor in die Dunkelheit. »Langsam voraus! Dies ist euer König. Verlangsamt eure Reittiere!«

Der Tross kam in Sicht und wurde in geordneten Reihen langsamer. Eine kleine Kutsche bildete das Schlusslicht. »Eure Majestät?«, rief eine vertraute Stimme. Lachlan ritt in seiner goldenen Rüstung an die Spitze. Selbst im Mondlicht konnte ich den angespannten Ausdruck auf seinem Gesicht erkennen, die Sorge, die ihn durchströmte. »Ich dachte, ihr wärt noch bei der Seherin. Wir sind gekommen, um euch zu suchen.«

»Was ist passiert?«, fragte Theodor und machte sich auf eine unangenehme Antwort gefasst.

Doch Lachlan antwortete nicht. Stattdessen sah er mich mit spöttischem Blick an. »Dafür, dass du mitten in einem Trennungsritual steckst, siehst du erstaunlich gut aus.«

»Ich …« Ich sträubte mich in meinem Sattel. »Wir haben nicht …«

Theodor fiel mir ins Wort. »Ich habe dich gefragt, was passiert ist.«

»Ammos ist geplündert worden«, sagte Lachlan grimmig. »Notos an der Westküste auch. Nemea hat seine Söldnerflotte verdoppelt. Es sind mehr, als wir erwartet hatten. Er sollte eigentlich kein Geld dafür haben.« Lachlan warf mir einen weiteren vernichtenden Blick zu. »Die Kaiserin ist nicht erfreut. Sie hat ihre eigene Flotte geschickt, um euch zu helfen. Sie verlangt, dass du die Sirenen zusammentrommelst und sie dazu zwingst, ihre Kraft zu nutzen, um die Flotte zu verstärken. Dass Nemeas Flotte versenkt wird, damit die Krönung ihrer Tochter nicht länger verzögert wird. Sag mir, dass ihr die Trennung vollzogen habt und dass Imogen einfach ungewöhnlich widerstandsfähig ist.«

Theodor war stoisch wie immer, saß aufrecht und regungslos da. Aber ich konnte spüren, wie ihn das, was Lachlan gerade gesagt hatte, zerriss.

»Eure Majestät?« Lachlans Blick huschte zwischen uns beiden hin und her.

»Wir haben es nicht getan«, sagte ich. »Noch nicht. Wir … Es gab eine Komplikation.«

»Eine Komplikation?« Lachlan lachte verärgert auf. »Was war es? So eine Art Komplikation, bei der du den Trank verloren hast? Eine Komplikation nach dem Motto ›Ich hatte keine Lust, mir die Mühe zu machen‹?«

»*Genug*«, blaffte Theodor. »So wirst du nicht mit ihr reden.« Er stieg ab und ging auf die Kutsche am Ende der Reihe zu. Mit einem bellenden Befehl rief er den Reitern zu: »Zurück zum Palast.« Er starrte mich an, dann Lachlan. »Ihr kommt mit mir. Wir müssen reden.«

22

Die Kutsche war klein und eng, sodass Theodor und ich uns gegenseitig in die Seite stießen, als wir die Nordstraße hinunterfuhren, zurück zum Schloss Genevreer.

Uns gegenüber auf der schmalen Bank saß Lachlan. Seine dunklen Brauen waren gesenkt, die Augen drohend auf Theodor gerichtet. »Was ist mit dir passiert, Theo?« Die Frage war vernichtend, anklagend.

Theodor erstarrte. »Was soll das heißen?«

»Das heißt, dass du seit Jahren so verdammt angespannt bist. Du warst immer perfekt. Immer auf Linie – bis zu dem Punkt, an dem ich angefangen habe, mich zu fragen, ob mit dir etwas nicht stimmt.« Lachlan fuhr sich mit den Fingern durch das kurze Haar. »Und jetzt seid *Ihr* – bist *du* – nicht mehr in der Lage, eine vernünftige Entscheidung zu treffen, um dein Leben zu retten. Welche Komplikation könnte dich daran gehindert haben, dich in der Sekunde zu trennen, in der du diesen Trank bekommen hast?«

Ich spürte Abwehr. Alles in mir sträubte sich wie Nackenfedern. Ich sprach, bevor Theodor es konnte. »König Nemea ist mein Vater«, sagte ich und verschränkte die Arme fest vor der Brust. »Mit Eusia verbindet mich ein Blutsband – mit allen Nekgya. Wenn ich Sicherheit für mich und alle Sirenen will, muss ich Eusia finden und töten. Theodor wollte gefesselt bleiben, weil mir das zusätzliche Sicherheit vor der Gefahr gibt, der ich mich stellen muss.«

Lachlans Gesicht verzog sich vor Verwirrung. Er blickte zwischen uns hin und her. »Das ist keine gottverdammte Komplikation. Es ist Imogens Verantwortung. Und es sollte keinen Einfluss auf deine eigene Verantwortung haben, Theo.«

Theodor sträubte sich. »Die Sirenen sind meine Bürgerinnen. Sie sind mein Volk, seit Königin Ligea verschwunden ist. Imogens Erfolg in dieser Sache fällt in meine Verantwortung als König.«

Lachlans Blick glitt noch einmal zwischen uns hin und her, und eine langsame Erkenntnis ließ sein Gesicht versteinern. »Oh, scheiße. *Shit.*« Er kniff die Augen zusammen. »Du willst mich verarschen, oder?«

»Was ist los?« Ich sah Theodor an, dann wieder Lachlan.

»Von all den schönen Frauen, die sich dir über die Jahre an den Hals geworfen haben.« Lachlan kniff sich in den Nasenrücken. »Von all den sehr begehrenswerten, sehr selbstbewussten, sehr unproblematischen Frauen, die du in die Finger bekommen hast, ist *sie hier diejenige,* in die du dich verliebt hast!«

Theodor neben mir war so still, dass die Zeit stillzustehen schien.

Das Schweigen ließ mich hören, wie mein Herz tobte. Es dehnte sich aus, so lange, dass es eine Antwort für sich war. Eine Mischung aus Angst und Euphorie erfüllte mich.

»Willst du es leugnen?«, fragte Lachlan und schüttelte den Kopf. »Das sollte einen nicht überraschen. Das kommt davon, wenn man versucht, unglaublich brav zu sein. Du brichst bei der ersten nackten Frau zusammen, die sich in dein Bett drängt.«

Theodor stürzte sich auf ihn. Eine Hand umklammerte Lachlans Hals, die andere holte zum Schlag aus.

Ich schrie und zerrte an Theodors Schulter. Die Kutsche war zu klein. Sie füllte sich mit Stöhnen und fuchtelnden Armen. Theodor schaffte es, um mich herum zu greifen und Lachlans Nase mit der Faust zu treffen. Ich drängte mich zwischen die beiden Männer, presste meinen Rücken gegen Theodors Brust und meine Handflächen gegen Lachlans Brustpanzer.

»*Hör auf damit.* Was zum Teufel ist los mit dir?«, schrie ich Lachlan an. Ein roter Klumpen tropfte aus seinem Nasenloch. Die beiden Männer rangen auf den gegenüberliegenden Bänken um Fassung, aber ich kniete noch immer zwischen ihnen auf dem Kutschenboden und traute ihnen nicht im Geringsten.

»Ich brauche ihn mit klarem Kopf.« Lachlan wischte sich mit dem Handrücken über die Nase und betrachtete spöttisch die Blutspur.

»Das weiß ich«, fauchte ich. Ich drückte fester gegen Lachlans Brustpanzer. Seine Lippen verzogen sich zu einer harten Linie. »Aber so bekommst du das nicht, du Idiot. Er hätte dich härter schlagen sollen.«

Der Wagen geriet plötzlich ins Schlingern und schleuderte mich erst nach vorn, dann nach hinten. Dann prallte ich mit dem Kopf gegen Theodors Kinn. Er stieß ein schmerzvolles Zischen aus und legte einen Arm um meine Taille, um mich zu stützen. Draußen ertönte lautes Getrappel. Pferde wieherten, Soldaten riefen einander etwas zu.

Lachlan und Theodor spannten sich an. Lachlan griff nach seinem Schwert, das neben ihm auf der Bank lag. Theodor zog das Ersatzschwert von der Wand über seinem Sitz.

»Was ist los?«, flüsterte ich.

Die Kutsche war langsamer geworden und stand nun still.

»Bleib im Wagen«, sagte Lachlan und setzte seinen goldenen Helm wieder auf. Er spähte durch den Fenstervorhang, aber alles, was ich von meiner Position aus sehen konnte, war Dunkelheit. Er stieß die Tür auf und schlüpfte hinaus. Theodor zog sie wieder zu und drehte das mickrige Schloss. Er dimmte die Flamme der Laterne, die von der Decke baumelte, bis wir schwer atmend in der Dunkelheit saßen.

Unsere Seiten waren eng aneinandergepresst. »Soll ich da rausgehen?«, flüsterte ich. »Wenn es eine Bedrohung gibt, könnte ich helfen. Mein Köder ist besser, als einen Pfeil in die Dunkelheit zu schießen.«

»Nein.« Theodor klang unnachgiebig. »Sie sind geschickter als du, und hier drin bist du am sichersten.«

Ich biss mir auf die Lippe. »Ich habe deine und meine Kräfte gut genug eingesetzt, als du nach der Prophezeiung bewusstlos warst.« Er schüttelte den Kopf, aber ich schalt ihn, bevor er wieder Nein sagen konnte. »Ich werde in Gefahr sein, Theodor. Immer und immer wieder werden Tod und Gefahr meinen Weg kreuzen, und du kannst nicht derjenige sein, der sie jedes Mal abwehrt.«

In der Dunkelheit konnte ich sein Gesicht nicht sehen, aber ich konnte den langen Atemzug hören, den er durch seine Nase ausstieß. Die Stimmen der Soldaten wurden von den Wänden der Kutsche gedämpft, das Klirren ihrer Rüstungen war leise, aber ich konnte trotzdem jedes ihrer Geräusche wahrnehmen.

Einer von ihnen rief in den Weinberg hinein. »Kommt heraus. Waffen runter!«

Ein Zischen und Pfeifen ertönte, gefolgt von einem dumpfen *Aufprall*. Ein Stöhnen erklang, gefolgt vom schweren, metallischen Krachen eines gepanzerten Körpers, der zu Boden fiel.

Dann brach die Hölle los.

Schreie dröhnten in meinen Ohren. Klirrendes Metall und Wiehern. Theodor fluchte, als ich an ihm vorbeihuschte. Ich drehte das kleine Schloss und stieß die Tür der Kutsche auf. Meine Stiefel rutschten in den Schlamm. Theodor griff nach meinem Ellbogen, um mich zu stützen. Seine Soldaten sahen aus wie Leuchtfeuer, golden glühend im Mondlicht, und in ihrer Mitte bewegte sich eine Handvoll gespenstisch dunkler Gestalten. Es waren nur Männer, aber sie bewegten sich mit tückischer

Anmut, schnell und behände zwischen den metallgepanzerten Soldaten.

Theodor stand an meiner Seite, das Schwert gezückt. Ich blieb mit dem Rücken zur Kutsche und schlich um sie herum, bis ich nah genug an einem der schwarz gekleideten Männer war.

Ich richtete meine ganze Konzentration auf meine Körpermitte. Dorthin, wo meine Kraft saß, wo die kranke Verbindung zu Eusia wie ein Parasit an mir klebte. Ich klammerte mich daran fest, spürte, wie die Stelle heiß wurde und sich wie ein gefräßiges, reißendes Maul öffnete. Ein Schauer der Macht kroch meine Brust hinauf in meine Kehle, und blitzschnell schoss ein unsichtbarer Köder hervor, der sich direkt in das Rückgrat des Mannes bohrte.

Er erstarrte. Sein Rücken krümmte sich. Er machte einen unsicheren Schritt zurück, der Stiefel plätscherte durch eine Pfütze. Wie eine Marionette an den Fäden meiner Fingerspitzen, drehte er sich ruckartig zu mir um. Ein Schock durchfuhr mich. Es war einer der Männer, die Theodor und ich in der Hütte des Verwalters getroffen hatten. Ich erkannte ihn – den gut aussehenden Mann. Blondes, gewelltes Haar und Augen, so hellblau, dass ich sie im Mondlicht sehen konnte.

»Im, geh zurück.« Theodors Griff um meinen Arm war schützend und fest. Er versuchte, mich wegzuziehen, aber ich hielt ihm stand.

Der Mann riss den Mund auf, als er vergeblich nach Luft schnappte. Mein panischer Blick glitt an seinem Körper hinunter, über seine schwarze, abgetragene Kleidung, zu dem Patronengurt, der über seiner Brust hing, dann zu dem roten Band, das um seinen Bizeps geschlungen war.

Um den Rand des Bandes schlängelte sich ein zähnefletschender Aal. »Du bist ein Söldner?«, fragte ich. »Hat dich König Nemea angeheuert?«

Er zitterte, sein Gesicht rötete sich vor Anstrengung. Ich lockerte meinen Köder und gönnte ihm einen schnellen Atemzug.

»Antworte mir.« Ich zog einen Dolch aus seinem Gürtel und setzte ihn ihm an die Kehle. Metall klirrte um uns herum, Schreie ertönten, und Fäuste schlugen auf Fleisch ein. Theodor ließ sein Schwert mit einem Knurren in Richtung eines Söldners zu seiner Rechten schnellen. Ich zog meinen Köder an dem Mann vor mir noch etwas fester. Seine Augen traten hervor. Er antwortete nicht.

Aber das Band an seinem Arm war Antwort genug.

Meine Wut stieg in einer Welle auf, und ich zog den Dolch mit einem Ruck quer über seine Kehle. Das Blut spritzte in einem roten Schwall aus der Wunde und ergoss sich über die Vorderseite meines Hemdes. Theodor zuckte neben mir zusammen. Als der Mann auf die Knie fiel, ließ ich meinen Köder los.

Als ich diesen Aal sah und wusste, wie nahe Nemea mir gekommen war, krampfte sich mir der Magen zusammen, und ich fühlte eine nie gekannte Angst. Dadurch angestachelt, wurde die Kraft in meiner Mitte heißer, dicker und ließ eine Reihe von Ködern aus mir herausfliegen. Sie bohrten sich tief in die auf der Straße verstreuten Söldner, ließen sie zusammenzucken und im Schlamm versinken.

Theodors Soldaten wichen zurück und sahen fassungslos zu, wie die Männer, die sie eben noch bekämpft hatten, sich am Boden krümmten, würgten und sich an die Kehle griffen. Meine Sicht war verschwommen vor Wut. Ich umklammerte die Köder fester, meine Augen brannten, mein Atem ging schnell, als Theodors Finger sich erneut tief in meinen Arm krallten.

»Imogen, hör auf.« Er schüttelte mich heftig. »Verdammt noch mal. *Hör auf!*« Er rannte zu den zuckenden Männern. Er hob einen von ihnen in seine Arme und schrie wieder meinen Namen.

Erst als Theodor den Mann weiter in seine Arme hob, schien sich mein Blick zu klären. Es war Lachlan.

Das Entsetzen traf mich wie ein glühender Blitz. Keuchend schnappte ich nach Luft und kappte jeden Köder, den ich ausgesandt hatte. Saugende Geräusche kratzten an meinen Ohren, als die Söldner alle auf einmal einen verzweifelten Atemzug nahmen. Theodors Soldaten bewegten sich so schnell auf sie zu, dass ich einen Schritt zurückstolperte. Die Spitzen ihrer Schwerter bohrten sich durch Haut und Rippen und ließen einen grausigen Chor von Todesschreien erklingen. Dunkles, dickflüssiges Blut breitete sich über den Schlamm aus und sickerte in die Pfützen, als würde die Erde selbst bluten.

Langsam half Theodor dem erschütterten Lachlan aufzustehen. Er legte ihm den Arm über die Schulter, und gemeinsam stiegen sie über die Körper der Toten und Sterbenden. »Auf die Pferde«, befahl Theodor mit müder Stimme. »Vorwärts.«

Die misstrauischen Blicke der Soldaten bohrten sich in mich. Einige von ihnen hoben den schlaffen Körper des Soldaten auf, der von seinem Pferd geschossen worden war. Ein abgebrochener Pfeil ragte seitlich aus seinem Hals. Sie nahmen ihm den Brustpanzer ab und warfen ihn bäuchlings auf den Rücken seines Pferdes.

»Lachlan. Es tut mir leid«, sagte ich, als sie an mir vorbei zur Kutsche gingen.

Lachlan schüttelte den Kopf. »Wir sind quitt.« Er versuchte es mit einem schiefen Grinsen. Theodors Blick war bedrückt. »Ich sollte es besser wissen, als dich wütend zu machen.«

Seine Stimme klang heiser, weil ich ihn gewürgt hatte. Mir drehte sich der Magen vor Übelkeit. Lachlan stieg in die Kutsche, aber Theodor blieb noch einen Atemzug lang stehen. Ich wartete darauf, dass er mich ansah, um zu sehen, wie erschüttert ich war, um mir Trost zu spenden und mich aus der Finsternis zu ziehen, in die ich geraten war.

Stattdessen zuckte er nur die Achseln und stieg in die Kutsche. Sobald er weg war, wurde die Welt um mich mit einem Mal furchtbar laut. Das Geräusch der Schwerter, die in die Scheide zurückgeschoben wurden, das Wiehern der Pferde, die Stimmen der Soldaten. Das unaufhörliche Echo der Wellen in der Ferne, das nicht enden wollende Rascheln der Weinblätter. Auch mein Geist spielte ein grausames Spiel und zeigte mir das verzerrte Gesicht Lachlans und das von brutaler Sorge gezeichnete Theodors.

Der Blutgeruch meines Hemdes lag mir schwer in der Nase. Es war klebrig und kalt geworden. Mit gesenktem Kopf stapfte ich durch den Schlamm zur Kutschentür. In diesem Augenblick beschloss ich, dass der Moment gleich nach unserem Trennungsritual der letzte sein würde, in dem ich Theodor sehen würde. Denn ich war so unberechenbar wie ein Sturm, so zerstörerisch wie eine Flutwelle, und ich könnte niemals mit mir selbst leben, wenn er in meinem Verderben gefangen wäre.

Theodors Hand fand mein Bein und drückte es. »Wir sind da.«

Zwei Tage waren vergangen. Die Räder der Kutsche knirschten auf dem Kies. Ich blickte aus dem Fenster und gähnte. Schloss Genevreer sah aus wie ein Skelett, das in der Nacht in Flammen stand. Seine Steinmauern waren bleich wie Knochen, seine Fenster leuchteten hell gegen den schwarzen Himmel.

Die Kutsche kam zum Stehen, und eine kurze Reihe von Bediensteten begrüßte uns. Theodor stieg als Erster aus, aber er griff nicht nach hinten, um mir aus der Kutsche zu helfen. Ein Diener eilte rasch herbei, sein Handschuh lag weich auf meiner Hand, als er mir die schmalen Stufen hinunterhalf.

»Danke«, murmelte ich.

Seine braunen Augen wanderten über das schmutzige Hemd, das ich immer noch trug. Es war zerknittert und steif vom getrockneten Blut. In dem Durcheinander war die Satteltasche mit meiner Wechselkleidung aus der Halterung gefallen und hatte zwischen den Leichen und dem Blut gelegen. Das Kleid, das Antonia mir geschenkt hatte, war in dieser Tasche gewesen. Der Gedanke, dass es verloren war, erfüllte mich mit einer seltsamen Traurigkeit – wieder etwas, was ich ruiniert hatte.

Ich blickte an mir herunter. Ich trug Theodors schlecht sitzende Hose, die ich mit einem ausgefransten Seil zusammengebunden hatte. Schlamm bedeckte meine Stiefel. Mein Haar war an einigen Stellen steif und verfilzt. Wenigstens hatte sich Theodor an diesem Nachmittag die Zeit genommen, um in dem seichten Bach jenseits der Stadtgrenze zu baden.

Ich schaute ihm nach, als er nun den Kiesweg überquerte. Selbst in seinem fadenscheinigen Hemd, das er wie ein Arbeiter bis zu den Ellbogen hochgekrempelt hatte, und trotz seiner Erschöpfung konnte man nicht übersehen, wer und was er war. Er stand am Fuße der Marmortreppe des Palastes, das Kinn majestätisch geneigt, die Schultern gerade und stark.

Mir fiel auf, wie viel von seiner schützenden Rüstung er auf unserer Reise abgelegt hatte. Allein mit mir in der Wildnis war er ein anderer Mensch gewesen. Jetzt waren plötzlich alle weichen, verletzlichen Seiten von ihm verborgen.

Ich blieb neben ihm stehen. »Ich würde gerne baden.«

Er nickte mir kurz zu. Etwas hatte sich zwischen uns verändert, seit ich die Kontrolle verloren hatte. Seit ich Lachlan beinahe getötet hätte.

Zumindest einer Sache war ich mir sicher: Der König von Varya konnte es sich nicht leisten, mich zu lieben. Hier, in seiner Welt, konnten wir niemals zusammen sein. Ich war etwas Schreckliches, Unzuverlässiges. Und er … er trug seine Krone so gut.

Der trennende Trank lag schwer in meiner Tasche. »Heute Abend sollten wir …«, begann ich, aber Theodors Aufmerksamkeit war woanders.

»Wir sollten was?«, fragte er abwesend. Eine tiefe Falte legte sich auf seine Stirn, als er auf die lange Reihe prächtiger Kutschen blickte, die sich wie eine Kette bunter Perlen auf der langen Auffahrt aneinanderreihten.

»Was ist los?«

Er schüttelte den Kopf. »Ich weiß nicht, warum all diese Kutschen hier sind.« Er drehte sich um und nahm die Treppe, zwei Stufen auf einmal. Ich beeilte mich, mit ihm Schritt zu halten, und rannte hinter ihm her, mitten durch die Eingangshalle. Geisterhafte Musik hallte von den Wänden wider, die Melodie war zart, fast melancholisch. Theodor folgte dem Klang bis zu der verzierten Tür an der Rückwand des Palastes. Er stieß sie auf und blieb auf der Schwelle stehen.

Es war sein Thronsaal. Es war ein hoher, in Kristall und Gold getauchter Raum, der mit extravagant gekleideten Gästen gefüllt war. Es war, als hätte Theodor den goldenen Deckel eines Schmuckkästchens geöffnet, in dem die strahlendsten Steine lagen. Der Adel von Varya besaß einen Reichtum, von dem der von Seraf nur träumen konnte.

Theodor machte einen steifen Schritt in den Saal, und die Stimme des Herolds erhob sich über die Geigen, das Gemurmel und Gelächter. Die Musik verstummte, als sich die Gäste verneigten. Ich wollte mich hinter der Tür verstecken, aber Theodor stapfte weiter in den Saal und betrachtete die Szene mit schockierten Augen.

»Der Bräutigam ist zurückgekehrt.« Die Kaiserin trat aus der Mitte der Menge hervor und breitete die Arme zu einem wohlwollenden Gruß aus.

Ich blieb so weit zurück, wie ich konnte, ohne dass sich unser

Band überdehnte und mir übel wurde. Stiefel scharrten hinter mir, und Lachlan war da, den Helm in der Hand.

»Verdammte Scheiße«, murmelte er, als er sah, wie Theodors Zorn seinen breiten Rücken krümmte und seine Hände zu Fäusten ballte.

»Was ist das?«, fragte Theodor die Kaiserin zwischen zusammengebissenen Zähnen.

Die Kaiserin neigte den Kopf, ihr bleiches Gesicht wirkte ausdruckslos. Es war ein Wunder, dass ihre massive Diamantkrone bei der Bewegung nicht zu Boden rutschte. »Eine Verlobungsfeier natürlich. Die Hochzeit ist in gut einer Woche.«

Prinzessin Halla erschien inmitten der Gäste und machte einen absurd großen Knicks vor Theodor. Ihr weißes Kleid war eng anliegend und mit glitzernden Perlen besetzt. Über ihren Schultern wogte eine durchsichtige, fließende weiße Kapuze, die an ihrem Diadem befestigt war. »Eure Majestät, ich freue mich über Eure Rückkehr.« Sie erhob sich noch einmal und schenkte ihm ein strahlendes Lächeln. »Ich bin sicher, dass Ihr Euch erfrischen wollt, aber darf ich Euch vorher um einen Tanz bitten?«

Theodor schwieg. Die Röte stieg ihm die Kehle hinauf, die bebte, als er seinen Ärger hinunterschluckte. Fast höflich nickte er Halla zu. »Ein Tanz.«

Das Lächeln der Prinzessin wurde etwas heller, als sie die Arme hob. Theodor nahm ihre Hand und fasste sie an der Taille, während sie weiter Abstand hielten. Die Musik schwoll an. Die Menge löste sich auf. Bei den ersten Schritten ihres Tanzes fühlte sich mein Magen an, als würde er sich dehnen. Er gab einen tiefen Schmerz von sich, eine protestierende Welle der Unzufriedenheit. Speichel rann mir über die Zunge. Ich rührte mich nicht. Ich spannte nur den Kiefer an, spürte den Druck in meiner Brust und ertrug das Unbehagen.

Ich spürte Lachlans Blick auf mir. »Alles in Ordnung?«

»Tu nicht so, als ob es dich interessiert.«

»Es ist mir nicht egal.« Er stieß einen schnellen Atemzug aus.

»Der trennende Trank ist in meiner Tasche«, sagte ich, während ich beobachtete, wie ein stoischer Theodor mit der Prinzessin über die Tanzfläche glitt. »Kannst du Agatha für mich suchen? Sie soll dabei sein, wenn ich ihn nehme.«

Lachlan warf mir einen schweren, fragenden Blick zu. »Weiß Theo davon?«

»Nein.« Ich schüttelte den Kopf. »Sag es ihm nicht. Bitte.«

Er schürzte die Lippen und sah unbehaglich aus. »Ich werde Agatha suchen.«

Kaum war er von meiner Seite gewichen, trällerte eine sanfte, beschwingte Stimme in mein Ohr. »Eure Reise scheint recht anstrengend gewesen zu sein, Lady Nel.« Kaiserin Nivala klang freundlich, aber ihre lapislazulifarbenen Augen waren scharf, als sie meinen Zustand musterte.

Ich trat einen Schritt zurück und machte einen Knicks. »Ja, Eure Kaiserliche Majestät. Durchaus.«

Sie wandte ihren Blick von mir ab und sah zufrieden zu, wie ihre Tochter und Theodor ihren Tanz fortsetzten. »Sie sind ein schönes Paar, nicht wahr?«

Das waren sie. Er war die Sonne, glühend und beständig, und sie war der bleiche, schimmernde Mond, der von seiner Gegenwart erhellt wurde. Und was war ich?, fragte ich mich. Die schleichende Dunkelheit vielleicht, die vom Licht der beiden verbrannt wurde.

Als die Kaiserin ihre Aufmerksamkeit wieder auf mich richtete, vertieften sich die Falten in ihren Augen vor Verwunderung. »Gibt es einen Grund, warum Ihr hier verweilt? Ihr seid mit tagealtem Blut bedeckt.«

»Nein, Eure Kaiserliche Majestät.« Ich machte einen Knicks, während sich mein Magen zusammenzog. »Entschuldigt mich.«

»Ahh, einen Moment.« Sie war seltsam still geworden, ihre ganze eisige Aufmerksamkeit war auf mich gerichtet oder vielmehr auf den Verlobungsring, den ich noch immer an meinem Finger trug. Ich blieb auf meinen schlammigen Pfaden stehen. »Ihr Name, Mylady … *Nel.*« Ihr beiläufiger Tonfall stand in krassem Widerspruch zu der unangenehmen Schärfe ihres Blicks. Sie streckte eine Hand nach der meinen aus, die Finger lang und knochenblass, doch ihre Berührung war warm und weich. Sie nahm meine Hand – die mit dem Ring – und begann, mit dem Zeigefinger über meinen Handrücken zu streichen. »Ich möchte zu gern wissen, wo er herkommt.«

Mir lief ein Schauer über den Rücken, aber ich nickte zustimmend und versuchte, den Kopf frei genug zu bekommen, um zu antworten. Nemea hieß mit Nachnamen Miros. Ich konnte mich nicht einmal an Ligeas Namen erinnern, obwohl ich ihn im Unterricht gelernt hatte. »Ich bin auf Seraf geboren«, antwortete ich mit zitternder Stimme. Ich konnte ihr nur die Geschichte erzählen, die man mir erzählt hatte.

»Seraf. Ich verstehe.« Ihre Augen funkelten verschlagen. Ihr Finger fuhr immer noch in einer sich wiederholenden Linie über meine Hand. »Das ist ein interessanter Name«, sagte sie mit einem kleinen, unfreundlichen Lächeln. »Er kommt aus Obelia.« Ihr Finger bewegte sich nicht mehr, aber sie ließ mich nicht los. »Wusstet Ihr das?«

Meine Kehle war wie zugeschnürt, meine Sinne waren in Alarmbereitschaft. Ich schüttelte den Kopf.

Sie blickte auf die Ansammlung prächtig gekleideter Adliger, auf Theodor und Halla. Dann glitt ihr Blick zu mir. »Ich will Euch davon erzählen«, sagte sie, als würde sie ein Geheimnis verraten, das unter uns bleiben sollte. »Vor Jahren, als König Athan noch regierte, als König Nemea von Seraf noch jung war, starb mein Mann. Ein guter Mann. Einfach. Er liebte Pferde. Der langweiligste

Gemahl, den sich eine Kaiserin nur wünschen kann.« Sie lachte kalt. »Alle Herrscher von Leucosia kamen in den Norden, um seiner zu gedenken. Königin Rillion. Auch Königin Ligea. Einige von ihnen waren noch nie auf dem Festland gewesen – es ist eine ziemliche Entfernung. Die Nels waren eine sehr reiche, sehr alte obelianische Familie, mit der ich seit meiner Jugend eng befreundet war. Unsere Familien waren seit Generationen miteinander verwandt, aber damals gab es nur noch wenige Mitglieder. Übrig geblieben waren eine Matriarchin, ihr kränklicher, erwachsener Sohn und seine mausgraue Frau. Sie hatten ein stilles kleines Mädchen mit den schönsten weißen Locken. An diesem ersten Abend gaben sie in ihrem Herrenhaus ein elegantes Abendessen für die königliche Familie von Leucosia.

Zwischen den Gängen besuchten wir ihre Gärten. Es war Sommer, und die Nacht war ungewöhnlich mild für den Norden. Als wir eine halbe Stunde später zum nächsten Gang zurückkehrten, lagen die Leichen der Nels – alle vier – in der Mitte des Speisesaals neben dem Tisch aufgestapelt.« Sie schnalzte, als wolle sie sagen, *was für eine Schande.* »Sie waren vom Hals bis zu den Leisten aufgeschlitzt worden, und zwar so tief, dass ihre Eingeweide auf den schönen Teppich tropften.« Wieder zeichnete dieser Finger eine langsame Linie über meinen Handrücken. In der Mitte. Er ahmte die Art nach, wie die Nels aufgeschlitzt worden waren. »Der Leiche der Matriarchin hatte man den Schmuck abgenommen. Eine Spinellkette und dazu passende Ohrringe. Auch einen Ring.«

Ich zuckte zusammen. »Das ist eine furchtbare Geschichte.«

»In der Tat.«

»Warum habt Ihr sie mir erzählt?«

»Ach, na ja.« Sie strich mit dem Daumen schnell über meine Handfläche – über meine vielen Narben. Sie lächelte. Dann ließ sie mich los. »Ihr, geboren auf Seraf, mit diesem Namen. Das hat Erinnerungen geweckt.« Sie gab ein nachdenkliches Brummen von sich. »Nemea war damals wirklich gut aussehend. Er hat sich sehr um mich gekümmert, als ich unter Schock stand und um meinen verstorbenen Mann trauerte. Ich frage mich, wie es ihm wohl ergangen ist.«

Mein Puls beschleunigte sich. »Wie viele Jahre ist das her?«

Ihre blauen Augen rollten in Gedanken nach oben. »Halla war noch nicht geboren, also ist es jetzt fünfundzwanzig Jahre her. Meine Güte, die Zeit ist eine wilde Sache, nicht wahr?«

In diesem Moment war es nicht die Zeit, die ich für wild hielt. »Guten Abend, Eure Kaiserliche Majestät.«

Ich machte einen wackeligen Knicks, warf einen letzten Blick auf Theodor und floh – zum Teufel mit dem Blutsband – aus dem Thronsaal.

23

Ich stolperte die kerzenbeleuchtete Treppe hinauf. Die Statuen der großen Götter, die die Balustrade säumten, starrten auf mich herab, und ich wappnete mich gegen ihre leeren, brennenden Blicke. Gegen den unerbittlichen, stechenden Schmerz in meinem Magen. Ich blickte finster zur unheimlichen Statue des Panos hinauf; aber von allen Göttern – meine Mutter eingeschlossen – konnte man etwas lernen. Von ihrer Unnachgiebigkeit, ihrer Unerbittlichkeit. Theodor hatte diese Eigenschaften, aber ich … Ich neigte dazu, mich angesichts meiner Not und meiner Angst aufzulösen. Es kostete mich alles, nicht zu Theodor zurückzulaufen.

Außerdem war ich mir sicher, dass die Kaiserin von Obelia genau wusste, wer ich war.

Oben auf der Treppe krampfte sich mein Magen zusammen. Schnell lief ich zum Ende des Ganges und zur Tür von Theodors Gemach. Vielleicht hätte ich woanders hingehen sollen, aber der Palast war verwinkelt, und ich sehnte mich nach der Geborgenheit eines vertrauten Ortes. Ich drehte den Türknauf und rannte in den Waschraum. Vor dem Waschbecken rang ich nach Luft, bis mir der Schweiß ausbrach. Das Würgen ließ nach, der Schmerz nicht. Ich spritzte mir kaltes Wasser ins brennende Gesicht und zog mir das schmutzige Hemd vom Körper. Bevor ich meine Hose auszog, holte ich vorsichtig den Trennungstrank aus meiner Tasche und stellte ihn auf den Tisch neben Theodors Bett.

Es war, als hätte man mir einen Stein auf die Brust gelegt, der allmählich nach unten sank, sich durch die Knochen bohrte und auf mein Herz drückte. Ich schrubbte mich mit Seife, die nach Theodor roch. Als ich sauber war, wickelte ich mich in ein Handtuch, rollte mich auf dem Fliesenboden zusammen und wartete auf die nächste Welle der Übelkeit.

Die Scharniere der Zimmertür quietschten. Schnell sprang ich auf, rannte in den Raum. »Theo?«

Da stand Agatha in einem hübschen anthrazitfarbenen Kleid; ihr Gesicht war besorgt, und meine Augen brannten.

Verdammt. Ich wollte, dass er es war. Ich wollte immer, dass er es war.

»Lachlan hat mir alles erzählt.« Agathas Blick wurde weicher.

»Dass ich ihn fast umgebracht hätte, weil ich die Kontrolle verloren habe?« Ich sog einen zittrigen Atemzug ein. »Von Eusia und Nemea?«

Sie nickte mir knapp zu. Der Ausdruck auf ihrem Gesicht war eine Spur zu mitleidig. »Wenigstens bist du in einem Stück zurückgekommen.«

»Ich glaube nicht, dass ich das bin. Ich fühle mich, als hätte man mich aufgeschlitzt.« Meine Stimme versagte. »Ich glaube … ich liebe ihn.«

Agatha erstarrte. Blinzelte. Nickte einmal. »Dann wollen wir dich mal anziehen.«

Eine weitere schmerzhafte Welle der Übelkeit durchströmte mich. »Hast du mich gehört?«

»Ich habe dich gehört.« Agatha öffnete Theodors Schrank. Darin hing eine Handvoll Kleider, die ich vom Wagen der Schneiderin her kannte. Agatha nahm ein weinrotes Seidenkleid heraus.

»Ich werde mich gleich darauf übergeben.«

Agatha kam entschlossen auf mich zu. »Ich weiß nicht, wie das alles weitergehen soll, Imogen. Ich weiß nicht einmal, was ich von all dem halten soll. Vielleicht musst du um ihn kämpfen. Vielleicht musst du ihn gehen lassen. Aber was auch immer von dir verlangt werden wird, du kannst es nicht tun, solange du nackt bist.«

Ein trauriges Lachen stieg in meiner Brust auf. Ich ließ mir von ihr in ein Unterhemd und in ein Korsett helfen und hielt inne, um ins Waschbecken zu würgen, ohne dass etwas kam. Sie zog an den Schnüren auf meinem Rücken. »Erzähl mir von deinem Plan.«

Plan schien ein großes Wort für das Durcheinander in meinem Kopf zu sein. »Ich weiß nicht … ich muss Eusia finden. Wir haben erfahren, dass sie eine Zauberin ist oder zumindest etwas Magie besitzt, so wie eine Seherin. Theo hat gesagt, dass es hier in einem Studierzimmer Bücher über Magie gibt. Ich brauche diese Bücher.« Ich schluckte einen Anflug von Übelkeit hinunter. »Zuerst müssen wir die Bindung lösen. Ich nehme jetzt den Trank …«

»Imogen?« Mein Kopf schoss in Richtung der offenen Tür. Theodor stand da, bleich, eine Hand auf den Bauch gepresst. Seine großen Augen sprangen zwischen mir und Agatha hin und her. »Du wolltest den Trank nehmen?«

Agatha ließ meine Schnüre los, als sie noch halb offen waren. »Ich gehe.« Sie drückte mir zum Abschied kurz die Hand. »Ruf mich, wenn du mich brauchst.« Sie schob sich an Theodor vorbei und ging.

Die Luft im Raum veränderte sich. Mit langsamen Schritten kam er näher, und meine Übelkeit ließ nach. Seine grünen Augen waren gequält, seine Stimme rau. »Antworte mir.«

»Ja, das wollte ich. Du hast seit anderthalb Tagen nicht mehr mit mir gesprochen. Die Kaiserin …« Mir fehlten die Worte, um unsere Situation zu beschreiben. »Und du und Halla – ihr seid so ein schönes Paar. Es ist eure Verlobungsfeier. Und ich muss mich um meine eigenen Verpflichtungen kümmern …«

»Ich kann sie nicht einmal sehen, so sehr bin ich von dir eingenommen.« Emotionen zeichneten sich auf seinem Gesicht ab. »Du füllst alle meine Sinne aus. Du gehst mir nicht aus dem Kopf. Du bist die Gesamtheit all meiner Träume. Nach dem, was Lachlan gesagt hat, konnte ich nicht mehr mit dir sprechen, weil ich schockiert war – dass er recht hatte. Mit dem, was ich fühle …«

»Theo«, flüsterte ich und unterbrach ihn.

Er schüttelte heftig den Kopf. »Es ist nicht das Blutsband. Das wissen wir beide. Da ist etwas zwischen uns, das diese gottverdammte Flasche Dreck nicht trennen kann.« Er verringerte den verbleibenden Abstand zwischen uns, nahm mein Gesicht in seine Hände. Er sprach an meinen Lippen. »Was ich für dich empfinde, ist jenseits aller Vernunft – jenseits von Pflicht und Verlangen. Du hast meine ganze Welt auf den Kopf gestellt, und du bist das einzig Klare in diesem Chaos.« Seine Nase berührte meine. »Du. Ich will *dich*.«

Ich schloss die Augen vor der Unmöglichkeit seiner Worte, vor der Gefahr, die von ihnen ausging. Rohanas Worte gingen mir durch den Kopf. Es war kein Wunder, dass er nicht zur Vernunft kam. Denn meine Seele war das Wasser, beweglich, wild, zerstörerisch, aber Theodor hatte Wurzeln. Sie gruben sich tief ein, hielten ihn fest – und ich hatte ihn ertränkt.

Dann küsste er mich, und jeder klare Gedanke, den ich hatte, war dahin. Seine Lippen waren heiß und weich, und sie trafen meine mit einer Verzweiflung, die meine fadenscheinige Entschlossenheit durchbrach.

Ich stellte mich auf die Zehenspitzen. Ich küsste ihn, als wäre er Luft, als wäre er Licht, und ich hatte mein ganzes Leben damit verbracht, im Dunkeln nach Luft zu schnappen. Er stöhnte in meinen Mund, während seine Zunge über meine strich. Harte Finger krallten sich in die Strähnen meines Haares. Er presste seine Lippen auf meinen Kiefer, auf meinen Hals.

»Halte mich nicht für egoistisch«, hauchte ich. »Nimm es mir nicht übel, wenn ich diese Bücher finde und lese. Wenn ich den trennenden Trank nehme.«

In seinem Blick lag Qual. »Wenn du egoistisch bist«, er gab mir einen tiefen, genießerischen Kuss. »Dann bin ich ein gefräßiger, gieriger Unhold, weil ich dich so sehr will.«

Wenn ich mich vorher für schwach gehalten hatte, wenn es um Theodor ging, so hatte ich mich getäuscht. Ich erwiderte seine Küsse mit beschämender Hingabe. Er zog an meinem halb geöffneten Mieder und ließ seinen Mund über meine nackte Schulter und mein Schlüsselbein gleiten. Er stöhnte frustriert auf, als er das Mieder nicht mehr weiter herunterziehen konnte.

»Dreh dich um.« Er drehte mich um, küsste meinen Nacken von hinten, während er mich zum Bett führte. Er drückte mich über die Bettkante und krümmte seinen Körper über meinen, während er den Rest meiner Schnürung löste und seine Lippen, Zähne und Zunge über meinen Rücken gleiten ließ. Er verteilte sanfte Küsse auf der Haut, die meine Flügel verbarg. Als er mir das Kleid, das Unterhemd und das Korsett auszog, wanderten seine Lippen tiefer und tiefer, bis zum Ansatz meiner Wirbelsäule. Seine Worte waren heiser, heiß und feucht auf meiner Haut. »Zu viele Kleider.«

Schließlich war es nur noch ein Haufen Stoff, der meine Füße umgab. Theodor gab einen leisen, rauen Laut der Zustimmung von sich, als er mich nackt und über die Seite seiner Matratze gebeugt betrachtete. Mit der zartesten Berührung strich er ein paar verirrte Strähnen meines langen Haares beiseite und gab mir einen zärtlichen Kuss auf die Mitte meines Rückens. »Perfekt«, flüsterte er und jagte mir einen Schauer über den Rücken. »Du bist wunderschön.«

Er gab mir einen Kuss nach dem anderen, immer tiefer und tiefer auf meinen Rücken, bis er sich hinter mich kniete. Ich stieß einen zitternden Atemzug aus, als seine Lippen langsam über die Rundung meines Hinterns strichen, während seine Finger mein Fleisch umschlossen und kneteten. Er drückte meine Schenkel weiter auseinander. Der erste Hauch seiner Zunge entlockte mir ein Stöhnen aus der Tiefe meiner Brust.

Die Welt schrumpfte auf ihn zusammen, auf die schwere Hitzewelle, die er mit jedem Zungenschlag durch meinen Bauch schickte. Mit einem kräftigen Griff schob er mein Knie über die Bettkante. Die Hitze breitete sich in einer kräuselnden Welle in mir aus. »Theo«, rief ich, schwach und hoch.

»Noch nicht«, sagte er an der weichen Haut meines Innenschenkels. Stöhnend ließ er einen Finger in mich gleiten. Dann noch einen. Meine Hände krallten sich in die Decke, meine Hüften bebten, aber er hielt mich mit einem starken Arm fest. Mit diesen Fingern, die sich in mich hinein und wieder hinaus bewegten, mit seiner heißen Zunge, die sich perfekt an meine empfindlichste Stelle schmiegte, konnte ich nicht länger warten.

Mein Schrei erfüllte den Raum. Mein ganzer Körper war schweißgebadet und pulsierte, zitterte unter der fließenden, süßen Art, wie seine Zunge, seine Lippen mich noch immer bearbeiteten. Er rollte mich auf den Rücken und spreizte meine Beine. Er fuhr mit seinem Mund über die Innenseite meiner Beine, biss und küsste mich. Als ich völlig erschöpft nach ihm griff, wich er zurück.

Er legte seine Wange auf meinen Oberschenkel und grinste mich frech an. »Hast du vergessen, dass ich von Gier zerfressen bin, wenn es um dich geht?« Wieder legte er seine Lippen auf mich – saugend, leckend. »Ich bin noch nicht fertig.«

Es dauerte nicht lange, bis das Kerzenlicht vor Euphorie flackerte und ich mich wieder stöhnend gegen ihn bog. Ich lag auf dem Bett, meine Glieder so schwach wie junge Zweige, und Theodor beugte sich mit dem selbstgefälligsten Lächeln, das ich je gesehen hatte, über mich. »Brauchst du einen Moment?«

»Du bist sehr stolz darauf, nicht wahr?«

Er beugte sich über mich, das Lächeln immer noch auf seinem schönen Gesicht, und legte seine Lippen auf meine Brust. »Mmm hmm.«

Ich bog meinen Rücken durch und drängte ihn, mich tiefer in seinen Mund zu nehmen. Er willigte ein und ließ seine wunderbare Zunge über mich gleiten. »Zieh dich aus«, hauchte ich.

Er setzte sich wieder auf die Knie und begann, seine Knöpfe zu öffnen. Mit ungeschickten Fingern griff ich nach seiner Hose, während mein Blick auf seinem flachen Bauch und seiner starken Brust ruhte, die sich zusammenzog und spannte, als er sein Hemd auszog. Er war wunderschön, so perfekt geformt wie die Statuen, die seinen Palast schmückten. Er betrachtete mich mit seinen dunklen Augen unter schweren Lidern, während ich seinen Anblick in mich aufnahm. Die Rundungen seiner Muskeln, das dunkle Haar auf seiner Brust, die dünne Spur, die dorthin führte, wo meine Finger schwebten. Ich öffnete den Verschluss und schob seine Hose und Unterwäsche über seine Hüften.

Ich genoss es, ihn nackt zu sehen, sein Verlangen, seine große, angespannte Gestalt. Ich legte meine Hand um ihn, und er stieß einen schmerzhaften Atemzug aus.

»Leg dich hin«, sagte ich, meine Lippen auf seiner Brust.

»Du musst nicht …«

»Halt die Klappe!« Ich drückte ihn zurück in die Kissen, und ein selbstgefälliges Lächeln umspielte meinen Mund. Ich legte meine Lippen auf seine, und das Zischen der Luft, die er in seine Brust sog, erfüllte mich mit Freude. Seine Hand umfasste meinen Nacken, seine Finger griffen in mein Haar. Sein Kopf fiel zurück auf das Kissen, die geschwollenen Lippen öffneten sich zu einem leisen Stöhnen.

Auch ich war gierig. Ich wollte ihn ganz und gar besitzen, wollte von ihm verschlungen werden, wollte die Erinnerung an ihn durch meine Sehnen, durch mein Mark ziehen und sie mit mir tragen, solange ich lebte. Schließlich stieß er ein dunkles, frustriertes Knurren aus und zog mich auf seinen Schoß.

Er sah zu mir auf, mit einem warmen, süßen Gefühl, das ich nicht zu entziffern versuchte. Es würde schon schwer genug sein, ihn von meinem Blut zu trennen, geschweige denn von meinem Herzen. Seine Lippen waren inbrünstig, anbetend, als sie die meinen trafen, als sie sich meinem Hals näherten, meinem Ohr. Er führte meine Hüften über seine und beobachtete mit gespannter Aufmerksamkeit, wie ich langsam auf ihn niedersank.

»Ihr Götter.« Ich keuchte, in der ekstatischen Spannung, von ihm erfüllt zu sein.

»Imogen«, sagte er an meinem Hals. Er richtete sich auf, umfasste meine Hüften und versank ganz in mir. »*Immy*.«

Ich atmete nicht, als er mich auf seinem Schoß hob und wieder senkte. Er flüsterte seine Zustimmung, seine Bewunderung. Ekstase war in seine Züge gemeißelt, sein erhitzter Blick folgte jeder meiner Bewegungen. Ein langsames, volles Lächeln erhellte sein Gesicht.

»Was?«, fragte ich stöhnend. Er schüttelte den Kopf und legte einen Arm um meine Taille. Ich quietschte auf, als er mich auf den Rücken rollte und über mir ein neues Tempo vorgab. »Sag es mir.«

Er hielt inne. Sein Atem ging stoßweise, und sein Lächeln verwandelte sich in einen offenen, staunenden Blick. »Ich habe noch nie etwas gewollt …« Er hielt inne. »So wie ich dich will.«

Mein Herz zersprang. Er küsste mich, bevor ich etwas erwidern konnte, und wir wurden zu einem Knäuel aus schwerem Keuchen, zitternden Muskeln und verzücktem Stöhnen. Er durchströmte jeden Teil von mir mit einer anschwellenden Flut, löste alle Grenzen auf, alle Rationalität. Gemeinsam versanken wir unwiederbringlich in die süßeste, dunkelste Tiefe.

Die Nacht war still und ruhig. Ich döste, den Kopf auf Theodors Brust, ein schweres Bein auf seinem. Meine Finger zogen Kreise auf seinem Bauch. Inzwischen hatte ich gelernt, seine Stimmung am Rhythmus seiner Atemzüge zu erkennen. Jetzt kamen sie sanft und gleichmäßig. Keine Anspannung zerrte an seinen anmutigen Muskeln, keine Unruhe breitete sich in seinen Fingern aus, wie es so oft der Fall war.

Er war in Frieden. Und ich beneidete ihn darum. In meinem Kopf wirbelten Pläne, Sorgen und schreckliche Gedanken durcheinander. Ich versuchte, einen Plan zu schmieden, der es mir erlaubte, ihn zu behalten, der es mir erlaubte, zu bleiben, aber wie ich es auch drehte und wendete, ich fand keinen Weg.

Theodors Atem wurde flacher, als er in den Schlaf glitt. Als seine Hand von meiner Taille rutschte, klopfte es. Ich hob den Kopf von seiner Brust.

»Eure Majestät?«, kam eine Männerstimme von der anderen Seite der Tür. »Ich habe die Bücher.«

Theodor grunzte, dann rief er benommen: »Lasst sie hier.«

»Ja, Eure Majestät.« Ein dumpfer Schlag ertönte. »Gute Nacht, Eure Majestät.«

»Welche Bücher?«, fragte ich Theodor in einem zu lauten Flüsterton. Ich stand auf und schlich zur Tür, wobei ich mich vergewisserte, dass niemand auf der anderen Seite war.

»Du hast zu viel Energie nach all dem«, murmelte Theodor, »ich habe das Gefühl, dich enttäuscht zu haben.«

»Nein, ich bin völlig erschöpft. Völlig ausgelaugt. Herrlich wund.« Ich lächelte ihm über die Schulter zu. »Ich bin einfach zu aufgeregt zum Schlafen. Es ist, als wären Bienen in meinem Schädel.« Ich öffnete die Tür. Ein knappes Dutzend kleiner Bücher, in altes, rissiges Leder gebunden, stapelten sich in einem Korb auf dem Boden, darauf lag ein gefaltetes Stück Papier. Ich zog sie über die Schwelle und hob das oberste Buch mit dem darauf liegenden Zettel auf.

Theodor betrachtete mich mit verträumten, müden Augen, ein leichtes Lächeln lag auf seinen Lippen. »Wunderschön.«

Ich lächelte ihn schüchtern an. »So wie du.« Ich faltete das Papier auseinander und kroch zurück ins Bett, um es zu lesen.

Eremitin Vasili,
ich habe mir eine Frau genommen. Als Geschenk bitte ich untertänigst um die Nutzung aller Bücher des Großen Gottes Jesop, die sich mit Magie, den magischen Sehern und dergleichen befassen. Wie Ihr sagt, gehören die Bücher dem Königreich Leucosia. Seid versichert, dass sie dazu dienen werden, es zu unterstützen, zu schützen und zu bewahren.

Euer König,
Theodor Ariti

Gelobt sei das Andenken der Großen Götter, dass Ihr eine Frau gefunden habt, die würdig genug ist, vor ihr niederzuknien. Ihr wurdet zu alt.

Hier. Rückgabe in zwei Tagen. So wie sie sind.

Ich schnaubte über die knappe Antwort. Theodor gluckste, als er die Notiz betrachtete.

»Sie lebt im Palast«, sagte ich. »Du hättest sagen sollen, dass du ›bald eine Frau nehmen wirst‹. Sie wird merken, dass die Hochzeit noch nicht stattgefunden hat, und dich mit ihrem Stock verfolgen.«

»Diese Frau hat den Keller seit vierzig Jahren nicht verlassen.« Er küsste meinen Arm. »Außerdem habe ich dich gemeint.«

»Oh.« Meine Wangen wurden heiß. »Was hat das zu bedeuten?«, fragte ich mit vor Ergriffenheit leiser Stimme. »Eine Frau, die es wert ist, vor ihr niederzuknien?«

»In Leucosia kniet ein König – oder eine Königin – im Rahmen der Bindungszeremonie vor seiner Verlobten, und nur vor seiner Verlobten.« Seine Augen waren geschlossen. Er zuckte mit den Schultern. »Mein Vater hat das nie getan. Die Einsiedlerin muss sich daran erinnert haben, und pedantisch wie sie ist, versucht sie wahrscheinlich, mir ein schlechtes Gewissen einzureden, damit ich die Tradition ehre.«

Ich erinnerte mich an Nemeas Berg in der Nacht meiner Flucht. An den heulenden Wind, daran, an mein Zittern und daran, wie Theodor vor mir auf die Knie fiel, als ich ihm den Treueeid schwor. Ich legte das Buch auf die Matratze, drehte mich auf die Seite und strich ihm eine Haarsträhne aus der Stirn. »Du hast vor mir gekniet.« Die Worte waren zaghaft, voller Fragen.

Sein Grübchen erschien und verschwand mit einer schnellen Bewegung seines Mundes. »Und ich werde es später wieder tun.«

Ich drückte ihm schwach auf die Schulter. »Wenn wir Nemea entkommen sind.«

Er öffnete seine schläfrigen Augen, sah in meine und schloss sie dann wieder. »Ich bin verliebt, seit ich dich auf dem Aussichtspunkt in diesem lächerlichen Kleid gesehen habe. Es war leicht, auf die Knie zu gehen.«

»Du lügst«, sagte ich atemlos.

Er schüttelte den Kopf, die Augen immer noch geschlossen. Mit einem schiefen Lächeln flüsterte er: »Liebestrunken.« Theodor legte einen Arm um meine Taille und zog mich an sich. Er gab mir einen langen, langsamen Kuss. Trotz seiner Wärme durchlief mich ein kalter Schauer. Er schlief ein, aber ich blieb wach und starrte auf den Baldachin des Bettes. Rohanas altersschwache Stimme hallte höhnisch in meinem Kopf wider.

Du bist eine Göttin.

Nimm dir, was du willst.

24

Der Schlaf kam nicht. Ich lag am Rand des Bettes, auf das Kissen gestützt, um im schwachen Licht einer einzelnen Kerze lesen zu können. Mit schweren Augen überflog ich Jesops anspruchsvolle Handschrift. Es war eine eintönige Seite nach der anderen, mit Abstammungslinien und Geschichten über die Großen Götter aus ihrer Anfangszeit. Hochzeiten, Todesfälle und Geburten, und ich ertappte mich dabei, wie ich Jesops langes Gedächtnis verfluchte und mir wünschte, er hätte stattdessen eine Gabe für schöne Prosa gehabt.

Die Sonne schlich sich langsam heran und tauchte den Himmel jenseits des Fensters in ein stählernes Grau. Ich wollte, dass die Zeit stillsteht. Ich wollte diese Bücher in Windeseile durchblättern und genau das finden, was ich brauchte, aber mit jeder nutzlosen Seite, die ich umblätterte, schwand meine Hoffnung. Selbst wenn ich wüsste, wo Eusia war, selbst wenn der genaue Zauberspruch, den ich brauchte, schwarz auf weiß geschrieben stünde, er würde mir nicht geben, was ich wirklich wollte.

Ich klappte das Buch zu und sah Theodor an. Er schlief auf dem Rücken, die Lippen geöffnet, die Augenbrauen glatt. Die ganze Welt war gegen uns, aber meinem Körper, meinem Herzen schien das egal zu sein. Mein ganzes Leben lang hatte ich mich gefragt, wie es wohl sein mochte, irgendwo dazuzugehören – und jetzt begann ich es zu wissen.

Ich nahm das nächste Buch in die Hand. Ein kleiner blauer

Lederband mit vergilbtem Papier und einem brüchigen Buchrücken. Mit neuer Dringlichkeit blätterte ich die Seiten um, eine nach der anderen, bis mein Blick auf eine Kapitelüberschrift fiel:

DER ERSTE MAGIER.

Die Decke glitt von meinem Körper, als ich mich aufrichtete. Die Knie an die Brust gezogen, umklammerte ich den Buchdeckel und las mit großen Augen weiter.

Die Magie wurde aus Bosheit und Eifersucht geboren, aber ich kann nicht sagen, dass sie nicht auch ihren Nutzen hat. Ihre Tugenden sind zahlreich. Sie kann heilen, sie kann weissagen, sie kann Blut auf dem Meer, auf dem Land oder in der Luft aufspüren. In manchen Fällen kann sie das tun, was die Macht der Götter nicht vermag. Es gibt Berichte von Schiffen, die durch Zauberei aus der Tiefe auftauchten. Von Toten, die sich aus ihren Gräbern erhoben haben. Aber meine Warnung muss deutlich ausgesprochen werden:

Was auch immer die Zauberei ihrem Anwender geben mag, sie wird ihm mehr als das Doppelte nehmen.

Die Temperatur im Raum schien zu sinken. Die groteske Erinnerung an die schlaffe, marmorierte Haut, die unter Rohanas milchigweißen Augen hing, schlich sich in meine Gedanken. Ich dachte an ihre bläulichen Zähne und ihren nutzlosen Körper. Es war Magie, die sie von einer Jungfrau in ein Monster verwandelt hatte.

Als die Erste Magierin ihr magisches Werk begann, hieß es, sie wolle ihre Schwester, die Große Göttin Ligea, in den Schatten stellen, die bei ihrer Geburt mit unermesslicher göttlicher Macht ausgestattet worden war. Der Magierin war nur wenig gegeben. Ihr Geist jedoch war scharfsinnig. Indem sie ihr eigenes Sirenenblut vergoss, Mixturen braute, Opfer darbrachte und wohlformulierte Gebete sprach, gelang es ihr, eine neue Art von Macht zu erlangen. Eine Macht, über die ihre Schwester, die Große Göttin, nicht verfügte.

Mein Herz schlug wie eine unaufhörliche Mittagsglocke. Das Zimmer wurde heller. Theodor erwachte, aber nur, um näher an mich heranzurücken. Er drückte seinen schlafwarmen Körper an meinen, gab ein leises Brummen von sich und legte dann einen schweren Arm um meine Mitte. Ich richtete das Buch um ihn herum zurecht und las weiter.

Der erste Zauber, der gewirkt wurde, war ein Zauber des guten Willens. Die Magierin gab eine Prophezeiung für eine schwangere Frau. Sie benutzte einen einzigen Tropfen Blut, ein Stück fettes Fleisch der Mutter und einen Trank aus Meerwasser und Räuchergräsern. Die Mutter wollte die Zukunft und das Schicksal ihres Kindes erfahren, da sie unter unheilvollen Träumen litt. Die Magierin sagte voraus, dass das Kind eine große Seherin werden würde. Die Magierin nannte das Kind Rohana und prophezeite, dass es den leucosianischen Archipel viele Jahre lang beraten und beschützen würde.

Zu diesem Zeitpunkt wusste die Magierin jedoch noch nicht, dass ihre neue Magie sich völlig von der Macht der Großen Götter unterschied. Die Magie, die für Zauberei eingesetzt wird, hat ihre Grenzen und ihren Preis. Mit der Zeit wurde die Magierin immer schwächer und erkannte zu spät, dass sie einen Weg finden musste, das wieder aufzufüllen, was die Magie ihr nahm. Sie zehrte an ihrem Körper, und was einst stark und vital gewesen war, wurde klein und schwach.

Die Zauberei der Magierin hatte ihr eine gewisse Anerkennung eingebracht. Sie war im ganzen Reich bekannt, genau wie die Großen Götter. Einige fürchteten sie, andere bewunderten sie, wieder andere verfluchten sie, weil sie dieser Magie nicht trauten, die sie nicht verstehen konnten.

Als ihre Gesundheit nachließ, schwand auch ihre Fähigkeit zu zaubern. Als auch ihr Ruhm schwand, setzte der Wahnsinn ein. Sie begann von denen, denen sie gedient hatte, Bezahlung zu verlangen, und während einige sie aus Angst zahlten, taten es viele nicht. Denn der Preis war hoch.

Es gibt einen seltsamen Bericht über die Mutter, der die Magierin eine Prophezeiung gegeben hatte. Aus der Erzählung des Mädchens Rohana weiß ich Folgendes:

Das Baby war zu einem Kind herangewachsen, als die Magierin zu ihrer Mutter kam, damit diese ihre Schulden beglich. Inzwischen war der Körper der Magierin so erschöpft, dass sie sich Begleiter anheuerte, die sie quer über das Archipel trugen. Sie brachten sie an die Nordküste von Varya, wo die Mutter und Rohana lebten. Ohne Einladung betrat sie ihr kleines Haus. Zwei Tage später verließ sie es mit wiedererstarkten Muskeln. Ihr Körper war wieder ganz, ihre trüben Augen leuchteten, ihre Haut war wieder straff. Rohanas Mutter wurde nie mehr gesehen.

Von da an weihte die Magierin die Heiligen Holme als rituellen Ort für Varyas Magie. Dort, auf einer kleinen Insel, verband sie sich mit dem Boden und dem Meer und konnte sich selbst erhalten, indem sie die Suchenden zu sich lockte und ihre magische Energie bewahrte. So schuf sich jede Magierin auf der Insel einen heiligen Ritualort, um sich selbst zu stärken und ihr Handwerk auszuüben.

»Verdammte Götter.« Ich blätterte zur nächsten Seite, weil ich mehr wissen wollte, aber ich fand nur Regeln und Gesetze, die sich auf die Seher und ihre Magie bezogen. Auf der Seite daneben war eine lange Liste der göttlichen Abstammungslinien. Rohanas Hütte tauchte vor meinem inneren Auge auf. Der Boden war übersät mit Knochen von Menschen und Tieren. Ich dachte an Theodors Geschichte über das Ritual der Übertragung. Er hatte den Leichnam seines Vaters nicht aus ihrer schrecklichen, verrottenden Hütte mitnehmen können. Jetzt verstand ich, warum – es war die Bezahlung gewesen.

»Denn der Preis war hoch«, flüsterte ich mir selbst zu, gefangen in einem dunklen Gedankenstrudel.

Theodor streckte sich neben mir aus, ein honigsüßer Ton durchströmte ihn. Ich ließ zu, dass er mich näher an sich heranzog, und suchte verzweifelt seine Berührung. Kaltes Grauen hatte mich erfasst.

Ich blickte noch einmal in das Buch. Die Seite mit den Abstammungslinien glich einem Netz aus weicher schwarzer Spitze. Jesops Schrift war klein und präzise, die Linien, die die Namen miteinander verbanden, waren mit dünnen Tintenfäden geschrieben. Zuerst fand ich den Namen des Großen Gottes Panos. Er war der erste in einer Reihe von zwei jüngeren Brüdern und einer Schwester, die alle aus der letzten Generation der Götter der Erde hervorgegangen waren. Panos' Linie reichte bis zu Theodors Vater Athan zurück. Das Buch war zu alt, um Theodor darin aufzuführen, aber seine älteren Geschwister wurden erwähnt. Alle drei waren vor seinem zehnten Lebensjahr verstorben.

Als Nächstes sah ich Ligea. Es gab keine zarten Linien zu Nachfahren, die von ihrem Namen ausgingen, aber es gab eine klare Linie, die nach rechts abbog. Eine jüngere Schwester.

Als ich ihren Namen las, zuckte mein Körper zusammen.

Eusia.

Eusia. Die Schwester meiner Mutter. Die Erste Magierin. Das monströse Wesen, das sich von meiner Kraft ernährte und meine Art jagte, war die Erste Magierin des Reiches gewesen.

»Theo.« Ich rüttelte an seiner Schulter. »Theodor, wach auf.«

Seine Finger krallten sich in meine Seite, und er stöhnte schlaftrunken auf. »Was ist los?«

»Ich habe etwas gefunden. Erzählst du mir von der Hinrichtung der Ersten Magierin? Hast du nicht gesagt, sie sei getötet worden?«

Er blinzelte und rieb sich die Augen. »Ich glaube schon. Wenn ich mich recht erinnere, wurde sie ausgeweidet und vor der Küste von Anthemoessa ins Meer geworfen.«

»Anthemoessa?« Ich schüttelte den Kopf. Die Heimatinsel der Sirenen lag weit im Westen und war jetzt wegen der Krautfäule unbewohnbar. »Sie hat Rohanas Insel auf den Heiligen Holmen zu ihrer Kultstätte gemacht. Wie sollte sie nach Anthemoessa gekommen sein?«

Er schüttelte träge den Kopf. »Es tut mir leid, Immy. Ich weiß es nicht. Vielleicht weiß es Agatha.« Er drückte mir eine Spur langsamer Küsse auf Schulter und Arm, doch selbst als seine Berührung eine wohlige Wärme in mir auslöste, konnte ich mich ihr nicht hingeben.

»Eusia ist die Erste Magierin«, flüsterte ich. »Sie war – *ist* – Ligeas Schwester.«

Theodor erstarrte. Seine Hand wanderte zu meinem Gesicht und zwang mich, ihm in die Augen zu sehen. »Imogen, das ist unmöglich. Sie wurde getötet.«

Ich schüttelte den Kopf. Hielt das Buch hoch. »Es steht hier drin.«

»Wie?« Sein Blick huschte umher, seine Gedanken schienen hektisch zu springen. »Wie kann man etwas töten, das bereits tot ist?«

»Magie.«

Theodor runzelte fragend die Brauen.

»Magie«, wiederholte ich. Ein ungutes Gefühl beschlich mich bei dem Gedanken daran. »Ich müsste einen Zauber anwenden, um unser Band zu lösen. Einen Zauber, um sie zu finden. Einen, um uns zu trennen, und einen, um sie zu vernichten.«

Die Spannung in seinem Körper stieg, und seine Finger

griffen frustriert in mein Haar. »Nein. Ein Zauber ist etwas völlig anderes als *drei*, Imogen. Du weißt, was Magie anrichten kann – du hast Rohana gesehen.«

»Sie wendet die Magie schon seit Hunderten von Jahren an. Drei Zaubersprüche werden nicht …«

»*Nein*.«

»Wenn Eusia an mich gebunden bleibt, werden die Sirenen weiter sterben«, sagte ich. Er presste seine Stirn an meine. »Wenn Eusia und ich aneinander gebunden bleiben, dann werden du und ich …« Ich schluckte den Rest des Gedankens hinunter.

Theodor warf mir einen prüfenden Blick zu. »Dann werden du und ich was?« Hinter der Hitze in seinen Augen verbarg sich Panik. Auch ich spürte sie. Die Welt da draußen kam mit Hammer und Meißel auf uns zu, bereit, uns auseinanderzureißen, uns in staubige Stücke zu zerlegen. Mit einem Atemzug verbanden wir uns in einem wilden Kuss, beide verzweifelt vor Angst. Er zog an meinen Haaren, entblößte meinen Hals vor ihm. »Du und ich, was?«

»Nichts.«

Mit der anderen Hand griff er zwischen uns und spreizte meine Beine. Er streichelte mich, bis ich feucht wurde und keuchte. »Sag es mir.«

»Das ist unmöglich.« Das Blutsband, das ich mit Eusia teilte, war nicht das Einzige, was Theodor und mich trennen würde. Aber die Verträge, die Ehe und die Prophezeiung gingen mir nicht mehr aus dem Kopf, als er seine Hüften über meine legte und sich in Position brachte.

Er sah mich an, als wäre ich so kostbar und facettenreich wie ein Juwel. »Du denkst, *wir* sind unmöglich?« Meine Finger krallten sich in seine Schultern, als er mich mit einem einzigen wilden Stoß erfüllte. Ich stöhnte auf, und seine Lippen trafen die meinen. Er versuchte, die Angst vor dem, was uns erwartete, mit diesem Kuss zu vertreiben. Seine Lippen waren sengend, reinigend, aber an den Rändern meines Bewusstseins lauerte eine Dunkelheit, eine Bedrohung, kalt wie der Tod. »Du gehörst bereits mir, Imogen«, sagte er an meiner Wange. »Mir.«

Die aufgehende Sonne beleuchtete sanft die Linien seines muskulösen Körpers. Sie ließ seine Augen funkeln. Ich versuchte, mich in ihm zu verlieren. Ich versuchte, seine Worte auf mich wirken zu lassen, als wären sie unsere ganz eigene Prophezeiung, als wären sie ein Segen.

Durch unsere schweren Atemzüge hindurch ertönte ein Klicken. Wir erstarrten. Das Schloss, das ich letzte Nacht umgedreht hatte, wurde von seinem Schlüssel geöffnet. Die Tür flog auf, als Theodor sich zurückzog und die Decke über unsere nackten Körper zog.

Lachlan trat ein, sah uns eine Sekunde lang an, bevor er mit einem Fluch auf den Lippen zu Boden blickte. Hinter der Türschwelle stand Agatha wie erstarrt im Flur, die Hände vor Scham an die Wangen gepresst.

»*Raus!*«, brüllte Theodor.

»Es tut mir leid. Wirklich.« Lachlan ließ sich auf ein Knie fallen, den Blick unbeholfen auf den verzierten Teppich geheftet. Seine Stimme war leise, aber mir entging nicht, wie sich sein Mund verzog, wie hart seine Worte waren. »Die Kaiserin ist wach und stinksauer, weil du gestern Abend nicht zur Verlobungsfeier zurückgekehrt bist. Sie besteht darauf, dass du sie und die Prinzessin bei der Zeremonie am Strand begleitest. Sie wollen, dass die Hochzeit und der Krieg heute gesegnet werden.«

Theodors Blick auf Lachlan glühte. Seine Faust wurde weiß, wo er die Decke um uns herum hielt. Ich legte eine beschwichtigende Hand auf die Mitte seiner Brust, sein Herz darunter raste.

»Lachlan.« Meine Stimme bebte vor Verlegenheit. »Geh. Bitte. Wir kommen gleich nach.«

Er senkte das Kinn und erhob sich in eisigem Schweigen. »Lady Imogen.« Er sprach meinen Namen mit beunruhigender Förmlichkeit aus. »Du hast die Nacht damit verbracht, genau das Gegenteil von dem zu tun, was du mir versprochen hast.«

Theodors Augen blitzten auf. »*Verschwinde von hier.*«

Agatha fluchte von der Schwelle aus in Richtung Lachlan, aber der ignorierte sie und hielt Theodors Blick stand. »Als dein Befehlshaber und deine rechte Hand ist es meine Pflicht, dich zu beraten. Nach der obelianischen Zeremonie ist es das Beste, wenn du und Imogen die Trennung vollzieht.«

»Ich bin der verdammte König …«

»Wenn ihr euch weigert, werde ich den Rat über die Trennung abstimmen lassen.«

»Der Rat hat in meinen persönlichen Angelegenheiten kein Mitspracherecht.«

»Nein, aber euer Blutsband ist in jeder Hinsicht der Auslöser für diesen Krieg. Und es hat das Potenzial, weitere Probleme mit der Kaiserin zu verursachen.« Er hob trotzig das Kinn. »Wir haben ein Mitspracherecht, wenn deine persönlichen Angelegenheiten das Königreich gefährden.«

Agathas Stimme klang unergründlich. »*Lachlan.*« Sein Kopf schnellte in ihre Richtung, ein ungläubiger Blick verzerrte sein Gesicht. Sie schüttelte den Kopf, die braunen Augen weit und verletzt. »Du kannst sie nicht zwingen. Du kannst ihnen nicht antun, was uns angetan wurde.«

Lachlan stand der Mund offen. »Agatha.« Seine Stimme wurde flehend. »Agatha, das ist etwas anderes.« Die Art und Weise, wie Agatha sich zurückzog, so konsequent und bestimmt, ließ Lachlan zurückweichen. »Agatha …« Er eilte ihr nach und schlug die Tür hinter sich zu.

Alles zerfiel. Theodor und ich lagen zusammengerollt in den Decken, stumm und fassungslos. Seine Augen fielen zu, als er sich von mir löste und sich an den Rand des Bettes schob. Seine starken Schultern sanken herab. Schuldgefühle stiegen wie Galle in mir auf. Ich verstand jetzt so gut, warum Theodor meine Pflichtvergessenheit, meinen Egoismus und meine Feigheit nicht ertragen konnte. Sie waren verhängnisvoll, und er war kopfüber in ihre Tiefen gestürzt.

Das Blutsband in meinem Bauch tobte, als hätte ich es missachtet. Ich hatte ihm Schaden zugefügt. Mein Blick glitt zu dem trennenden Trank auf dem Beistelltisch, der neben meinem Ring stand. »Theo«, flüsterte ich. »Da war noch eine Zeile in der Prophezeiung, die ich dir nicht … Ich konnte mich nicht überwinden, sie dir zu sagen. Die letzte Zeile lautete: *Was sie erschaffen haben, wird die Ordnung aller Dinge zerstören.*« Theodor rührte sich nicht. »Was Ligea und Nemea erschaffen haben – mich. Ich werde alles zerstören … das habe ich bereits.«

»Genug«, sagte er leise. Zitternde Stille breitete sich aus, als Theodor sich von der Bettkante erhob. Er holte seine Kleider und zog sich an, das Gesicht ernst, der Körper angespannt. In ein Laken gehüllt, stieg ich aus dem Bett und ging mit gesenktem Kopf in den Waschraum. Als ich an dem Beistelltisch vorbeikam, griff ich nach dem Trank.

»Lass das!« Die Worte trafen mich wie ein Faustschlag. Ruckartig drehte ich den Kopf in Theodors Richtung und begegnete seinem brennenden Blick. »Du bist so fest entschlossen zu glauben, dass du ein dunkler Bote bist, ein Monster. Ich kann nicht glauben – ich *weigere* mich zu glauben, dass dich zu kennen, mich an dich zu binden …« Er schluckte schwer. »Dass … dass meine Zuneigung zu dir möglicherweise der Grund für meinen Untergang sein könnte. Aber wenn du mich zerstören willst, dann tu es vollständig. Vernichte mich und alles, was mir gehört. Ein Leben ohne dich ist keines, das ich führen möchte.«

Ich hielt seinem leidenschaftlichen Blick stand, mein Herz schwoll an und sank zugleich. Die Worte blieben mir im Hals stecken. »Bedenke, was du von mir verlangst, Theodor«, brachte ich schließlich mit heiserer Stimme hervor. »Die Menschen, die leiden würden, wenn wir verbunden blieben. Der Preis, den es für dein Königreich bedeuten würde. Ich kann es mir nicht vorstellen.«

»Ich habe noch keine Lösung. Ich weiß nicht …« Er schüttelte den Kopf und warf mir einen verzweifelten Blick zu. »Glaubst du, wir sind dazu bestimmt, so zu sein, wie wir es immer waren? Du, von Angst geplagt, und ich, fromm und elend pflichtbewusst. Wir waren beide dabei zu verblassen.« Er kam auf mich zu. »Du hast ein Licht auf mich geworfen. Du hast mich Zorn und Schrecken und Freude und Sehnsucht fühlen lassen. Wie soll ich mich wieder in die Dunkelheit verkriechen, nachdem ich so lebendig war?«

Tränen schnürten mir die Kehle zu. Etwas Kaltes und Hartes begann sich in meiner Brust auszubreiten. Vielleicht war es ein Panzer, der sich um mein Herz legte, vielleicht war es aber auch mein Herz selbst, das schrumpfte und versteinerte, denn ich wusste genau, was ich zu tun hatte. Und ich wusste, wie schrecklich es sein würde.

Ich blickte auf sein zerzaustes Äußeres hinunter, auf sein wehendes Haar, das aussah, als wären meine Finger die ganze Nacht hindurchgefahren. Er hatte keine Ähnlichkeit mit dem unberührbaren König, dem ich zum ersten Mal begegnet war. Nein, ich hatte seine Abwehr durchbrochen, und er hatte sich kaum gewehrt.

»Wir sollten uns beeilen«, brachte ich schließlich hervor. »Vergiss nicht, deine Krone aufzusetzen.«

25

Lachlan und Agatha waren nicht in der Halle, als wir ankamen, und ich dankte den verdammten Göttern. Mein weinrotes Kleid war zerknittert, weil es die ganze Nacht in einem Haufen auf dem Boden gelegen hatte. Mein Haar hing mir wild und offen über den Rücken, und der trennende Trank in meiner Tasche schlug mir gegen den Oberschenkel, als ich neben Theodor hereilte.

Wir erreichten die Treppe, die hinunter in die Eingangshalle führte. »Ich sollte hinter dir gehen.« Theodor blieb abrupt stehen, sichtlich beleidigt. »Ich mache mir schon genug Sorgen, wenn die Kaiserin sieht, dass ich dir folge, geschweige denn neben dir gehe. Ich habe so ein Gefühl bei ihr … ich glaube, sie weiß, wer ich bin.«

Er zog die Stirn in Falten. »Wie kommst du denn darauf?«

»Ich werde dir alles erzählen, wenn das Ritual vorbei ist.« Ich deutete auf die Treppe. »Nach dir.«

Mit den Statuen der Großen Götter über sich und einem missbilligenden Gesichtsausdruck stieg er die Stufen hinab. Ich blieb zehn Schritte hinter ihm. Die Geräusche des Palastes umgaben uns. Es wimmelte von geschäftigen Dienern, Soldaten und Höflingen, geschmückt mit Juwelen, gehüllt in prächtige Gewänder. Sie bewegten sich in hübschen Grüppchen durch den Saal, die mich an Frühlingssträuße erinnerten. Theodor erreichte den Fuß der Treppe und blieb dort stehen, während er mich mit funkelnden Augen ansah.

Ich schüttelte den Kopf. »Das ist nicht angemessen.«

»Ich will dich nicht hinter mir haben«, sagte er mit leiser und zu liebevoller Stimme. »Ich will dich an meiner Seite.« Ein königlicher Trotz richtete sein Rückgrat auf. Er zeigte mir, dass er sich nicht von Regeln beugen lassen würde, die ihm missfielen. Er würde sich nicht von einem Rat, den er selbst ernannt hatte, befehlen lassen, mich aufzugeben.

Ich stieß einen resignierten Seufzer aus, und sein Blick fiel sehnsüchtig auf meine Lippen.

»Du bist sehr schön.« Seine Stimme war ein leises Knurren.

»Du bist sehr töricht.« Ich sah mich um, erinnerte mich an Lachlans Warnung, diskret zu sein, und versuchte, die tiefen Falten in meinem Rock zu glätten. »Ich sehe aus, als hätte man mich in der Wildnis aufgelesen.«

Er nickte zustimmend. »Trotzdem.« Er legte meine Hand in seine Armbeuge. »Ich glaube, es ist auch das Beste, wenn du so bleibst«, sagte er, während er uns zur Tür in den Garten führte. Sein Blick glühte, als er über mein Haar, meinen Mund und die Rundung meines Ausschnitts glitt. »Ich mache mich vor dir so schon zum Narren, wenn du dich erst so kleidest, wie du es tun solltest, wäre ich völlig außer Gefecht gesetzt.«

Seine Aufmerksamkeit zwang mich zu einem Lächeln. »Und wie sollte ich gekleidet sein? Was sollte ich tragen?«

»Eine Krone.« Er hielt die Tür auf und sah zu mir hinunter. »Aus honigfarbenen Steinen, passend zu deinen Augen.«

Mein Herz schlug schneller, obwohl mir klar war, dass ich keine Königin sein wollte. Ich wollte nicht die erdrückende Last einer Krone tragen – weder als Erbe meines Vaters noch als Erbe meiner Mutter. Ich wollte weit weg von den Räten, den Kriegen und der Frivolität, um etwas Ruhiges, Stilles und Sicheres zu finden.

Aber vielleicht könnte ich es an einem anderen Ort und zu einer anderen Zeit an der Seite von Theodor ertragen.

Ein kühler Nebel lag über dem Garten und dämpfte die Farben der leuchtenden Blumen. Die Pflastersteine wurden unter meinen Schuhen glitschig. Ein kurzer Weg führte uns zu einer Holztreppe, die direkt zum Strand hinunterging. Lachlan und Agatha standen etwas abseits der Wellen und unterhielten sich angeregt mit Eftan. Der Kanzler sah heute Morgen besonders mürrisch aus, die Hände hinter dem Rücken zu Fäusten geballt. Als er mich an Theodors Seite sah, verdüsterte sich seine Stimmung noch mehr, aber Agathas Augen leuchteten auf.

Sie eilte zu mir, nahm meine Hand und zog mich näher ans Wasser. Eine kleine Gruppe von Obelianerinnen in ihren Gewändern stand abseits und bereitete sich auf die Zeremonie vor. »Es tut mir so leid.« Sie hielt meine Hand fest. »Ich habe Lachlan die Hölle heißgemacht, weil er einfach so bei euch hereingeplatzt ist. Ich werde ihm nie verzeihen, dass er vorgeschlagen hat, der Rat solle über eure Trennung abstimmen.« Sie starrte auf die Wellen hinaus, ihr Blick war nüchtern und düster. »Du darfst nicht zulassen, dass Lachlan für dich entscheidet. Du musst deine eigene Entscheidung treffen.«

Auch ich blickte auf das Wasser. Ich spürte, wie es atmete und pulsierte, wie es die Rhythmen meines eigenen Körpers widerspiegelte. Ich vermutete, dass es auch ein Spiegel von Eusias Körper war, wo auch immer ihr gespaltener, altersschwacher Kadaver sein mochte. »Ich verstehe Lachlans Frustration«, sagte ich. »Und die Last, die das alles für ihn bedeutet. Bitte lass nicht zu, dass das, was ihr beide wieder aufzubauen versucht, dadurch zerstört wird.«

Sie ließ meine Hand los und spottete. »Es ist bereits eingestürzt.« Ihr Blick war ausdruckslos, als sie ihn über den Sand hinweg ansah. »Nein, nicht eingestürzt. Das erweckt den Eindruck, als könnte es wieder aufgebaut werden. Ich glaube, es ist ein Haufen Asche, der da zwischen uns liegt.« Eine Böe wirbelte ihre Locken auf, und sie strich sie mit einem traurigen Lächeln auf den Lippen zurück. »Wir waren lange Zeit getrennt. Früher haben wir uns gut ergänzt, aber jetzt passen wir nicht mehr richtig zusammen.«

Eine unbeschreibliche Traurigkeit überkam mich. »Aber du liebst ihn immer noch?«

»Ja. Ich liebe ihn.« Schnell wischte sie sich eine Träne von der Wange. Sie legte ihren Arm um den meinen und drückte mich fest an sich. »Das ist das Schlimmste daran.«

»Dann versuch es weiter.« Ich war mir nicht sicher, ob das ein guter Rat war, aber ich wollte, dass sie bekam, was ich nicht bekommen konnte. »Vielleicht versucht ihr, die Dinge so aussehen zu lassen, wie sie vorher waren, aber ihr seid andere Menschen. Ihr braucht Zeit, um neu zu lernen, um herauszufinden, was aus euch geworden ist.«

Agatha sah mich mit tränenden, blinzelnden Augen an. »In Ordnung.« Sie schenkte mir ein dankbares halbes Lächeln, und ich konnte ein Kribbeln der Hoffnung in ihrem Blick sehen. »Das reicht jetzt.«

Ich warf einen Blick über die Schulter, um zu sehen, ob die Zeremonie beginnen würde, aber die Obleute wühlten immer noch in einer Reihe kleiner Holzkisten.

Mir stockte der Atem, als ich erkannte, dass eine der Frauen Prinzessin Halla war. Sie und die beiden anderen, ihre Hofdamen, trugen identische Kleider in einem hellen Rosa. Hallas blasses Haar hing glatt und schmucklos herab und wehte in der Brise um ihre Schultern. Ihre kantigen Wangen waren ungeschminkt, und auch ihren Lippen fehlte die übliche blütenrosa Färbung. Als sie sich umdrehte, unterdrückte ich ein Zucken. Von ihrem Hals bis zum Saum hing eine tiefrote Schärpe, die genau die Farbe von Blut hatte.

Die Wirkung war so stark, so erschütternd, dass ich um

Fassung ringen musste, darum, meine Gesichtszüge zu glätten. Ich konnte nur an die Erzählung der Kaiserin denken, über die Nacht, in der die Nels ermordet worden waren. Aufgeschlitzt vom Hals bis zur Leiste, die Eingeweide auf den Teppich ergossen, zweifellos von einem von König Nemeas Männern. Alles nur, um ein paar Juwelen zu erbeuten. Das war typisch für ihn – für seine verachtenswerten, feigen Machenschaften.

Ich beugte mich zu Agatha. »Wo ist die Kaiserin?«

Sie warf mir einen besorgten Blick zu. »Sie hat Lachlan gesagt, dass sie sich weigert, mit dem König zu sprechen oder in seiner Nähe zu sein, bis er sich für die Beleidigung ihrer Tochter gestern Abend entschuldigt.«

»Verdammte Götter.«

Eine der Damen nahm einen spitzen Kristallstab aus einer Holzkiste. Er war glatt, makellos klar und an der Spitze erschreckend scharf. Nachdem Prinzessin Halla ihn in Augenschein genommen hatte, wandte sie sich der kleinen Gruppe zu, die sich am Strand versammelt hatte. Als ihr Blick auf mich fiel, weiteten sich ihre Augen. »Lady Imogen, was für eine Überraschung, Euch hier zu sehen.«

Ich machte einen Knicks, als ihr blauer Blick über mein zerknittertes Kleid und dann hinauf zu meinem offenen, wehenden Haar wanderte. Ich trug keinen Schmuck außer dem Spinell am Finger, keine Farbe in meinem Gesicht. Ich sah aus, als wäre ich gerade aus einem unruhigen Schlaf erwacht.

Halla ließ ihren Blick noch einmal über den Strand schweifen und sagte leise und streng: »Ich möchte mit Euch sprechen, Lady Imogen.«

Nervös drückte ich Agathas Hand. »Natürlich, Eure Hoheit.«

Die Prinzessin schlenderte den Strand entlang, die Arme vor der Brust verschränkt, den Kopf gesenkt. Sand, Wasser und Himmel färbten sich in ein wolkenverhangenes Grau. Ich konnte nicht mehr weitergehen und blieb stehen, gerade als sich das Band in meinem Magen vor Unbehagen zu drehen begann. »Eure Hoheit, worüber möchtet Ihr sprechen?«

Sie hielt inne und drehte sich um. »Wisst Ihr, wofür das Ritual, das ich gleich durchführen werde, gedacht ist?«

»Mir wurde gesagt, es sei für einen Segen.« Ich blieb ruhig, mein Gesicht unbewegt. »Für Eure bevorstehende Hochzeit. Und für den Krieg.«

»Ja, das stimmt«, sagte sie in ihrer beschwingten Art. »Ich nehme an, Ihr könnt verstehen, warum ich das will.«

Ich runzelte die Stirn. »Natürlich.«

Halla trat näher, das weiße Haar vom Wind zurückgeweht, das totenbleiche Gesicht verkniffen. »Dann werdet Ihr Euch nicht einmischen. Ich habe hier eine Aufgabe zu erfüllen, und ich glaube, dass Eure Anwesenheit und die … ausgiebige Zeit, die Ihr mit dem König verbringt, mich daran hindern werden, sie zu erfüllen.«

Ich hielt ihrem Blick stand, unfähig zu entscheiden, ob es bei diesem Auftrag lediglich darum ging, einen Erben zu zeugen, oder um etwas viel Schlimmeres, aber beide Aussichten ließen mich innerlich zusammenzucken. »Was ist die Aufgabe, die Ihr hier zu erledigen habt?«

Sie senkte die Brauen. Ihre leisen Worte kamen abgehackt. »Diese Frage ist unangebracht …«

Ich sprach unbeirrt weiter. »Ich weiß, dass Ihr bei Eurer Mutter in Ungnade gefallen seid, Halla. Ihr habt etwas getan, das sie veranlasst hat, Euch als ihre Erbin zu übergehen. Ich nehme an, dass Ihr verzweifelt versucht, ihre Gunst zurückzugewinnen, aber ich traue ihr nicht, und damit auch Euch nicht. Ich muss wissen, ob Ihr Theodor oder seinem Reich schaden wollt, um ihre Gunst wiederzuerlangen.«

Ich wartete auf Wut, auf ihren Zorn über meine Verleumdung, aber sie sah mich nur an, Tränen traten ihr in die Augen. Ihr Schweigen zog sich in die Länge.

»Antwortet mir wahrheitsgemäß«, sagte ich trotz meines wild klopfenden Herzens.

»Ich habe nicht die Absicht, ihm wehzutun.« Sie blinzelte die Tränen weg und blickte auf die aufgewühlten grauen Wellen. »Ich will nur meiner Mutter ein Enkelkind schenken.«

Es war kein Trost zu wissen, dass ich sowohl Theodor als auch Halla zurücklassen würde, um ihre Pflicht zu erfüllen und ihrem Volk einen Erben zu schenken. Auch ich sollte danach streben. Eine Linie fortzuführen, ein Königreich, aber ich konnte keinen Sinn darin finden. Keine Erfüllung, keine Freude. Ich konnte mir das nicht vorstellen in einer Welt, in der ich keine Sicherheit, kein Zuhause hatte. Ich konnte mir nicht vorstellen, die Linie von Nemea fortzusetzen. Die Aussicht darauf schmerzte wie ein Schlag mit einer Gerte.

»Sehr gut.« Ich nickte ihr scharf zu und machte mich auf den Weg zurück über den nassen Sand zu Agatha und Theodor, die mich beide mit angespannten Blicken beobachteten. Entschlossen wich ich beiden aus.

Prinzessin Halla blieb einen Moment lang zurück, um sich zu sammeln. Schließlich ging sie auf Theodor zu, und ihr durchscheinendes Gewand bauschte sich hinter ihr. Sie verbeugte sich ausladend. »Eure Majestät, ich bin dankbar für Eure Anwesenheit«, sagte sie mit ihrer gewundenen Stimme. »Es ist mir sehr wichtig, dass unsere Vereinigung gesegnet wird.«

Theodor klappte den Kiefer auf und zu und starrte sie mit unergründlichen Augen an. »Es ist mir ein Vergnügen.«

Sie trat einen Schritt näher und legte kokett den Kopf in den Nacken, um zu ihm aufzuschauen. »Bei der Zeremonie wird mir immer schlecht«, sagte sie mit süßlicher Stimme. »Ich bitte Euch, als mein zukünftiger Gemahl und König, mir die Ehre zu erweisen, neben mir zu stehen und mich aufzufangen, wenn ich krank werde.«

Theodor richtete sich auf. »Wäre es nicht besser, sich einfach hinzuknien?«

»Ganz und gar nicht, Eure Majestät. Ich muss bis zu den Knöcheln im Wasser stehen.« Sie senkte die Stimme. »Und ich muss gestehen, dass ich mich davor fürchte.«

Seine Lippen wurden schmal, und er nickte ihr knapp zu, bevor sie ihre Finger mit seinen verschränkte und ihn an den Rand des Wassers führte. Langsam ging sie hinein, die Wellen leckten am Saum ihres Kleides und zogen ihn nach unten. Theodor stand hinter ihr, und sie führte seine Hände nach oben, sodass er ihre Taille umfasste. Sie blickte über die Schulter zu ihm, ein geschwungenes Lächeln auf den Lippen. »Genau so.«

Besitzergreifende Gefühle überkamen mich. Unser Blutsband entzündete sich in einem schmerzhaften, Funken sprühenden Protest. Agatha kam an meine Seite und zog mich zurück. Ohne es zu merken, hatte ich mich dem Meer genähert, als hätte es mich gerufen.

»Tief durchatmen«, sagte sie, sodass nur ich sie hören konnte. »Wenn wir eines gelernt haben, dann, dass man am wenigsten die Kontrolle behält, wenn die Emotionen hochkochen.«

Ich sog die salzige Luft ein, aber es half nicht viel.

Prinzessin Halla drehte sich in Theodors Armen und schenkte uns, die wir am Strand versammelt waren, ein seliges Lächeln. Ihre Stimme erhob sich über das Rauschen der Wellen. »Ich weiß, dass ihr meine Heilige nicht anbetet, so wie ich eure Götter nicht anbete, aber ich bitte euch alle, während der Zeremonie aus Respekt niederzuknien.«

Wir ließen uns in den Sand sinken. Ich ging meine Erinnerungen an Agathas kurze Lektionen durch, die sie mir als kleines Mädchen gegeben hatte, und versuchte herauszufinden, was ich über die obelianischen Heiligen gelernt hatte. Alles, woran ich mich erinnern konnte, war, dass jede Familie ihre eigenen wählte. Die beiden anderen Frauen in ihren Gewändern stiegen ins Wasser. Sie standen der Prinzessin gegenüber und knieten nieder. Die roten Schärpen, die sie in der Mitte trugen, schwebten über dem weißen Schaum, ein dicker Strom aus tiefem Rot.

Hallas Stimme durchdrang die feuchte Luft wie ein Lied, das hoch aufstieg und dann tief in ihre Brust sank. Sie war erfüllt von Inbrunst und Anbetung. »Ich komme mit Dankbarkeit, mit Lob, mit unendlicher Ehrfurcht. Ich komme, um unser Gleichgewicht zu bewahren. Um zu gleichen Teilen zu nehmen und zu geben.«

Eine der Frauen in den Wellen hob den kristallenen Pfahl, und Halla nahm ihn in beide Hände. »Ich bitte um eine glückliche Ehe. Ich bitte um eine Verbindung, die viele Kinder hervorbringt.«

Mein Magen fühlte sich klebrig an und drehte sich vor Übelkeit. Ich ließ meinen Blick auf meinen Schoß fallen, wo meine verschränkten Hände weiß geworden waren.

Hallas Stimme wurde leiser. »Ich bitte dich, stärke die Gewässer mit deiner Macht. Ich bitte dich, König Theodors Flotte zu helfen. Lenke die Strömungen zu seinen Gunsten, fülle sie mit deinen Dienern, damit der Feind in deine verschlingende Dunkelheit hinabgestoßen werden kann.«

Mein Blick traf Halla wie ein abgeschossener Pfeil. Ein eisiger Schauer durchfuhr mich, als sie den Pfahl drehte und in einer Hand hielt. Halla streckte die andere Hand aus, die Handfläche nach oben. »Ich gebe dir mein Blut als Bezahlung für deinen Segen.« Halla schloss die Augen, und sie flüsterte so leise, dass ich die Worte wegen des Windes kaum verstehen konnte. »Ich erinnere mich an deinen aufgeschlitzten Körper und an dein vergossenes Blut.« Sie setzte die unheilvolle Spitze des Pfahls an ihren Zeigefinger und schnitt das Ende sauber auf. Das Rot tropfte in die Wellen. »Ich gebe dem Sand. Ich gebe dem Wasser. Höre mich, beachte mich. Reinige das Meer.«

Panik stieg in meiner Brust auf. »*Nein.*« Ich sprang auf, begleitet von einem Raunen. Ich trat in die Wellen, das Wasser spritzte in einem breiten Schwall durch die Luft.

Lachlans Schwert dröhnte in meinen Ohren, als er es aus der Scheide zog und hinter mir herlief. »Was zum Teufel ...«

»Halt dich zurück, Lachlan«, rief Theodor.

»Theo, du hast deinen Verstand ...«

»*Halt dich zurück.*«

Ich stand vor Halla und riss ihr den Pfahl aus der Faust. Unsere Blicke trafen sich. Das Weiß ihrer Augen war plötzlich rot, durchzogen von hellen, sich schlängelnden Adern. Mit ihren weißen Lippen und den eingefallenen, grauen Wangen glich sie jetzt noch mehr dem Tod. Ihre Knie gaben nach, und Theodor versuchte, sie zu stützen. »Wer ist deine Heilige?«, verlangte ich und hielt den Pfahl zwischen uns. »Sag mir ihren Namen.«

»Du hast mir dein Wort gegeben, dich nicht einzumischen.« Ihr süßer, melodischer Ton war verschwunden. Jetzt sprach sie mit der rauen Stimme einer alten Frau.

Theodors Augen weiteten sich bei diesem Klang.

»Antworte mir.« Meine Hand krallte sich in den vorderen Teil ihres Gewandes und riss sie hoch. Sie konnte sich nicht mehr rühren. Ihr ganzes Gewicht sackte in Theodors starke Arme.

Halla stieß einen schrillen Schrei der Frustration und des Schmerzes aus. »Tut etwas, Eure Majestät.«

»Imogen.« Theodors Stimme klang beunruhigend ruhig. Ich begegnete seinem Blick über Hallas Schulter hinweg, und es lag etwas darin, das mich verstummen ließ. Verwirrung. Dieser standhafte, edle Mann wusste nicht, was er tun sollte. »Lass sie gehen, Im.«

Ich brachte es nicht über mich zu gehorchen. Meine Stimme wurde schwer und flehend. »Sie verehrt Eusia.«

»*Eusia.*« Hallas rote Augen weiteten sich bei dem Namen, ihr Kiefer wurde schlaff. »Du kennst Eusia?«

»Ich kenne sie gut.« Meine Brust hob und senkte sich mit schnellen Atemzügen. »Warum verehrst du sie? Welchen Zauber hat sie für dich vollbracht?«

Halla schnappte empört nach Luft. »Sie hat ein Wunder vollbracht. Für unsere Familie.«

»Sie hat einen *Zauber* gewirkt«, sagte ich mit zusammengebissenen Zähnen. »Was war der Preis dafür?«

Eine Erkenntnis überkam sie bei meiner Frage. Ihr Gesicht wurde ausdruckslos. Ihr Mund verzog sich zu einer dünnen, abweisenden Linie. Meine Krallen glitten aus meinen Fingerspitzen und durchschnitten die Vorderseite ihres Gewandes.

»*Imogen!*«, rief Theodor. »Lass sie gehen.«

Ich schüttelte den Kopf und riss sie mit einem Ruck aus seinem Griff. Er hatte nicht mit meiner Kraft gerechnet. Ihr Körper sackte ins Wasser, aber ich hielt sie über der Oberfläche, während ich tiefer hineinging. Es war kalt und schneidend, als es meine Oberschenkel erreichte. »Was hat deine Familie für diesen Zauber bezahlt?«

Das Wasser gehorchte meinem Befehl, sie wie eine sich windende Schlange zu umschlingen, und sie stieß einen rasselnden, erschrockenen Atemzug aus. »Hol mich aus dem Wasser!«, schrie sie voller Angst. »*Bitte!*«

»Du solltest das Wasser fürchten, Halla.« Ich zog sie näher zu mir heran und sah ihr in die Augen. »Es gehört zu *mir*.«

Ich schickte eine weitere Strömung, die sich um ihren

Körper wickelte und wand. Ihr zitternder Schrei durchdrang den Morgennebel.

»Ein Körper«, sagte sie schließlich. »Der Preis für ihr Wunder war ein Körper.«

»Wessen Körper?« Meine Stimme kam mir selbst fremd vor. Ich klang so groß und mächtig wie die tosende See. Ich verschmolz mit ihr und verlor mich darin.

Halla zuckte in meinem Griff wie ein Fisch an der Angel. Tränen strömten aus ihren geröteten Augen. »Der meines Vaters. Eusia hat dafür gesorgt, dass meine Mutter endlich ein Kind bekam. Sie wurde mit mir schwanger. Und als Gegenleistung gab sie ihr meinen Vater.«

Mein Gesicht verzog sich vor Abscheu. Ich sah zu Theodor auf, der wie erstarrt hinter ihr stand, und unsere Blicke trafen sich für einen langen, schrecklichen Moment. »Eusia ist ein Monster«, sagte ich zu Halla, »und du betest sie trotzdem an?«

Selbst bei dem beklemmenden Gedanken an das, was die Kaiserin getan hatte, schlichen sich meine Gedanken zurück nach Nemea. Wie die Kaiserin gesagt hatte, er sei aufmerksam gewesen, während sie um ihren Mann trauerte. Ich dachte an die ausgeweidete Familie, an meinen Ring, der von einem ihrer schlaffen Finger gerissen worden war. Ich dachte an die rote Schärpe, die an Hallas Gewand herablief. An die Geschichte von Eusias Hinrichtung, aufgeschlitzt und ins Meer geworfen. Ich dachte an das Gebet, das Halla im Wasser gesprochen hatte, und daran, wie Nemea es mir beigebracht hatte, als ich noch ein Mädchen war und fröhlich auf seinen Knien hüpfte.

Unter dem Zupfen in meiner Brust, unter der öligen Dunkelheit meines Bandes mit Eusia und der strahlenden Wärme des Bandes, das ich mit Theodor teilte, lag ein Wissen. Eine plötzliche, schreckliche Klarheit.

»Imogen.« Theodors Stimme war wie ein Anker. Sie brachte

mich zurück in meinen Körper. Ich konnte wieder den Unterschied zwischen dem Wasser und meiner Haut spüren. Mein Blick fiel auf ihn, der wie ein Signalfeuer vor mir stand, und meine Augen brannten in seinem Glanz. »Bring sie zurück an den Strand, Immy.«

Ich konnte mich nicht zu einer Bewegung zwingen. Denn ein Schritt würde den nächsten nach sich ziehen, und nun wusste ich, wohin dieser herzzerreißende Weg führte.

Theodor ging weiter in die Wellen hinein, und ich beobachtete ihn mit prüfendem Blick. Die Schräge seiner Nase, der harte Schnitt seines Kiefers, das dunkle Haar, das seine zerfurchte Stirn umrahmte. Ich dachte an seinen Atem in meinem Ohr, an seine Lippen auf meiner Haut, an meine Namen auf seiner Zunge, als er ihn in der dunkelsten Stunde der Nacht geflüstert hatte.

»*Jetzt*, Imogen. Ich bin dein König.« Er sagte es mit Bestimmtheit, als wäre es der feste Griff an einem verlässlichen Schwert. Eine Waffe, die ihn noch nie im Stich gelassen hatte.

Ich zog Halla einen Schritt näher ans Ufer. »Und was bin ich?« In meinen Worten steckte mehr Gefühl, als ich preisgeben wollte. Seine Stirn glättete sich bei der Frage. »Deine Untertanin? Deine Mätresse? Deine Königin? Die Erbin Serafs und die Königin der Sirenen? Ich bin nichts von alledem und doch alles zugleich. Ich gehöre nirgendwo und überall hin.«

Schmerz huschte über sein Gesicht wie eine Gewitterwolke. »Du weißt, wo du hingehörst.«

»Das weiß ich nicht.« Meine Kehle schnürte sich zusammen. »Der einzige Teil von mir, der ein echtes Zuhause gefunden hat, ist mein Herz.« Ein Atemzug zitterte über meine Lippen. »Aber ich bin mehr als das, nicht wahr? Du willst, dass alles ordentlich und schmerzlos ist. Du willst, dass alles so bleibt, wie es ist, aber ich fürchte, dass alles rückgängig gemacht werden muss, bevor einer von uns beiden hoffen kann, zu bekommen, was er will.«

In ihm tobte ein Krieg, ich sah es in seinen Augen. Halla zitterte in meinem Griff, und ich zog sie hoch, bis ihr Gesicht nur noch wenige Zentimeter von meinem entfernt war. »Ich werde deiner *Heiligen* ein Ende bereiten.« Unvermittelt ließ ich sie los. Sie fiel mit einem Schrei unter die Wasseroberfläche, und ich schickte eine Welle aus, die sie näher ans Ufer trug.

Theodor half ihr, sich aus dem Gewirr von durchnässter Seide zu befreien. Die Wirkung des Zaubers, den sie gewirkt hatte, ließ langsam nach. Ihre Gesichtsfarbe kehrte zurück. Das Rot war aus ihren Augen gewichen. Ihre Beine zitterten, und sie lehnte sich an Theodors Brust. »Sie sagte, sie sei deine Königin«, wimmerte sie und blickte verzweifelt und Hilfe suchend zu ihm auf.

Theodor sah mich an, dann Halla. Es war dumm von mir gewesen, so offen zu sprechen, zu zeigen, dass ich eine Bedrohung für ihren Anspruch auf ihn und ihren Titel war, aber ich konnte nur hoffen, dass Theodor das Ganze entschärfen würde. Er holte tief Luft. »Das ist sie.«

Sprachlos starrte ich ihn an.

In seiner Stimme lag ein Hauch von Verheißung, als könnte er mich halten, wenn er Halla alles erzählte, was zwischen uns stand. »Imogen ist die Erbin der Sirenen. Wir teilen ein Blutsband, deshalb kann sie meine Kraft nutzen. Unser Band wird sie auf ihrer Reise beschützen, um … um Eusia zu finden.«

Halla stand einen langen Moment lang fassungslos an ihn gelehnt. Langsam hob sie eine Hand an Theodors Wange. Als sie sprach, war ihre Stimme wieder weich und sanft. »Meine Mutter wird uns alle dafür zermalmen.«

Theodors Gesicht erstarrte.

»Ihr habt Euer Wort gegeben, nicht wahr? Dass *ich* Eure Königin sein würde.« Ihr Daumen folgte der Linie seines Wangenknochens. »Und ist das Wort eines Königs nicht so bindend wie ein Tintenklecks aus seiner Feder?« Ihre Stimme wurde scharf, drohend. »Euer Band ist zerrissen, Majestät. Unsere Hochzeit ist in weniger als einer Woche.«

Ihre Drohung versetzte mir einen Stich, und mein Bedürfnis, ihn zu beschützen, wurde noch stärker. Ich biss die Zähne zusammen, um dem Drang zu widerstehen, und griff in meine Tasche, um den Trank herauszuholen. Ich hielt inne, als ich etwas durch das Wasser spürte. Das Zupfen in meiner Brust beschleunigte sich. Kalte Finger streiften meinen Knöchel. Abgebrochene Krallen kratzten an meiner Wade.

»Nicht jetzt, *verdammt.*« Ich schickte einen Befehl durch die Wellen. Die Nekgyas erhoben sich auf mein Geheiß und durchbrachen mit leeren Augen die Oberfläche. Halla stieß einen Schrei aus und schoss aus dem Wasser. Auch Lachlan, Eftan und Agatha erhoben sich. Drei Sirenenleichen standen vor mir. Ihr blaugraues Fleisch war von Seetang und Fäulnis durchzogen.

Sie sprachen einstimmig durch ihre schwarzlippigen Münder, während Eusias Stimme in meinem Schädel widerhallte. *»Nach Hause. Nach Hause. Nach Hause.«*

Eusia hatte sie geschickt, um mich zu verspotten. Um mir noch einmal zu sagen, was sie mir von Anfang an hatte sagen wollen. Um mir zu sagen, was ich so sehr zu ignorieren versucht hatte.

»Ich weiß.« Ich hob meinen anhaftenden Rock und wandte mich dem Ufer zu. Das Wasser kräuselte sich um meine Schienbeine, als ich aus dem Meer trat. Die Nekgya skandierten noch immer ihren Spott, als meine nassen Schuhe auf den trockenen Sand trafen. Alle starrten mich an, auch Theodor, als ich weiter den Strand hinaufging. Als ich Lachlan erreichte, blieb ich stehen. »Wenn ich aufwache, brauche ich ein Boot, das mich nach Seraf begleitet.«

»Wenn du aufwachst?«

»Ja.« Ich griff in meine Tasche und holte den Trennungstrank heraus, sodass nur er ihn sehen konnte.

Er nickte mir ernst zu. »Ich werde mich darum kümmern.«

Mit gesenktem Kopf ging ich an Eftan und Agatha vorbei und hielt meinen tropfenden Rock in den Händen. Eftan protestierte lautstark, als Theodor mir über den Sand folgte. »Eure Majestät, lasst sie«, rief Eftan.

Theodor hatte Halla durchnässt und bibbernd zurückgelassen. »Wir müssen reden.« Er streckte die Hand nach mir aus, und obwohl es mich innerlich zerriss, wich ich vor seiner Berührung zurück. »Kommst du mit mir, Immy? Bitte.«

»Geh zu deiner Verlobten.«

»Eftan wird sich um sie kümmern.«

»Es ist *deine* Aufgabe, dich um sie zu kümmern«, sagte ich. »Tu deine Pflicht, Theo. Und ich werde meine tun.«

Theodor zuckte zusammen, als hätte ich ihm eine Ohrfeige verpasst. »Imogen … ich weigere mich, dich zu verlieren …«

»Du warst von Anfang an dazu bestimmt, mich zu verlieren.« Meine Stimme war zerrissen und schwach. »Ich habe dir in der Festung von Nemea mein Wort gegeben. Bitte, lass es mich halten.« Ich umklammerte den Trank mit meiner Faust und wandte mich von ihm ab, eilte zur Treppe, um Abstand zwischen uns zu bringen.

Das ist noch nicht das Ende, redete ich mir ein, als ich den Korken aus dem Fläschchen zog. Wir würden mehr Zeit haben. Wir würden uns wieder necken und streiten, und ich würde wieder das tiefe Timbre seiner Stimme spüren, wenn wir Brust an Brust lagen. Ich redete mir ein, dass er immer noch mir gehörte, selbst als ich die Flasche an meine Lippen führte und den Kopf in den Nacken legte.

»Imogen?« In Theodors Stimme lag Schmerz. »Nein.«

Ich beschleunigte mein Tempo. Der schlammige Schluck

rann über meine Zunge und blieb in meiner Kehle stecken. An der Treppe, die zum Garten führte, kämpfte ich damit, ihn hinunterzuschlucken. Er schmeckte nach Fäulnis, schwarz und dick wie Teer. Einen Schlag später kam der Schmerz. Ein heißer Dolch, der langsam durch meine Mitte schnitt. Meine Knie gaben auf der ersten Stufe nach. Meine Sicht verschwamm. Mein Kopf schwankte, als hätte ihn ein Knüppel getroffen.

Starke Hände legten sich um mich. Geräusche, die von einem hohen Klingeln in meinen Ohren übertönt wurden. Ich konnte mich nur auf den stechenden Schmerz in meiner Brust konzentrieren. Die Flüssigkeit, die meine Lungen füllte.

Ich versuchte, Luft zu holen, und ein gurgelndes Geräusch drang aus meiner Kehle. »Ich kann nicht … Ich kann nicht atmen.«

»Imogen.«

Ich kannte diese Stimme. Sie schnitt durch den Schmerz, durch die Trauer.

Meine Brust brannte und schwoll an. *Du kannst nicht ertrinken,* sagte ich mir und versuchte, meine Panik zu beruhigen, aber ich *war im Begriff* zu ertrinken. Jemand trug mich, und ich keuchte und keuchte. Da war ein Farbklecks in meiner Peripherie – Blumen. Blubbern in meiner Kehle. Metall auf meiner Zunge. Flüssigkeit, heiß und dick, lief über meine Lippen und mein Kinn. Sie füllte meine Nase. Ich blinzelte und spürte sie klebrig in meinen Augenwinkeln.

Mein Körper wurde von diesen starken Armen umschlossen und gewiegt. Ich hustete und fühlte, wie die Flüssigkeit über meine Wangen spritzte und heruntertropfte. Als mich das Augenlicht verließ und meine Lungen von den Qualen des Ertrinkens verbrannt waren, spürte ich die Sonne.

Theodor.

Seine Kraft.

Heiß und unerschütterlich durchströmte sie mich wie geschmolzenes Gold. Verzweifelt und entschlossen versuchte sie, die Dunkelheit zurückzudrängen.

Doch die Dunkelheit hatte gesiegt.

DRITTER TEIL

DIE TIEFE

26

Im dunkelsten, tiefsten Teil des Meeres gab es nichts als Druck. Die Art von Druck, die ein Lebewesen in eine groteske, verzerrte Version seiner selbst verwandelte.

Und dort lag mein Körper. Unter all dem Wasser. Verwesend. Sich verändernd.

Eine unerträgliche Hitze fraß sich durch meinen Magen. Es war keine Hitze wie die von Theodor, sanft und warm wie die Sonne. Es war ein Höllenfeuer. Es ließ mein Blut kochen, verbrühte meine Adern. Ich konnte nichts mehr sehen, mein Gehör war gedämpft, und ich wurde leerer und leerer. Theodor verließ mich, ein Tropfen des glitzernden Götterblutes nach dem anderen.

Ich hatte das Meer nie gekannt, ohne dass Theodors Kraft mich durchströmte. Ich hatte das Meer nie gekannt, wenn nur das Band mit Eusia bestand.

Theodors Abwesenheit würde mir mehr als nur Kummer bereiten. Denn schreckliche Dinge füllten die Leere. Und im dunkelsten, tiefsten Teil des Meeres wurden Ungeheuer geboren.

27

Ich sog den Atem ein, als hätte ich die Wasseroberfläche durchbrochen. Mein Körper war überhitzt und von einer klammen Schweißschicht bedeckt. Ich starrte hinauf zu einer Decke, die ich nicht kannte. Sie war schmucklos – keine goldenen Ornamente, keine aufgemalten Ranken. Es roch nicht nach Vetiver-Seife und Sommer, wie in Theodors Zimmer, sondern nach Minze und Lavendelblüten und der scharfen Note von Nepenthes.

Für einen Moment fragte ich mich, ob ich mich noch im Palast befand, und es fühlte sich an, als würde meine Brust in sich zusammenfallen. Das schmale Bett knarrte, als ich mich aufsetzte und meine Beine über die Kante fallen ließ. Mein ganzer Körper schmerzte wie ein geschwollener, pochender Bluterguss. Der dünne graue Pyjama, den ich trug, fühlte sich rau auf meiner Haut an.

Ich blickte mich in dem kleinen Zimmer um, mein Geist war in dichten Nebel gehüllt. Auf dem Regal neben dem Bett standen ein Glas Wasser und kleine Fläschchen mit Medikamenten. Ein Waschbecken befand sich unter dem Fenster, durch dessen Glas die glitzernden Strahlen der Nachmittagssonne fielen und sich auf dem Boden sammelten.

Meine Augen brannten. Die verdammten Lichtstrahlen erinnerten mich an Theodor. Ich war leer, der warme Ort, an dem sich unser Band befunden hatte, war mir entrissen worden, aber

Theodor war immer noch da. Er war überall. Auf meiner Haut, in meinem Körper. Ich hörte noch das Echo seiner Stimme in meinem Ohr.

Es war eine bittere Entschlossenheit, die mich zwang aufzustehen. Sie zwang mich, meine Tränen zurückzudrängen und mich auf meine Aufgabe zu konzentrieren. Ich konnte nicht nur im Nachtgewand dasitzen und dem Sonnenlicht nachweinen, sonst würde ich zusammenbrechen. Ich musste nach Seraf. Nemea hatte die Antworten, die ich suchte.

Ich ging zum Waschbecken und hielt inne, als ich ein Gewicht an meinem Hals spürte. Ich griff nach oben und zog eine lange goldene Kette unter meinem Nachthemd hervor. Sie war fein gearbeitet, mit einem kleinen Diamanten im Verschluss, und an ihrem Ende hing mein Verlobungsring. Der sturmgraue Spinell. Meine Zähne knirschten. Ich ließ ihn gegen mein Brustbein fallen und begann, meine Haut mit dem eiskalten Wasser zu schrubben.

Auf einer Bank am Fußende des Bettes lagen gefaltete Kleider. Mein Blick blieb an der dunklen Hose und der Tunika hängen. Sie waren in ordentliche, kleine Rechtecke gefaltet und fest mit einer Schnur umwickelt, so wie Theodor unsere Kleider gefaltet hatte, als wir durch die Wildnis gereist waren. Daneben stand ein Paar schöner schwarzer Stiefel. Als ich den zweiten Kleiderstapel bemerkte, hielt ich inne.

Es war ein Kleid. Schwarz wie die Nacht, aber der edle Stoff schimmerte leicht. Wie die Flügel einer Sirene. Ich ließ meine Finger über das tiefe V des Ausschnitts gleiten. Ordentliche kleine Stiche aus mitternachtsblauem Garn zeichneten eine sich windende Ranke. Sie schlängelte sich bis zu den Schultern hinauf, und das Geflecht aus Blättern und sternförmigen Blüten war wunderschön gearbeitet. Meine Finger erstarrten. In die Ranken waren Federn eingearbeitet, sodass das Auge nicht erkennen konnte, wo eine Ranke aufhörte und die nächste anfing.

Ich holte tief Luft. Er hatte ein Bindungskleid für mich anfertigen lassen. Schwarz, wie das endlose Band aus Blut, wenn sich die Grenzen zwischen zwei Menschen auflösen und sie eins werden. Ich versuchte, die leise Hoffnung zu ersticken, die in mir aufflammte. Ich hob das Kleid hoch, um den Rock auszuschütteln, und etwas Kleines fiel aus den Falten. Mit einem *Ping* landete es auf dem Holzboden. Meine Gelenke rebellierten, als ich mich bückte, um es aufzuheben.

Noch ein Ring. In der filigranen Goldfassung steckte ein großer honigfarbener Edelstein. Die Farbe meiner Augen. Ich schloss sie mit Gewalt. »Verdammt seist du, Theo.«

Die Tür schwang lautlos auf, und eine junge Frau mit strahlenden Augen und glatter, brauner Haut trat ein. »Oh! Ihr seid wach.« Sie schenkte mir ein kleines Lächeln, aber ihr Blick überflog pflichtbewusst jeden Teil von mir. Sie trug ihr schwarzes Haar streng zurückgekämmt unter einer hauchdünnen weißen Haube. Ihr Kleid war von einem tiefen Grün, dessen Schnitt unter der weißen Schürze schlicht war. »Fühlt Ihr Euch wohl? Ihr seht aus, als hättet Ihr einen Geist gesehen.«

Theodors Ring drückte sich in meine Handfläche, als ich meine Finger darum schlang. »Keine Geister«, flüsterte ich. Aber ich fühlte mich, als würde ich heimgesucht.

»Nun, dankt Panos dafür.« Sie schloss die Tür hinter sich. »Ziehen wir Euch an, Eure Majestät.«

Mein Blick schoss zu ihr. »Wie bitte?«

Die Augen der Frau weiteten sich. Sie verbeugte sich mit einem schnellen Knicks. »Verzeiht mir. Der König hat mich angewiesen, Euch mit ›Eure Majestät‹ *anzusprechen.*«

»Der König. Aber *warum?*« Mein Herz pochte laut in meinen Ohren. Ich verlor den Verstand, und einen Atemzug lang fragte ich mich, ob Theodor einen Weg gefunden hatte, Halla und ihre Mutter zu umgehen.

Erschrocken schüttelte sie den Kopf. »Ich nahm an, weil Ihr eine Königin seid, Eure Majestät. Die Erbin von Ligea, wie mir gesagt wurde.«

»Oh.« Ich blinzelte und kam mir dumm vor. »Natürlich.« Ich schaute zum Bett hinüber und runzelte die Stirn. »Wie lange war ich …«

»Drei Tage.« Mit gesenktem Blick, in unangenehmer Ehrfurcht, schüttelte die Frau das neue Unterhemd, das Mieder und die Unterwäsche aus, die unter dem Kleid gelegen hatten.

»Ich werde die Tunika tragen.«

Sie sah mich verwirrt an. »Aber sie ist so ordentlich verpackt für Eure Reise. Seine Majestät hat es sehr sorgfältig gefaltet. Ich glaube, er wollte unbedingt, dass Ihr dieses Kleid tragt. Es ist wunderschön, nicht wahr?«

Meine Gedanken verschwammen. »Er war hier?« Abgelenkt ließ ich zu, dass sie mir das Schlafkleid von den Schultern zog und mir das Hemd über den Kopf streifte.

»Er hat Euch gestern Morgen eigenhändig hierhergetragen.« Sie wickelte das Korsett um meinen Brustkorb und begann, es zu schnüren. »Er hat sich die ersten anderthalb Tage selbst um Euch gekümmert. Als Ihr aufgehört habt zu bluten, hat er Euch an uns Heiler übergeben.«

»Ich verstehe.« Trauer durchströmte mich heftig wie eine Welle. Er hatte mich verlassen. Ich hatte ihm gesagt, er solle das Gleiche tun, seine Pflicht erfüllen, und doch konnte ich den Schmerz darüber nicht unterdrücken. Ich zog die Unterwäsche an und schlüpfte in das Kleid. Sie zog es über meine Hüften und schnürte das Mieder mit sanften Bewegungen.

»Es steht mir nicht zu, Eure Majestät«, begann sie vorsichtig, »aber vielleicht hilft es Euch, zu wissen, dass er Euch nicht freiwillig verlassen hat.« Sie zog das Mieder enger und steckte die Bänder hinein. »Kanzler Eftan hat ihn herausgezerrt.« Ich nickte und schwieg, unfähig zu entscheiden, ob diese Nachricht ein schneidendes Messer oder beruhigender Balsam war. »Eure Gefährtin, die mit den Locken, hat sich ebenfalls große Sorgen um Euch gemacht. Sogar die Kaiserin von Obelia kam letzte Nacht an Euer Bett – sehr besorgt um Euren Zustand. Und dies wurde für Euch zurückgelassen.« Sie zog einen versiegelten Umschlag aus ihrer Tasche, und mein Herz setzte einen Schlag aus.

Das Wachs brach knackend, als ich ihn öffnete. Ich zerknitterte ihn in meinem festen Griff, als mir klar wurde, dass er nicht von Theodor war.

Imogen,
wie gewünscht, wurde ein Schiff für dich vorbereitet. Bitte versenke es nicht. Die Hercule *ist schnell und klein und hat eine starke Mannschaft. Jeder Matrose ist an eine Sirene gebunden und wird immun sein gegen deine Verlockung, aber es würde mich nicht wundern, wenn du einen Weg finden würdest, diesen Schutz zu umgehen. Du liebst es so sehr, uns Männern den Atem zu rauben. Eine Kutsche wird dich zu den Docks bringen, wenn du aufwachst. Geh zu Kanzler Eftan, damit er sie holen lässt.*

Ich wünsche dir viel Erfolg bei deinem Vorhaben.

Befehlshaber Lachlan Mela

Der Brief fühlte sich an wie ein unsanfter Stoß aus der Tür. Ich faltete ihn zusammen. Den Ring, den ich in der Hand hielt, legte ich auf die Bank und schlüpfte leise in meine Stiefel. Bevor ich mich auf den Weg machte, sammelte ich die in Schnur gewickelte Kleidung ein, die Theodor mir hinterlassen hatte. »Danke.«

»Vergesst den nicht!« Die junge Heilerin nahm den Ring an sich. Er funkelte im Sonnenlicht, als sie ihn mir reichte.

Ich starrte auf den warmen, leuchtenden Stein, und Wut durchfuhr mich wie ein Feuersteinschlag. Ich war sicher nicht so dumm gewesen, zu glauben, dass unsere Trennung eine saubere und schmerzlose Angelegenheit werden würde, aber ich hätte auch nicht gedacht, dass Theodor so naiv sein würde.

Er hätte mich ganz gehen lassen sollen. Ohne Ring, ohne Brautkleid. Das waren Versprechen, die er niemals halten konnte.

Die Heilerin beobachtete mich, wie ich den Ring anstarrte, und ihre Brauen hoben sich erwartungsvoll. »Geht es Euch gut? Braucht Ihr noch etwas? Vielleicht etwas Nepenthes gegen die anhaltenden Schmerzen.«

Schnell steckte ich mir den Ring an den Finger. »Nein.« Ich ging hinaus auf den Gang. Ich würde mich umziehen, sobald ich auf meinem Schiff war.

Die Eingangshalle war für eine Hochzeit geschmückt. Tiefblaue obelianische Flaggen hingen neben Varya-Fahnen. Sie säumten die Balustraden aus schwarzem Marmor und hingen über den Türstürzen. Es sah aus, als hätte man am Fuße jeder der geschwungenen Treppen einen verdammten Garten angelegt. Ranken schlängelten sich zwischen den Geländerstreben hindurch und schlangen sich um die Knöchel der Statuen der Großen Götter. Diener huschten mit Körben voller Kerzen und Blumengestecken im Arm unter ihnen hindurch.

So wie sich diese Ranken scheinbar ungehemmt durch den Palast schlängelten, so begann auch eine schwarze, quälende Wut durch mich zu kriechen.

Beinahe wäre ich selbst an der Eingangstür des Palastes vorbeigegangen, durchaus in der Lage, meine eigene Kutsche zu organisieren, als mein Blick an Eftan hängen blieb. Er und eine Frau in Dienstbotenkleidung standen am Fuß der hinteren

Treppe, sahen sich Papiere an und machten sich ein Bild vom Zustand der Eingangshalle.

Als er mich erblickte, verzog sich sein rundes Gesicht. Mit kurzen, schnellen Schritten kam er auf mich zu, sein ungläubiger Blick huschte über mein Gesicht, über das Kleid, das ich trug, und blieb schließlich an Theodors Ring an meinem Finger hängen. Seine schmalen Lippen verzogen sich. »Der König ist ein Narr.«

Mühsam sog ich Luft ein. »Hallo, Kanzler.«

»Du hast ihn betört. Du hast ihn verdorben.« Er packte mich am Arm und begann, obwohl er ein kleiner Mann war, mich zu den Türen des Palastes zu zerren. »Du hast dieses Königreich in den Ruin getrieben, und er kleidet dich dafür wie eine Braut. Geh. Geh jetzt, bevor er dich sieht.« Ich entriss ihm meinen Arm und brachte ihn fast aus dem Gleichgewicht. »Er heiratet die Prinzessin in vier Tagen«, spie er aus, »und du kannst nicht zurückkehren. Nicht als seine Geliebte, nicht als seine …« Er schnappte heftig nach Luft, und sein Gesicht verfärbte sich von Rot zu einem tieferen Violett.

Ich legte den Kopf schief, als ich merkte, wie leicht mir der Köder entglitten war, wie schnell meine Kraft meinem kleinsten Wunsch gehorchte. Es war jetzt anders, ohne das Band mit Theodor in meiner Mitte. »Lieber Eftan«, säuselte ich, als der Mann sich an die Kehle fasste. »Ich bin wegen einer Kutsche zu dir gekommen. Damit ich auf Nimmerwiedersehen fortgehen kann. Wirst du mir helfen?«

Er nickte verzweifelt.

Ein langsames Lächeln spielte um meine Lippen. »Wie nett von dir.«

Ich drehte mich auf dem Absatz um und ging zur Tür, ließ den Köder los und lauschte gespannt auf das Echo seines verzweifelten Einatmens, das vom Marmor widerhallte.

Der Nachmittag war warm und klar. Feuchte, nach Blumen duftende Luft drang durch die Ritzen der Kutschentür. Ich hatte mich so sehr an den Duft gewöhnt und daran, wie er sich mit dem Meer vermischte, dass ich ihn kaum noch wahrnahm, aber jetzt holte ich tief Luft, als die Kutsche mich über die blaue Kopfsteinpflasterstraße schaukelte, die zum Hafen von Panos führte.

Meine Gedanken waren aufgewühlt wie die Meeresoberfläche – mit schwarzen, peitschenden Gedanken. Sie führten mich immer wieder zu Nemea zurück, zu seinen leeren grauen Augen und seiner unerbittlichen Grausamkeit. Zu seinem kalten, trockenen Berg, weit, weit weg vom Meer. Ich hatte nie gedacht, dass ich zurückkehren würde. Ich hatte alles getan, um es zu vermeiden. Aber wenn jemand wusste, wo Eusia war, war er es.

Bevor die Kutsche zum Stehen kam, hängte ich den Ring, den Theodor mir geschenkt hatte, an die Kette um meinen Hals und seufzte beim Gedanken an die Zukunft, die ich mit meiner Sammlung von Verlobungsschmuck würde finanzieren können. Mein Haar war gewaschen worden, während ich geschlafen hatte. Es duftete nach süßen Blumen und Orangen, und ich flocht es zu einem langen Zopf über meinen Rücken. Als ich fertig war, hatten meine Hände aufgehört zu zittern.

Als ich mich auf der Bank zurechtrückte, stach mich etwas Scharfes in den Oberschenkel. Ich suchte den Sitz neben mir ab und strich mit einer Hand über mein Kleid. Ich erstarrte, als ich ein Papierquadrat in meiner Tasche ertastete. Ein Brief. Versiegelt in grünem Wachs, mit Theodors Siegel – einer in Ranken gewundenen Hand.

Das Zittern in meinen Händen kehrte zurück, als ich ihn aufriss. Ich musste das Papier in meinen Schoß drücken, um es ruhig genug zum Lesen zu halten.

Immy,

ich weiß nicht, was ich Dir schreiben soll. Ich bin überwältigt von der Leere, die Du hinterlassen hast. Du sollst wissen, dass ich nicht die Absicht hatte, Dich zu verlassen. Mein Rat hat mich dazu aufgefordert. Sie sagten, ich hätte meine Pflicht vergessen und durch meine Unbeherrschtheit den Krieg über uns gebracht. Eftan weigerte sich, mir zu gestatten, Dir das Gewand und den Ring zu geben, bis ich ihm drohte, ihn für immer aus dem Palast entfernen zu lassen.

Was ich damit sagen will, ist, dass ich nicht mehr weiterweiß.

Ich bin beraubt, aber ich glaube, mein Ziel ist klarer als je zuvor. Meine Pflicht und mein Wunsch – sie sind eins geworden. Beides ist untrennbar mit Dir verbunden. Deine Abwesenheit hat mir gezeigt, dass ich mir nichts sehnlicher wünsche, als mich wieder mit Dir zu verbinden. Ich kann noch nicht sehen, wie. Ich kenne den Weg nicht. Aber wenn Du mich am Ende von all dem wiederhaben willst – auch wenn Du es nicht willst –, ich bin Dein.

Im Moment muss ich schreckliche, harte Dinge tun, um mein Volk und Dich zu schützen. Komm zurück zu mir und spreche mich davon frei.

Für immer Dein
Theo

Ich strich mit einer Hand über das zerknitterte Papier, das Herz schwer und voller Schmerz in meiner Brust. »Bei den Göttern, Theo.« Er würde seine Pflicht gegenüber seinem Königreich völlig vernachlässigen, wenn ich je zu ihm zurückkehrte. Er würde sich von mir völlig ruinieren lassen. Und doch, wenn ich ehrlich war, war es genau das, was ich wollte. Mit brennenden Augen faltete ich das Papier wieder zusammen und schob es unter mein Mieder, über meine Brust.

Schreckliche, harte Dinge.

Der Kutscher hielt neben einer anderen Palastkutsche,

groß und mit geschnitzten goldenen Ranken verziert, und ich schnappte nach Luft. Die Tür meiner Kutsche schwang auf, und der Lakai streckte eine Hand hinein.

Ich schüttelte den Kopf. »Ist das die Kutsche des Königs, neben der Sie geparkt haben?« Wenn er mich mit seinem Ring und in seinem Kleid sähe, wäre seine schwache Entschlossenheit gebrochen – und meine auch.

»Äh.« Er entfernte sich von mir weg und kehrte dann zurück. »Jawohl, Eure Majestät. Das ist es.«

»Was zum Teufel macht er an den verdammten Docks?«

Der Mann schob die Lippen vor und betrachtete mich mit seinen runden braunen Augen. »Das kann ich nicht sagen. Soll ich es herausfinden?«

»Nein, nein, nein. Ich werde mich einfach beeilen. Sehen Sie ihn?« Der Mann blickte nach links, dann nach rechts. Dann schüttelte er den Kopf. Ich griff nach dem kleinen Bündel Reisekleidung, das Theodor mir überlassen hatte, und sprang aus der Kutsche, ohne die Hand des Dieners zu ergreifen. »Danke.«

Die Docks waren überfüllt und weitläufig. Reihen über Reihen feuchter Holzplanken und ein Wald von Masten umgaben mich von allen Seiten. Ich wurde von Seeleuten und Händlern verschluckt, die Waren über die Docks schleppten, und ihre Pfiffe und Rufe drangen an mein Ohr. Ich blinzelte durch das Sonnenlicht und versuchte, die Namensschilder an den Bugklappen zu erkennen, und als ich das Ende der ersten Reihe von Planken erreichte, blieb ich stehen. Das Wasser im Hafen war so blau und klar, so sanft, dass ich fast vergaß, was darin schwamm.

In der Ferne bemerkte ich ein Schiff. Ich hob eine Hand gegen das grelle Nachmittagslicht. Es waren obelianische Flaggen, die an den Spitzen der vier Masten des Schiffes flatterten. Eine Ansammlung eisblauer Runen auf saphirblauem Grund, die mich immer an Schneeflocken erinnerten.

Es war das Schiff der Kaiserin.

Die Hochzeitsvorbereitungen liefen auf Hochtouren – der gesamte Palast war in Aufruhr, um sicherzustellen, dass alles bereit war. Ich konnte nicht verstehen, warum die Kaiserin nur wenige Tage vor der Hochzeit ihrer geliebten Tochter abreiste, mit all ihren Forderungen und detaillierten Verträgen, die Hallas hingebungsvolle Fürsorge sicherten. All das Gerede über Erben und Zuwendungen und Gärten, in denen sie ihre monströse Heilige verehren wollte, und sie reiste ab, bevor sie Halla in ihrem Brautkleid gesehen hatte.

Das Schiff schob sich an den Wellenbrechern vorbei, und mir wurde etwas klar. Die Kaiserin wäre nie abgereist, wenn sie nicht das bekommen hätte, wofür sie eigentlich gekommen war.

Ihre Verträge.

Ihre Handelswege gesichert, ihre Verträge garantiert. Mir wurde flau im Magen. Theodor musste sie unterschrieben haben. Warum sonst würde eine Frau wie die Kaiserin den weiten Weg in den Süden auf sich nehmen? Sie hätte Halla auch allein zur Heirat schicken können, wie es alle Herrscher mit ihren Kindern taten. Sie hatte sich nicht aus Liebe zu ihrem Kind auf diese gefährliche Reise begeben, auch wenn sie ihren Mann für sie geopfert hatte. Alles, was die Kaiserin tat, jede Entscheidung, die sie traf, jeder Befehl, jede Bitte, diente der Sicherung ihrer eigenen Macht.

Trotz des warmen Nachmittags lief mir ein kalter Schauer über den Rücken. Ich biss die Zähne gegen den Druck zusammen, der sich in meiner Brust aufbaute, als lauter Jubel und Beifall mich in ihren Bann zogen. Hinter mir bewegte sich die Menge und teilte sich, als das metallische Klirren von Rüstungen ertönte. Ich stellte mich auf die Zehenspitzen, und ein goldener Schimmer blitzte in meinem Blickfeld auf.

Es war Theodors Gefolge. Er musste sich von der Kaiserin

verabschiedet haben. Zuerst sah ich den weißen Haarschopf der Prinzessin, glänzend wie eine vom Meeresgrund gestohlene Perle. Dann versperrten Soldaten mir die Sicht. Gedankenlos und tollkühn drängte ich mich an die Spitze der Menge. Es war, als würde mein Körper von einem Magneten angezogen, mein Blick gierte nach einem letzten Blick auf ihn.

Ein Stiefel landete auf meinem Zeh, ein Ellbogen traf mein Brustbein. Ich versteckte mich hinter einem großen, kräftigen Hafenarbeiter, und als ich Theodor sah, verlor ich jedes Gefühl für Schmerz und Ort. Ich löste mich auf in nichts als Sehnsucht. Er sah aus wie ein Mythos, so streng und schön wie der Gott, von dem er abstammte. Seine rußfarbene Kleidung betonte die breiten Linien seines Körpers. Der Wind hatte an ein paar dunklen Locken gezerrt, die ihm über die Stirn wehten. Ich stand nahe genug, um das Grün seiner Augen und den Schwung seiner vollen Lippen zu sehen. Seine Stimmung war düster, er hatte den Kopf gesenkt, als er an mir vorbeiging.

Das Gewicht auf meiner Brust drückte noch stärker nach unten. Ich wollte schreien: *Sieh mich an,* aber ich biss die Zähne zusammen. Noch einen angespannten Atemzug lang starrte ich auf seinen Rücken, bevor ich mich aus der Menge der Schaulustigen löste.

»Imogen?«

Ich erstarrte, wirbelte herum und erblickte Lachlan in seiner goldenen, mit Weinranken verzierten Rüstung. Er hatte sich von der Prozession losgerissen und sah mich mit erschrockenen haselnussbraunen Augen an, dann schloss er mit ein paar langbeinigen Schritten zu mir auf.

»Ich gehe. Ich suche nur …«

Er warf seine Arme um mich. Seine Ober- und Unterarmschienen drückten gegen meine Arme. Sein Brustpanzer streifte mein Kinn.

Ich ächzte. »Was zum Teufel machst du da?«

Er zog sich zurück und packte mich an den Schultern. »Ich bin froh, dass du nicht tot bist.«

Ich runzelte die Stirn. »War ich fast tot?«

Sein Mund klappte auf, als eine Erinnerung in seinem Kopf aufzutauchen schien. »Theodor war ganz sicher dieser Meinung«, sagte er düster. »Agatha auch. Sie haben an jenem ersten Tag getrauert, als wärst du von uns gegangen.«

Ich befreite mich aus seinem Griff und hasste es, wie meine Augen brannten. »Aber du nicht, nicht wahr, Kommandant? Der Tod wäre doch ein viel billiger Weg gewesen, mich loszuwerden.«

Sardonisch verzog er den Mund. »Du glaubst, ich wollte dich tot sehen?«

»Die Geliebte deines Königs ist dein Feind und so weiter.« Meine Brauen hoben sich. »Ich hätte dich auch fast getötet, vergiss das nicht.«

»Das vergesse ich nicht.« Er schüttelte den Kopf. »Ich will nicht, dass du tot bist. Ich will nicht, dass Theo so unglücklich ist wie jetzt. Ich will nur, dass dieses Königreich vereint und in Sicherheit ist.« Er starrte hinaus auf die geschäftigen Docks. Auch er trug eine neue Bürde. Sie zeigte sich in der grimmigen Falte auf seiner Stirn, im finsteren Zug seines Mundes. »Wie können wir all das erreichen?« Ich schüttelte resigniert den Kopf, was er mit einem herablassenden Blick quittierte. »Komm schon, du bist die Verkörperung einer großen Göttin. Hartnäckig und gierig nach dem, was dir gehört. Du wirst einen Weg finden.« Er deutete auf ein Schiff hinter mir. »Das da.« Sein halbes Lächeln ließ seine Augen flach und freudlos wirken. »Leb wohl, Imogen.«

Trotz seiner Worte war es ein hoffnungsloser Abschied. Ich konnte nur nicken, als er sich auf den Weg machte. »Lachlan«, rief ich und überraschte mich selbst. Er kehrte mit fragendem

Gesichtsausdruck zurück. »Ich … könnte deinen Rat gebrauchen. Du hast all die Jahre fern von Agatha verbracht … Wie? Wie hast du es geschafft, dich zusammenzureißen?«

Er kratzte sich mit einer behandschuhten Hand am Kinn. »Du willst meinen Rat nicht.«

»Mir gehen die Möglichkeiten aus, Kommandant.«

Er stieß ein verlegenes Lachen aus. »Na gut. Wenn du es unbedingt wissen willst – ich habe getrunken und gevögelt. Dann, nach ein paar Jahren, habe ich mir richtige Liebhaber genommen. Ich war nie ohne. Am schlimmsten war es, wenn ich allein war. Erst viele Jahre später habe ich mir einen Freund als Liebhaber genommen. Und er … er war gut zu mir. Er hat sich um mich gekümmert und mir geholfen, aus dem Sumpf herauszukommen, in dem ich mich eingerichtet hatte.«

»Und du warst in dieser Zeit glücklich? Mit ihm? Ohne Agatha?«

Lachlan schüttelte den Kopf. »Es tut mir leid, Imogen. Ich war zufrieden. Ich war zufrieden, und ich war verliebt. Aber ich war nie so glücklich wie mit ihr.« Er zuckte entschuldigend mit den Schultern. »Aber du bist nicht ich. Viele von uns Narren ziehen weiter, um eine neue Liebe zu finden. Vielleicht gibt es für dich noch Hoffnung.«

Ich stieß einen langen Atemzug aus. »Ich fühle mich schlechter.«

»Ich neige dazu, diesen Effekt zu haben.«

Ich lachte und blickte hinter mich. *Hercule* war in das Namensschild des nächstgelegenen Schiffes gemeißelt, die verschnörkelten Buchstaben in roter Farbe aufgemalt. Ich ging auf den Steg zu. »Sag Agatha, dass ich sie liebe.«

»Sobald ich sie finde.«

Ich blieb stehen. »Was?«

Er blieb unbeeindruckt, aber ein beunruhigendes Kribbeln

durchlief meinen Körper. »Ich habe sie seit gestern Abend nicht mehr gesehen. Wahrscheinlich nimmt sie sich nur eine Auszeit, nach allem, was passiert ist. Du weißt ja, wie sie ist.«

Mir fiel auf, wie seltsam das war. Agatha wäre nie von meiner Seite gewichen. Sie hätte sich geweigert, mich allein in diesem fremden Zimmer aufwachen zu lassen – aber das war absurd. Außerdem hatte Agatha scharfe Krallen, Kampfgeist und ein Rückgrat aus Stahl. Ich hatte keinen Grund, solche Vorahnungen zu haben. Ich sah Lachlan eindringlich an. »Finde sie. Sobald du wieder im Palast bist, suchst du sie. Sag ihr, dass ich heil zurückkomme.«

Er zog die Stirn in Falten, als würde ich mich lächerlich machen. »Na gut«, sagte er leichthin. Unter meinem strengen Blick wurde er ernst. Er nickte. »In Ordnung. Das mache ich.«

»Gut. Danke.« Ich machte mich auf den Weg zur *Hercule,* mit einem Gefühl, als würde mein Herz gleich zerspringen. »Pass auf die beiden auf«, sagte ich über die Schulter. Er kniff die Lippen zusammen, nickte und verschwand in der Menge.

Der Steg bog sich unter meinem Gewicht, und ich hielt meinen Rock in den Händen und betrachtete, wie sich das Licht auf dem Stoff bewegte. Purpur, Blau und Grün wirbelten über die schwarze Oberfläche. Ich ging geradewegs in die Kabine, die mir der Kapitän zuwies, schloss die Tür ab und riss mir das Kleid vom Leib, wobei ich die Ranken und Federn abzog, als wären sie eine alte Haut. Ein Kloß saß in meinem Hals, als ich es sorgfältig zusammenfaltete und sicher am Fußende des Feldbettes ablegte.

Die Schnur verbrannte meine Finger, als ich sie von der gefalteten Hose und der Tunika riss. Sie waren für mich gemacht worden. Meine Finger stießen an die kleinen goldenen Knöpfe am Rücken der Tunika. Sie konnte geöffnet werden, um Platz für meine Flügel zu schaffen.

Ich zwang mich, die Tunika anzuziehen, als ein Klirren durch die Schiffswand hallte. Eine Glocke läutete. Ein tiefes, unheimliches Horn dröhnte in meinen Ohren, und ich verspannte mich bei seiner Warnung. Ich rannte aus meiner Kabine hinaus aufs Deck, wo die Mannschaft in heller Aufregung war. Sie beeilte sich, die bereits gelösten Taue wieder zu befestigen. Die Leine wurde wieder um die Klampe gewickelt. Sogar die Docks unter uns leerten sich, und die Leute strömten in Richtung der gepflasterten Straßen der Insel, weg vom Hafen.

Die Schiffsbesatzung lief den Steg hinunter. »Was ist los?«, fragte ich eine Matrosin und zog sie am Arm, um sie aufzuhalten. Ihre Wangen waren sonnengebräunt, sommersprossig und gezeichnet.

»Feindliche Schiffe«, sagte sie und neigte den Kopf zum Horizont.

Ich musste die Augen zusammenkneifen, aber als ich sie sah, wurde mir eiskalt.

Diese vertrauten Flecken.

Diese roten Segel.

Serafische Kriegsschiffe.

28

Ein halbes Dutzend serafischer Schiffe war zu erkennen. Die Flotte bewegte sich schnell auf den Hafen zu, die unheilvollen Segel voll im Nordostwind. Jenseits der Wellenbrecher lichteten die Kriegsschiffe von Varya ihre Anker und setzten die Segel. Mit hoher Geschwindigkeit bewegten sie sich auf die offene See hinaus. Auch andere Kriegsschiffe lagen vor Anker, und Hunderte von Matrosen eilten über die Decks, um ihre Schiffe von den Anlegestellen zu schieben.

Ich fühlte eine unergründliche Verantwortung für sie alle.

Theodor und ich waren schuld daran, dass sie jetzt in Gefahr waren, weil wir unser Blut auf dem Boden der zugigen Kammer oben in König Nemeas bröckelnder Festung vermischt hatten.

Das Seil über mir schnitt in meine Handfläche, als ich es packte und mich daran hochzog, um auf der Reling des Schiffes zu stehen. Ich betrachtete die Docks. Zwei Plätze von der *Hercule* entfernt lag ein weiteres Kriegsschiff. Seeleute bereiteten es zum Auslaufen vor und kletterten über die Takelage wie Spinnen über die Fäden ihrer Netze.

»Eure Majestät.« Der Kapitän der *Hercule* blickte vom Deck aus zu mir auf. Sein dunkelrotes Haar war kurz geschoren. Die Sonne hatte seine Haut mit einer dicken Schicht Sommersprossen bedeckt. Seine hellbraunen Augen verengten sich, als er eine Hand hob, ein stummer Befehl, dass ich herunterkommen sollte. »Das Protokoll besagt, dass die Docks geräumt werden, bis die Marine die Bedrohung beseitigt hat.«

Ich deutete hinter ihn, auf das Kriegsschiff. »Ich gehe mit ihnen.«

Er drehte sich um und starrte auf das Schiff. »Wohin?«

»In Richtung der serafischen Flotte. Ich werde sie versenken.«

Er lächelte, ein herablassender Zug lag um seine Augen. »Der König und der Kommandant waren sehr deutlich in ihren Befehlen. Ihr steht unter meinem Schutz, bis Eure Aufgabe erfüllt ist. Ihr habt einen Fuß auf mein Schiff gesetzt und untersteht nun meiner Verantwortung.«

Der Gedanke, dass ich »unter seinem Schutz« stehen sollte, schickte eine Welle der Wut durch die Leere in meinem Bauch – dort, wo Theodors Band gesessen hatte. Ich hatte keine Zeit, vernünftig mit ihm zu reden. Ich weigerte mich, ihn um Erlaubnis zu bitten. Nach kurzem Nachdenken warf ich einen lautlosen Köder aus. Der Kapitän schüttelte nur den Kopf und sah dann mit trüben Augen zu mir auf. »Was zum Teufel war das?«

Ich runzelte die Stirn. Der Köder hatte nicht eingehakt. Ich erinnerte mich an Lachlans Brief – die gesamte Besatzung war an Sirenen gebunden und somit immun gegen meine Köder. Ich sprang von der Reling und stieß frustriert den Atem aus. »Ich hoffe, Sie sind bereit, vor Ihrem König zu kriechen, Kapitän, denn ich habe nicht vor, unter Ihrer Aufsicht zu bleiben.« Ich wich ihm aus, doch bevor ich die Gangway erreichte, packte er mich am Hosenbund und zog mich zurück, als wäre ich ein ungezogener Hund.

Ich wirbelte herum, befreite mich aus seinem Griff und schlug ihm mit der Faust gegen den Kiefer. Es war ein schlechter Schlag, und ein stechender Schmerz durchfuhr meine Hand, aber er taumelte zurück, stöhnte und hielt sich das Kinn.

Mein Herz schlug so laut wie die Alarmglocke, während ich den Steg hinuntereilte. Als der Kapitän hinter mir herlief, breitete ich die Arme aus, um das Gleichgewicht zu halten. Der Mann war so groß wie ich, schlaksig gebaut, aber ich war kaum schneller als er. Ich bog ab in Richtung Docks und sprang über die Ecke, wo das Wasser hochschwappte und das Holz benetzte. Seine Stiefel trommelten auf den Planken, und je näher er kam, desto lauter wurde das Geräusch. Der Hafen hatte sich inzwischen weitgehend geleert. Zurück blieben Matrosen und Soldaten, die die Leinen festmachten, bevor ihre Schiffe in die Schlacht ausliefen.

Ich schickte vier Köder aus und pries die verdammten Götter, als ich spürte, wie sie sich in die Matrosen vor mir bohrten und tief in ihre Brust eindrangen. Es war mühelos gewesen. Kaum hatte sich mein Befehl in meinem Kopf geformt, gehorchten die Männer. Sobald ich an ihnen vorbeigelaufen war, bildeten sie eine Blockade, um den Kapitän aufzuhalten, und zogen ihn in ihre Arme wie ein Tier in eine Schlinge. Ich rannte schneller auf das Kriegsschiff zu, und plötzlich schoss meine Kraft heftiger als je zuvor durch meine Brust, eine Masse heißen, gurgelnden Schlamms.

Zwei uniformierte Matrosen lösten die Leinen des Kriegsschiffes und machten sich bereit, den Steg wieder hinaufzueilen. »Wartet!«, rief ich ihnen zu und hielt sie auf.

Ein kehliger Schrei hinter mir stoppte meine Schritte. Ich wirbelte herum und spähte durch die vom Wind verwehten Haarsträhnen, als einer der Matrosen, die ich angelockt hatte, einen Dolch aus seinem Gürtel zog. Ein anderer riss den Kapitän der *Hercule* zu Boden und setzte ihm einen schweren Stiefel auf die Schulter, sodass er sich nicht bewegen konnte, während ein weiterer seine Beine festhielt.

Panik durchfuhr mich wie ein Blitz. *»Stehen bleiben!«* Ich hatte den Befehl klar und deutlich ausgesprochen, ich hatte ihn mit Absicht gedacht, aber meine Köder wollten sich nicht lösen. Der heiße Schlamm strömte weiter durch mich hindurch, und ich biss die Zähne zusammen, um ihn zu bändigen. Es war schließlich *meine* Kraft, aber das Band, das ich mit Eusia teilte, hatte sich seit dem Trennungsritual verändert. Es war stärker geworden.

Meine Verbindung mit Theodor musste zuvor ihren Einfluss auf mich in Schach gehalten haben.

Der Matrose hob seinen Dolch über den Kapitän, gerade als die Planke des Schiffes vor mir aus dem Hafenbecken gehoben wurde. *»Scheiße.«* Ich war nur noch wenige Meter davon entfernt. »Leg es zurück«, schrie ich. »Lasst mich an Bord!«

Aber die Matrosen sahen mich nur verwirrt an und zogen den Steg weiter hoch.

Ich schaffte es nicht, mich zu fokussieren, meine Angst war ein Summen in meinen Ohren. Mein ganzer Körper war von Macht durchdrungen, verzehrt. Besessen. Widerwillig sandte ich neue Köder aus, diesmal an die Matrosen auf dem Schiff, und befahl ihnen, den Steg wieder in seine Position zu bringen. Ihre Gesichter erschlafften. Ihre Augen wurden glasig. Als sie den Steg zurückgebracht hatten, rannte ich zurück zu den Docks, wo der Kapitän *der Hercule* kämpfte und schrie.

Zwei Matrosen hielten ihn an den Schultern. Einer saß auf seinen Beinen. Und der vierte Matrose stieß seinen Dolch in ihn. Ich schrie, sandte neue Köder aus und zerrte an denen, die noch in den Rippen steckten, aber nichts, was ich tat, brachte sie von ihrer Aufgabe ab. Mit einem dumpfen, nassen Geräusch bohrte sich der Dolch in den Körper des Kapitäns. Sein Schrei zerriss die Luft, als ich den Matrosen erreichte, der den Dolch hielt. Ich streckte meine Krallen aus und versenkte sie in seinem Arm, aber der Mann, der auf den Knien des Kapitäns saß, stürzte sich auf mich. Er schloss einen Arm um meinen Hals. Mit seinem ganzen Gewicht warf er mich hart auf den Kai. Ich zerfetzte auch seinen Arm, sodass sein Blut an der Vorderseite meiner Tunika herunterlief, aber er gab keinen Laut von sich, er zeigte keine Gnade.

Ich konnte nur zusehen, wie der Dolch den Bauch des Kapitäns in einer senkrechten Linie durchschnitt. Vom Brustbein bis zur Leiste. Seine Eingeweide quollen aus der Wunde und ergossen sich über den Steg. Das Blut lief dick und dunkel durch die Risse, es sickerte in das wassergetränkte Holz, und er schrie und schrie und schrie. Nach einigen entsetzten Atemzügen verstummte der Kapitän.

In diesem Augenblick sprachen sie das Gebet. »Ich gebe dem Sand. Ich gebe dem Wasser. Höre mich, beachte mich. Reinige das Meer.« Die Seeleute standen auf. Mit ihren gestiefelten Füßen rollten sie den schlaffen Körper des Kapitäns von der Kante des Docks in die Fahrrinne.

Ein zitternder Atemzug kam über meine Lippen, als all die brennende Kraft in mir sich abzukühlen begann.

Endlich ließ der Matrose, der mich festgehalten hatte, von mir ab und trat ebenfalls an die Kante des Docks. Blut floss aus seinem zerfetzten Arm, aber sie alle standen mit leeren Gesichtern da und sahen zu, wie die Schatten unter ihnen durch das Wasser glitten. Ich erhob mich auf die Knie und starrte auf die dunklen Streifen, die das Meer durchzogen.

Die Nekgya waren wegen des Leichnams gekommen. Wegen der Opfergabe. Das Wasser schäumte und färbte sich rosa, und dann murmelten alle vier Matrosen noch einmal Eusias Gebet. Ich hielt den Atem an, als sie vom Steg in das tiefe, blutige Wasser stiegen.

Ich ging die Laufplanke hinauf, zitternd und frierend. Meine Tunika war nass vom Blut des Matrosen, der mich festgehalten hatte, und klebte an meinem Bauch. Das Band, das ich mit Eusia teilte, war wie eine Hand, die in mich hineingeglitten war. Ich war zu einer Marionette geworden, und sie war die Meisterin.

Mein Blick blieb an den Matrosen oben auf der Laufplanke hängen. Die Matrosen, die immer noch an meinen Ködern hingen. Ihre Augen waren glasig, ihre Körper schlaff. Ein Gedanke schoss mir durch den Kopf: *Sie sind Marionetten an deinen Fäden. Du bist nicht besser als sie.*

Als meine Stiefel das Deck erreichten, ließ ich sie hastig los und wartete mit angehaltenem Atem. Ich erwartete betende Lippen und Dolchstöße, aber beide schüttelten den Kopf, als wären sie aus einem Fiebertraum erwacht.

Der eine legte sich die Hand auf die Stirn, als hätte er Schmerzen. Der andere wandte sich mit einem misstrauischen Blick von mir ab. Aber beide gingen ihrer Arbeit nach wie zuvor. Sie hievten die Planke auf das Oberdeck, und schon bald legte das Schiff im Hafen ab. Es schaukelte unter mir, und sobald sein Segel den Wind erfasste, schlingerte es.

»Wer seid Ihr?« Die Stimme der Frau hinter mir war rau und scharf.

Ich wirbelte herum und wusste genau, wen ich vor mir hatte. Die perfekt gebügelte Uniform, der stählerne Blick und die vielen Orden auf ihrer Brust ließen keinen Zweifel zu. Die Kapitänin des Kriegsschiffes. Sie war hager und abgehärtet, doppelt so alt wie all die anderen Soldaten und Matrosen um uns herum. Ihr Blick fiel auf den Blutfleck auf der Vorderseite meines Waffenrocks und verengte sich weiter.

Mein Mund stand offen, mein Kopf war leer. Ich war immer noch benommen von der Ausweidung, deren Zeugin ich gerade geworden war. »Ich … ich bin …« Ich wusste nicht einmal, wie ich mich nennen sollte. »Captain, ich …«

Sie runzelte drohend die Stirn. »Ein blinder Passagier also.«

»Nein.« Ich zitterte immer noch, versuchte aber, mich aufrecht zu halten. Ich bemühte mich, meinen Körper mit der leichten Befehlsgewalt zu erfüllen, die Theodor stets wie eine schwerelose Rüstung trug. »Ich bin Imogen Vathia.« Die ganze Zeit über hatte ich mich nicht an Ligeas geerbten Namen erinnern können, und jetzt kam er mir so leicht über die Lippen wie ein Ausatmen. Es war *Vathia* gewesen, nach dem Geist des tiefen Wassers, der sie erschaffen hatte. »Tochter und Erbin der Großen Göttin Ligea. Ich bin hier, um Euch zu helfen, diese Schiffe zu versenken.«

Die Augen der Kapitänin weiteten sich, als sie mich musterte. »Ich kannte Ligea. Sie hat meinem Schiff schon einmal geholfen, vor vielen Jahrzehnten.« Sie schürzte die Lippen. »Ihr seht aus wie sie.« Sie ließ den Blick über ihre Mannschaft schweifen, die sich geschäftig an Deck tummelte. »Wir haben Regeln für die Sirenen auf unseren Schiffen, Eure Majestät«, sagte sie schließlich.

»Und wie lauten die?«

Ein tiefes, donnerndes Grollen durchschnitt die Luft und zog unsere Aufmerksamkeit auf sich. Die gegnerischen Schiffe waren nahe genug beieinander, um das Feuer zu eröffnen, und der erste Schuss schien den Mast eines der Schiffe aus Varya getroffen zu haben, der in der Mitte brach wie ein Ast im Sturm.

Die Kapitänin holte tief Luft. Sie blickte noch einmal auf den dunklen Blutfleck hinunter. »Wachs ist für alle Seeleute Pflicht, wenn eine Sirene an Bord ist. Aber da Ihr die Tochter der Göttin seid, wird das Wachs wohl kaum ausreichen, um sie vor Euren Verlockungen zu schützen.«

Mein Mund wurde trocken beim bloßen Gedanken an meine Macht. Daran, wie verwirrend und gefährlich sie geworden war. »Nein«, brachte ich hervor. »Das wird es nicht.«

»Ich brauche also Euer Wort«, sagte die Kapitänin und hielt meinen Blick fest.

»Mein Wort?« Der Wind schnitt, trieb mir den Salznebel in die Nase und ließ meine Kraft durch meine Mitte strömen.

»Wenn ich Euch erlaube, auf diesem Schiff zu bleiben, Eure Majestät, dann sind wir alle in Gefahr. Ich lege die Sicherheit aller Besatzungsmitglieder und Soldaten in Eure Hände. Die Göttin mochte schrecklich sein, aber sie war präzise in der Ausübung ihrer Macht. Seid Ihr wie Eure Mutter?«

Mein ganzer Körper brannte unter dem Ansturm von Scham und Sorge, unter der Verantwortung, die sie mir auferlegte. Dunkles, klebriges Blut trübte meine Sicht. Die Todesschreie des Hauptmanns hallten in meinen Ohren wider. Ich wusste nichts über meine Mutter, und meine Kraft war alles andere als präzise. Ich war mir auch sicher, dass Eusia sich über ein Opfer freuen würde, das so groß war wie ein ganzes Kriegsschiff voller Leichen. Trotz allem öffnete ich den Mund und sagte: »Das bin ich.«

Die Kapitänin nickte mir zustimmend zu. »Dann willkommen an Bord.«

Das Kanonenfeuer wurde lauter. Das Schiff schob sich schaukelnd über die zerfurchte See. Ich lief zum Bug, um eine bessere Sicht zu haben. Die gegnerischen Schiffe hatten sich in zwei Reihen aufgestellt, die Seiten der Schiffe waren einander zugewandt. Weiße Rauchwolken explodierten zwischen ihnen. Das Pfeifen und Krachen der Kanonenkugeln ließ meine Muskeln verkrampfen. Ich konnte keines der Schiffe mit meiner Kraft aufhalten, und sie schwammen so dicht beieinander, dass ich keine Ahnung hatte, wie ich die serafischen Schiffe versenken sollte, ohne die varyanischen mit auf den Meeresgrund zu ziehen.

Der Wind war rau und riss mir Haare aus dem Zopf. Ich festigte meinen Stand, obwohl ich das Gefühl hatte umzukippen. Hinter mir ertönte die Stimme der Kapitänin. »Segel einholen.

Kanonen bereitmachen.« Das Schiff zog längsseits des sechsten serafischen Schiffes. Sie nickte mir entschlossen zu. »Wann immer Ihr bereit seid, Eure Majestät.«

Ich starrte auf das Schiff und betrachtete die schwarzen Lederrüstungen, die ich so gut kannte. Meine Angst war wie eine Hand, die sich um meine Kehle schloss und mir den Atem nahm. Auf der anderen Seite des schmalen Wasserstreifens erkannte ich den Kapitän, der in seinem dunklen Helm eine bedrohliche Vorahnung ausstrahlte. Für einen Moment dachte ich an Evander.

Ich stellte mir sein Gesicht vor, das sich vor Abscheu verzog, als er mich erblickte. Ich sah den Thronsaal von Nemea vor mir und den Flügel meiner Mutter an der Wand. Ich stellte mir die Worte darunter vor, stolz in Marmor gemeißelt.

DAS UNGEHEUER WIRD IMMER GETÖTET.

Eine schwarze, brennende Energie durchströmte meine Brust, als ich mich erinnerte. Ich wollte, dass die serafische Besatzung erstarrte, und eine Welle von Ködern schoss aus mir heraus und überspannte den Raum zwischen unserem und ihrem Schiff. Meine Kehle brannte, und mir wurde kalt, als hätte man mir den Hals aufgeschlitzt und mich ausbluten lassen, aber mit einem Mal verstummte jeder Matrose, jedes Besatzungsmitglied.

Die Stimme der Kapitänin dröhnte. »Feuer!«

Meine Ohren schmerzten vom Knallen des Schießpulvers, aber ich stand reglos da. Ich sah zu, wie das Schiff unter unserem Angriff litt. Kanonenkugeln durchschlugen die Bordwand, Holz splitterte, und Staubwolken stiegen in die salzige Luft auf. Doch am meisten faszinierte mich, wie sich die Mannschaft und die Soldaten langsam in Bewegung setzten. Mit einem unnatürlichen Schritt nach dem anderen machten sie sich auf den Weg zum Schanzkleid des Schiffes; sie kletterten über die Reling und sprangen dann einer nach dem anderen ins Meer. Ich hatte es ihnen nicht befohlen. Ich hatte nur die Absicht, sie zum Stillstand zu bringen. Während ihr Schiff auseinanderbrach, die Segel zerrissen und die Masten knickten, beobachtete ich, wie sich ihre Münder in perfektem Einklang bewegten.

Da sie alle gemeinsam sprachen, konnte ich die Worte gerade noch verstehen.

Ich gebe dem Sand. Ich gebe dem Wasser. Hört mich an, beachtet mich. Reinigt das Meer.

»*Nein.*« Eusia war hungrig. Seit ihrer Erschaffung hatte sie sich im Schatten ihrer Schwester nach Macht gesehnt, nach Anerkennung. Jahrelang hatte sie nach einem Weg gesucht, ihre unersättliche Magie zu nähren. Und nun hatte sie einen Weg gefunden, sich selbst zu nähren.

Mich.

Als wir uns dem nächsten Schiff näherten, war mein Geist von Trauer erfüllt. Es war schon schwer beschädigt, riesige Löcher waren in den Rumpf gesprengt worden, aber es nahm kein Wasser auf.

Die Kapitänin klopfte mir auf die Schulter, Wehmut und Stolz vertieften die Falten um ihre Augen. »Noch einmal. Wollen wir?«, sagte sie und neigte ihr Kinn in Richtung des serafischen Schiffes.

Ich nickte abwesend. »Natürlich.« Ich klammerte mich an die Reling des Schiffes und fand mich mit der schrecklichen Realität ab. Es gab keine Möglichkeit, Varya und seine Leute zu beschützen, ohne Eusia die Körper zu geben, nach denen sie sich so sehr sehnte. Ich konzentrierte mich wieder auf die widerliche, ölige Kraft in meiner Mitte, als ich erkannte, welches Schiff vor mir lag.

Es war Serafs Flaggschiff. Ich erkannte das kantige Heck, die vier hohen Masten. Den Aal mit Reißzähnen, der auf das größte

Segel gemalt war. Es war Evanders Schiff gewesen, und vor Jahrzehnten, als Nemea ein Seefahrerkönig gewesen war, hatte es ihm gehört. Er hatte es bis an die äußersten Ränder der Welt gebracht, zu jeder Insel und auch zum nördlichen Kontinent. Man erzählte sich von der gespenstischen Sammlung von Sirenengebeinen, die in seinem Rumpf verrotteten, von den Sirenen, die an seine Masten gebunden worden waren, um tagelang in der Sonne zu brennen.

Das sagenumwobene Schiff gehörte auf den Meeresgrund. Der Rauch der Kanonen war dicht und weiß und brannte in meinen Augen. Ich zog mich höher hinauf, um mich an den Tauen festzuhalten, und suchte das Flaggschiff ab. Mein Herz zerbrach, als ich die Köder in mir aufsteigen ließ, als ich meine Aufmerksamkeit auf die riesige Besatzung richtete, aber ich biss die Zähne zusammen, als ich durch den anhaltenden Rauch einen goldenen Blitz sah.

Ich erstarrte, als ich die Form dieser alten, gezackten Krone erkannte. Es war Nemea. *Hier.* Er war seit fast dreißig Jahren nicht mehr auf einem Schiff gewesen. Er hatte sich geweigert, hatte sich vor allen Bedrohungen geschützt, indem er sich in seine Bergfestung zurückgezogen hatte.

Sein gefühlloser Blick schien mich durch den Rauch aufzuspüren. Als dunkle Gestalt stand er in der Mitte der Brücke, in einer abgenutzten, schlecht sitzenden schwarzen Rüstung. Der Blick aus seinen stechenden grauen Augen traf meinen.

Mein Verstand konnte seinen Anblick nicht verarbeiten. Auf einem Schiff. In varyanischen Gewässern. *Ich* sollte *zu ihm* gehen. Rohana hatte es mir gesagt. Eusia hatte mich damit verspottet und mich *nach Hause geschickt, nach Hause, nach Hause.*

Die Kraft durchströmte mich, wogte wie ein Sturm, aber ich hielt sie zurück. Ich zerrte an den Knöpfen über meinem Rückgrat und riss sie auf, einen nach dem anderen. Der Feuerbefehl der Kapitänin zerriss die Luft. Kanonenkugeln flogen von beiden Schiffen. Eine der gegnerischen Salven durchschlug das Bollwerk neben mir, und ich schützte mich vor dem splitternden Holz, aber ich spürte, wie sich die scharfen Teile in mein Fleisch bohrten. Meine Wange, mein Hals, mein Arm brannten von den stecken gebliebenen Splittern.

Ich rang um einen klaren Kopf, richtete meine Konzentration auf das Wasser und befahl einer tiefen Strömung, sich zwischen unser Schiff und das von Nemea zu schieben. Mit zwei Schlägen geriet das serafische Schiff ins Schlingern und zwang seine Geschütze in eine Schräglage.

»Was zum Teufel macht Ihr da?« Die Kapitänin schrie mich an, als ich den Rücken meiner Tunika noch weiter aufzog. »Lähmt sie! Lockt sie ins Wasser!«

Meine Flügel durchbrachen meine Haut. Ich breitete sie weit aus und versuchte, mit dem neuen Gewicht, das mich nach hinten zog, das Gleichgewicht zu halten. Unser Schiff war schwer getroffen und brach mit jedem Schlag weiter auseinander. Aber das serafische Flaggschiff hatte meine Strömung nicht überwinden können. Es neigte sich zur Seite, die Segel wurden schlaff.

»Ich gehe an Bord dieses Schiffes«, rief ich der Kapitänin zu.

Ihr Gesicht war rot, Speichel lag auf den Lippen. »Bringt sie zuerst ins Wasser, verdammt noch mal.«

Ich schüttelte den Kopf. Ich konnte nicht riskieren, Nemea versehentlich über die Schiffskante zu locken.

Sie zog ihr Schwert. Eine Kanonenkugel flog über das Deck, und sie duckte sich und wich den arbeitenden Matrosen aus. »Ihr habt Euer verdammtes Wort gegeben!«, schrie sie, die Schwertspitze auf meine Kehle gerichtet.

»Vorsicht.« Mein Körper spannte sich an – meine Kraft zitterte. »Ich habe ein schwieriges Verhältnis zu Kapitänen.«

Die Falten in ihrem Gesicht vertieften sich bei meiner Drohung. Sie fletschte die Zähne und rümpfte angewidert die Nase. »Runter von meinem Schiff.«

Der Ausdruck ihrer Feindseligkeit war mir vertraut, und ich ertrug ihn gut. Ich hob das Kinn und rappelte mich auf. Nemeas Schiff war nah genug, um mich hinübergleiten zu lassen. Als ich es rief, blies eine Böe unter mir hindurch, und ich stieg mit ausgebreiteten Flügeln vom Schiff. Mir drehte sich der Magen um bei dem Gefühl, mich durch die Luft zu bewegen. Ungeschickt landete ich auf dem Rumpf des serafischen Schiffes und hielt mich fest. Die rauen Seile verbrannten meine Handflächen, meine Knie, meine Schienbeine.

Meine Anwesenheit beunruhigte Nemeas Mannschaft. Meine dunklen Schwingen ließen sie ihre Nackenhaare aufstellen, wie bei Hunden, die ihre Beute wittern. Sie legten Pfeile ein und bereiteten Seile vor, während sie den Kanonenkugeln auswichen, die immer noch auf sie zuflogen. Mit zusammengebissenen Kiefern und all meiner Konzentration sandte ich nur drei Köder aus. Ich zitterte, um sie festzuhalten und nicht zuzulassen, dass Eusia sie mir wegnahm. Sie durchbohrten die Brust der Männer, die Nemea am nächsten standen. Die Schultern der Männer sanken herab, als sie ihn umringten. Als sie ihn zum nächsten Mast zogen, begann das Brennen in meiner Kehle von Neuem.

Nemea wehrte sich nicht, er schimpfte und schrie nicht. Ich bewegte mich weiter, versuchte, den Pfeilen auszuweichen, meine Kraft zu bewahren, und beobachtete ihn. Ich wartete darauf, dass sich sein Gesicht rötete und seine Augen hervortraten, wie sie es immer taten, wenn er wütend war, aber er lehnte sich nur zurück, den Kopf an den Mast gelehnt, an dem sie ihn festbanden. Er sah mir direkt in die Augen. Sein ergrautes Haar peitschte, und er hielt meinem Blick stand, auch als sie ihm das Schwert aus der Scheide zogen. Sie fesselten seine Hände und zogen ihm das Wachs aus den Ohren. Und als mein Körper langsam seine Wärme verlor, nahmen sie ihm die zerbeulte goldene Krone vom Kopf.

Schwert und Krone klapperten auf das Deck, als die drei Männer sich der Backbordseite des Schiffes zuwandten. Ich hatte keinen Befehl gegeben. Ich hatte nicht einmal gespürt, wie die Köder verfault waren, aber Eusia zog nun die Fäden. Die drei Männer murmelten das Gebet, während sie mit ruckartigen Bewegungen über das Deck gingen und sich ins Meer stürzten.

Pfeile zischten an mir vorbei, und ich kletterte nach oben, um das Gleichgewicht zu halten, als Nemea mir etwas zurief.

»Du zögerst, Mädchen.« Der Klang seiner Stimme durchbrach den Lärm und ließ meinen Körper erstarren. Ich fühlte mich wie ein Kind, klein und machtlos. »Ich dachte, ich hätte dich besser erzogen. Wer zögert, stirbt, Imogen. Tu, was du zu tun gedenkst, bevor wir beide unser Ende finden.«

Er hatte recht, und es schmerzte mich, es zuzugeben. Es quälte mich, das zu tun, was als Nächstes kam. Ich schloss die Augen und ließ meine Kraft fliegen. Ich konnte nicht zählen, wie viele Köder es waren, aber meine Kraft – oder Eusia – wusste, was nötig war. Sie hakten ein, und die Männer und Frauen an Deck atmeten alle gleichzeitig aus. Ich wimmerte gegen den stechenden Schmerz in meiner Kehle und den Schauder an, der sich auf meiner Haut ausbreitete. Die Körper wurden schlaff, die Waffen fielen zu Boden. Und dann begannen sie alle, über die Bordwand des Schiffes zu klettern. Wie eine Welle aus Teer schoben sie sich langsam über die Reling und ergossen sich in das salzige Wasser.

Ich sah Nemea an. Ich hatte meine ganze Konzentration darauf gerichtet, ihn vor meinem Köder zu schützen. Der Wind strich über das Deck und trug das unaufhörliche Plätschern der

Körper und die gemurmelten Gebete der Besatzung zu mir herauf. Unsere Blicke trafen sich.

Als Nemea hörte, wie seine Mannschaft die vertrauten Worte von Eusias Zauberspruch sprach, den er mich vor so langer Zeit gelehrt hatte, verzog sich sein Mund zu einem süffisanten Lächeln.

29

Ich sprang auf das Deck. Als ich landete, schoss mir der Schmerz in die Schienbeine. Mein Blick fiel auf die schlechten Knoten, mit denen die Matrosen Nemea festgebunden hatten. Die Taue hingen lose über seiner breiten Brust. Es würde ihn nur wenig Mühe kosten, sie zu lösen. Doch er wehrte sich nicht. Entspannt saß er da, den Blick auf mich gerichtet.

Sein Schweigen – sein Frieden – ließ mich vor Angst erschauern.

Sein Schwert lag ein paar Schritte entfernt auf dem Deck und glänzte golden im frühen Abendlicht. Es kratzte metallisch, als ich es aufhob. Der Kanonendonner hallte noch immer durch die warme Luft, aber die Salven des Schiffes, auf dem ich gewesen war, hatten aufgehört. Es segelte davon, um die anderen zu unterstützen, und ließ mich und Nemea auf seinem Flaggschiff zurück – allein.

Mit einer starken Strömung und einem stetigen Wind lenkte ich das Schiff weg von der Gruppe der feuernden Schiffe. Ich ließ uns weiter von der Küste Varyas treiben, schaukelnd und schwankend. Die Sonne beschien Nemeas silbriges Haar und warf Schatten auf sein schmales Gesicht. Ich starrte ihn an, zwang meinen adrenalingetränkten Körper zur Ruhe und suchte etwas von mir in ihm.

Ich hatte so viel von meiner Mutter geerbt. Ihre Gesichtszüge, auch die Form ihres Körpers, waren fast identisch mit meinen. Aber ich fürchtete, das Herz meines Vaters geerbt zu haben.

All die Toten, die ich auf dem Gewissen hatte, trafen mich nicht so, wie sie sollten. Noch stand ich auf meinen eigenen Füßen, noch sog ich Atemzüge in meine Lungen, ohne unter der Last der Selbstverachtung zusammenzubrechen. Ich wünschte, den Stachel dieser schrecklichen, strafenden Dinge zu spüren, die Absolution zu fühlen, wie Theodor gesagt hatte, aber ich war wie betäubt.

Das musste ich von Nemea haben.

Die Segel flatterten über mir, unbemannt und jetzt lose in der Brise. Noch nie hatte ich Nemea mit so klaren Augen gesehen. Ich stellte mir vor, wie er ausgesehen haben mochte, damals, als die Kaiserin ihn gekannt hatte. Das dunkle Haar und die helle, olivfarbene Haut, die schmalen Schlitze seiner grauen Augen. Wie sie einen durchbohrten wie scharfer Stahl. Ich trat näher an ihn heran, dorthin, wo seine Krone auf dem Deck lag. Mein Herz schlug mir bis in die Rippen, als er mich beobachtete. Ich bückte mich, um sie aufzuheben, und wog das schwere, von der Sonne erwärmte Gold in meiner Handfläche.

»Hallo, Imogen«, sagte er schließlich über die flatternden Segel hinweg. »Habe ich dich überrascht?«

Diese Stimme. Tief, nasal. Sie ließ eine Armee fauliger Gefühle in mir aufsteigen. »Das hast du.«

»Du bist gegangen«, sagte er schlicht, den Kopf gegen den Mast gelehnt. »Ich hatte keine andere Wahl, als dich zurückzuholen.« Sein Blick glitt zu meinen Flügeln. »Ich muss zugeben, du hast mich auch überrascht.«

Meine Faust schloss sich fester um seine Krone, sodass sich die Kanten in meine Handfläche bohrten. »Tu nicht so, als wüsstest du nicht, was ich bin«, knurrte ich. »Und ich bin nicht dein, du kannst mich nicht zurückholen.«

Er gluckste. Es klang freudlos, rau, leer. »Aber du bist es. In vielerlei Hinsicht bist du es.«

»Woher rührt dein Anspruch auf mich, Nemea?«, fragte ich und legte meine Faust um den Griff des Schwertes. »Weil du mein König bist? Mein Wächter? Weil du mein Blut an ein Ungeheuer verfüttert hast, seit ich ein Baby war?«

Langsam setzte ich mir seine Krone auf den Kopf.

Er runzelte die Stirn. Dann entspannte sich sein Gesichtsausdruck, als er merkte, dass ich genau wusste, woher sein Anspruch rührte.

»Nimm sie ab.« Die Worte waren knapp und kalt.

»Sie ist da, wo sie bald hingehört, nicht wahr?« Ich hasste es, wie sie sich anfühlte, wie sie drückte und einschnitt. »Bin ich nicht deine Erbin?« Der beißende Blick in seinem Gesicht durchfuhr mich wie ein langsames Gift. »Ich ekle dich an, nicht wahr?«

»Ekel.« Nemea war so still. »Die Sirenen ekeln mich an, ja.« Er schüttelte den Kopf. »Aber das hast du nie getan. Sie auch nie.«

Sie. Meine Mutter.

Er musste die Fragen gesehen haben, die mir durch den Kopf gingen, die Sehnsucht, die mein Gesicht überschattete, denn er sagte: »Möchtest du, dass ich dir von ihr erzähle?«

Die Nerven kribbelten unter meiner Haut. Er ließ Angst aus mir hervorquellen, so einfach, wie einst das Blut aus meiner Handfläche. Er richtete sich am Mast auf, als würde sein Körper schmerzen, und das schlecht gebundene Seil über seiner Mitte rutschte tiefer. An seiner Hüfte sah ich etwas Silbernes aufblitzen. Ein Dolch. Ich biss die Zähne zusammen und griff mit der anderen Hand nach dem Heft des Schwertes. Aber Nemea saß nur da, beunruhigend still, und wartete auf meine Antwort.

So sehr ich auch versucht war, die Geschichte von Nemea und meiner Mutter war nicht das, was ich hören wollte. Ich musste etwas von Eusia hören. Von der Kaiserin und der Prinzessin und von dem verworrenen Netz, in dem ich gefangen war. Aber ich holte zitternd Luft und nickte.

Er gab einen nachdenklichen Laut von sich und konzentrierte sich auf etwas in der Ferne, als würde er in die Vergangenheit gleiten. »Erinnerst du dich an die Geschichten aus den Jahren, als ich auf See verschollen war?« Seine Stimme klang seltsam. Sie wurde leise und schwammig und waberte zwischen uns wie ein unheimlicher Morgennebel. »Die meisten davon verbrachte ich mit Ligea. Die Geschichten rühmen sich damit, dass ich auszog, um zu erobern, aber ich war nie so dumm zu glauben, dass ich, der einsame sterbliche König von Leucosia, in einem Reich, in dem es Götter gibt, jemals viel erreichen würde. Wenn ich Macht wollte, musste ich sie mir verschaffen.« Sein gequälter Blick traf schnell den meinen. »Ist es nicht so, Imogen? Ist es nicht das, was ich dir immer gesagt habe?«

Ich antwortete ihm nicht.

Er kniff die Lippen zusammen, als ich schwieg, und fuhr fort. »Ich machte mich mit einer kleinen Flotte auf die Suche nach den Magischen Seherinnen. Sie hatten es geschafft, ihre eigene Macht zu erlangen, warum sollte es mir also nicht auch gelingen? Ich dachte, die Magie könnte mir geben, was mir fehlte. Aber in meiner Jugend war ich töricht. Ich hatte keine Ahnung, welchen Preis sie haben würde. Als ich die Seherinnen sah und was die Magie mit ihnen anstellte …« Er schüttelte den Kopf und verzog den Mund. »Das war ein Preis, den ich nicht zu zahlen bereit war. Ich erinnere mich an die Magierin, die mir sagte, ich solle nach Norden gehen. Sie konnte kaum sprechen. Sie lag zusammengekauert auf dem Boden ihres Turms, wie ein vertrocknetes Insekt. Sie war es, die mir sagte, dass es einen Weg gäbe, Macht zu erlangen, ohne dafür zu bezahlen. Sie hat mir gesagt, wie ich Eusia dienen kann.«

Wut loderte in mir auf. Der Griff des Schwertes schmerzte in meiner vernarbten Handfläche. Ein Beweis für den *Preis*. Ich hob die Klinge und trat vor, sodass die Spitze vor ihm schwebte. »*Ich habe* bezahlt, Nemea.«

Was auch immer er noch unter Kontrolle hatte, es brach wie ein trockener Zweig. Seine Wangen glühten rot. Seine grauen Augen weiteten sich vor Zorn. »Lass mich *sprechen*.« Die Worte zischten zwischen seinen zusammengebissenen Zähnen hervor. »Ich habe bezahlt. Ich habe bezahlt, teuer bezahlt. Die verdammte Magierin hat gelogen.«

Die Schwertspitze fiel mit einem dumpfen Klirren auf das Deck. Ich taumelte ein paar Schritte zurück, erschrocken über die Tiefe seiner Gefühle. Er sah gequält aus. Gepeinigt.

Dann sprach er, als wollte er ein Geständnis ablegen. Schnell, begierig darauf, die Worte loszuwerden, die er zu lange zurückgehalten hatte. »Eusia war eine der Heiligen von Obelia. Vor Jahrhunderten war sie an einem der Strände angespült worden. Sie war alt, so alt wie die Götter. Sie war ausgeweidet, ihre Organe fehlten, als man sie fand. Aber sie war nicht tot. Sie konnte sprechen und sich bewegen, und dafür wurde sie verehrt. Für ein Opfer würde Eusia den Gläubigen ein Wunder gewähren. Also ging ich hin. Die Kaiserin, Nivala, war … sie war stark. Sie war ebenso machthungrig wie ich. Sie empfing mich, den jungen König von Leucosia, mit offenen Armen, begierig darauf zu erfahren, welche Macht ich besaß. Ich habe ihr nie gesagt, dass ich sterblich bin. Sie überhäufte mich mit Essen und Wein, nahm mich mit in ihr Bett, und ich blieb monatelang in Obelia, um mich auf mein erstes Opfer und den Segen Eusias vorzubereiten.

Ich erinnere mich an den Tag, an dem sie es endlich aus mir herausbekam – dass ich machtlos war, genau wie sie –, sie lachte mir ins Gesicht. Aber sie nahm mich trotzdem mit in ihren Tempel, und ich legte meine Opfergabe in das kleine Becken darin. Ich goss mein Blut ins Wasser und sprach das Gebet. Ich bat

Eusia … Ich bat sie, den Sirenen ein Ende zu bereiten, die meine Flotte dezimiert hatten. Sie hatten mich Männer und Geld gekostet. Meinen Stolz. Sie hatten nichts als Verderben gebracht, und ich war entschlossen, sie dafür bezahlen zu sehen.«

Ein Schauer überlief mich. Das ferne Kanonenfeuer, das Knarren des Schiffes, alles verblasste unter dem Eindruck, den Nemeas Geschichte auf mich ausübte.

»Als Eusias Kopf die Wasseroberfläche durchbrach, schrie ich auf. Sie war so klein. So klein wie ein Kind. Sie hatte keine Haare. Fleisch war über ihre Augen und ihre Wangen gewachsen, aber sie konnte mich sehen – ich wusste, dass sie mich sehen konnte. Ihre Stimme klang erstickt, aber sie wollte mir unbedingt von ihrer Schwester erzählen. Von Ligea. Sie erzählte mir, dass Ligea alles gegeben worden war und dass sie nach so vielen Jahrhunderten immer noch golden und gesund und unübertroffen war. Und sie selbst war zu einem Ungeheuer geworden, das sie überflügeln wollte. Unsere Wünsche stimmten überein. Also sagte ich ihr, dass ich ihr helfen würde.«

»Eusia ist in Obelia?«, fragte ich hastig.

Nemea schüttelte den Kopf. »Sie bat mich, sie nach Hause zu bringen. Damit sie den Zauber sprechen kann, der Ligea ein Ende bereitet.«

»Was hast du gesagt?« Mein ganzer Körper war von einer schrecklichen, knisternden Kälte erfüllt. Ein Grauen, das so tief saß, dass es schmerzte. »Sie hat dich gebeten, sie *nach Hause* zu bringen?«

Seine Augen funkelten, als hätte ich eine Schwäche offenbart. »Du suchst nach ihr.«

»Ich bin durch Blut mit ihr verbunden«, brüllte ich. »Natürlich suche ich nach ihr, verdammt.«

Seine schmalen Lippen verzogen sich. »Du bist ihr sehr ähnlich. Wie Ligea«, murmelte er trotz seines Zorns. »Es war absurd von mir zu glauben, dass Kapitän Ianto genügt hätte, um dich auf unbestimmte Zeit in meiner Festung festzuhalten.« Er schüttelte den Kopf. »Ihr seid beide so verdammt stur, so arrogant, dass ihr lieber sterben würdet, als euch zu fügen.«

Das traf mich. Theodor hatte fast dasselbe gesagt. Der Gedanke, dass Nemea mich wirklich kannte, meine Schwächen und Stärken, drehte mir den Magen um. »Erzähl deine Geschichte zu Ende«, sagte ich mit belegter Stimme.

Er funkelte mich finster an und ließ mich warten. »Ich habe Eusia aus Obelia weggebracht. Es war ein Versprechen. Ich musste sicherstellen, dass sie alles hatte, was sie für die Reise brauchte. Vor ihrer Abreise bat die Kaiserin um ein letztes Wunder. Ein großes Wunder. Sie brachte ein letztes Opfer …«

»Ihren Ehemann«, sagte ich atemlos. Die Erkenntnis traf mich wie ein Schlag. »Und die Nels. Du hast sie nicht wegen der Juwelen getötet. Du hast sie getötet, um Eusia zu nähren, während sie auf deinem Schiff unterwegs war, nicht wahr?«

Nemea zuckte zusammen. Seine Augen flammten verwirrt auf. »Woher weißt du das?«

»Ich war fleißig.« Wieder hob ich das Schwert.

Nemea knackte mit dem Kiefer, eine gefährliche Energie stieg in ihm auf. »Eusia wollte, dass ich mit Ligea ein Kind bekomme.« Er sagte es so schlicht, als würde er über etwas Alltägliches sprechen. »Es gab einen Grund, warum deine Mutter nie Kinder bekommen hat. Sie fürchtete ihre Schwester, fürchtete sich davor, was sie ihnen antun könnte. Eusia wollte Generationen, von denen sie sich ernähren konnte. Die Körper hielten sie am Leben, aber die Sterblichen gaben ihr nicht die Macht der Götter. Wenn es ihr gelänge, ihre Schwester und deren Kinder zu fangen, könnte sie ihre Macht schlucken *und* ihre eigene Magie nutzen. Sie wäre unendlich.«

»Und das hast du getan.« Ich machte keinen Hehl daraus, wie

verabscheuungswürdig ich das fand. »Wie? Warum sollte Ligea jemals zulassen, dass du …«

»Sie hat sich an mich gebunden.« So sanft hatte er noch nie gesprochen. Nicht einmal in meinen Erinnerungen an ihn, als ich noch ein Mädchen war und er mich mit einem flüchtigen Lächeln und einem Bonbon in der Handfläche begrüßte, hatte ich seine Stimme so in Erinnerung. »Sie war keine Närrin, deine Mutter, aber sich an mich zu binden, war der größte Fehler, den sie je begangen hat – der Anfang vom Ende.«

Ich trat einen Schritt zurück. Ich brauchte Abstand zwischen uns, ich musste mich an seine Gefühlskälte und Grausamkeit erinnern, denn der Ausdruck, der jetzt in seinen Augen lag, brachte mich zu sehr aus dem Gleichgewicht. Er war untröstlich.

Ein Windstoß fegte über das Deck, und mein Gleichgewicht geriet ins Wanken, als das Schiff über eine Reihe hoher Wellen schaukelte. Die Temperatur sank, während die Sonne hinter einer dunklen, bauchigen Wolkenwand verschwand. In der Ferne rollte ein tiefes Grollen über das Wasser.

Ich suchte das Meer ab. Es war ein Donnerschlag gewesen – das Kanonenfeuer war verstummt. Die beiden verbliebenen serafischen Schiffe hatten sich zurückgezogen. Die halbe Flotte von Varya war in den Hafen zurückgekehrt, und wir waren weit weggetrieben.

»Sieht aus, als hättest du verloren«, sagte ich.

»Ich hatte nicht vor, diese Schlacht zu gewinnen, Imogen.« Seine Augen waren ohne Tiefe. Sie funkelten mit einer beängstigenden Art von Hunger. »Wie ich schon sagte, ich bin deinetwegen hier.« Er schob eine Hand durch die Seile, die ihn umgaben, und zog. Sie fielen so leicht wie totes Laub. Meine Arme zitterten unter dem Gewicht des Schwertes, aber ich hielt es fest zwischen uns und trat rückwärts über das Deck. Nemea bemerkte es kaum. Er erhob sich und streckte langsam seine langen

Glieder, dann richtete er seine schlecht sitzende Rüstung, die Geste leicht und ohne Furcht. Er blickte auf die Gewitterwolken am Horizont und fragte: »Was wirst du tun?« Er verspottete mich mit dieser Frage. »Ich glaube, nur Ligea konnte ein Schiff ohne Mannschaft durch einen nächtlichen Sturm steuern. Und du bist ihr so ähnlich, ja … aber du bist auch so viel weniger.«

Die Luft wurde mir aus der Brust gepresst. Ich beobachtete ihn und wartete schweigend darauf, dass er den Dolch zog. Er tat es nicht. Stattdessen ließ er sich auf eine Kiste sinken, die in der Nähe stand.

»Hast du sie geliebt?« Die Frage rutschte mir heraus, bevor ich sie zurückhalten konnte.

Er schnaufte und zuckte mit den Schultern, bevor er antwortete. »Ich mochte es, sie zu besitzen. Aber dieses verdammte Band, das wir teilten, war schwierig. Ich wollte sie hassen. Ich erinnerte mich daran, dass sie die Wurzel meines Leidens und der Kämpfe meines Königreichs war, aber die Gedanken wollten nicht bleiben. Dieses Band überzeugte mich davon, dass ich sie liebte.«

Ich zuckte zusammen, als hätten seine Worte einen blauen Fleck getroffen. »Das ist es nicht, was das Band tut.«

Er erstarrte. Er war entspannt gewesen, aber jetzt begann sein Körper, sich zu verkrampfen. Er neigte den Kopf und sagte: »Du redest, als wüsstest du Bescheid.«

»Das Band zwingt dich zu schützen.«

Ungläubigkeit und ein Hauch von Belustigung kräuselten seine Lippen. »Gute Götter. So hast du also den jungen König dazu gebracht, dir zu helfen, nicht wahr? Du hast ihn gestohlen.« Er spottete. »Genau wie deine Mutter.«

»Ich habe ihn nicht gestohlen. Er hat zugestimmt.«

»Oh, welche Güte! Welch ein Opfer! Und hat er dir seine Liebe erklärt? Hat er sich dir für immer verschrieben?« Er schlug sich mit der Faust aufs Knie. »Jetzt wird er noch unerträglicher sein, der Enkel des Panos, der an Ligeas Tochter gebunden ist. Als wäre der Bastard nicht schon mächtig genug, hat er jetzt noch mehr aufgetan.«

Die Anspielung erschütterte etwas in mir, das sich unerschütterlich angefühlt hatte. Theodor hatte sich am Anfang wegen meiner Macht an mich gebunden, weil er mich so sah, wie ich war. Plötzlich konnte ich diesen Gedanken nicht mehr verdrängen: Hätte Theodor mich in der Festung von Nemea zurückgelassen, wenn nicht das Blut der Götter in meinen Adern geflossen wäre?

Nemea erhob sich rasch, sein Körper von vertrauter Wut erfüllt, und zog den Dolch aus seinem Gürtel. Er rollte ihn in der Faust und lief auf und ab. »Dieses Band …« Er sah gequält aus, dann fixierte er unsere Blicke. »Deine Mutter hat erfahren, was ich getan habe. Wie ich Eusia geholfen habe. Ich segelte durch eine schmale Meerenge zurück nach Seraf, und dort saß Ligea.« Er deutete mit dem Dolch in die Luft, als sähe er sie vor sich. »Ligea, geflügelt und mit Salzwasser besprenkelt, saß auf den Felsen und sah aus wie ein prächtiger, brutaler Raubvogel. Sie stürzte auf mein Deck und ließ die ganze Mannschaft erstarren, ohne einen Laut von sich zu geben. So etwas hatte ich noch nie zuvor gesehen. Die Kraft strömte aus ihr heraus, aber sie starrte mich an, als *wäre ich* eine Bedrohung. Sie kam auf mich zu, als wäre *ich* derjenige, der einen bösartigen Köder besäße. Sie sagte: ›Ich weiß, dass du mir und meinem Volk schaden willst. Ich werde dafür sorgen, dass dir das nicht gelingt.‹ Sie schlitzte mich auf und fesselte uns.«

Meine Arme begannen zu zittern. Der Wind peitschte und verdeckte meine Sicht mit Nebel und verirrten Haaren. Ich spürte, wie uns die Zeit davonlief, und ich wusste immer noch nicht, wo Eusia war. »Wie hast du Ligea getötet?«

»Das habe ich nicht.«

»Lüg mich nicht an. Ihr Flügel hängt in deinem Thronsaal, Nemea. Wie konnte das Blutsband dir erlauben, ihn ihr abzuschneiden?«

Er machte einen drohenden Schritt auf mich zu. »Ich *habe* ihr niemals etwas angetan. Das wollte ich nie. Wegen meiner Gefühle für Ligea habe ich jahrelang meinen Dienst für Eusia bereut und alles getan, um sie zu beschützen. Ich habe sie vom Meer ferngehalten, damit Eusia sie nicht spüren konnte. Als sie … als wir … Ligea war fest entschlossen, dich im Meer zu gebären. Obwohl ich sie anflehte, obwohl ich sie anwies, an Land zu bleiben.« Die Farbe wich aus seinem Gesicht. »Sie hat sich in der Nacht rausgeschlichen. Wir waren auf Seraf, in der alten Festung am Westufer. Die Bergfestung war noch nicht fertig. Ich bemerkte zu spät, dass ihre Seite des Bettes leer war. Ich hätte sie an den Pfosten binden sollen, wie ich es angedroht hatte, aber ich brachte es nicht über mich, ihr mit den gottverdammten Seilen die Handgelenke zu zerkratzen.« Er rieb sich heftig die Augen. »Als ich am Strand ankam, ging gerade die Sonne auf. Die Gischt war noch von ihrem Blut gefärbt. Du lagst schreiend auf dem trockenen Sand, als hätte sie dich in Sicherheit gebracht. Und ihr Flügel trieb auf den brechenden Wellen. An seiner Wurzel hingen noch Teile ihres Fleisches. Eusia hat sie mitgenommen, aber nicht getötet.«

»Woher weißt du das?«, flüsterte ich.

»Unser Band ist nicht zerrissen, als sie mich verließ. Ich habe es noch gespürt. Jahrelang.« Er sah zu mir auf, und im schwindenden Licht konnte ich gerade noch den Spott und die dunkle Belustigung in seinem Gesicht erkennen. Sein Lachen war wütend und leise. »Das ist vielleicht das erste Mal, dass du mich ansiehst, als hätte ich ein Herz.« Er schüttelte den Kopf. »Lass dich nicht täuschen.«

»Warum hast du mich nicht ausgeweidet und ins Meer geworfen?« Ich kämpfte mit dem schwankenden Schiff um das Gleichgewicht. »Warum hast du Eusia nicht allmächtig gemacht? Um uns Sirenen ein für alle Mal loszuwerden.«

»Eusia will dich nicht tot sehen«, sagte er knurrend. »Sie hat Ligea am Leben erhalten, solange sie konnte. Und sie würde dir dasselbe antun. Sie würde dich langsam aufbrauchen.«

Ungläubig starrte ich ihn an. »Willst du mir sagen, dass du mich aus Barmherzigkeit behalten hast? Dass du mich dazu gebracht hast, mein Blut für dieses Ritual zu geben, damit ich nicht so leiden muss wie meine Mutter?«

Alarmierender Zorn erfüllte ihn und ließ die Farbe in seine Wangen zurückkehren. »Ich habe es für *Ligea* getan. Nicht für dich. Ich habe Eusia gegenüber mein Wort gehalten. Ich habe sie genährt. Aber ich habe geschworen, dass Ligeas Tochter nicht dasselbe Schicksal widerfahren würde, solange unser Band noch bestand.«

»Dein Band«, sagte ich, »ist es weg?«

Er hielt inne und schien von der Frage überrascht. Als hätte er noch nie darüber nachgedacht. Seine Augen zuckten, und er suchte in sich hinein. Er legte eine Hand auf seinen Bauch. Seine Stimme wurde leise, und in seinem Blick lag unglaublicherweise Kummer. »Ich spüre es nicht.«

Die Veränderung kam plötzlich. Sein Körper straffte sich, und er kam näher.

»Wo ist Eusia?«, verlangte ich und richtete mich auf.

»Nach allem, was du gelernt hast, während du weg warst, kommst du immer noch nicht darauf?« Er hob die Schultern. Seine unbewaffnete Hand ballte sich zu einer festen Faust. »Ich habe dich aus Barmherzigkeit in dieser Festung weit weg vom Meer behalten, weil du immer so schwach warst. Du warst so klein, als du geboren wurdest, so krank. Das Meer hätte dich verschlungen, wenn ich dich jemals in seine Nähe gelassen hätte. Eusia hätte dich mit Leichtigkeit aus dem Sand gerissen. Und selbst jetzt stehst du mit einem Schwert da, lässt mich reden und stellst mir Fragen, auf die du die Antwort wissen solltest.« Verächtlich schüttelte er den Kopf. »Sei stark. *Kämpfe.*«

»Wenn ich ängstlich und schwach bin, dann nur deinetwegen«, schrie ich. »Du hast mich so gemacht.«

»Und was willst du dagegen tun?« Er hielt seinen Dolch zwischen uns hoch. »Wirst du mit mir nach Hause kommen, wo du in Sicherheit bist und wir Eusia für ihren Segen bezahlen können, wo sie dich nicht erreichen kann, oder willst du, dass ich dich jetzt ausweide und dich von ihren Monstern zu ihr tragen lasse? Ich kenne den Zauber, der dich am Leben hält, bis du sie erreichst. Denselben, mit dem sie sich selbst vor dem Tod gerettet hat.«

Das Wasser war unruhiger geworden, die Wellentäler tiefer, und das Schiff schwankte heftig. Ich begegnete seinem Blick durch die Dämmerung. Meine Stimme klang stählern. »Weder noch.«

30

Das Gewicht des Schwertes und das Schaukeln des Schiffes machten es mir schwer, aufrecht zu stehen.

Mit aller Kraft stemmte ich es hoch und ließ die Klinge in einem weiten Bogen auf Nemea niedersausen. Er wich aus. Seine Hand blitzte in meinem Blickfeld auf, dann durchzuckte ein heller, stechender Schmerz meinen Wangenknochen. Mein Kopf schnellte zur Seite, und die Krone, die ich trug, flog zu Boden, wo sie schwankend davonrollte. Funken sprühten durch mein Sichtfeld. Ich wartete auf den nächsten Schlag, auf den Dolch in meinem Bauch, aber er kam nicht.

Mein Gesicht schmerzte, meine Augen tränten, aber ich fand meinen Halt. Auf der anderen Seite des Decks ging Nemea auf und ab. Seine Schultern waren gebeugt, und er fuhr sich immer wieder mit der Hand durch sein zerzaustes Haar, als wäre er verzweifelt.

»Ist das dein armseliges Gewissen, Nemea?«, brüllte ich über das Heulen des Windes hinweg. »Hat es dir wehgetan, mich zu schlagen?«

Er warf mir einen bösen Blick zu. »Nein.«

Ich ging zur Takelage und hielt mich fest. Der Sturm warf das Schiff über die Wasseroberfläche wie ein loses Blütenblatt. »Ich sehe aus wie sie. Wie kannst du dir nicht ihr Gesicht vorstellen, wenn du meines schlägst?«

Der Regen setzte ein. Er fiel seitlich und klebte ihm die Haare an die Stirn. »Nutze deine Kraft und lass es geschehen«, sagte er über das Tosen der Wellen hinweg.

»Du willst, dass ich dich töte?«

»Du kannst mein Elend nicht verstehen.« Seine Stimme brach. »Ich habe all die Jahre mit einem intakten Blutsband gelebt, war nie frei von der Sorge und dem Zwang, sie zu beschützen, und es gab nichts, was ich tun konnte.«

»Du konntest nichts tun?« Etwas in mir zerbrach. Ich riss das Schwert hoch und ging auf ihn zu. »Wie kannst du es wagen, deine Grausamkeit zu rechtfertigen?« Ich stürmte auf ihn zu und ließ das Schwert knapp über seiner Schulter niedersausen. Er wich wieder aus und stieß mit dem Dolch nach mir. »All die Arten, wie du mich terrorisiert hast. Du hast mich zu dem gemacht, was du wolltest – zu dem, was dir diente. Du hast mich klein und scheu gemacht. Du hast mich zu allem gemacht, was meine Mutter nicht war, damit du mich benutzen konntest.«

Seine Augen blitzten. Die Dunkelheit wurde immer dichter und machte es schwer, die Details seiner Bewegungen zu erkennen. Nemea stürzte sich auf mich. Ich versuchte, mich aus seiner Reichweite zu bewegen, aber das Schiff neigte sich, und ich stolperte direkt auf ihn zu. Er war besser vorbereitet als ich. Er packte mich mit der Faust an den Haaren und riss mich zur Seite. Vor Schmerz schrie ich auf.

Nemea brodelte, der Atem ging ihm schwer durch die Zähne. »Alles, was ich getan habe, war, dich zu beschützen und im Gegenzug deinen Gehorsam zu verlangen. Behandelt ein Gott seine Gefolgsleute nicht so? Ist das nicht die Vereinbarung, die ein König mit seinen Untertanen trifft? So wie ein Vater sein Kind behandelt?«

Er ließ mein Haar los und stieß mich von sich. Ich fiel flach auf das Deck, und die Luft entwich aus meiner Brust. Mit gefletschten Zähnen stampfte er über das schwankende Schiff auf mich zu.

Meine Kraft wirbelte, wie ein Strudel im mitternächtlichen Wasser, begierig darauf, sich aus seinen Grenzen zu befreien, aber ich konnte nicht richtig Luft holen, konnte mich nicht darauf konzentrieren, durch meinen Schmerz hindurch einen Köder auszusenden. Langsam erhob ich mich auf die Knie und richtete meine ganze Aufmerksamkeit auf Nemeas verdorrtes Herz. Er stand direkt vor mir, den Dolch in der Faust, als ich meinen Köder fliegen ließ.

Silbern glitzerte die Klinge in seiner Hand, als er sie zurückschnellen ließ. Ich wartete darauf, dass er unter meiner Kontrolle erstarrte, wartete darauf, dass der Dolch auf das Deck klapperte … Aber mein Köder wirkte nicht.

Er stürzte sich auf mich, sein Blick traf den meinen. Ich sog scharf den Atem ein, als die Dolchspitze in mich eindrang. Feuer durchzuckte meine Mitte, meine Muskeln, meine Organe. Genau dort, wo mein Band mit Eusia saß.

Ein Schrei erhob sich in meiner Kehle.

Nemea erstarrte. Seine Augen weiteten sich. Der Regen rann wie Tränen über sein fassungsloses Gesicht. »Nein«, flüsterte er und ließ den Griff der Klinge los, als hätte sie ihn verbrannt. Er schüttelte den Kopf, sein Mund stand offen. »Du hast es versucht … nicht wahr? Du hast es mit deinem Köder versucht?«

Ich nickte schwach. Meine Hände wanderten zu meinem Bauch, zu beiden Seiten des halb eingedrungenen Dolches. »Es hat nicht funktioniert.«

Er verlor fast das Gleichgewicht, als eine Welle über das Deck krachte. Sie riss mich von den Füßen. Schleuderte mich zur Seite. Mein Bauch explodierte vor Schmerz, als der Dolch sich bewegte und tiefer in mich eindrang. Doch kein Schrei kam hervor, kein gequälter Atemstoß. Stattdessen verkrampfte sich mein Körper, steif vom verzehrenden Druck des Metalls auf mein weiches Fleisch.

Nemeas Finger bohrten sich in meinen Arm. Er zog mich mit solcher Kraft hoch, dass meine Schulter sich krachend ausrenkte. Dann schrie ich auf. Ich schlug um mich, fuhr mit den Krallen über seine Wange und rief dunkles Blut hervor.

Er zischte, aber seine Finger gruben sich tiefer in meinen Arm. *»Hör auf!«* Er zerrte mich zur Treppe, die zum Achterdeck führte, und zwang mich hinunter. Meine Wirbelsäule schlug gegen die Stufen. Ich sah nur seinen schemenhaften Umriss, das Blitzen seiner Zähne, als er schrie: »Sie lebt noch! Wenn dein Köder nicht gewirkt hat, bedeutet das, dass Ligea noch am Leben ist. Unser Band besteht noch.«

Er war außer sich. Die stürmische Dämmerung erhellte sein entsetztes Gesicht. »Der Zauber.« Er legte seine Hand auf den Griff des Dolches in meiner Mitte, als wollte er ihn herausziehen.

Ich stöhnte und sprach mit zusammengebissenen Zähnen. »Fass mich nicht an.«

»Der Zauber wird dich am Leben erhalten.«

»Damit ich Eusia weiter für dich füttern kann?«

Er schüttelte den Kopf, und sein Gesicht verzog sich, als der prasselnde Regen daran abperlte. »Ligea. Sie war weg. Ich schwöre, ich dachte … Solange sie lebt, schwor ich, würde ich dich beschützen.«

Es war unbegreiflich, wie das Blutsband, das er mit meiner Mutter teilte, diesen verdrehten moralischen Kompass in ihm geformt hatte. Er war verachtenswert, hinterhältig, aber so hatte ich ihn noch nie erlebt. Herzzerreißend und gebrochen. Bereit, mir das Leben zu schenken, nachdem ich so lange Zeit sicher gewesen war, dass er mich tot sehen wollte – nachdem er selbst mir den Todesstoß versetzt hatte.

Auch wenn ich ihn nicht verstand, war ich mir sicher: Ich wollte leben.

Blitze zuckten durch den Himmel und erhellten Nemeas Absicht. Er wartete nicht auf meine Zustimmung. Seine zitternde Hand griff nach dem Dolch und riss ihn mir aus dem Leib.

Ein Schrei zerriss mir die Kehle.

Nemea kniete nieder und hielt sich fest, während das Schiff schaukelte. Während das Wasser über das Deck schwappte. Er zog den Dolch über seine Handfläche, dann schöpfte er etwas Meerwasser, als es vorbeirauschte. Er ließ die blutige Mischung über die Wunde in meinem Bauch tropfen. Das Salz brannte auf meinem offenen Fleisch. »Werde ich krank?«, fragte ich mit brüchiger Stimme.

»Ich weiß es nicht.« Er war blass geworden, angespannt.

Mein sprudelndes Blut sah im schnell schwindenden Licht schwarz aus. Mir wurde kalt. Mein Körper begann zu zittern.

»Halt still.« Er presste seine Hand auf die blutende Wunde. Ich zuckte zusammen, als ich seine Finger auf meiner Haut spürte, kalt und sanft und feucht. Er schloss die Augen, und eine unnatürliche Ruhe überkam ihn. Er war ein Gegenpol zu dem Chaos des schaukelnden Schiffes, des peitschenden Regens und des stürmischen Windes.

Er sprach voller Ehrfurcht, voller Entschlossenheit. »Im Sog der Verdammten, wenn der Geist zerfällt, flicke und schlinge und versiegele. In den Adern der Ertrinkenden, wenn das Blut die Kehle füllt, reinige und wasche und heile.«

Ich spürte nichts. Noch immer lagen seine Finger auf mir. Dann, in dem Moment, als Nemea einen röchelnden Atemzug tat und seine Hand von mir zurückzog, krümmte sich mein Körper vor einem schrecklichen, stechenden Schmerz. Es war, als wäre der Dolch noch einmal hineingetrieben worden. Ich sah nach unten. Der Blutfluss verlangsamte sich zu einem Tropfen, aber er hörte nicht auf. Die Haut schloss sich nicht. Die Wunde war so breit wie meine Handfläche, ein roter Schlund.

Nemea fiel wimmernd auf das Deck, als der Zauber nach Vergeltung suchte. Seine Finger flogen zu seinen Augen, als würden sie brennen. Das Wasser schlug über ihm zusammen und ließ seinen großen Körper gleiten, bis er gegen den Mast schlug. Wasser gurgelte in seiner Kehle, und ich konnte nicht sagen, ob es das Meerwasser oder der Zauber war, der ihn erstickte.

Ich rührte mich nicht. Stattdessen beobachtete ich, wie er nach Gutdünken von Wind und Wasser hin und her geworfen wurde. Als das Schiff wieder schaukelte, gelang es ihm, seine Arme um den Mast zu schlingen und sich daran festzuklammern. Ich wartete darauf, dass seine wässrigen Atemzüge sich beruhigten, wie Hallas, nachdem sie ihren Zauber gesprochen hatte. Ich wartete darauf, dass er aufhörte, sich die Augen zu kratzen, aber er krümmte sich und kämpfte darum, an Ort und Stelle zu bleiben, während der Sturm versuchte, ihn fortzureißen.

Mein Blick glitt zurück zu der triefenden Wunde in meinem Bauch, und eine Welle der Übelkeit überkam mich. Ich war so kurz davor gewesen, zu sterben wie Eusia. Und dann fiel mir etwas ein – Theodors Bericht über ihre Hinrichtung.

Sie wurde ausgeweidet und vor der Küste von Anthemoessa ins Meer geworfen.

Die Insel der Sirenen. Der Sitz von Ligeas Reich. Wo sie und ihre Schwester erschaffen worden waren.

Zuhause.

»Es ist Anthemoessa, nicht wahr?« Nemeas Atem ging jetzt leichter. »Antworte mir«, rief ich. »Wie bist du dorthin gekommen? Das Wasser soll unpassierbar sein.«

Es war durch einen Zauber verdorben und verlassen worden. Einen Zauber, von dem ich nur annehmen konnte, dass Eusia ihn selbst ausgesprochen hatte. Das Land war schwarz und giftig geworden, ebenso wie das Wasser, das es umgab. Man konnte das äußere Riff nicht mehr passieren und die inneren Ufer nicht mehr betreten, ohne dass die Fäulnis durch die Stiefelsohlen sickerte. So verlor Ligea ihren Sitz. Sie war nur noch dem Titel nach eine Königin gewesen. Die Sirenen hatten sich auf den übrigen Inseln von Leucosia ausgebreitet und wurden von allen willkommen geheißen – zunächst.

Ich kroch auf ihn zu und zog an seiner Schulter, um ihn zu zwingen, mich anzusehen. Seine Augen bluteten, zerfetzt und albtraumhaft. »Wie bist du nach Anthemoessa gekommen?«

Er schüttelte den Kopf, als wollte er mir nicht antworten. Es war fast zu dunkel, um etwas zu sehen, aber als das Schiff schaukelte, konnte ich das Gleiten von Metall auf dem Deck hinter mir hören. Das Schwert. Ich folgte dem Geräusch und robbte auf allen vieren darauf zu. Der Schmerz war tief und pochend, aber ich schaffte es und nahm den feuchten Ledergriff in die Hand.

Der Sturm zerriss den Himmel. Ich rappelte mich auf, schleifte die Schwertspitze über die nassen Planken und stolperte zu ihm zurück. Nemea rührte sich nicht. Nur ein leises Stöhnen erfüllte seine Brust. Ich stand über ihm und positionierte die Klinge so, dass sie über der weichen Vertiefung seiner Kehle schwebte. »Wie bist du auf Anthemoessa gelandet, Nemea?«

Er starrte mich reglos an und besaß die Frechheit zu lachen. Als wäre ich keinerlei Bedrohung für ihn. Als hätte er mich so gründlich unschädlich gemacht, dass ich ihm schlimmstenfalls in den Hintern treten könnte.

Ich stieß mit dem Schwert zu, gerade so, dass seine Haut aufplatzte. Er knurrte wie ein wildes Tier. »Eusia hat es erlaubt.«

»Du und deine ganze Mannschaft? Sie hat dein ganzes Schiff am Außenriff vorbeigelassen?«

Er schüttelte den Kopf. Ich konnte nicht sagen, wie gut er mich durch das Blut in seinen Augen und die Dämmerung sehen konnte. »Sie hat mein Schiff am Außenriff vorbeigelassen. Sie hat nur mich und Nivala auf die Hauptinsel gelassen.«

O Götter. Eine Vorahnung schnürte mir die Kehle zu. Meine Hände krampften sich um den Griff des Schwertes. »Die Kaiserin?«

Er nickte. »Sie füttert sie immer noch.« Mit zusammengebissenen Zähnen versuchte er, sich zu bewegen, aber ich hielt das Schwert über ihm fest.

Meine Stimme zitterte. »Die Kaiserin füttert sie immer noch mit ihren Leichen?«

»Sie füttert sie mit ihren *Sirenen.*«

Entsetzen erfüllte mich, als sich die Teile des vergangenen Tages zusammenfügten. Die Kaiserin war nicht nur eine Anhängerin von Eusia, sie war fast schon eine Priesterin, die alles tat, um sie am Leben zu erhalten. Sie wusste, wer ich war – sonst hätte sie mir nie die Geschichte über die Nels erzählt. Sie war in jener Nacht in mein Zimmer im Quartier der Heilerin gekommen, verzweifelt über meinen Zustand, wie die Heilerin gesagt hatte. Sie hatte vorgehabt, mich mitzunehmen, aber ich war zu krank gewesen, um zu gehen. Lachlan hatte Agatha nicht finden können.

Agatha.

Sie war in der Nacht vor der Abreise der Kaiserin verschwunden.

Agatha.

»*Nein*«, hauchte ich. Sie hatte Agatha mitgenommen. Sie hatte sie mitgenommen – aber sie hatte mich gewollt. »*Nein, nein, nein.*«

Wind und Regen peitschten auf mich ein, und das Tosen war so laut wie das Blut in meinen Ohren. Ich konnte gerade noch das angestrengte Glucksen hören, das aus Nemeas ausgestrecktem, durchnässtem Körper aufstieg.

»Du hast verloren, nicht wahr?«, fragte er mit zitternder Stimme. »Ist dir das gerade erst klar geworden?«

Ich senkte die Schwertspitze und hielt sie fest an seinen Hals. Die nächste Neigung des Schiffes, die nächste krachende Welle, würde es direkt durch ihn hindurchschicken. Er wurde ernst. Kapitulierend hob er die Hände.

Aber ich wartete nicht auf das nächste Rollen des Schiffes. Der tobende Sturm und das schlingernde Schiff würden nicht sein Schicksal bestimmen.

Ich würde es tun.

Ich stieß das Schwert hinunter. Ich spürte, wie es sich durch die harten Teile seines Halses bohrte. Ich spürte, wie es die Knochen seiner Wirbelsäule traf, wie es das Holz unter ihm traf.

Ich war dankbar für den Schleier der Nacht.

Ich ließ das Schwert los. Stolperte rückwärts. Fiel auf die Knie und übergab mich.

31

Die Seevögel weckten mich.

Unter Schmerzen drehte ich meinen Kopf zur Seite und legte schnell die Hände darum. Ich öffnete die Augen einen Spaltbreit. Dämmriges Licht … Morgen. Über mir hingen die Reste der Gewitterwolken der vergangenen Nacht, tief, grau und ausgewrungen.

Meine Augen schärften sich, und ich folgte den Linien der schlaffen Segel, die Taue schaukelten in der feuchten Brise. Panik machte sich in mir breit, als mein Geist sich vollständig vom Schlaf befreite.

Agatha. Ich musste zu Agatha.

Ich hatte mich in der Nacht unter die Stufen gekauert, die zum Achterdeck führten, und ich hielt mich auch jetzt daran fest, als ich mich zum Sitzen hochzog. Meine Panik steigerte sich, als ich mich umdrehte. Die Luft war warm, doch ich fröstelte. Meine Haut war grau, von Gänsehaut und kaltem Schweiß überzogen. Der pochende Schmerz in meinem Magen war verzehrend, tief. In einem schwachen Versuch, mein rasendes Herz zu beruhigen, atmete ich dreimal langsam durch und schob dann die nasse Tunika zurück.

»Scheiße.« Ein gleichmäßiger, dünner Blutstrom sickerte aus dem Loch in meinem Bauch. Die Haut darum herum war empfindlich und rot geworden, und ich stieß einen zitternden Schrei aus, als mein grausamer Verstand eine Erinnerung an Theodor wachrief. Seine helle, heilende Wärme, der Druck seiner schwieligen Finger, die Art, wie seine Gegenwart und seine Kraft die Dunkelheit zurückdrängten, die mir ständig im Nacken saß.

»Nemea hat es falsch gemacht.«

Ich keuchte und riss den Kopf in Richtung der knarrenden Stimme, die von der anderen Seite des Decks kam. Mein Körper kribbelte, als mir klar wurde, dass die Stimme auch aus meinem eigenen Kopf kam.

Eusia.

Eine ihrer Nekgyas saß an Deck, genau dort, wo Nemeas Körper gelegen hatte. Ihr dunkles, seidiges Haar klebte an ihren Schultern. Sie war blass und mit schwarzen, zerfetzten Wunden übersät. Verwesung kroch über ihren Mund und ihre Finger, über ihre Brust und ihre Arme. Das Meer hielt sie mit Seetangstücken und einem Flickenteppich aus zarten, bleichen Seepocken zusammen.

Sie wiegte Nemeas Krone in ihren krummen Fingern. Sein Schwert lag vor ihr auf dem Holz. Daneben saß ein Haufen nasser Sand und ein schleimiger Streifen Seetang.

»Wo ist er?«, krächzte ich.

Ihre Augen waren von tiefvioletter Haut umrandet, ihre Iris hatte die Farbe des Wassers vor der Küste Varyas. »Ist es dir wirklich wichtig?«, fragte Eusias Stimme durch den von Fäulnis zerfressenen Mund der Nekgya.

Ich hasste diesen Mann. Ich war erleichtert, dass er tot war. Und doch zerriss mit seinem Tod ein Band, das mich an diese Welt gefesselt hatte. Teile meines Lebens – Erinnerungen an mich, an meine Mutter –, die nur er besaß, waren mit ihm gestorben. Diese Erkenntnis erfüllte mich mit einsamer Trauer.

»Sag mir, wo er ist.«

»Im Meer, natürlich.« Mit unheimlichen, ruckartigen Bewegungen legte sie die Krone auf das Deck. »Komm. Wir müssen diese Wunde schließen. Dir läuft die Zeit davon.«

»Warum?«, sagte ich stöhnend. »Warum hilfst du mir?«

»Wenn du stirbst, wird auch meine Kraft in Kürze sterben.«

Der Impuls überkam mich – einfach langsam auf dem Deck von Nemeas dümpelndem Schiff zu sterben. Mein Tod sollte die Trennung sein, die Eusia endlich ein Ende setzen würde. Doch mein Egoismus war ein hartnäckiges, unauslöschliches Feuer. Mein Lebenswille brannte hell. Ich dachte an Agatha und die Gefahr, in der sie schwebte. An Theodor, der nur noch wenige Tage davon entfernt war, eine feindliche Braut zu heiraten.

Ich erhob mich auf die Knie, zitterte vor Schmerz und kroch über das Deck zu ihr. Die See war ruhig und ließ das Schiff sanft schaukeln. Ich kniete mich ihr gegenüber, das Schwert, Sand und Seetang zwischen uns, und blickte in ihre toten Augen. Meine Stimme zitterte. »Ich bin bereit zu sterben, wenn es dein Ende bedeutet.« Sie blieb stumm, blinzelte nicht. »Sag mir, wie ich zu dir komme, und ich werde deinem Zauber zustimmen.«

Stille. Nur ihr leerer Blick, bis sie schließlich sagte: »Es ist nicht perfekt.«

Ich schüttelte den Kopf. »Was ist nicht perfekt?«

»Unser Band«, sagte sie schlicht. »Die Art, wie ich Ligea verzehrt habe, ist mir lieber. Wenn ich dich an meiner Seite hätte, wie ich Ligea an meiner Seite habe, wäre ich stärker. Dieses Band, das wir teilen – ich kann auf deine Kraft zugreifen und mich selbst stark machen. Aber so gern ich es auch möchte, ich kann dir nicht wehtun.« Die toten Augen der Nekgya trafen meine, und Eissplitter durchschnitten mich. »Spürst du das auch?« Ihre Stimme klang wie ein kratzendes Flüstern. »Den Wunsch, mich zu töten? Zu gewinnen. Aber wenn ich dich zu mir kommen ließe, wenn du über den Überresten meines

Körpers stehen würdest, bereit, unser Band zu trennen, könntest du es nicht.«

»Hat die Kaiserin deshalb versucht, mich zu holen?«, fragte ich. »Um mich zu dir zu bringen. Sie ist deine Gehilfin. Sie *kann* mir Schaden zufügen. Sie kann dir helfen, den Zauber zu sprechen, der unser Band trennt, und ein neues zu knüpfen, das genauso ist wie das, das du mit meiner Mutter teilst.«

Der bleiche Kopf der Nekgya neigte sich beunruhigend zur Seite, die Bewegung war fast menschlich. »Ja. Ihre Verehrung und Furcht haben mir gute Dienste geleistet.«

Warmes Blut tropfte meinen Unterbauch hinunter. Mein Kopf schien zu schweben, und das Zittern, das meinen Körper erfasst hatte, ließ sich nicht mehr unterdrücken. Als mich die Verzweiflung übermannte, dachte ich daran, mich auf die Seite zu rollen. Wir waren in eine Sackgasse geraten. Es gab für mich keinen Weg mehr, der zum Ziel führte.

»Du schwindest«, sagte Eusia, ihre Stimme war leer wie immer, aber ich konnte ihre Panik förmlich spüren. Ein Summen, eine Art unruhiges Brummen, das mein Blut in Wallung brachte.

Ich presste meine klappernden Kiefer zusammen. Zog schmerzhaft die Luft ein. Und ein Funke erhellte meinen Geist.

Ich war auch Furcht einflößend. Ich war anbetungswürdig, und wenn sich mir niemand hingeben wollte, wie die Kaiserin es bei Eusia getan hatte, dann würde ich sie dazu bringen.

Und ich wusste genau, wer mir dabei helfen würde. Wen ich dazu bringen würde, mir zu helfen, mein Band mit Eusia zu trennen und sie zu vernichten.

»Erlaube mir, Anthemoessa zu betreten, und ich werde diesen Zauber wirken. Ich werde dich am Leben erhalten«, sagte ich hastig, und mein Herz pochte wild. Sie antwortete mir nicht. »Schnell, Eusia.« Meine Stimme kratzte. »Ich muss eine Braut stehlen.«

Die Nekgya starrte mich einen langen Moment lang an, und ich wusste, dass Eusia über meine Bedingungen nachdachte. Ich würde auf Anthemoessa zu ihr kommen, und eine von uns würde gewinnen. Ihr Nicken war kurz und heftig. Sie blinzelte, dann bewegte sie sich wie eine Spinne und kam auf allen vieren auf mich zu, und Theodors Warnungen vor Magie kamen mir in den Sinn. Er hatte sich strikt geweigert, mich mehr als einen Zauber wirken zu lassen – den, der Eusias Existenz beenden sollte. Aber ohne ihn gab es keine Hoffnung.

»Werde ich dieselbe sein?« Ich lehnte meinen Körper gegen den Mast. »Nach dem Zauber?«

»Was die Magie nimmt, gibt sie nicht zurück.«

Mein Blick begann zu verschwimmen, die Segel und die Takelage über mir verwischten. Mein Schmerz wurde taub. »Was muss ich tun?« Ich hörte mich an wie ein verängstigtes Kind.

Ihre toten Augen trafen nicht die meinen, als sie neben mir kniete. Sie schöpfte den Sand in ihre verwesenden Finger. »Der Sand trifft auf das Blut. Das Fett füllt den Mund. Der Seetang verbindet das Fleisch.«

Ich betrachtete ihren verrottenden Körper, die Algen und Seepocken, die gallertartigen Hautflecken. Mir drehte sich der Magen um bei dem Gedanken, mich in ihr Abbild zu verwandeln, aber ich biss die Zähne zusammen und zog mir die feuchte Tunika über den Kopf. »Ich soll mein Blut in den Sand geben?«

Sie nickte. Ich zitterte, als ich mit einer Kralle die vertraute Linie in meine Handfläche schnitt. Ich ließ mein Blut in den Sand in ihrer Hand tropfen, und sie kroch näher an mich heran und griff nach meiner Wunde. Ich erschauerte, als sie den blutigen Sand hineindrückte, und sog vor Schmerz scharf die Luft ein. Sie schob mir den Seetang zu. Ich biss ein Stück davon ab, legte es auf die Wunde und blickte sie an, um zu sehen, ob sie einverstanden war.

»Fett«, sagte sie.

Mir wurde schlecht. »Ich … ich weiß nicht …«

»Magie kann nichts aus dem Nichts erschaffen.«

Der Preis war hoch.

Wieder bohrte ich meine Klaue in die weiche Haut unter meinem Nabel. Ich nahm ein kleines Stück von mir und erinnerte mich an Rohana. Wie sie das Stück meines Fleisches in die Vertiefung ihrer Wange gesteckt hatte. Würgend legte ich es mir auf die Zunge und kämpfte mit dem Schlucken.

»Die Worte.« Die Nekgya wartete, als erwartete sie, dass ich sie aus dem Gedächtnis wiederholte.

Mir schwanden die Sinne. »Ich erinnere mich nicht …«

»Wiederhole sie. Behalte sie im Kopf.« Ich konnte mich nur auf die schwarzen Lippen der Nekgya konzentrieren, wie sie sich zu den Worten bewegten. »Im Gefolge der Toten, wenn der Geist zerfällt, flicke und schlinge und versiegele. In den Adern der Ertrinkenden, wenn das Blut die Kehle füllt, reinige und wasche und heile.«

Ich sprach ihr nach, jedes Wort eine Qual, und wartete. Als nichts geschah, begegnete ich ihrem leeren Blick.

»Du wirst Schmerzen haben«, sagte sie mit ruhiger Stimme. »Du wirst nur bei deinem König Erleichterung finden.«

»Bei meinem König?« Ich verzog das Gesicht, als ich versuchte, ihre Bedeutung zu deuten. »Ein Heiler reicht doch, oder?«

»Es gibt keine Macht wie die der Götter, liebes Mädchen. Nur der König ist gut genug.«

Ich erstarrte. Ich konnte Eusias Sehnsucht fast durch meinen Körper spüren, durch unser Band. Eine Warnung durchzuckte mich. »Du willst ihn. Du willst sein Blut, so wie du meins willst, nicht wahr? Dieser … dieser Zauber war ein Trick. Um mich dazu zu bringen, zu ihm zurückzukehren.«

Ein langsamer Schmerz begann in meiner Mitte. Ich zuckte

zusammen, und die Nekgya lächelte. »Kein Trick, Imogen. Der Zauber wird dich am Leben erhalten. Und du wirst ganz allein den Weg zurück zu ihm finden.« Die Nekgya war so still, so furchtbar leblos. »Und wenn du es nicht tust … nun, dann werde ich auf die eine oder andere Weise auch sein Blut bekommen.«

Ich öffnete den Mund, um zu sprechen, um zu schreien, als der Zauber mich verschlang. Meine Augen brannten, als hätte man heißes Öl in sie gegossen. Meine Kopfhaut, meine Haut, meine Lungen fühlten sich an, als würden sie von Tausenden brennender Nadeln durchbohrt. Mit diesem Gefühl verließ mein Geist meinen Körper. Er glitt auf eine andere Ebene, auf der es nur unstillbaren Hunger und endlose Sehnsucht gab. An einen Ort, an dem ich mich nach dem Blut der Götter sehnte, als wäre es kostbares, fließendes Gold. Ich sehnte mich danach, als wäre es das Einzige, was mich sättigen könnte.

Unter dem Einfluss des Zaubers packte mich der Schrecken. Die Magie war berauschender, als ich erwartet hatte. Sie war wie Nektar – Ambrosia. Und trotz des entsetzlichen Schmerzes wollte ich mehr und mehr und immer mehr. Ich wollte Macht in all ihren Formen. Sicherheit, Kontrolle und Einfluss. Ich wollte Rache. Ich wollte Theodor und das starke, schimmernde Blut, das in seinen Adern floss.

Ich würde schreckliche Dinge tun, um sicherzustellen, dass es mir gehörte … um sicherzustellen, dass ich satt wurde.

Die Zeit verging wie im Flug, und als ich in meinen Körper zurückkehrte, stieß ich einen Schrei aus. Die Nekgya war fort. Ich war allein. Nur die Krone und das Schwert von Nemea blieben an meiner Seite. Mein Körper fühlte sich an, als hätte er das ganze Meer in sich aufgesogen. Rasch blickte ich nach unten. Das Seegras hatte sich in meine Haut genäht, die Wunde versiegelt und die Blutung gestillt. Ich presste meine Hände auf die brennenden Augen. Ich fuhr mir mit den Fingern über die

Kopfhaut, und ein Büschel dunkler Haare löste sich und blieb an den Spitzen hängen.

Meine Schreie schienen von außerhalb meiner selbst zu kommen, vermischten sich mit dem Klatschen der Wellen gegen den Rumpf und dem Hämmern meines Herzens in meinen Ohren. Ich stützte mich auf den Mast hinter mir und richtete mich auf, vor Anstrengung wurde mir fast schwarz vor Augen. Die Blutung hatte aufgehört, der Zauber hatte gewirkt, und wie Eusia gesagt hatte, war ich von einem lähmenden Schmerz erfüllt.

Einen langen Moment lang stand ich nur da. Ich kämpfte darum, mich daran zu erinnern, wie sich mein eigener Wunsch angefühlt hatte, bevor ich von Eusias Wunsch verdorben worden war. *Töte Eusia, finde Agatha, beschütze Theo.* Ich sang es wie ein Gebet. Ich klammerte mich daran wie an einen Rettungsanker.

Die Sonne wärmte meine kalte Haut, und ich ließ meinen schmerzenden Blick über das Deck des Schiffes gleiten. Es war furchtbar mitgenommen. Große, gezackte Löcher klafften an den Seiten. Einige der Segel waren zerrissen und hatten sich von ihren Leinen gelöst. Nemeas aalbesticktes Segel hing leer über mir. Scham durchzuckte mich. Vielleicht hätte meine Mutter ein Schiff in diesem Zustand allein steuern können, aber ich war nicht meine Mutter.

Ich war etwas Dunkleres und Geplagteres, etwas Schlimmeres.

Das Bücken war eine Qual, aber ich schnappte mir meine Tunika, Nemeas Krone und Schwert und humpelte zum Rand des Schiffes.

Töte Eusia. Finde Agatha. Beschütze Theo.

Beschütze Theo.

Ich zog mich an und starrte ausdruckslos auf das schäumende Wasser hinunter.

Beschütze ihn. Beschütze ihn vor mir. Denn ich war zu seiner größten Bedrohung geworden.

Nebel legte sich über mich, und ich fasste einen Plan. Ich würde Halla finden und sie mit mir nehmen. Ich würde sie ihre geliebte Heilige treffen lassen, bevor sie mir half, sie zu töten. Ich würde Agatha in Sicherheit bringen. Der Befehl, den ich an das Meer sandte, war kristallklar: *Führe mich ein letztes Mal nach Varya.*

Ich trat vom Rand des Schiffes, und das Wasser verschlang mich. Es zog mich hoch und hielt mich fest, sodass ich auf seiner Oberfläche trieb wie eine weitere Leiche.

In der Kühle, im Salz, blitzte mein Traum in meinem Kopf auf.

Die Frau ohne Gesicht, die auf den Wellen schwebte. Keine Augen. Kein Haar. Treibend. Während eine dunkle, lauernde Präsenz die Tiefen unter ihr durchkämmte.

Ausgehungert.

Auf der Suche.

Endlich hatte sie mich gefunden.

DANKSAGUNG

Ein Buch zu schreiben, ist alles andere als ein einsames Unterfangen. Und obwohl ich diejenige bin, die die Worte zu Papier bringt, war ich dazu nur in der Lage, weil andere Menschen mich unterstützt haben.

An Doug. Deinetwegen schreibe ich Liebesgeschichten. Danke, dass du mich und unsere kleine Familie unterstützt. Danke, dass du mich feierst und an mich glaubst. Du bist ausgeglichen und freundlich, und unser gemeinsames Leben ist meine größte Freude.

An meine Mutter, Lynn Quinones. Danke für deine unermüdliche Unterstützung. Dafür, dass du so gerne auf meine Kinder aufpasst, damit ich etwas Zeit zum Schreiben habe. Du hast mir immer das Gefühl gegeben, dass meine kühnsten Träume gar nicht so kühn sind. Zu einem großen Teil habe ich sie dir zu verdanken.

Meiner Agentin Sheyla Knigge. Du bist eine brillante Partnerin, und ich bin dir jeden Tag dankbar für deinen scharfen Sinn für Geschichten, für deine Leidenschaft und dafür, dass du mich daran erinnerst, Goodreads zu verlassen. Ich bin so dankbar, dass du das Potenzial in mir und in diesem Buch erkannt hast. Es waren verdammt gute eineinhalb Jahre. Ich bin so froh, sie mit dir geteilt zu haben.

An meine Lektorin Julia DeVarti. Du hast meine Geschichte vom ersten Moment an verstanden. Ich glaube, es gibt kein besseres Gefühl auf der Welt, als einen kreativen Partner zu haben, der deine Arbeit aus den gleichen Gründen liebt wie du. Vielen Dank für deine Großzügigkeit und dein scharfes Feedback.

An den Rest meines Teams bei Little, Brown and Company. Ich bin überwältigt von all der Unterstützung, Begeisterung und Expertise, die jeder Einzelne in dieses Buch gesteckt hat. Sally Kim, Gabby Leporati, Danielle Finnegan, Kirin Diemont, Linda Arends und Amy J. Schneider, vielen Dank, vielen Dank. Und ein großes Dankeschön an mein Team bei Gollancz und meine Lektorin Millie Prestidge.

Meiner Schreib-Ehefrau Rachel Gillig. Ich bin überzeugt, dass ich diesen Job ohne dich nicht machen könnte. Und wenn ich könnte, würde ich es nicht wollen. Danke für dein Herz, deinen Witz, deine Greg-artige Sensibilität, dein Verständnis, dein Mitgefühl. Deine Freundschaft ist einer der schönsten Aspekte dieser Reise, und sie hat mich in jeder Hinsicht besser gemacht.

An Caitlin Poole und Ginger Swan Lindsey. Jahrelang habt ihr euch mit mir die Hände schmutzig gemacht. Ihr seid mit mir Ideen durchgegangen und habt Lücken im Plot aufgedeckt. Ihr habt mit mir Erfolge gefeiert und Niederlagen betrauert. Ich bin unendlich froh, euch beide gefunden zu haben.

An Nirmaliz Colon Acosta, April Chandler, Marissa Young, Ellie Burke und all die anderen Schreibfreund*innen, die gelesen, mir Feedback gegeben, mich angefeuert und angeleitet haben. Auf die eine oder andere Weise habt ihr den Weg dieser Geschichte und den meinen beeinflusst, und dafür bin ich sehr dankbar.

An Allison Saft. Vielen Dank für deine grenzenlose Großzügigkeit und Einsicht in dieses Buch. Dein unerschütterlicher Glaube und dein Feedback haben dazu beigetragen, dass diese Geschichte und ich auf so viele Arten gewachsen sind. Ich bin unendlich dankbar, dass ich dich meine Freundin nennen darf.

An Hannah Teachout. Danke für deine Expertise und deine unermüdliche Unterstützung.

An Skyler Wry, danke, dass du an mich geglaubt und mir gesagt hast, ich solle einfach *anfangen,* als ich vor all den Jahren sagte, ich wolle ein Buch schreiben.

An meine Familie und meine Freunde, nah und fern, eure Liebe, Begeisterung und Unterstützung bedeuten mir alles. Jedem Lesenden, der dieses Buch in die Hand nimmt, danke ich von ganzem Herzen.